国家社科基金重大课题"丝路审美文化中外互通问题研究"
（项目批准号：17ZDA272）

新历史主义与历史诗学

（修订版）

张　进◎著

人民出版社

目　录

绪　　论

　　当代中国文艺创作领域"历史文学"（包括"历史小说""历史影视剧""历史散文""历史诗歌"等）的繁荣增殖和世界范围内批评理论普遍的"历史转向"以及"新历史主义"的崛起，都将"历史诗学"问题推到了文艺理论批评的前台。但理论批评界尚未对这些概念及其间关系作出具体甄别和明确界定，也未能对它们所涉及的问题进行深入系统的研究，致使理论批评在这些问题上"喧议竞起，准的无依"。这一文艺现实迫切要求"历史诗学"对之作出系统的解释和说明，也促使"历史诗学"进行深刻的自我反思和改造更新。值得注意的是，当代文艺发展的现实已经无法用已有的"历史诗学"理论作出解释和说明，而"历史诗学"的一般难题又以某种特殊形式体现在当代文艺实践之中。这就要求我们即将当代文艺实践放在"历史诗学"视野下进行审视，也将"历史诗学"本身看成一个不断发展变化的过程性的理论存在。基于此，我们认为"新历史主义"是与"历史诗学"结合在一起的，其成败得失关乎"历史诗学难题"的解决，因而必须在"历史诗学"视野下作出说明。

一、研究对象和"问题域"

　　"历史诗学"（the poetics of history; the historical poetics）涉及文学理论的基本问题。这个概念至今尚无统一界说。一般说来，它研究文学"关涉、表述"（relate；represent）历史和历史"关涉、表述"文学的问题，即"文学"与"历史"之间的"关联""关系"（relation）问题。所谓"关系"，并非两个内涵清晰的既定活动之间的静态关联，而是两个未完成的、彼此渗透和相互界定的活动之间的"动态构成性关联"，这种多重未定的"关联"也参与到对"历史"和"文学"自身本质的定义之中。换言之，"历史"以及"文学"的本质到底是什么，一定程度上正是由"历史"与"文学"之间的"关联"和"关系"而得到说明的。①"历史转向"以来的各种理论批评都特别强调了这种关联的构成性、动态性、交互性和具体性，这必然导致"历史诗学"研究领域的拓展、批评重心的转移和观念方法的更新。

"历史诗学"在构词上包括"历史"与"诗学"两个部分，其含义之不同，主要源于人们对"历史"与"诗学"之间关系的不同理解。"历史"可表示"诗学"的研究对象，在此意义上，它指"关于历史的诗学"，即关于历史的"诗性"（poetic）问题的理论，它涉及历史及"历史修撰"在本质上的转义性、文本性、创造性、虚构性、审美性以及意识形态性等；"历史"亦可指称研究文学"诗性"问题的学科参照以及立场、观点、方法或"视域"（horizon），在此意义上，它指"以历史为学科参照和原则方法的诗学"，涉及文学（包括文学的各种要素和各个层面）在本质上的"历史性"以及史学及其方法原则对文学的制约。与之相应，在"历史诗学"的运用上也存在两个相互关联的理论取向：史学家多用"历史诗学"指谓以文学及其本质为参照而建构的史学理论，因而强调历史的诗性或文学性；文学理论家则多以"历史诗学"指称以史学及历史原则方法为参照而构设的文学理论，因而强调文学和文本的历史性。值得注意，两种取向都程度不同地关注对象的"诗性"和"历史性"内涵，这使两种取向在客观效应上可

---

① ［美］大卫·格里芬编：《后现代精神》，王成兵译，中央编译出版社1997年版，第21—22页。格里芬认为，依据现代观点，人与他人，人与他物的关系是外在的、偶然的、派生的。与此相反，后现代作家则把这些关系描述为内在的、本质的和构成性的（constitutive）。"个体与其躯体的关系、他与较广阔的自然环境的关系、与其家庭的关系、与文化的关系等等，都是个人身份的构成性的东西"。笔者也从这种"构成性"角度理解"文学"与"历史"之间的"内在关系"。

能趋于一致,这种"趋同性"为"历史转向"以来的理论批评和创作实践所强化。结构主义以降的大多数理论家,不管是史学家还是文学理论家,都认为"历史"与"文学"在共同的"语言性"和"文本性"基础上具有广泛的通约性,因此,都不加区别地运用"历史诗学"兼指两种取向。海登·怀特在其有关"Metahistory"的论述中使用"The Poetics of History"术语,即持这种"历史诗学"观念。① Metahistory 一词,在汉语语境中多译为"元史学",②也有译为"后设历史"的。③ 历史学家汉密尔顿也在同样的意义上使用"The Poetics of History"概念。④ 这种合取两种倾向的"历史诗学",是广义的"历史诗学"。我们也在广义上使用这一术语,尽管我们始终关注的是"文学"问题。

基于如上认识,我们可以提出一个作为"工作假设"的广义的历史诗学定义:在"历史—文学"的关系语境中,通过揭示历史的本质特征及其内在的文学性(诗性)结构以及文学的本质特征及其历史性含蕴来阐释文学与历史的关联,并在此基础上形成一套关于文学本质或历史本质的理论界说,这种学说可称为"历史诗学"。它关注的焦点是历史性与文学性之间的关联问题,呈现出多种形态,具有史学和文学两个彼此关联、内在统一的取向。

我们认为,当代文学创作领域的"历史文学"和批评领域的"历史转向"以及"新历史主义",尽管在表现形态上具有各自的特殊性、多样性和复杂性,但它们在理论批评和创作实践上的利弊得失都应该放在"历史诗学"视野下进行批判、分析和说明。

"新历史主义"显示出推进和更新"历史主义"的强烈冲动。"历史主义"

---

① Hayden White, *Metahistory: The Historical Imagination in Nineteenth-Century Europe*, Baltimore: The Johns Hopkins University Press, 1973, p.1.

② [美]海登·怀特:《元史学》,陈新译,译林出版社 2004 年版,第 1—56 页。该书"导论"部分以"历史的诗学"为副标题(Introduction: The Poetics of History),系统阐述了作者的"历史诗学"思想。

③ 参见[美]海登·怀特:《后设历史·导论:历史诗学》,陈平原、陈国球主编:《文学史》第三辑,北京大学出版社 1996 年版,第 355—395 页。

④ Paul Hamilton, *Historicism*, London: Routledge, 1996, pp.7–13.

是坚持历史语境在各种文本阐释中的头等重要性的批评运动，它是启蒙运动的"伴生物"①。长期以来，"历史主义"对众多的思想学科产生了重大影响，并日益发展为研究包括社会史、文化史、思想史在内的人类历史的一种历史哲学方法。近二十多年来，"历史主义"在当代文学批评中正在经历着强劲的变革和"更新"。② 这个"更新"运动，通常自称和被称为"新历史主义"（new historicism）。"新"历史主义不仅仅是一种在历史语境中阅读文学的批评方式，它还涉及"权力关系""意识形态功能""知识型转换""表述模式和系统""话语形成"以及"知识客体的生产"等问题。就连 20 世纪后半叶最重要的批评流派——后结构主义和后现代主义——也都最终进行了"历史转向"而"加入了"（当然也"改造着"）这个古老的"历史主义"批评传统。众多"批判历史主义"甚至"反历史主义"（Anti-historicism）批评流派也变成了"新历史主义"的组成部分。理论批评的发展往往存在着"负模仿"③和"沦为自己揭露对象的牺牲品"④的"共成模仿"现象，这种现象应该从更积极的角度去理解和认识。众所周知，维柯是"历史主义"的先驱，但他同时又是"反历史主义"的结构主义的始祖。⑤ 这种现象不但说明了一种思想学说具有解释上的多种可能性（有时甚至是截然相反的），而且说明，一种学说得之于其对立面的东西通常并不比得之于其同盟者的东西少。就"新历史主义"和"历史诗学"的研究而言，我们必须以高度的开放性，将其同时放在历时性演替和共时性关联的广阔的理论批评语境中进行说明。从这个意义上说，"历史诗学"以文学与历史的"关联"为立论基础，可资为新历史主义研究的一个开放性的共时断面和历时线索，它可以让新历史主义在解答历史诗学"根本问题"和"基本问题"时显示

① Claire Colebrook, *New Literary Histories*, Manchester: Manchester University Press, 1997, p.16.
② Paul Hamilton, *Historicism*, London: Routledge, 1996, p.2.
③ 钱钟书：《七缀集》（修订本），上海古籍出版社 1985 年版，第 1—2 页。
④ 张京媛主编：《新历史主义与文学批评》，北京大学出版社 1993 年版，第 8 页。
⑤ ［美］特伦斯·霍克斯：《结构主义与符号学》，瞿铁鹏译，上海译文出版社 1987 年版，第6 页。

出自身的特点。而所谓的"历史转向",即是对这个"横断面"的进一步"放大"和"扩展"。

因此,我们这里所研究的,是"历史诗学视野下的新历史主义",也是"新历史主义所力图解决的历史诗学难题"。从"历史诗学视野"看,新历史主义是"历史诗学"的一个特殊形态和独特范式;从"新历史主义角度"看,"历史诗学"是对"新历史主义"问题的概括化和理论化。我们主要以"历史诗学"难题为"经",以"历史转向"中的批评和创作实践为"纬",对"新历史主义"展开研究。具体说来,我们试图以"新历史主义"为流派依托和批评个案,以"历史诗学难题"为基本线索和关注焦点,以"历史转向"为当代理论背景和"新历史主义"与其他批评流派相互沟通的中介桥梁,对这三个部分的"交集"部分进行研究。重点是考察新历史主义对历史诗学难题的探索、解决、深化和"问题化"。

二、理论价值和实践意义

历史、人、审美和文本是文学活动"球体"的四个内在关联的维面;历史精神、人文精神、审美精神和文本精神是文学活动同根而异株的精神取向;史学、人学、美学和文本学是全方位整体文学研究的必要(未必是充分的)向度;四个向度上分途拓展与内在整合之间的融通互进是文学研究走向深入的必由之路。文学活动中的人,是历史的人和审美的人,也是离不开文本的人;文学活动中的历史,是人的历史和审美的历史,也是文本性的历史;文学活动中的审美是人的审美和历史的审美,也是文本基础上的审美;文学活动中的文本是人的文本和审美化的文本,也是历史性的文本。① 在这些相互关联的向度中,"历史(性)"构成了文学活动的"地平线"。"历史"之于文学研究的重要性,可以从这个整体格局中引申出来。我们强调这四个向度之间的不可分割性,

_____

① 参见陆贵山:《宏观文艺学论纲》,辽宁大学出版社 2000 年版,第 107—111 页。

但也不否认，文学研究可以分别从这四个不同向度切入而进行纵深开掘，进而主要基于某一向度而建立一种"诗学"理论，故不妨有"人学诗学""审美诗学""历史诗学"和"文本诗学"等次级文艺学研究学科。这些学科既有独立存在的价值，也有进一步走向对话交融和内在整合的总体趋势和内在需要。"历史诗学"的理论意义，也可以从这种学科构成的总体格局中显示出来。

　　"历史"之于文学研究的重要性，还可以从文学批评实践的历史发展中得到确证。在中西文学理论批评史上，历史一直是文学本质问题不可或缺的基本理论参照轴线；历史与文学之间，不论是相互亲和还是彼此疏离，其间"关系"问题历来都是文艺理论的重大课题。从亚里士多德的《诗学》到弗莱的《批评的解剖》，从"春秋义法""文参史笔"的传统到《文史通义》"六经皆史"的断言；从西方人对"史诗"的推崇和对"历史书记员"的渴望，到东方人对"诗史"的赞誉和对"良史之忧"的专注；这一切都证明了历史作为文学根本参照轴线的重要意义。中西古代文化传统倾向于强调历史作为文学楷模的重要性，这造成了文学对历史的"膜拜"和向历史的"趋赴"。近代以来，随着"历史意识"的觉醒和增强，人们的历史观念发生了巨大变化，但文学理论对文史关系的认识却基本承继了古代传统，仍旧强调历史作为稳定的"背景"和"语境"对于文学阐释的决定意义。历史之于文学研究的重要性，甚至通过文学批评对历史的"放逐"而以"否定的"方式显现出来，20世纪以来的各种形式主义和结构主义文学批评即是如此。形式主义和结构主义理论批评排拒历史维度，客观上却从语言层面打通了史学与文学之间的学科界线，以其语言理论为知识范本而使文学成了诸学科的范例，从而引发了史学向文学的趋赴，并将传统历史诗学"线性"翻转过来。当代理论对结构主义的真正批评是从其一头"钻进去对它进行深入透彻的研究"，又"从另一头钻出来的时候，得出一种全然不同的、在理论上较为令人满意的哲学观点。"①当代理论"钻出来"以后，

---

　　①　[美] 弗雷德里克·詹姆逊：《〈语言的牢笼〉〈马克思主义与形式〉》，钱佼汝、李自修译，百花洲文艺出版社1995年版，第3页。

便进行了广义的"历史转向",开始强调"历史性"与"文本性"之间的关联和制衡,这在深层次上进一步突出了历史作为文学参照轴线的重要性。这些理论和批评实践既说明了历史对于文学研究的意义和历史诗学的存在价值,也召唤历史诗学对之进行分析批判和总结吸收。

从世界范围看,20 世纪以来的文学研究在四个向度上分途拓展有余而内在整合不足;四种诗学之间的"对立"有余而"对话"不够;人学、美学和文本学向度的拓展迅猛而史学向度的深化相对迟缓;史学理论急遽汰变而其在文学研究中的成功运用稍嫌不够。这造成了文学研究的某种"倾斜"和历史诗学的相对"滞后"。这甚至是 20 世纪人文学科普遍的"历史厌倦症"的一部分。① 而结构主义和后结构主义以来,新的"科技整合"成为人文学科研究的总趋势,历史诗学、人学诗学、审美诗学以及文本诗学之间的深层融通也是大势所趋。这要求各不同的"诗学"在各自的层面上,以新的理论方法和开放态度,对"整体诗学"问题做出向心式挖掘和深层横向贯通。这些问题都已为最近 20 多年的理论批评,特别是"历史转向"中的理论批评所重视和强调,但似乎尚且不遑得到扭转和解决。

长期的研究"倾斜"和历史诗学的相对"滞后",使近四分之一世纪的学术研究对"历史"的关注取得了"历史转向"(the turn to history)②和"历史回归"(the Return of history)的"美名"。这种"历史转向"至今仍然蒙受着双重误解:在传统历史主义和后结构主义那里,这种转向都引起了惊慌和声讨,间或也有"无知的追随"。但所谓"历史转向",是建立在"语言论转向""之后"和"之上"的"转向",它既不是历史主义的"胜利",也不是"语言论转向"对历史领域的"占领"。它其实正是传统"历史主义"与"语言论转向"的文本主义之

---

① ［德］施密特:《历史和结构:论黑格尔马克思主义和结构主义的历史学说》,赵培杰译,重庆出版社 1993 年版,第 3 页。

② John Brannigan, *New Historicism and Cultural Materialism*, London：Macmillan Press Ltd., 1998,p.19.

间两相凑泊的结果。在"历史转向"过程中，"结构"与"历史"之间的历史争端和"形式主义"与"历史主义"之间的古老战场烽烟再起，不过这一次是发生在"解构主义"与"新历史主义"之间。① 值得注意，"历史转向"不但将"历史诗学"问题推到了前台，而且使新历史主义成了"转向"过程中的"显学"和争论焦点。有理论家认为，新历史主义是文学批评"'回归历史'的别名"。② 甚至有人认为"新历史主义面临的问题就是文学理论本身的问题"。③ 因此，对新历史主义的研究就不仅仅是对一个流派的"孤立"研究，而必须将它放在历史诗学的宽阔视野和"历史转向"的开放语境里，从文艺学学科重建的高度进行审视和把握。

就中国的情况看，历史诗学研究也具有重要的实践意义。"历史文学创作的繁荣和文学史重写(分)运动的展开"是新时期以来中国文坛的两个值得注意的现象。这种贯穿于文学创作实践和理论批评的历史书写活动，既是"内生原发的"，也是"外生继起的"，它与国外新历史主义保持着精神气质上的亲缘性和方法策略上的通约性，可以相互阐发和彼此彰显。这种可称之为"新历史主义文艺思潮"的现象，既向中国当代的文艺观念和批评方法提出了严峻挑战，也在人民大众中造成了广泛影响。各种"戏说""重写"和"解构"历史的大规模历史书写活动，不但为"历史诗学"提供了丰富的素材，而且迫切召唤一种新的"历史诗学"来指导。但是，国内文学理论批评中尚未出现在"历史诗学"视野下对这些文艺现象的系统研究。相关的研究著作和论文虽对此问题作出了不乏深度的批判和分析，但大多仅限于就事论事，缺乏对相关理论的全面的历史的把握。我们力求在"历史诗学"大视野和"历史转向"的大背景上对之作出研究和评析。

---

① Murry Krieger, *The Ideological Imperative*, 台北："中央"研究院欧美研究所, 1993, p.59。

② Wilson, R. & Dutton, R. (eds.), *New Historicism and Renaissance Drama*, London: Longman Group UK Limited, 1992, p.1.

③ Claire Colebrook, *New Literary Histories*, Manchester: Manchester University Press, 1997, p.234.

三、逻辑展开和结构安排

"历史诗学"问题是文学理论的基本问题;"新历史主义"是一个跨学科、超国界、多流派的学术群体;"历史转向"是一个涉及众多学术领域的大规模的理论批评运动。我们旨在将这三个问题结合起来进行研究,重点考察"新历史主义"对"历史诗学"问题的"深化"和"问题化"。为了实现这一理论目标,本书遵循着分析与综合同时并举的逻辑展开方式,试图采用历史与逻辑相结合、历时与共时相统一、宏观研究与微观研究相补充的方法对论题进行多学科综合治理。

书稿共分七个部分。

绪论部分是对论文的对象范围、理论实践意义和结构安排的总体说明。

第一章主要考察"历史诗学""历史转向"和"新历史主义"的基本内涵、本质特征以及它们之间的关系。具体而言,试图设计和呈现出"历史诗学"的"理论坐标及其问题序列"(包括其"根本问题"和"基本问题");勾画和描绘出"历史转向"的"基本特点和历史语境";勾勒和概括出"新历史主义"的"对象范围和观念方法"。这一部分提出了书稿的基本问题,旨在为进一步的讨论奠定基础。

第二章集中考察"历史诗学的形态学和话语范式演替",这一部分是对第一章中"历史诗学"问题在共时性上的拓展和在历时性上的深化,也是对"历史诗学理论坐标"中"历史"观念的"多重性"的进一步讨论。它涉及对于历史诗学的"形态与范式及其划分依据"的说明,根据历史诗学对"历史"的不同层面("历史的过程""历史的认识"以及"历史的叙述")的侧重而划分出"思辨历史诗学""批判历史诗学"和"叙事历史诗学"三种形态和范式,指出其间既在共时性上同时并存又在历时性上通变沿革的复杂关系。该部分旨在通过对各种历史诗学范式的"释名彰义"和"追根溯源"而呈现出各种历史诗学的基本特点和主要问题,指出"新历史主义"主要处在"叙事历史诗学"的话语范式之内，同时又因为参照了与一般"叙事历史诗学"不同的"语言学"并吸收了其他历史诗学范式的思想成分，从而显示出向"历史"多重开放的特点。

第三章重点考察"新历史主义的对话语境和思想前驱"，从某种意义上说，这部分是对第一章所讨论的"历史转向"问题的"放大"和"扩展"，同时也是对"新历史主义"的理论资源的考察。它涉及新历史主义与马克思主义、新解释学、文化人类学、解构历史学及巴赫金历史诗学之间的关系。从总的趋势看，这些流派也都在一定程度上关注着"历史"并进行着"广义的""历史转向"，它们大多倾向于强调"历史"（包括文化）的"复数性""异质性"和"具体性"，而历史的这些特点也正是"新历史主义"所全力强调和追求的。当然，这些理论与"新历史主义"之间也都存在着程度不等的差异，这种差异性也作为参照点而使"新历史主义"自身的特色凸显出来。

第四章主要考察"新历史主义的文学观念系统"，这部分一定程度上是对第一章的"深化""细化"和"具体化"，它旨在突出"新历史主义"解答"历史诗学"基本问题时在文学理论的一般问题上所呈现出的特点。它涉及新历史主义在有关"历史性与文学观念""历史性与作家主体""历史性与文本""历史性与读者接受"以及"历史性与文学批评"等问题上的具体观点。该部分显示出，"新历史主义"将"历史性"灌注到了文学活动的各个要素和各个层面，从而对这些要素和层面作出独特的"历史化"解释。这突出了新历史主义对"彻底的历史主义"的追求。它在这些问题上的探索既富有成效，也面临着各种难题。

第五章主要考察"新历史主义"作为文艺思潮在新时期中国文艺实践中的表现。我们是将中国的"新历史主义文艺思潮"作为国外"新历史主义"的"厚描"意义上的参照系和语境来看待的。前者将"新历史主义"的诸多成就和迷失都"放大"了，并使其"悖论性处境"变得更加具体化和"可视化"。该部分显示，新历史主义的诸多理论批评原则在文艺创作实践中面临难以克服的困境，存在着沉沦于历史碎片、走向小历史相对主义、导致历史不可知论和迷失于意识形态边缘的危险。

　　结语部分旨在对新历史主义的成败得失做出整体评估和全面审理,也试图对其未来作出"定向"。该部分涉及"历史诗学"与"文化诗学"之间内在统一又相互补充的关系以及新历史主义历史诗学总体上的"超越与局限"。它在一定程度上是对前五章已经提到的一些问题的进一步概括和综合,同时也是我们基于自己的历史诗学构想而对新历史主义的反思和批判。

　　总之,尽管新历史主义主要是作为一个强调历史与文学之间相互渗透和制约关系的松散的学术流派存在并发生影响的,但其问题却涉及历史诗学的全部领域和难题,因此必须在历史诗学视野下去审视。尽管历史诗学主要关注历史与文学之间的交涉和关联问题,但其意义却直接关乎文学理论和文学自身的存在,因此必须在文学理论的背景上对它作出批判分析。

第一章　历史诗学、历史转向与新历史主义

本章主要通过考察"历史诗学""历史转向"和"新历史主义"的基本内涵和本质特征，说明"历史诗学"的理论坐标和问题序列，呈现"历史转向"的基本特点和历史语境，勾勒"新历史主义"的对象范围和观念方法。在此基础上，我们认为这三个问题是内在关联的。"历史诗学"是考察"新历史主义"的理论视野；"历史转向"是说明"新历史主义"的开放的批评语境；"新历史主义"是对"历史诗学"问题的深化和"问题化"，是对"历史转向"趋势的推进和"具体化"。

第一节　历史诗学及其理论坐标和问题序列

在汉语语境中，"历史诗学"这一术语并不多见，因而是一个有待解释的概念。一般说来，在"历史—文学"的参照语境中，通过揭示历史的本质特征及其"诗性"结构和文学的本质特征及其历史性含蕴来阐释文学与历史之间的关联和相互表述关系，并在此基础上形成一套关于文学本质或史学本质问题的理论界说，这种学说可称为广义的"历史诗学"。

"历史诗学"所指的"历史"包括三个相互关联的维度："历史学科""历史

方法"和"历史原则";尽管每一种"历史诗学"通常在三个维度中有所侧重,但我们所希冀的"历史诗学"应该将这三个维度同时考虑进来。"历史"也包含三个彼此锁联的层面:"历史的过程""历史的认识"和"历史的叙述";尽管各种"历史诗学"通常总是基于其中的某个或某些层面而立论,但我们所期待的"历史诗学"应该将这三个层面同时纳入自己的视野。"诗学"也具有不同的内涵,在亚里士多德那里,它主要是研究"诗体文学"的理论,这是狭义的"诗学"。20世纪的结构主义文学批评扩大了这一概念的范围,使其可以指称一切有关想象性、虚构性文本的理论(如散文诗学、小说诗学等),甚至指一切语言构成物的"共时化空间化的关系系统"①(如文化诗学、性别诗学等)。同时,结构主义还强调了"诗"的"生产性"(此即"诗"之本义,该词在西方初起时有"技艺""生产"之义。"历史诗学"也重视"诗"在历史文化系统中的能动作用)。这即是广义的"诗学",我们也在广义上使用这一术语。值得注意,历史的"三个维度""三个层面"与"诗学"的多重含义是深层融合在整体"历史诗学"之中的,它们是"历史诗学"理论上可分而实际上无法分割的构成部分。

"历史诗学"在构词上所包含的"历史"和"诗学"两个部分无法分割,但人们可以将"历史"理解为"诗学"的对象,或者"诗学"的方法原则和"视域";与之相应的"历史诗学"便具有了两个不同的理论目标,可以区分为"文学的"(旨在说明文学问题)和"史学的"(旨在说明史学问题)两个相互关联的理论取向。同样,我们所希冀的"历史诗学"应该将这两种取向同时涵摄进来。

"历史诗学"以文学与历史之间的"关系"为思考对象,考察人类历史活动与文学活动之间的内在关联和相互表述关系。同时,"历史诗学"也基于"历史性"而对文学活动中历史与人、历史与审美、历史与文本的关系作出系统的说明,因此历史诗学也秉持一个对各种文学理论学说进行内在整合的理论诉求。职是之故,"历史诗学"问题的澄清密切关涉文学根本问题的解决。

---

① John Brannigan, *New Historicism and Cultural Materialism*, London:Macmillan Press Ltd., 1998,p.92.

　　"历史诗学"所涉及的问题对文学研究具有根本意义,因而这些问题很早即为中外理论家所关注。亚里士多德在《诗学》中将文学与历史对勘发明,可以说是一种最宽泛意义上的历史诗学——不仅因为"可能发生的事"与"已发生的事"之间大面积重叠,而且因为他在历史与文学的关系语境中考察诗学问题。近代以来历史主义文学批评理论强调历史对文学的制约作用,形成了典型的传统形态的历史诗学;维柯在《新科学》中虽未明确提出"历史诗学"术语,但他将历史与"诗性"联系起来,认为原始的历史是一种"诗性"历史,历史逻辑的"诗性"绝不亚于其"语法"性质。① 维柯已经从"诗性"根柢上将历史与文学关联起来了。由维柯等人启导的"历史主义"文学研究方法,更是多方面地开掘了历史与文学之间的关联。赫尔德特别强调了人性和历史文化的多样性,探讨了"艺术与历史的相互植根性",不但推动了传统历史主义的历史诗学,而且为"新历史主义"历史诗学"奠定了一个基础——着迷于一种可能性:将特定文化的所有书写和视觉的踪迹作为可以相互认知的符号网络"。② 马克思主义经典作家要求从史学与美学相结合的高度来评判文学,也具有一种明确的历史诗学取向。

　　理论家自觉建立"历史诗学"学科的构想,是从 19 世纪末期开始的。当时,俄罗斯科学院院士维谢洛夫斯基明确提出要建立一种"历史诗学"批评体系,指出它将清除文学史的各种思辨理论,从诗歌的历史中阐明它的本质;其任务是"从诗歌的历史演变中抽象出诗歌创作的规律和评价它的各种现象的标准——以取代至今占统治地位的抽象定义和片面的假定的判决。"③同时由原先从诗歌历史发展中阐明其历史本质的研究,转向研究文学艺术本身的规律,即以历史为参照来研究文学艺术本身的规律,缘此而建立一种诗学理论体

①　[意]维柯:《新科学》,朱光潜译,商务印书馆 1989 年版,第 379 页。

②　Gallagher,C.& Greenblatt,S.*Practicing New Historicism*,Chicago:The University of Chicago Press,2000,p.6.

③　[俄]维谢洛夫斯基:《历史诗学》,刘宁译,百花文艺出版社 2002 年版,第 585 页。

系。巴赫金作于 20 世纪 30 年代的长文《小说的时间形式与时空体形式——历史诗学概论》重申了"历史诗学"问题，认为"文学把握现实的历史时间和空间，把握现在时空中的现实的历史的人——这个过程是十分复杂、若断若续的。"①按其理解，对这个过程的研究就是"历史诗学"（但其时直至 60 年代，形式主义、新批评和结构主义诗学居于统治地位，历史诗学在世界范围内遭到冷遇。该文收入其论文集《文学与美学问题》，直至 1975 年才在莫斯科首次发表）。60 年代，在苏联曾出现了一个历史诗学研究的小高潮，巴赫金从历史诗学角度探讨了拉伯雷的艺术创作并修订再版了《陀思妥耶夫斯基的诗学问题》。学术界涌现出研究"神话诗学""民间创作诗学"等诗学问题的专著。在这一时期，历史诗学在苏联逐渐形成为一个学术流派。深受俄罗斯后期形式主义理论家图尼亚诺夫影响的以色列学者佐哈尔（Itmar Even-Zohar），在 1978 年将其著作命名为《历史诗学论文集》（*Papers in Historical Poetics*）出版，提出"多元系统"理论以指涉"在某个社会中相互关联的文学、半文学和文学以外的整个系统"，阐述文学史中的文学多元系统的功能。② 在 80 年代初期，赫拉普钦科院士宣布要将历史诗学作为一门"新学科"来建设，认为"历史诗学的内容和对象可以规定为：研究形象地掌握世界的方法和手段的演变，这些方法和手段的社会审美功能的发挥，研究各种艺术发现的命运。"③进入 90 年代以后，历史诗学在俄罗斯得到了进一步发展，有大量相关专著和论文问世，俄罗斯科学院高尔基文学研究所将历史诗学确定为未来最主要、最有价值的研究方向之一。其研究也显示出了一些新特点：由对具体作家的研究转向文学体裁演变的宏观研究；借鉴当代人文学科研究的新方法如语言分析等，但仍注意从历史和社会变化的背景中去考察；破除了历史与文学间的"因果关系"，而

---

① ［俄］巴赫金：《小说理论》，白春仁、晓河译，河北教育出版社 1998 年版，第 247 页。

② Even-Zohar, Itamar, *Papers in Historical Poetics*, Tel Aviv: The Porter Institute for Poetics and Semiotics, 1978, p.10.

③ ［俄］赫拉普钦科：《赫拉普钦科文学论文集》，张捷、刘逢祺译，人民文学出版社 1997 年版，第 405 页。

代之以"复杂的多向联系"等。① 总的看来，俄罗斯批评家所提倡的历史诗学，旨在以历史和史学为参照而构设文学理论，属于以历史为原则方法的文学理论。

美国历史学家海登·怀特在《元史学：19 世纪欧洲的历史想象》(1973年)一书中将"历史诗学"作为该书"导言"的副题，全面论述了这一问题。② 他指出，传统观念认为，"历史学家'发现'他的故事，而小说家则'发明'他的故事。"③然而，这一观念"隐瞒了'创造'在历史学家的作业里也有所参与的程度"，认为历史修撰过程中"情节编排""论证解释"和"意识形态含义"等"创造性"环节不可避免，因此"历史"在本质上是"诗学的"。④ 后来，他在论文《评新历史主义》里认为，新历史主义提出了"文化诗学"观点后，进而提出了一种"历史诗学"以作为对历史序列的许多方面进行鉴别的手段，而它所专注的历史记载中的零散插曲、逸闻逸事、偶然事件、反常事物、卑微情形等内容"在'创造性'的意义上可以被视为'诗学的'。"⑤新历史主义作为近 20 年来世界文学批评"历史转向"的中坚力量，更是一种处在强劲实践中的历史诗学。研究者指出，"新历史主义是一种注重文化审理的新的'历史诗学'，它所恢复的历史维度不再是线性发展的、连续的，而是通过历史碎片寻找历史寓言和文化象征。"⑥汉密尔顿在研究"历史主义"的著作中也强调历史诗学，将历史诗学的传统一直追溯到古希腊时期，认为"追求历史解释的逻辑意味着，理解过去更像是解释文本的文学的/批评的活动，而不像发现客体的科学活动。"⑦可

---

① 朱立元主编：《当代西方文艺理论》，华东师范大学出版社 1997 年版，第 267 页。
② Hayden White, *Metahistory*：*The Historical Imagination in Nineteenth-Century Europe*, Baltimore：The Johns Hopkins University Press，1973，p.1.
③ ［美］海登·怀特：《后现代历史叙事学》，陈永国等译，中国社会科学出版社 2003 年版，第 375 页。
④ 陈平原、陈国球主编：《文学史》第三辑，北京大学出版社 1996 年版，第 356 页。
⑤ 张京媛主编：《新历史主义与文学批评》，北京大学出版社 1993 年版，第 106 页。
⑥ 王岳川：《后殖民主义与新历史主义文论》，山东教育出版社 1999 年版，第 158 页。
⑦ Paul Hamilton, *Historicism*，London：Routledge，1996，p.19.

见,怀特等人的历史诗学,是以文学和文学批评为参照,旨在建立有关历史修撰之"创造性"的史学理论。但是,若像怀特那样强调"文史互通",强调历史话语与文学话语的相通性,则其史学结论就可能对历史和文学是同时有效的。科恩指出,"文学理论就其范围而言是一种有关话语的论述,它必然要对历史话语进行分析,因此,文学理论既是文学的理论也是历史的理论。用怀特的话来说就是,'现代文学理论必然是一种历史的理论、历史意识的理论、历史话语的理论、历史写作的理论'。"①在怀特看来,"对语言深入探讨并作出假定的文学理论也确实是一种历史的理论……文学理论在研究历史的写作中起着举足轻重的作用,并且可以毫无问题地使大众化的描述与深奥的解释相联系。"②这种历史诗学虽然旨在建构史学理论,但其结论对于史学和文学是同时有效的。

尽管历史诗学有上述两种不同取向,但不同取向在本质上具有内在统一性,属于整体历史诗学的两个内在关联的向度,它们共同勾画出了历史诗学本身可能达到的范围和边界。历史诗学虽然不免呈现出多种形态,但在诗学理论中,它有其总体的方法论特色。我们结合艾布拉姆斯、J.刘若愚和叶维廉等人所设计的文学坐标系,对历史诗学的理论坐标重新设计如下:③

① 　[美]拉尔夫·科恩主编:《文学理论的未来》,程锡麟等译,中国社会科学出版社 1993年版,第 12 页。

② 　[美]拉尔夫·科恩主编:《文学理论的未来》,程锡麟等译,中国社会科学出版社 1993年版,第 13 页。

③ 　艾布拉姆斯将文学整体活动设计成一个三角形,把艺术品作为阐释的对象摆在中间位置,这基本上是一个封闭的文学系统([美]艾布拉姆斯:《镜与灯:浪漫主义文论及批评传统》,郦稚牛等译,北京大学出版社 1989 年版,"第一章");刘若愚将艾布拉姆斯的坐标改成一个圆圈结构用来说明中国的文学理论,同样,文学活动诸要素之间可以不经过"历史"中介而直接相通([美]J·刘若愚:《中国的文学理论》,赵帆声等译,中州古籍出版社 1986 年版,"第一章");叶维廉将"文化历史"置于文学活动圆圈的中心,但仍然认为文学的诸要素可以不通过历史文化的中介而直接关联(叶维廉:《寻求跨中西文化的共同文学规律——叶维廉比较文学论文选》,北京大学出版 1986 年版,第 28 页)。笔者这里的坐标主要用来说明"历史诗学"的理想构架,抹掉了文学活动诸要素间直通的连线,突出了历史诗学的核心观点:文学系统是向历史开放的体系,文学活动的诸要素间不可能在没有历史文化参与的情况下发生直接关联。在这个坐标中,"历史"(历史性)是任何文学活动的一个"绝对中介"和"绝对视域"。

世界

（文化宇宙）

↓

读者　　　　　　历史　　　　　　作者

（读者大众）←—→（过程、认识、叙述）←—→（作者社群）

↑
↓

作品

（文本事件）

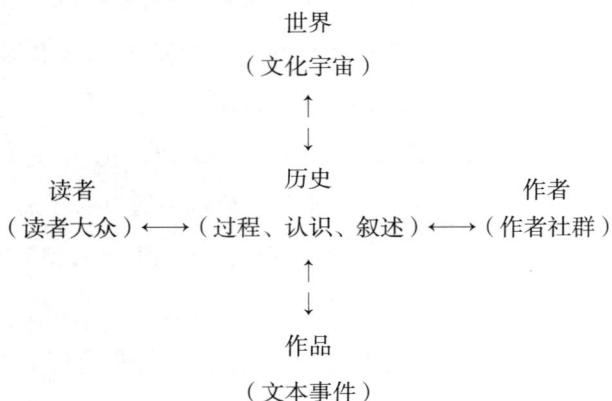

　　在这个理论坐标中,文学活动并不构成一个自足的封闭圆圈,而是一个向"历史"开放的话语实践过程;这个坐标也斩断了世界、作者、作品与读者之间的"直接的""无历史中介的""非历史的"关联,而将"历史"设定为文学活动诸要素之间关联互动的"绝对中介"或"绝对视域"。因此,"历史诗学"通常将"历史"置于文学活动的中心地位,世界、作家、作品和读者之间都必须经过"历史"的中介才能发生联系并相互作用,这四个要素不可能"外于历史"或"超于历史"而相互发生影响。每一种（次）文学活动都应该是"历史的",文学活动中的每一个层面和要素也是"历史的",因此文学理论在考察其构成要素时,都应首先考虑"历史性"（historicity）因素。

　　历史性问题十分复杂,它本身是一个应该究诘的对象。在一般意义上,它主要指一切人类活动的历史"给定性"和历史"具体性"。马克思说,"人们自己创造自己的历史,但是他们并不是随心所欲地创造,并不是在他们自己选定的条件下创造,而是在直接碰到的、既定的、从过去承继下来的条件下创造。"①"历史性"观念是我们理解历史诗学的关键。马克思主义提出了一种总体的"历史原则"（而不只是一种"历史方法",我们应将历史原则与历史方

———————————

　　①　《马克思恩格斯选集》第一卷,人民出版社1972年版,第603页。

法区别开来①）。这种历史原则在理解历史性问题时同样是一种有效的思想武器。现代解释学及接受反应文论，将历史性"上溯"到本体论又"下倾"到认识论和方法论，将批判反思性注入其中并强调历史性的社会文化具体性，这是历史诗学所重视的。海德格尔、伽达默尔等人的解释学从本体论高度理解历史性，认为历史性就是时间性，此在"在其存在的根据处是时间性，所以它才历史性地生存着并能够历史性地生存。"②这是说，"理解完全是历史性的，它始终被我所置身的具体境况卷入，而这又是我一直在力图超越的。"③哈贝马斯、利科尔等人的解释学从本体论"下倾"到认识论和方法论层面，主张对历史性持一种"批判反思"态度。而福柯则进一步将历史性与每一次话语实践活动的政治、文化和权力性结合起来。总的看来，有关"历史性"的现代理论，始而从本体论上强调历史性作为一切人类活动给定性的普遍的不可避免性，终而又从方法论层面将这种历史性具体化到每一次人类活动中，强调人类活动与各种体制之间的关联。人们对历史性之深广度的认识已经达到一个新阶段。我们试图将马克思主义、解释学和接受美学及福柯的洞见结合起来考察历史诗学，从而对"历史性"与"文本性"之间的多重关联做出说明。

尽管这只是我们所希冀的历史诗学构架，但它作为"工作假设"可以成为我们对各种历史诗学进行批判考察的依据，也可作为我们区分历史上的主要历史诗学范式和形态的依据。从历史上看，各种历史诗学对"历史（性）"的不同层面各有侧重：偏重文学活动中的"历史事件"和"历史过程"的历史诗学，主要是基于启蒙主义历史话语的"思辨历史诗学"，它以历史化了的"世界"为价值取向；偏重文学活动中的主体的"历史认识"和"历史解释"活动的历史诗

---

① 徐贲：《走向后现代与后殖民》，中国社会科学出版社1996年版，第2页。

② ［德］马丁·海德格尔：《存在与时间》，陈嘉映、王庆节合译，生活·读书·新知三联书店1987年版，第394页。

③ ［英］特雷·伊格尔顿：《二十世纪西方文学理论》，伍晓明译，陕西师范大学出版社1987年版，第70页。

学,主要是基于浪漫主义历史话语的"批判历史诗学",它以文学活动中的"人"的历史性为价值取向;偏重文学活动中的"历史叙事"和"历史表述"的历史诗学,主要是基于后现代主义历史话语的"叙事历史诗学",它以文学活动中的文本(及其所牵涉到的各种社会规约)为价值取向。诸范式之间既有同时并存的共时性关联,也有在时间向度上通变因革的历时性关系。

这个理论坐标也显示出,文学活动中的各个要素都是多层次的。历史诗学的侧重点处于不同层次,也会使历史诗学本身呈现出不同特点。将"作家"视为独立创造者的"作家"或协作"商讨"的"作家群体",可以显示出自由人文主义与历史主义之间的不同;将"作品"视为独立自持的单个"作品"或相互锁联的"文本事件",可以见出"新批评"与社会历史批评之间的差异;将读者视为熟谙文学教规的"合格读者"或"普通大众",可见出形式主义与"文化诗学"之间的区别;视"世界"为实体性的"物理存在"和"自然"或充满意义的"符号宇宙",可见出机械论与符号学之间的理论分野。在这些两两相对的二项组中,近年来理论批评的重心向后一项大规模位移,从中显示出文学理论批评的"社会—历史—文化转向"。而新历史主义与历史诗学问题,正应该放在这个"转向"的大语境中去理解。

这个坐标也可以将历史诗学的主要问题及难题直观地呈示出来。历史诗学的"根本问题"是"文学(活动)"与"历史(性)"之间的相互关涉(relate)和相互表述(represent)的问题,它关乎文学的本质特征、功能价值及文学史观念问题。同时,历史诗学还要对历史性与作家及作家群体、历史性与作品及文本事件、历史性与读者及读者大众、历史性与世界及文化宇宙、历史性与批评及"批评工程"之间的关系问题作出说明。这些都是历史诗学的"基本问题"。各种历史诗学都试图基于自己的认识范式对这些问题作出回答,各种回答往往是"洞见"与"盲视"同在。历史诗学的难题就在这种范式转换中不断改变自己的存在方式并部分地得到解答,但尚不能说哪种理论已经彻底解决了这些基本问题。

总的看来,新历史主义的诗学观点和批评实践应归入历史诗学,因为它试图对历史诗学的根本问题和基本问题作出自己的解答。尽管批评家多认为新历史主义是描写"文化文本间性"(cultural intertextuality)的一个隐喻,①但这恰恰是新历史主义作为一种"新"历史诗学的特征所在:将"历史"解释为自己所理解的"文化"概念,即具有文本性的互动的诸种"文化力量",也就是社会的、经济的、政治的、传记的、生理的、性别的和审美的"历史力量"。新历史主义明显属于历史诗学的演替系列,其成败得失都关乎历史诗学难题的解决。因此,我们不但应在历史诗学的视野下对它作出批判分析,而且应在历史诗学传统中将新历史主义自身"历史化"。

第二节　历史转向的基本特点及其历史语境

尽管历史诗学问题作为文学理论批评的基本问题久已存在,但各种理论批评对待这些问题的立场却千差万别。20 世纪占据主流的种种形式主义文学理论批评,主要在"语言论转向"(the linguistic turn)的河道上流淌,而对文学的历史之维都采取了排拒和放逐的态度。因此,当这个世纪的最后 20 年文学理论批评再次关注历史时,便被命名为"历史转向"(the turn to history),新历史主义与这种总体文学研究趋势联袂而行。

"历史转向"起初主要指 20 世纪 70 年代末以来文学研究试图摆脱形式主义、本质主义和非历史(ahistorical)的真理观的批评实践。一些新历史主义者在这个转向中扮演了重要角色。在此过程中形成的松散的批评团体拥有好几个名称——"新历史""批判历史主义""历史唯物主义批评""文化唯物主义""文化诗学""历史诗学"以及"新历史主义",等等,最流行的当是"新历史主义",尽管人们(包括其实践者和批判者)对这个标签多有争议。

---

① 张京媛主编:《新历史主义与文学批评》,北京大学出版社 1993 年版,第 2 页。

在 90 年代初,有人将"历史转向"与新历史主义完全等同起来,认为"新历史主义是对过去 10 年文学批评中历史转向的称谓。"①但其他研究者对这种说法不是没有异议的。因为新历史主义毕竟是一个有模糊边界的学术流派,而"历史转向"所涉及的批评流派和批评领域似乎要更广更大些,比如,女权主义和后殖民主义等批评流派,也都从事着"历史转向";从更宽泛的意义上甚至可以说,当代的新马克思主义、新解释学、文化人类学和某些解构历史学等理论,也都程度不同地进行着"历史转向"。倒是可以反过来将新历史主义归入"历史转向"这一总体趋势,我们不妨先将新历史主义的历史诗学放在这种普遍的"历史转向"背景上去理解。事实上,正是通过"历史转向",新历史主义才从后结构主义驻足的地方起步而另辟蹊径别开生面,逐渐发展为一种新型的文学理论批评体系。

"历史转向"某种意义上意味着"转离"后结构主义的"文本主义"(textualism)而"转到""历史主义"。但首先应澄清的是,这种转向具有双重的不彻底性:既未真正"转离"文本,也未真正"转到"历史。②

就前一点而言,尽管新历史主义从对文本性的全神贯注转向并面对文本"之外",但它始终借重后结构主义从文本及表述问题切入而进行研究的方法论,"它在分析历史时最显著的方法特点是,普遍地将文本性、语言学和表述作为历史分析的基础置于优先地位。文学批评正在转向历史,将历史作为文本来阅读。"③即是说,新历史主义走出了狭义的文本(文字的小文本),同时又进入了广义的文本(社会历史大文本),但始终未能摆脱"文本性"。其"机关刊物"取名《表述》(Representations)即是明证,因为表述问题才是其成员共

① Wilson,R. & Dutton,R.(eds.),*New Historicism and Renaissance Drama*,London:Longman Group UK Limited,1992,p.1.

② 张进:《新历史主义与语言论转向和历史转向》,《甘肃社会科学》2002 年第 2 期。

③ John Brannigan,*New Historicism and Cultural Materialism*,London:Macmillan Press Ltd.,1998,pp.8-9.

同关心的问题。① 在新历史主义那里，"所有的文本都是关于表述的，而表述又关乎我们如何观照自己，如何为他人所观照，以及如何将我们自己投射到他人身上。新历史主义和文化唯物主义的一个宣言就是，正是我们如何被表述，形成了我们的社会政治和文化处境。"②"表述"是新历史主义所关注的核心问题，它虽在范围上比一般文学文本大，但它在根柢上依然是文本性的；尽管它作为一个社会讲述的关于自我的故事具有某种"物质性"，但在新历史主义那里，"表述"是一个相对封闭的"循环系统"，甚至"在欧洲人的表述系统之外别无一物"③。这说明，新历史主义的"历史转向"，并未"转离"文本和表述的优先性，这种"转离"同时也正是"文本性"思想向历史领域的渗透。当然，新历史主义改变了研究表述时所面对的方向：不是面向文本自身的"内向"研究，而是面向"历史"的"外向"发掘。

就后一点而言，尽管新历史主义的历史转向中体现出来的历史观与传统历史主义无法截然分开，甚至也有人认为新历史主义与后结构主义之间的斗争是"旧"历史主义与"新批评"之间历史纠纷的老调重弹，是"同一个古老问题的新面孔"④，但二者在历史观念上具有明显差异：新历史主义者并不相信"历史进程是客观的而人们很少能改变它；历史学家在研究过去时应避免价值判断；对过去及传统保持尊崇。"⑤而一般认为这些正是"旧"历史主义的观点（上引三点就是《美国遗产词典》对"历史主义"的定义）。研究者认为，在主要方面，新历史主义与"旧"历史主义的区别在于，前者"缺乏对'客观性'和

---

① Gallagher, C.& Greenblatt, S. *Practicing New Historicism*, Chicago：The University of Chicago Press, 2000, p.4.

② John Brannigan, *New Historicism and Cultural Materialism*, London：Macmillan Press Ltd.. 1998, p.219.

③ John Brannigan, *New Historicism and Cultural Materialism*, London：Macmillan Press Ltd.. 1998, p.143.

④ Murray Krieger, *The Ideological Imperative*, 台北："中央"研究院欧美研究所, 1993, p.59。

⑤ Kiernan Ryan(ed.), *New Historicism and Cultural Materialism：a Reader*, London：Arnold, 1996, pp.55-60.

'永恒性'的信念,而且,它强调的重点不在于对过去的直接重建,而在于过去被建构或创造出来的进程。"①换言之,它不急于"重建"过去,而是优先关注过去("历史")是如何被重建或创造出来的,这当然是对既往历史观念体系的质疑和拆解。这也需要一个相应的历史观念为基础:历史文本的创造过程中有某些"文本之外"的历史性因素参与进来并施加了影响,因而需要设想出一个文本的"外部";同时,这个"外部"同样也免不了要受到其他文本的重建,而不是客观的和孤立自存的;因此历史无法摆脱"文本性"。这种历史观念与传统历史主义的观念有很大差别。从这个意义上说,新历史主义的"历史转向"同时也是从传统历史主义的"转离",即"转离"传统历史主义的机械论和有机论的历史观,"转离"实体主义、本质主义的思维方式。

人们虽然不否认历史转向这一学术事实,但在对这种转向的程度、性质和效应等问题的认识上,意见颇不统一。而究竟如何看待历史转向,这涉及对新历史主义的根本定位问题。我们可以通过对历史转向与"语言论转向"之间的比较来阐发这一问题。

毫无疑问,历史转向是在"语言论转向""之后"和"之上"的(再)历史转向,它与"语言论转向"中形成的各种理论,尤其是结构主义和后结构主义的洞见密切相关。正是这些理论,为历史转向提供了一个理论基点:这既是一个作为背离对象的"遗嘱",又是一个作为向前推进的出发点。语言论转向涉及的领域极广,这里仅就其中的结构主义和后结构主义文学思想略作说明。

"语言论转向"无疑是排拒"历史"的,但"历史"被从大门赶出后又从窗户飞了进来。伊格尔顿指出,"从索绪尔和维特根斯坦直到当代文学理论,20世纪的'语言学革命'的特征就在于承认,意义不仅是某种以语言'表达'或'反映'的东西:意义其实是被语言创造出来的。我们并不是先有意义或经验,然后再着手为之穿上语词;我们能够拥有意义和经验,仅仅是因为我们拥

---

① Cox.N.J & Reynolds.L.J (eds.) , *New Historical Literary Study* , Princeton : Princeton University Press , 1993 , p.4.

有一种语言以容纳经验。而且,这就意味着,我们的作为个人的经验归根结蒂是社会的;因为根本不可能有私人语言这种东西,想象一种语言就是想象一种完整的社会生活。"①因此,语言论转向保持着一个向"历史"开放的维度。

按照一般理解,结构主义"等于否认或批判历史主义困境问题本身的立场",②它是"非历史"的。它把研究对象看作一个系统,其个别单位之具有意义仅仅是由于它们的相互"关系";而关系的模式是由索绪尔的共时语言学的"差异"原则提供的,因此,结构是一种语言牢笼,其中并没有历史文化的地位。缘此,巴尔特断言,"历史'事实'这一概念在各个时代中似乎都是可疑的了。"而且,"历史叙述正在消亡:从今以后历史的试金石与其说是现实,不如说是可理解性"。③ 但结构主义对人类意义"建构性"的强调代表了一种重大进步。它认为意义是系统的产物,意义不是自然的和永恒的。人能表达什么意义首先取决于他分享何种语言。它从历史逃向了语言,但"在推开历史和所指物之时,结构主义也力图使人们重新感到他们赖以生活的符号的'非自然性',从而使人们彻底意识到符号的历史可变性。这样结构主义也许可以加入它在开始时所抛弃的历史。"④事实证明,结构主义后来不同程度地加入了"历史"。

后结构主义发现了结构主义强调能指与所指的完整统一而忽略其中的个性、差异和非中心化的不足,转而强调"文本""文本性"(textuality)和"互文性"(intertextuality)等概念。巴尔特认为,从结构主义转到后结构主义,部分地是从"作品"转到"文本",从视文学为封闭实体转向视其为不可还原的复合

---

① ［英］特雷·伊格尔顿:《二十世纪西方文学理论》,伍晓明译,陕西师范大学出版社 1987 年版,第 68 页。

② ［美］詹姆逊:《马克思主义与历史主义》,载张京媛主编:《新历史主义与文学批评》,北京大学出版社 1993 年版,第 22 页。

③ ［法］罗兰·巴尔特:《历史的话语》,载［法］罗兰·巴尔特:《符号学原理:结构主义文学理论文选》,李幼蒸译,生活·读书·新知三联书店 1988 年版,第 60—62 页。

④ ［英］特雷·伊格尔顿:《二十世纪西方文学理论》,伍晓明译,陕西师范大学出版社 1987 年版,第 155 页。

物和一个不能被固定到单一中心、本质或意义上去的能指游戏。文本不是一个结构，而是一个"开放的结构过程"。文本性亦即文本的"生产性"，文本作为意义的载体是多重的、不确定的和多义的，每个文本都具有互文性。一切文学作品都是由其他文学作品织成的，每个词汇、短语或作品片断都是先于或围绕它的其他写作物的重造。这就是后结构主义者所津津乐道的"互文性"："任何一个文本都是其他诸文本的复合体之吸收与转化。"①

在后结构主义那里，文本和文本性无远弗届，文本走出了象牙之塔，"占领"了历史；它按照自己的形象"改写"了历史，把一切都看作一些不确定的"文本"。解构主义者德里达自己的工作也是极端非历史的，是回避政治的，并且在事实上是忽略了作为"话语"的语言的，其中似乎没有为历史现实留下位置。但其"文本""文本性"和"互文性"概念都强调了文本的开放性、过程性和生产性。这种特性虽主要还局限于文本之间，但它毕竟已经为其他社会历史因素留下了进路。它"并不是在荒诞地力图否定相对确定的真理、意义、同一性、意向和历史连续性，它是在力图把这些东西视为一个更加深广的历史——语言、潜意识、社会制度和习俗的历史——的结果。"②也就是说，一旦我们意识到后结构主义的这一深层历史眷注并对其学说进行适当的"历史化"，后结构主义就有可能成为一种新型的"历史"诗学。

从结构主义向后结构主义转移，也就是部分地从"语言"（language）转向"话语"（discourse）。前者是从客观角度观察的言语，它被看作是没有主体的一条符号链。后者则意味着把语言理解为个人的话语，即理解为包括说写的主体，因而至少也潜在地包括读者和听者的事物。巴赫金对形式结构语言观的批判极大地推动了这一转移进程。他认为，语言本身是"对话的"，语言只能从它必然要面对他者这一角度加以把握。符号在特定的社会条件下将各种

---

① 周宪：《超越文学》，上海三联书店1997年版，第201页。

② ［英］特雷·伊格尔顿：《二十世纪西方文学理论》，伍晓明译，陕西师范大学出版社1987年版，第163页。

社会语调、价值判断等浓缩于自身。因此语言符号应被理解为话语,它既非"表现"和"反映",也非抽象系统,而是一种物质生产手段,借此,符号的物质实体通过社会冲突和对话过程而变成意义。语言作为话语不仅表述外在世界,也表述语言自身。这种观念深刻地影响了新历史主义的历史诗学。

后结构主义推崇"具有多样性、可塑性、自由运转的、没有限制的"①非大写历史。这种历史观念正是"历史转向"的起跑线。新历史主义要进一步追问有没有一种途径,既不将历史设想为某种既定事实又不滑向形式主义或文本主义,同时还能分享后结构主义的洞见呢? 其"文本的历史性与历史的文本性"概念就是一个尝试。这个定义显示出新历史主义作为历史转向的主力与语言论转向之间的亲缘关系,文本性与历史性之间是一种张力制衡关系。这即使新历史主义批评有了弹性,也为新历史主义的批判者提供了依据。对大多数新历史主义的研究者来说,语言论转向与历史转向之间的关系,一般可基于两种立场做出:基于历史主义,肯定其"历史"转向而将之视为历史主义的"胜利"或指责它未能完全达成这种胜利;基于后结构主义,肯定历史转向是后结构主义对历史的"占领"或批评它未能充分实现这种"占领"。这两种观点的共同错误在于,将语言论转向与历史转向对立起来了。历史转向的根本特点,就是历史主义和后结构主义两相凑泊,双向交合。批评者通常从"历史"转向或新"历史主义"之名出发,指责其"对待历史问题时模仿语言学,先共时性而后历时性;先范式而后句法;先语言(langue)而后言语(parole)"。②这种指责恰好道出了历史转向与语言论转向间的关系:题材上先"历史"而后结构;方法上则先结构(共时性)而后历史(历时性)。

美国解构批评家米勒在 1986 年就任美国现代语言学会主席的演说中惊呼,"过去几年中,文学研究经历了一场突变,几乎整个地摆脱了理论,也就是

---

① [英]特里·伊格尔顿:《后现代主义的幻象》,华明译,商务印书馆 2000 年版,第 76 页。

② Wilson,R. & Dutton,R.(eds.),*New Historicism and Renaissance Drama*,London:Longman Group UK Limited,1992,p.14.

说不像以往那样关注语言本体,而是相应地转向历史、文化、社会、政治、体制、阶级和性别局限、社会背景以及物质基础。"进入 20 世纪 90 年代,更多的研究者都进行了历史转向,有趣的是,米勒本人竟然也是其中之一。① 米勒对历史转向之后所关注的新题材和新对象的概括是大体准确的,这段话也为新历史主义研究者广泛征引。但他将语言论转向和历史转向、话语领域和社会领域两极对立起来了。蒙特洛斯认为,新历史主义作为文化研究,"其主流倾向是强调这些领域之间的相互构成:一方面,社会被理解为话语建构;另一方面,语言运用被理解为对话性的,被社会地和物质地决定了的。"所以,米勒所说的"转向","可以更好地解释为扩大和深化我们在学术上对语言和阅读的主要关注。"②其实,新历史主义的成就之一,正是在一种新型的文本主义/物质主义批评实践中超越了形式主义/历史主义的对立;而打破话语与话语"之外"两极对立的结果就是抛弃那种思想/现实的对立。

历史转向是从语言论转向的一端进入又从另一端突围而出才达到的理论批评境界。这可以说是语言论转向的洪流最终一头撞在"历史主义"的铁壁上;同时也是语言论转向为历史锻造了武器。历史转向从语言论转向那里承继的东西与克服的东西一样多。研究者指出,"近来的历史转向(在文学研究中和其他方面)既是对文本主义的反动,某种程度上也是文本主义的产物。它是对文本主义的反动,因为它断言文本之外有某种东西,这些东西既产生了文本也产生了对文本的反应;同时,历史转向又要归功于文本主义,因为它从文本主义中获得了观念,来探索历史中的文本的复杂多面的生活。"③与"转向"的双重不彻底性相应,"转离"也具有双重意义:从后结构主义和传统历史主义的同时转离。因此,那种将历史转向与语言论转向对立起来或等同起来

---

① Cox. N. J & Reynolds. L. J. (eds.), *New Historical Literary Study*, Princeton: Princeton University Press, 1993, p.6.

② Greenblatt, S.& Gunn, G.(eds.), *Redrawing the Boundaries*, New York: The Modern Language Association of America, 1992, p.412.

③ Jeremy Howthorn, *Cunning Passages*, London: Arnold, 1996, p.47.

的做法都是错误的。

如果对历史转向本身进行"历史化"，我们就会发现，有诸多因素在这一过程中发挥了作用。其中最主要的有四点。从文学理论批评的嬗替过程看，历史转向即是文学批评从"新批评王朝"转到"理论支配时代（特别是解构主义）"，然后再次"转向历史"①。新批评对作品进行孤立的形式研究，将文学的意义局限于文学文本；代之而起的结构主义看重的是文本所属的语言或文化的符号系统对于文本意义的决定作用，但结构自身却是一个用其"差异"原则无法确定的东西，意义只在那些结构无法说明的死角；于是后结构主义取而代之，它强调能指符号的自由置换而引起的意义延宕，但只看到文本中的意义死角所造成的语言的不稳定性和不在场而看不到语言的意义，认为只有将文本"神秘化"才能走出这些意义死角。历史转向可以看作一种将解构活动本身作为另一种文本解释方法进行"解神秘化"（demystify）的努力。历史转向的一般观点认为，除了语言之外还有许多其他中介形式，如生产方式、社会习俗、国家机构、政治事件等，这些因素虽不"决定"但会影响文本的符号话语。文本不是语言抽象而是现实中发生的动态的构成性"事件"。词语及文本就是世界的构成部分，其效应及使用都与所有权、权威性和权力强制有关。

从学术研究史角度看，历史转向与"左"派在 60 年代以来的学术研究有关。"左"派在现实实践中碰壁以后退守学术研究领域，在学术研究中试图恢复自己的抵抗和颠覆。在后现代思想的感召下，这些人"对历史的宏大叙事和总体性理论的批评明显是对马克思主义的抨击。然而对决裂和断裂的强调却与黑格尔的马克思主义思想模式相一致"，其批判的和激进的精神包含马克思主义的批判、对抗和社会发行之主题。②

---

① 　Cox. N. J & Reynolds. L. J. (eds.), *New Historical Literary Study*, Princeton：Princeton University Press，1993，pp.6—8.

② 　[美]斯蒂芬·贝斯特、[美]道格拉斯·科尔纳：《后现代转向》，陈刚等译，南京大学出版社 2002 年版，第 5 页。

从研究者个人的成长历程看，历史转向与部分研究者的生活现实分不开。他们大多是那个充满动荡和实验性的 60 年代的学生。① 他们在体制本身的压制性环境中成长起来，感受到了读者、编辑甚至排字工人对文学作品作为社会产品的冲击和摆布，故研究者努力对文学生产的合作者、外行读者、刊物编辑、抄写者和其他卷入文学出版过程的人进行研究。

从文化领域看，历史转向是对不断加剧的"历史遗忘症"的补偿；或者是对当代作家和艺术家的历史眷注的"同情式反应"。施密特指出，"不断增长的历史厌倦症成为 20 世纪下半叶的特征，这在西方尤其如此。当代社会科学高度精练、趋向量化的研究方法，正日益把历史思想的作用驱走。"② 对"历史"的漠视必然引起思想反弹。蒙特洛斯也认为，"最近文学和文化研究中对历史、社会和政治问题的兴趣，无疑是对不断增强的历史遗忘的反动，这种历史遗忘似乎是不断加强的技术专制和商品化的美国学术和社会的特点。"③ 历史转向即是对这一症候的反动以及对文学中这种反动的同情式回应。

历史转向中形成的基本观点是：包括学术著作在内的文化客体的创造，都植根于多样的、复杂的、交叠的"过去"；"过去"是一套从概念上可分割而事实上相互连锁的诸历史（histories），其中有文学传统或话语、政治史、意识形态史、变迁史、技术改进史，等等。文学话语不仅仅是对历史的"反映"或对人的思想情感的"表达"，文学话语是一种参与塑造历史的能动力量。

---

① ［美］弗雷德里克·詹姆逊：《文化转向》，胡亚敏等译，中国社会科学出版社 2000 年版，第 73—74 页。詹姆逊指出，此期是一个"戏剧表演"的时代，当时的人们认为"戏剧表演是又一种艺术实践的形式，戏剧的改变……有助于对生活本身的普遍改变"。莎士比亚在这一时期被重新以新形式上演，不但强化了如上观念，也奠定了这代人对莎士比亚和文艺复兴时期的知识兴趣。

② ［德］施密特：《历史和结构：论黑格尔马克思主义和结构主义的历史学说》，赵培杰译，重庆出版社 1993 年版，第 1 页。

③ Greenblatt, S. & Gunn, G. (eds.) *Redrawing the Boundaries*, New York: The Modern Language Association of America, 1992, p.394.

第三节　新历史主义的对象范围和观念方法

新历史主义是一种"历史诗学",也是文学批评"历史转向"总体趋势的一部分;同时,它也是一种特殊形态的历史诗学和历史转向中的一个独特分支,其本质特征需要进一步界定。

1982 年,美国加州大学伯克莱分校英文系教授格林布拉特(Stephen Greenblatt)在《文类》(Genre)杂志一期专刊的前言中将与自己志同道合者的文学批评笼统地概括为"新历史主义"(new historicism),①并认为这个术语"涉及权力的诸种形式",这个定义"向那种在文学前景与政治背景之间做截然划分的假设挑战,泛言之,向在艺术生产与其他社会生产之间做截然划分的假设挑战"。② 这一自贴的标签不胫而走,迅速在批评界流传开来,并且围绕它形成了一个跨学科、超国界、多分支的松散的学术批评群体,其中有一大批引人注目的批评家,撮其要者,有美国的格林布拉特、蒙特洛斯(Louis Montrose)、伽勒赫(Catherine Gallagher)、奥格尔(Stephen Orgel)、戈德伯格(Jonathan Goldberg)、帕特森(Lee Partesen),英国的多利摩尔(Jonathan Dollimore)、辛费尔德(Alan Sinfield),德国的魏曼(Robert Weimann),加拿大的帕克(Patricia Parker)等文学批评家,还有美国的海登·怀特(Hayden White)等历史学家,其中一些人是从其他批评阵营走出而加入新历史主义麾下的,如为读者反应批评作出重要理论贡献的简·汤普金斯(Jane Topkins),曾经是后结构主义者的希利斯·米勒(Hillis Miller),作为女权主义者的凯瑟·戴维森,作

---

① "New Historicism"这一术语并不是格林布拉特首先使用的。早在 1972 年,一位名叫威斯利·莫里斯(Wesley Morris)的批评家,就出版过一本名为《走向新历史主义》(Toward a New Historicism)的文学批评著作。之所以取名"新历史主义",作者说,是因为他发现 20 世纪美国批评的很大一部分,是从根本上渗透着一种历史主义态度。这本书用今天的眼光看来,还属于所谓"旧历史主义"一类。

② Stephen Greenblatt, "Introduction:The Forms of Power", Genre 7, (1982), pp.3-6.

为马克思主义批评家的魏曼等。他们以恢宏的文化视野和新颖的批评方法，向陈旧僵化的传统社会历史批评和处于强弩之末的后结构形式主义批评发起了挑战，被认为代表着近年来世界文学批评的主要趋势。

但"新历史主义"并不是一个没有争议的标签，研究者威瑟教授甚至认为，它是"一个没有确切指涉的措词"，"一个颇费踌躇的术语"①。部分贴有这一标签的人亦对之怀有戒心。格林布拉特表示，"新历史主义"这一标签的广泛流行令他"惊讶不已"。蒙特洛斯则担心"新"历史"主义"在变成新的学术正统时取悦于人们对"新"的商品化崇拜，是晚期资本主义条件下学术市场一时的智力偏好。② 另有一些人则既是新历史主义的"实践者"又是它的"批判者"。新历史主义本身是一个异质性、杂语式的存在，其代表人物的批评实践和所关注的问题也有明显差别，这标示出该流派的不同向度，但这也使它无法用"大写"形式来特指，而只能用"小写"形式来泛称。

格林布拉特本人并未对这一术语做具体的理论说明，而认为新历史主义首先应被"界定为一种实践——一种实践，而不是一种教义"。③ 因此，人们都知道新历史主义的一些原则，但其首要原则即是"抵制体系化"，这使它带有某种折中主义和经验主义倾向。他们声言从不系统地说明一套理论假设或程式，也不总结自己特有的问题序列；他们担心理论概括会成为对批评实践者多样化、个性化和即兴式批评的限制和枷锁。但新历史主义者格林布拉特、蒙特洛斯、伽勒赫等人的批评文章也始终在谈论自己的方法论原则。他们热衷于从其他理论流派和其他学科借用术语，他们也思考那些首要原则问题；但他们在迷恋理论的同时又抵制理论，对将抽象观念运用到文学作品深表怀疑。他们热衷于对理论体系的有效性和批评者自身的理论立场进行双向的反思批

---

① Aram Veeser(ed.), *The New Historicism*, London: Routledge, 1989. p.9.

② Aram Veeser(ed.), *The New Historicism*, London: Routledge, 1989. p.18.

③ ［美］格林布拉特：《通向一种文化诗学》，载张京媛主编：《新历史主义与文学批评》，北京大学出版社 1993 年版，第 1 页。

判。他们在批评中也时时进行自我反思,质疑和检视自己在批评运作中所起的作用和所扮演的角色,探讨自己的假定和论据,表明自己的话语立场。因此,在新历史主义那里,抵制理论体系化本身就是一种特殊的理论。

但这种做法也造成了新历史主义研究中的一个特殊现象:对新历史主义本身的讨论常常显得比其实际批评实践的例子还要多;也造成新历史主义研究的一些特殊困难:没有一个由其代表人物所表述的权威性、独创性的理论话语可供征引。由于他们"一般又都不愿意加入这个或那个居主导地位的理论营垒"①,对它的研究只能从其批评实践和它所倚重的理论学说中去总结。

新历史主义是有的放矢的,格林布拉特等人表示,"'新历史主义'首先指一种对美国新批评的厌倦,一种对既定规范和程式的动摇,一种对不同意见与永无厌足的好奇心的整合。"②因此,它首先是作为一种既往理论的挑战者而非新理论的建构者存在的。我们不能将它划归某个既定的规范系统,也不能将它看成一个静态的学术流派。它是一个不断吸纳其他理论学派滋养并不断进行自我更新的过程性存在,甚至在理论资源上带有多种理论碎片"拼贴"(collage)的痕迹:其理论批评中杂糅和融合了(新)马克思主义、文化人类学、解构史学、新解释学以及巴赫金的"杂语""多语"学说等理论批评话语。

新历史主义批评的对象范围,经历了一个逐步扩大和深化的过程。从70年代后期开始,欧美一些文艺复兴研究者对同样处在形式主义语言牢笼的解构主义批评感到厌倦而萌生了"历史转向"思潮,以对文艺复兴研究中的形式主义进行反拨。这个领域是形式主义相对薄弱的环节,也是"权力关系"表现得相对明显的一个时期,历史转向首先发生在这里,倒是不难理解的。因为人们往往以为莎士比亚剧作并非特定时代的产物,而是一切时代所共有的作品

---

① ［美］格林布拉特:《通向一种文化诗学》,载张京媛主编:《新历史主义与文学批评》,北京大学出版社1993年版,第2页。

② Gallagher,C.& Greenblatt,S.*Practicing New Historicism*,Chicago:The University of Chicago Press,2000,p.2.

和"永恒的"传世之作，这样就把莎士比亚从他所处的历史具体性中抽离出来而陷入一种实足的形式主义研究。但是，身处后现代时期的研究者不仅各有其自身的人生忧患，而且对启蒙运动以来的一元化的历史叙述产生了深刻怀疑。而文艺复兴被视为前工业社会人的最后避难所，这些学者之所以对它如此感兴趣，是因为这些学者自己也生活在历史的一个断层中。在这种情况下，文艺复兴文化分析竟能被用来说明 20 世纪末期的文化所关注的问题。文艺复兴时期是一个较少受现代理论浸染的历史断层，是反思启蒙运动以来世界文化史的一个充满魅力的出发点。研究者对文艺复兴时期的矛盾性和非连续性的讨论，"正是在很大程度上由 20 世纪末叶人们对自身历史条件的阐释而产生的叙述。"①因此，新历史主义对文艺复兴的研究，是一种切己性的、面对当下的研究。这种研究并不关注那些无关痛痒的纯粹形式，而是强调文艺与具体历史情境中的各种历史力量、社会能量以及权力关系的复杂纠葛。这种研究对过去和当下发挥着双重的批判作用。格林布拉特、蒙特洛斯、多利莫尔等人虽至今还主要致力于文艺复兴研究，但其中都包含着一种对当下文化困境的思考和对自己理论立场的审视和批判。

在此基础上，新历史主义者将其研究文艺复兴的原则方法推广运用到了更广阔的研究领域。除文艺复兴外，其重要研究领域还有 19 世纪英国浪漫主义文学，这方面的代表人物是麦克干（Jerme McGann）、辛普森（David Simpson）等人。一般浪漫主义的自由人文主义者认为，文学是"天才"作家自出机杼的戛戛独造，其作品是超历史的"纪念碑"（它与新批评的观念遥相呼应），作者所处的历史环境对其没有实质性的影响。新历史主义深入这一领域，全面破除了这种"非历史的"理论假设，在这个阵地上也高高竖起了新历史主义的旗帜。在其20多年的发展历程中，新历史主义的研究的范围已大大拓展。从 1987 年开始，格林布拉特主编一套名为"新历史主义：文化诗学研

---

① 霍华德：《文艺复兴研究中的新历史主义》，载中国社会科学院外国文学研究所《世界文论》编辑委员会编：《文艺学和新历史主义》，社会科学文献出版社 1993 年版，第 92 页。

究"的丛书,至今已出版了数十本,大有将文学史重写一遍的气概。可以说,其原初的文艺复兴研究已经扩展为英语文学史的"全球殖民化",其研究领域也将要"覆盖整个英语文学史"。①

　　新历史主义与其他多种文学批评流派之间的边界具有模糊性,它与文化唯物主义之间更是难以区分,多利莫尔和辛费尔德等人通常被理论家同时划归两个流派。但对两个流派作出初步区分是必要的。有人试图从其研究对象的差异上进行区分,认为二者都将权力关系置于文本解释的最优先的语境地位,"新历史主义处理的是过去社会的权力关系,而文化唯物主义探讨的是当代权力关系语境中的文学文本。"②这种区分似难成立,因为文化唯物主义者也研究过去的权力关系;而一般新历史主义者也确实保持着一个对当下现实的批判维度。批评家雷安认为,"通过将文学强行与历史联系起来,以及将文本作为语境不可分割的部分对待,在当前情境所造成的充满政治意味的观点上,新历史主义与文化唯物主义联合起来了。"③这种看法是有道理的。在此基础上寻找其间的差异,笔者更赞同蒙特洛斯的观点,他认为英国的文化唯物主义始终是一个处于边缘的学术话语,而美国的新历史主义"正在成为最新的学术正统,与其说它是一种批评,不如说它是受意识形态支配的主体。"④前者更多地受到威廉斯著作的影响,强调文化中的政治作用和社会阶级关系的阐释力量,它虽赞同新历史主义的历史文本性观点,但它属于西方马克思主义批评的一部分,其学术上的巨大成就并未使它成为英国文学批评的主流。而新历史主义则更多地受福柯学说的影响,试图在政治归属上与马克思主义划

---

　　①　Kiernan Ryan(ed.), *New Historicism and Cultural Materialism*: *a Reader*, London: Arnold, 1996, p.x.

　　②　John Brannigan, *New Historicism and Cultural Materialism*, London: Macmillan Press Ltd., 1998, p.9.

　　③　Kiernan Ryan(ed.), *New Historicism and Cultural Materialism*: *a Reader*, London: Arnold, 1996, p.xi.

　　④　Louis Montrose, "Renaissance Literary Studies and the Subject of History", *ELR*, 16(Winter 1986), p.7.

清界线,强调自己的政治独立性,追求以一种无定性的整体观照来看待历史,认为单一的政治立场和观点会将历史纳入"单一逻辑的"（monological）表述而掩盖了历史的复杂面目。同时,两个流派虽都承认文学对统治性权力结构兼具同化与颠覆作用,但新历史主义更重同化方面,对颠覆的可能性持悲观态度;而文化唯物主义更强调文学的颠覆和反抗功能,显示出比前者更激进的政治色彩和更乐观的姿态。即使在如此区分的基础上,我们也还承认其间关系的复杂性:两个流派分享大致相同的理论资源,一般应将两个流派放在一起进行对勘发明。

新历史主义是在文学与"历史"的关联语境中考察文学问题的,其观念体系和方法论原则可以从多个层面进行概括。

一、主导符码:"权力关系"

一般说来,每个批评理论都有自己的主导符码或"轴心概念"①,如马克思主义的"生产方式",结构主义的"结构关系",后结构主义的"文本性"等。新历史主义在历史语境中考察文学时,将"历史语境"从根本上理解为一种"权力关系"（power relation）,它通常是通过研究文本与权力关系的关联方式来显示其文学观点的。在它看来,历史的丰富内涵皆与"权力关系"这一轴心概念相关联并受后者制约,因此,它是"一种将权力关系作为所有文本的最重要的语境而置于优先地位的批评解释模式。作为一种批评实践,它将文学文本视为权力关系的可视性（visibility）的空间"②。在考察莎士比亚剧作、其他文学作品及其与国家的关系时,权力的可视性是一个重要概念。新历史主义的权力概念来自福柯《性史》（第 1 卷）,它通常指渗透在我们的社会、政治和文化

---

① ［美］苏珊·朗格:《艺术问题》,滕守尧、朱疆源译,中国社会科学出版社 1983 年版,"前言"第 1 页。苏珊·朗格认为,"我的理论体系中的基本概念——亦即支撑着我的艺术理论体系的轴心概念"。事实上,理论流派之间的区别,首先通过其"轴心概念"的不同而显示出来。

② John Brannigan, *New Historicism and Cultural Materialism*, London: Macmillan Press Ltd., 1998, p.6.

关系中的控制和抵抗关系,它也将权力视为我们生存的"生产性"的构成部分。在它看来,权力既是"压制性"的又是"生产性"的。它对历史或文学文本的具体分析大多数集中在作为意识形态手段或产品的文本与既在社会秩序或权威的两种根本的关系形态:巩固和破坏。受马克思主义影响较大的文化唯物主义重在强调文化产品对意识形态控制的必然破坏作用;而受福柯学说影响较多的新历史主义则侧重在主导意识形态对社会和文学中的他异因素的同化、化解和利用以及后者对于前者的无意识的配合作用。它认为,文学对历史、历史对文学都有重大影响:文学能够"包容"和促进"颠覆",国家和主导意识形态也能控制文化表达。文学对主导意识形态的颠覆和这种颠覆的被利用同时并存,颠覆甚至是主导意识形态证明自身合法性时所需要的。

新历史主义的批判者则认为,新历史主义坚持权力的无所不在性和不可避免性,这使得它很少能够注意历史的"具体性"和"复杂性"。批评家泡特(Porter)认为,新历史主义成功地置换了统治旧历史主义和造成经验主义历史发展模式的进步论的宏大叙事,但只是"代之以权力的另一种宏大叙事"。[①]当新历史主义强调"权力关系"的重要性时,其文学批评方法强化了两个方面:"文化文本间性"和"深层跨学科性"。值得注意的是,新历史主义所检视的各种文本通常形成一种"循环封闭的"话语,即"将帝国主义文本联系于其他帝国主义文本,拒绝倾听话语之外的多种声音和多种表述"[②]。这种将自己完全封闭在由权力关系所织就的话语网络之中的倾向,也是新历史主义最受诟病的理论弱点。当然,新历史主义的"权力关系",必须结合它与文本及历史的关系来说明。权力关系是对历史中的各种力量或社会能量(social energy)的总称,它是与"话语"交融在一起的,它必须结合历史社会能量的复

---

① Carolyn Porter, "Are We Being Historical Yet?" *South Atlantic Quarterly*, Vol.87, No.4(Fall 1988), p.765.

② John Brannigan, *New Historicism and Cultural Materialism*, London: Macmillan Press Ltd., 1998, p.152.

杂性和异质性来获得说明。

二、基本参照：历史性和文本性

新历史主义及其批判者大多试图以"历史性"与"文本性"及其间相互关系作为界定其批评实践的主要参照点。伽勒赫认为，新历史主义的阅读方法是，"把文学文本和非文学文本都当成是历史话语的构成成分，而历史话语既处于文本之中又外在于文本；另外，它的实践者们在追寻文本、话语、权力和主体性形成过程中的关系时，一般并不确定一个因果关系的僵硬等级标准。"①这段话应该与蒙特洛斯的著名定义对勘发明。蒙特洛斯为新历史主义提出了一个绕口令般的定义："文本的历史性和历史的文本性"（The historicity of texts and the textuality of the histories，注意这里是复数小写的"histories"，但许多引者将其写成单数形式），这个定义整饬简明，因而被广泛征引。

蒙特洛斯解释说，"我以'文本的历史性'指所有的书写形式——包括批评家研究的文本和我们处身其中研究其他文本的文本——的历史具体性和社会物质性内容；因此我也指所有阅读形式的历史性、社会性和物质性内容。'历史的文本性'首先是指，不以我们所研究的社会的文本踪迹为媒介，我们就没有任何途径去接近一个完整的、真正的过去和一个物质性的存在；而且，那些踪迹不能被视为仅仅是偶然形成的，而应被设定为至少是部分必然地源自选择性保存和涂抹的微妙过程——就像那些生产出传统人文学科规划的过程一样。其次，那些在物质及意识形态斗争中获胜的文本踪迹，当其转化成'档案'并成为人们将人文学科阵地宣称为他们自己的描述和解释性文本的基础时，它们自身也充当后人的阐释媒介。"②

具体而言，"文本的历史性"有三层含义：一是指一切文本（包括社会大文

---

① Aram Veeser(ed.) , *The New Historicism* , London：Routledge，1989.p.37.

② Greenblatt，S.& Gunn，G.(eds.) , *Redrawing the Boundaries* , New York：The Modern Language Association of America，1992，p.410.

本），都具有社会历史性，是特定的历史、文化、社会、政治、体制、阶级立场的产物。因此，阐释者应该对"文学文本世界中的社会存在以及社会存在之于文学的影响实行双向调查"①，观察文学文本所牵涉到的社会规约、文化成规和表达方式。二是指任何一种对文本的解读活动，都不是纯客观的，而不可避免地带有其社会历史性，都不仅在历史中发生，而且只有通过历史才能发生。文本像其他事件一样拥有时间意义和时间内容，它随时间推移而变化，从而使自身成为一个动态开放的、未完成的存在。暂时性（temporality）是文本的内在属性，历史的不断重写和重构是一种必需和必然。② 三是指任何一个文本都不仅仅是一种对历史的"反映"或"表达"，文本本身即是一种历史文化"事件"（event），它是塑造历史的能动力量，文本本身是历史的一个重要组成部分。

　　"历史的文本性"有两层含义：一是指只有凭借保存下来的文本，人们才有可能了解过去。如詹姆逊所言，"我们只有通过预先的（再）文本化才能接近历史。"③文本并不是客观而被动地反映历史的外在现实，而是通过保存和涂抹的选择过程对历史进行文本建构；这个过程受权力关系和意识形态的制约，因而并非随意的。二是指当文本转换成文献并成为历史学家撰写历史的依据时，它将再次充当阐释的媒介。文本充当阐释媒介的无限过程赋予文本以某种能动性和创造性，从而将阐释者与文本之间的关系转换为一种双向对话的互动关系。"历史的文本性"概念，以文化系统的共时文本代替了文学史意义上自足的线性文本，填平了文学话语与历史话语之间的传统鸿沟。

　　"文本的历史性"与"历史的文本性"作为同一命题的两个方面是互为条

────────────

　　① Greenblatt, S., *Renaissance Self-fashioning*, Chicago: The University of Chicago Press, 1980, p.5.

　　② Brook Thomas, *The New Historicism and Other Old-fashioned Topics*, Princeton: Princeton University Press, 1991, p.32.

　　③ ［美］弗雷德里克·詹姆逊：《政治无意识：作为社会象征行为的叙事》，王逢振、陈永国译，中国社会科学出版社 1999 年版，第 70 页。

件的，其间是一种"张力制衡"关系。这使文本与其历史语境之间的关系变成动态的了。文本与历史之间的关系无法用公式化的理论来给出，相反，文本与世界、文本的物质性与它所产生的意义、艺术与历史之间的交互作用是每一次批评实践调查的对象。一般马克思主义和后结构主义理论主张文本与历史、审美与政治之间的"特定"关系，新历史主义阅读则通过调查文本如何产生这种界线的方式而实行。不仅历史本身只有作为文本才可接近，文本本身也是某种非话语力量（如印刷、表演条件、发行等极端物质化的决定因素）的结果。因此，格林布拉特主张批评应聚焦于使历史之表述成为可能的"商讨"和"交换"。同样，蒙特洛斯提请人们注意话语领域与物质领域之间的动态的、不稳定的、交互式的关系。这样，文本成了塑造历史的能动力量，文学成了文化与物质实践、"讲述话语的年代"与"话语讲述的年代"之间双向辩证对话的动力场。

这个命题"倾向于强调结构关系，而以牺牲连续性进程为代价；实际上，它以共时的文本间性轴线为取向，将文本视为文化系统的文本，而不是以历时性为取向，将文本视为自足的文学史的文本。"①这种先共时性而后历时性的做法也招致了严厉的批评。批评家勒翰（Richard Lehan）认为，新历史主义由于借重后结构主义的文本观念而在本质上排斥历史的线性发展和历史的深度，将时间空间化，将历史的言说变成以一种言说取代另一种言说的话语，这种历史的事物秩序仅仅是人类文字秩序言说的再现。② 这种对新历史主义的定义及基于这种定义的批判是切中要害的。

三、历史观念：小写复数化、对话过程化、偶然即兴化

新历史主义无疑包含着历史观念的巨大变化，除了上文所述的将历史与

① Greenblatt, S.& Gunn, G.（eds.）, *Redrawing the Boundaries*, New York: The Modern Language Association of America, 1992, p.401.

② 王岳川：《后殖民主义与新历史主义文论》，山东教育出版社 1999 年版，第 217 页。

权力关系和文本性联系起来以外,还有另外几个方面值得强调指出。

首先,新历史主义的"历史",不是单数大写的历史(History),而是小写复数的"诸历史"(histories)。启蒙运动以来的主流历史学家大多强调整体性一元化的政治国家史。20世纪60年代以来,欧美的历史学科扩展到一些新领域,史家的兴趣开始从重大战争、君主序列、英雄领袖转向普通大众的婚丧嫁娶、宗教信仰、礼仪风俗等社会文化的"诸历史",发掘那些被湮没者和被边缘化者的历史,新历史主义承继了这一新传统,但它不仅仅是讲述这些湮没者的历史,而是"首先试图理解它们是如何变得湮没无闻的,而在当前又是什么力量使它们湮没或得见天日的。"①当然,如此而呈现出来的历史同样是多样化的诸历史。诚如李泽厚先生所言,所谓"历史本体","只是每个活生生的人(个体)的日常生活本身。但这活生生的个体的人总是出生、生活、生存在一定的时空条件的群体之中,总是'活在世上''与他人同在'"。这种"与他人同在"的个体的历史,同时也是一种"小写复数历史"②。1980年,有新历史主义倾向的批评家林特利查指出,以前的各种历史观念都试图将自身变成单一性和整体性的,而"抵制异质性、矛盾性、碎片性和差异性的力量:简言之,即一种否定诸历史的单一历史。这些历史概念与文学批评中形式主义理论的反历史冲动联袂而行。"③他指出了"单一整体的历史"与形式主义之间的微妙关联。这预示着新批评王朝终结以后,文学批评的历史观念要发生重大变化,其中首当其冲的就是对小写复数历史的强调。一元化的正史不可能将历史过程的丰富多样性一网打尽。新历史主义向那些游离于正史之外的历史裂隙聚光,即试图摄照历史的废墟和边界上蕴藏着的异样的历史景观。他们把过去所谓单数大写的历史,分解成众多复数小写的诸历史,从而把那个"非叙述、

①　John Brannigan, *New Historicism and Cultural Materialism*, London: Macmillan Press Ltd., 1998, p.35.

②　李泽厚:《历史本体论》,生活·读书·新知三联书店2002年版,第13页。

③　Frank Lentricchia, *After the New Criticism*, Chicago: The University of Chicago Press, 1980, p.xiv.

非再现"的历史,拆解成了一个个由叙述人讲述的故事(his-stories,her-stories)。① 这种历史观念中既有巴赫金"多语杂语"学说的影响,也有福柯将"断裂"和"差异"两个概念楔入历史而造成历史新观念的影响。这种历史观也突出了"历史作为大众文化"和"历史作为多种声音"的观念。②

其次,"历史"不只是既往完成的,而是一个开放的对话过程,延续至今并影响人们的认知和行为,而当今人们的实践也在发展着历史、阐释着历史并赋予历史以新的价值和意义。"已发生之种种"万难在研究中"重现","历史本来面目"绝难弄清,我们只有通过文本来接近历史。但流传下来的文本只是对历史事实的一种"表述",它与真实之间有着无法逾越的时间间距和文化间距,因此历史学家的任务只能是重构文本产生时的那个文化氛围,而无法真正回到当时的历史之中。这种重构绝不是客观中立的,而是受重构者当前的历史性的限制,今天的研究者转向历史的目的,就是在自己的表述中与"历史"对话,而不是一味进行事实认同。格林布拉特说,他的目标是"尽可能找回文学文本最初创作与消费时的历史境遇,并分析这些境遇与我们现在境遇之间的关系。"③人首先是历史的阐释者,"一个人在这种阐释工作中是不可能遗忘自己所处的历史环境的。""我针对自己的材料提出的问题,事实上这些材料的性质,统统都受到我向自己提问的支配。"④阐释者在与"讲述话语的年代"和"话语讲述的年代"展开双向辩证对话时,总会显露出自己的声音和价值观。不参与的、不作判断的、不将过去与现在联系起来的写作是不可能的,也是没有价值的。价值判断是复杂的,对当下的"中立"或"漠然"关系是不可能

---

① 盛宁:《人文困惑与反思:西方后现代主义思潮批判》,生活·读书·新知三联书店1997年版,第158页。

② William J.Palmer, *Dickens and New Historicism*, London:Macmillan Press Ltd.,1997,p.9.

③ Stephen Greenblatt, "Resonance and Wonder", in *New Historicism and Cultural Materialism:a Reader*, Kiernan Ryan(ed.), London:Arnold,1996.

④ Stephen Greenblatt, *Shakespearean Negotiations*, Berkeley:University of California Press, 1988,p.5.

的。甚至"中立"也是一种政治立场,是对国家或学术中的官方政治的一种认同和支持。但新历史主义在不悬置价值判断的同时,也包含着一种"超脱意识"(estrangement),即抛弃对历史必然性的信念,不将当下看成是不可更改的目的论的进步(不管是"启蒙"还是"衰退")的结果。这样,尽管新历史主义承认价值性和片面性,但它"并不像旧历史主义那样将其价值挑衅性地强加于过去"。① 值得注意,新历史主义在强调历史的"对话性"时,一定程度上意识到了,人们调查历史时必须将焦点集中于人们的历史性的自我与过去的艺术之间的交互作用;人们必须充分意识到,当我们解读过去的文学和文学中的过去时,我们也被文学所解读。当我们找寻那些具有历史身份的作品的隐在细节时,作品也在寻求,甚至在某种意义上"生产"我们自己的历史身份。在这个意义上,新历史主义有可能变成"辩证的历史主义者"②。当然,由于新历史主义未能准确地把握过去与现在之间的"张力关系",他们并未成功地变成这种"辩证的历史主义者"。

再次,新历史主义的"历史"是一种偶然性的、即兴式的历史。新历史主义者的兴趣并不在于抽象的普遍的"人",而在于"自我"的特定的、偶然的处境。它认为这些由其阶级、性属、宗教、种族和民族身份所限定的自我"能够持久地影响历史进程"③。在这种观念基础上,当新历史主义将关注焦点转向那些处于边缘的个体时,它所写出的历史就带上了较多偶然性。他们往往在广阔的文化文本中选择题材,将它们与自己的批评主题"任意并置"(Arbitrary connectedness)起来而撰写文学文化的历史,这种历史是偶然的和即兴式的。他们以这种方式对"历史"本身进行批判而不是认可,对自己在批评中所充当的角色和所起的作用进行检视,也使自己免于变成既成定论的大历史的注脚。

---

① Kiernan Ryan(ed.), *New Historicism and Cultural Materialism: a Reader*, London: Arnold, 1996, p.59.

② Jeremy Hawthorn, *Cunning Passages*, London: Arnold, 1996, p.84.

③ Kiernan Ryan(ed.), *New Historicism and Cultural Materialism: a Reader*, London: Arnold, 1996, p.55.

但这样做也每每以牺牲历史的必然性为代价。

四、具体转换：转向表述、主体、"增补"和话语分析

从新历史主义的批评对象和与之相关的研究方法层面看，其文学史实践进行了四个具体转换：从对"艺术"的讨论转向对"诸表述"（representations）的讨论；从对历史现象的唯物主义解释转向对人类躯体和人类主体的历史之调查；从对显在的主题的讨论转向通过寻求"增补"而为文学作品找到意想不到的话语语境；从"意识形态批判"逐渐转向"话语分析"。①

从"艺术"转向"诸表述"，是要"防止自己永远在封闭的话语之间往来，或者防止自己断然阻绝艺术作品、作家与读者生活之间的联系，"而关心作为一种人类特殊活动的艺术表述问题的复杂性并对"文学文本世界中的社会存在以及社会存在之于文学的影响实行双向调查。"②转向"诸表述"即拒绝普遍的审美规范，抵制凌驾于一切的理论体系程序，"对独特的文化实践的集体制造过程展开研究和对各种文化实践之间的关系进行探究"③，追问集体信念和经验如何形成，如何从一种媒介转移到它种媒介，如何凝聚于可操作的审美形式以供人消费；考察被视为艺术形式的文化实践与其他相近表达形式之间的边界是如何标示出来的；确定这些被特别划分出来的领域是如何被权力赋予，进而或提供乐趣、或激发兴趣、或产生焦虑的。这样做的目的并不是消除或轻视艺术表述的力量，但是他们也不相信人们在欣赏这种力量时需要忽视各种表述所自出的文化母胎，或者无批判地承认各种表述所表达的想象。想象的大厦有很多房子，艺术只居其一（而且它还是一个晚近才划出的范畴）。新历

---

① Gallagher, C. & Greenblatt, S. *Practicing New Historicism*, Chicago: The University of Chicago Press, 2000, p.17.

② 中国社会科学院外国文学研究所《世界文论》编辑委员会编：《文艺学和新历史主义》，社会科学文献出版社 1993 年版，第 80 页。

③ Stephen Greenblatt, *Shakespearean Negotiations*, Berkeley: University of California Press, 1988, p.5.

史主义者并不是不相信审美愉悦，但他们更有意于从作品的狭窄界线"外部"和界线"内部"寻找那些使艺术作品得以成型的创造性力量。因此，他们着意于追踪社会能量通过文化在边缘与中心之间，在所谓艺术领域与非艺术领域之间的广泛流通。从艺术转向表述研究，使艺术研究成为一种跨学科研究（interdisciplinary studies，不是一般意义上对学科界线的跨越，而是从根本上颠覆学科界线的合法性）。一方面，表述的指涉范围远大于艺术，这就将艺术文本与文化表述的整个领域联系起来了；另一方面，表述也并不将自身封闭在"文本性"之内，而是将文本与主体和历史现实联系起来了。表述是新历史主义的核心概念之一，它认为所有的文本都是关于表述的，而表述是关于我们如何观照我们自己、如何为他人所观照以及如何将我们自己投射到他人身上的。新历史主义甚至宣称，"正是我们如何被表述的这种事情，形成了我们的社会、政治和文化处境。"①

从对历史现象的唯物主义解释转向对人类身体和人类主体的历史之调查，就是将历史现象最终追问到主体的"自我造型"（self-fashioning），调查主体与权力之间的复杂关系以及这种关系对主体性和人的身体的塑造过程，而不是寻求历史现象得以发生的经济基础以及与之相联系的人与人之间的阶级关系。新历史主义之所以对身体和主体之历史进行调查，是因为它认为身体和主体并非超历史的，而是通过历史才形成的。这是在主体问题上对自由人文主义的批判和否定。

从对显在的主题的讨论转向通过寻求"增补"而为文学作品找到意想不到的话语语境，就是通过一些既往正史或难以发现、或识而不察、或不屑一顾的隐而不彰的历史碎片和边缘题材的发掘来为文学作品构设话语语境。因而，他们尤其表现出对历史记载中的零散插曲、逸闻逸事、偶然事件、异乎寻常的外来事物、卑微甚至简直是不可思议的情形等许多方面的特别兴趣，并将历

---

① John Brannigan, *New Historicism and Cultural Materialism*, London：Macmillan Press Ltd., 1998, p.17.

史的这些方面在"创造性"的意义上视为"诗学的"①。这就是新历史主义者所异常重视的"逸事主义"（anecdotalism），它试图通过这种方法来捕捉"真实的踪迹"（the touch of the real）并实施其"反历史"的策略（counterhistories）。

从"意识形态批判"逐渐转向话语分析，即是新历史主义进一步远离马克思主义传统而向福柯学说趋近的标志，也是整个"叙事历史诗学"的特点，它将重点放在对"话语形成"的分析上，不去关注某种话语的内在的"深度"意义，不去研究某种话语与"整体的"意识形态的单一关联并对意识形态提出批判，而是重点考察这种话语实践与他种话语实践之间的互动关联，关注话语与权力关系，特别是话语在运作中对权力的巩固和配合作用。"分析"与"批判"相比，自然是批判立场的某种弱化，是以知识颠覆代替或减弱价值批判。

五、批评趋势："五个假设"

威瑟教授长期跟踪研究新历史主义。1989 年，他主编了论文集《新历史主义》，总结出新历史主义成员共同恪守的"五个假设"。1994 年，他又编辑了一本《新历史主义读本》②，重申了这五个假设并对它们分别做了解释。它们是："每一个陈述行为都植根于物质实践的网络；我们揭露、批判和树立对立面时所采用的方法往往都是采用对方的手段，因此有可能沦陷为自己所揭露的实践的牺牲品；文学与非文学'文本'之间没有界线，彼此不间断地流通往来；没有任何话语可以引导我们走向固定不变的真理，也没有任何话语可以表达不可更改的人之本质；……恰当描述资本主义文化的批评方法和语言都参与到它们所描述的经济之中。"③威瑟的概括简洁明了，为学术界所广泛认可。

我们主要从五个层面对新历史主义的方法观念和基本轮廓进行了粗线勾勒，意在为进一步研究确立一个出发点。但这也显示出了新历史主义理论资

---

① 张京媛主编：《新历史主义与文学批评》，北京大学出版社 1993 年版，第 106 页。
② Aram Veeser(ed.) , *The New Historicism : a Reader* , London : Routledge , 1994.
③ Aram Veeser(ed.) , *The New Historicism* , London : Routledge , 1989 , pp.9–10.

源的驳杂性、学派边界的模糊性、批评范围的跨学科性、参与者的国际性、批评对象的无定性等特点。

我们发现，"新历史主义"与"历史诗学"和"历史转向"之间具有非此不可的关联。尽管"新历史主义"具有多重品格，但它仍然没有脱离"历史诗学"的"问题域"，其理论批评特色仍然可以在"历史诗学"的理论坐标中得到说明。因此，"历史诗学"是"新历史主义"的不可或缺的理论参照系，二者的共同目标都在于将文学活动中的各个要素和层面"历史化"。但"新历史主义"也刷新了"历史诗学"的观念，从此以往，"历史诗学"的各个要素与"历史"之间的关系再也不是"静态对立的"和"单向决定的"，而是"动态交融"和"双向建构"的了。这样，"新历史主义"就将"历史诗学"的问题"复杂化"和"问题化"了。这种复杂性应该在"历史转向"的批评背景上去把握。"历史转向"并不意味着理论批评向历史的"单向回归"，它必须在"语言论转向"的基础上去把握。

事实上，"语言论转向"之后，人们已经无法沿着传统历史主义的路子去思考历史诗学问题了。不满足于"语言论转向"的文本主义和形式主义研究方法的"新"历史主义，必须在此基础上重新确定自己的理论批评目标和方法。在历史诗学问题上，新历史主义的基本目标是：同时克服传统历史主义的弊端和语言论转向的文本主义缺陷并对二者的思想成果进行吸收转化。因此，其兴趣焦点主要集中在如下问题上：文本究竟与什么相关联？历史是不是另一个文本？如何在不将文本联系于某种既定语境的情况下考察文本与被视为文本语境的东西的产生过程？历史是如何被生产成文本处身其中的地平线的？在此基础上，它试图寻求一条考察文本意义的途径，由此避免将历史假定为既定事实，也避免退回到形式主义或文本主义的老路上去。

第二章 历史诗学的形态学
和话语范式

    "新""历史主义"历史诗学这一名称,即意味着它与"旧"历史主义和"历史主义"之间存在着某种关联。这要求我们在深入研究新历史主义之前,必须对历史主义历史诗学的形态学和话语范式的演替过程作出说明。"历史诗学"由"历史"和"诗学"两个相互关联的部分组成,其间"关系"是历史诗学的根本问题,但这里的"关系"并非指两个既定部分之间的静态关联,而是指不定因素之间的动态的、多重的关联,其复杂性主要源自"历史"含义的多层次性以及这些层次之间的互渗性。"关系"的复杂性必然造成历史诗学形态的多样性,因此,我们应该对历史诗学形态范式的划分依据、各种历史诗学形态的特征及其间关系作出说明。在此基础上,我们对新历史主义历史诗学作出形态学上的定位。这事实上是将新历史主义放在"历史主义"传统中进行考察,但我们并不认为所谓"历史主义"是一个同质的整体或只有一种形态,它事实上具有多形态性。"历史主义"具有多重品格,它在其发展中与多种理论主张,特别是启蒙运动和浪漫主义之间具有复杂的关联。但研究者通常以"社会历史批评"或"历史主义批评"等术语涵盖它,而不关注"历史主义"本身的复杂性和异质性,这就将"历史主义"本身"单一化"了。当然,尽管各种形态的历史诗学向"历史"开放的程度不同,但其中皆包含着一个历史维度。

第一节 形态与范式及其划分依据

"历史"的指涉具有多重性。沃尔什在《历史哲学导论》(1951)中认为，"历史一词本身是模棱两可的。它包括(1)过去人类各种活动的全体，以及(2)我们现在用它来构造的叙述和说明。这种模糊性是很重要的，因为它为历史哲学同时打开了两个可能的领域。这种研究，正如我们上面以传统的形式所简单描述它的那样，可能涉及到历史事件的实际过程。而另一方面，它可能是关注历史思维的过程，靠了历史思维，我们就达到第二种意义上的历史了。"①他进而认为，研究者可以关注历史事件的实际过程，由此而形成的历史哲学是"思辨的历史哲学"；也可以对历史思维过程进行反思并对史家使用的基本概念进行检查，由此而形成的历史哲学是"批判的历史哲学"。前者重在"历史的过程"，后者重在"历史的认识"。沃尔什的这种区分影响深远。但我们发现，他所列出的"我们现在用它来构造的叙述和说明"，特别是历史哲学必须面对的"历史解释中叙述形式的意义"②问题，却未得到其历史哲学分类方法的重视。到了 20 世纪 70 年代，"历史哲学的新趋势主要来自研究历史写作的语言和文学的形式，"这种趋势导致了安克斯密特所说的"叙述主义历史哲学"③的兴起，它有专注于历史著述的叙述文本分析的倾向，④它以对历史叙述的"话语的分析取代了历史认识论哲学"。⑤ 这样就突出了沃尔什所轻视的"历史"的叙述层面。

---

① ［英］沃尔什：《历史哲学导论》，何兆武，张文杰译，广西师范大学出版社 2001 年版，第 7 页。

② Alun Munslow, *Deconstructing History*, London：Routledge, 1997, p.3.

③ 《史学理论丛书》编辑部编：《当代西方史学思想的困惑》，中国社会科学出版社 1991 年版，第 89—90 页。

④ 参见韩震、孟鸣岐：《历史哲学：关于历史性概念的哲学阐释》，云南人民出版社 2002 年版，第 102—114 页。

⑤ 严建强、王渊明：《西方历史哲学》，浙江人民出版社 1997 年版，第 252 页。

　　在沃尔什历史哲学的基础上,我们进一步认为,"历史"有三个层面:"历史的过程""历史的认识"和"历史的叙述";不同历史哲学由于关注其中的不同层面而表现出三种形态:思辨历史哲学、批判历史哲学以及叙述主义历史哲学;与之相应的历史诗学也呈现出三种形态:"思辨历史诗学""批判历史诗学"和"叙事历史诗学"。

　　我们发现,"旧"历史主义与现代性问题密切相关,主要属于现代性范畴。按照卡林内斯库在《现代性的五副面孔》中的观点,现代性在西方包括相互对立和补充的两个方面,即启蒙现代性和审美批判现代性。前者是对自然科学及其带给社会的发展进步的肯定,后者则是对这种发展中出现的种种弊端的批判。"两种现代性之间一直充满不可化解的敌意,但在它们欲置对方于死地的狂热中,未尝不容许甚至是激发了种种相互影响。"①"历史主义"恰恰与现代性的这种两面性密切关合。它虽在初起时是对启蒙运动的某种"反动",但它在发展中分裂为启蒙主义的历史主义和浪漫式的审美批判历史主义;前者与启蒙现代性深层结合而主要变成对启蒙主义的肯定,后者则多与审美现代性亲和而对前者采取了审美批判立场。新历史主义虽在怀疑批判的精神气质上与批判历史主义具有亲和性,但它主要应属于后现代性范畴,主要与后结构主义的历史观念相关联。这样,我们就有"启蒙主义的历史主义""审美批判的历史主义"和基于后现代主义之上的"新"历史主义,这三种"历史主义"分别与三种历史诗学之间具有某种对应关系。

　　其实,任何一种历史诗学都是以某种历史观为基础的,而历史观的形成往往与人们选取何种理论或事物作为认识参照系分不开。詹姆逊在《语言的牢笼》中指出,"思想史是思维模式的历史。"②他认为,人类为了认识自己所处

――――――

　　①　[美]马泰·卡林内斯库:《现代性的五副面孔》,顾爱彬、李瑞华译,商务印书馆2002年版,第48页。

　　②　[美]弗雷德里克·詹姆逊:《〈语言的牢笼〉〈马克思主义与形式〉》,钱佼汝、李自修译,百花洲文艺出版社1995年版,第1页。

身的世界,总是凭借已知的事物和认识体系来把自己对于世界的新理解组织起来。迄今为止,已经被人们作为认识参照体系的,至少有机械说、有机说和语言学,等等。他的这种思想对我们分析人类把握历史的过程很有用处。在这种认识基础上,我们发现人类的历史观念也可以大致分为机械论的历史观、有机论的历史观和语言论(后现代主义)的历史观。批评家勒翰在《论新历史主义的理论局限》一文中,也总结出了三种大体相似的历史话语模式。① 按照机械论历史观,人们倾向于将人类历史看成一种机械运动式活动,认为它包含内在的因果关系且具有规律性,它强调对历史"发展"和"进步"的信念。这种观念主要与启蒙运动时期相互对应,是启蒙主义的历史话语模式。有机论历史观倾向于认为,历史是一种生命活动和有机整体并具有一个生死循环过程;与机械论历史观强调物质和科学不同,它将物质看成是心物交融的产物;这种观念与浪漫主义思潮密不可分,属于浪漫主义的历史话语模式。从某种意义上说,浪漫主义的有机论是对启蒙运动式的机械论历史话语模式的反拨,但实际的情况似乎要复杂得多。从历史上看,有机论在相当长的时期内更多的只是对机械论模式的"批判性补充",以结构主义和后结构主义的观点看来,这两种历史观也都是本质主义的或实体主义的(以为其认知对象是实实在在的存在物)。语言论的历史观主要是指建立在结构主义和后结构主义语言观念之上的历史观,它按照结构语言学的模式对过去和历史做了重新审视,强调结构的非中心范式和共时性(synchronic)观念,注重文本之间的"互文性"关系,弱化历史的连续性并将历史转化为一种话语模式,从而将"时间空间化"。按照这种可称之为后现代的历史观,"实体被符号所替代,现实被关系所替代,意义被阐释所替代。从此以往,意义不再是一种发现,而是一种建构、一种

---

① Richard Lehan, "The Theoretical Limits of the New Historicism", *NLH*, Vol.21, No.3, (Spring 1990)。亦参见王岳川:《后殖民主义与新历史主义文论》,山东教育出版社 1999 年版,第 212—213 页。

'创造'。"①

尽管我们对各种历史观念做了这样的大致区分，但我们仍要强调指出，各种历史话语模式之间具有复杂关系，各种话语模式内部也并不是铁板一块，而是充满着"差异"。比如，语言论的历史话语尽管都是以语言学为依据而认识历史的，但语言论只是一个总称，其中包含了各不相同的语言理论和观念。新历史主义处在这种历史话语范式之中，其语言理论就融合吸收了巴赫金、福柯等人的"话语"观念，某种程度上也吸收了另外两种历史话语范式中的思想成分。这种具体的差异，正是我们在后文中要深入讨论的。

将如上诸家学说和不同层面的观点综合起来，我们可以得出如下的对应关系图式：

历史诗学形态	历史的层面	历史观参照	历史主义形态	现代性形态
思辨历史诗学	历史的过程	机械论	启蒙历史主义	启蒙现代性
批判历史诗学	历史的认识	有机论	浪漫历史主义	批判现代性
叙事历史诗学	历史的叙述	语言论	"新"历史主义	后现代性

这个关系图式可以与历史诗学的"理论坐标"对照发明。思辨历史诗学重在"历史的过程"，其历史观的参照系主要是"机械论的"，它所对应的历史主义形态主要是"启蒙主义历史主义"，与之相关的现代性主要是启蒙现代性。其他两种历史诗学的对应关系亦依此例解说。值得指出的是，这里的"横向的"对应只是一种"大致对应"。

同时，从"纵向"上看，这也只是从"形态学"上呈现出来的历史诗学。众所周知，形态学是关于事物之结构的学说，其研究对象的形式化和具体性决定了它是一门描述性科学，解决的主要是研究对象的基本特征问题。② 而各种

① 盛宁：《新历史主义》，台湾扬智文化事业公司1996年版，第77页。
② ［苏］莫·卡冈：《艺术形态学》，凌继尧、金亚娜译，生活·读书·新知三联书店1986年版，第15—16页。

历史诗学在历史发展过程中的表现十分复杂:其间既有同时并存的共时性关系,也有在时间向度上通变因革的历时性关联。我们试图从"形态学"与"范式论"的结合上对历史诗学进行考察和评析。形态学偏重共时分析,无法对各形态之间的历时沿革做出充分说明。范式论(paradigm)则更重视对历时性通变因革关系的说明,是对形态学的有力补充。库恩"范式论"中有关科学发展"前科学→常规科学→反常→危机→科学革命→新常规科学"模式的论述,①可以较好地说明各种历史诗学之间的斗争、通变和演替关系。当然,之所以采用库恩的范式学说,不仅因为它是一个有效的"操作工具",而且因为这种学说作为科学哲学中的"历史主义",对新历史主义也有一定影响。新历史主义者通常并不在主导范式而是从"反常"和"危机"时期寻求理论资源和批评素材,关注边缘的、异常的档案碎片。这与新历史主义批评方法上的"逸闻主义"是一致的。

历史诗学的形态学应该做历史的考察。在古希腊神话中,历史与文学处于一种浑然未分状态。但历史和文学挣脱其共同的神话母根以后,它们是作为相互颉颃的对手而非彼此亲善的盟友出现在人类知识的地平线上的。这可以从古希腊哲学思想中看出来。自那时起,哲学家就热衷于在文学与历史、文本与背景、虚构与真实之间划定界线,从而使历史和文学各得其所,是其所是。这种理论将"历史"作为文学的参照系,主要通过寻求"文史之异"来对二者分别加以说明。这种观念在亚里士多德的《诗学》中以理论形态表达出来。他说,"写诗这种活动比写历史更富于哲学意味,更受到严肃对待;因为诗所描述的事带有普遍性,历史则叙事个别的事。"历史描写已发生的事,诗则"描述可能发生的事,即按照可然律和必然律可能发生的事。"②他将文学放在哲学

---

① [美]托马斯·库恩:《科学革命的结构》,金吾伦、胡新和译,北京大学出版社 2003 年版,第4—7页。

② [古希腊]亚里士多德、[古罗马]贺拉斯:《诗学·诗艺》,罗念生、杨周翰译,人民文学出版社 1982 年版,第28—29页。

与历史的中间地带,并在与二者的对勘参照中确立文学的本质特征。这样一来,文学既由于不描写"已发生的事"、缺乏"历史"所具有的真实性而每常受到指控;又因仅仅描写"可能发生的事"、不能直接揭示哲学的普遍真理而经常蒙受指责。而文学辩护者的策略通常是:要么让文学托庇于哲学的"普遍性"并以此自命,要么将文学没入历史的"真实性"而求得自存。从古希腊到古罗马,从中世纪到新古典主义,都回响着对文学的这种诘难和辩护的声音。甚至直到 20 世纪 50 年代,批评家弗莱还强调,"文学位于人文学科当中,其一侧是历史,另一侧是哲学。由于文学本身不是一个系统的知识结构,于是批评家必须从史学家的观念框架中去找事件,从哲学家的观念框架中去找思想。"①弗莱的言下之意是,历史和哲学是一种系统的"知识结构"而文学则不是,因此,它们在知识性、科学性和真实性上是有等差的。

其实,亚里士多德在历史与文学之间精心构筑的学科界线并不牢靠。两种"事"之间如何做出明确划分呢?"已经发生的事"是"可能发生的事"的一部分。历史地分析,今天看来"不可能发生的事"也许会成为明天"已经发生的事"。因此,一旦人们"历史地"思考问题,亚氏理论的缺陷就立刻暴露无遗。当人们将目光投向过去(比如在"历史小说"和"史诗"中)的时候,这两种"事"之间就出现了大面积交叉重叠。从这种认识出发,克罗齐有理由将历史归结为"艺术的一部分"②,从而将亚里士多德式的这条文史界线抹掉。关于诗与历史在题材上"普遍性"与"个别的事"的区分也难以成立。从逻辑上说,没有不带任何普遍性的"个别的事";偶然性皆含有某种必然性,普遍性都寓于个别性之中。文学理论批评史也表明,这种区分不符合历史实际。自 18 世纪以来,文学理论及后来的典型理论都反而强调了文学的特殊性和个别性。

亚氏有关历史与文学的区分,在漫长的人类历史中日渐积淀为人们的传

---

① Northrop Frye, *Anatomy of Criticism*, Princeton: Princeton University Press, 1957, p.12.

② ［意］克罗齐:《普遍艺术概念下的历史》,载［英］柯林伍德:《历史的观念》,张文杰、何兆武译,中国社会科学出版社 1986 年版,第 218 页。

统观念,并在此基础上形成一个不成文的规定:历史主司真实,以对个别真实事件的再现为职能;文学主司虚构,以对具有普遍性的个别事物的想象虚构为能事。自此之后,虽人事屡迁、时移世异,但这种观念却顽强地盘踞着。一种历史诗学,只要它强调历史与文学之异,并将前者设定为后者稳定的阐释基础,那这种学说就多少包含了亚氏的一些思想成分。应该说,这种历史诗学通过不断渗透到其他一些历史诗学之中而存留下来。

亚里士多德尚无清晰的"历史意识",他只是静态地、共时地在文学与"历史文本"之间划界,而并不强调历史和文学在时间流程中的演化以及这种演化可能引起的二者关系上的变化,其方法也不是历史的、过程的、动态的,而是非历史的。因此,他的历史诗学属于"前"历史诗学。因为历史诗学的"历史"不仅仅指学科意义上的历史,而且包含一种"历史意识"和"历史原则"。历史意识首先是指对过去与现在之"差异"的意识。研究者指出,"尽管人们在 18世纪以前就书写各种历史,但历史作为有意义的、进步的和发展的变化系列的观念,是作者意识到他们的当前时代与过去存在质的历史性差别时才会形成的。"[1]一般认为,西方人的历史意识,与历史主义一样,是近代以来才出现的。伊格斯指出,"历史主义的先决条件是要求有历史意识,也就是能觉察古今在基本上是迥异的。这种觉醒似乎在西洋中古及非西方文化中并不存在。"[2]在历史意识尚未形成的漫长的古代社会,人们持一种"永恒轮回"的时间观。古列维奇发现,"许多在不同程度上创造了伟大的古代文明的民族都持有循环的时间意识……在日常生活中,时间流逝着,但这种时间仅仅是世界的一种表象。真正的时间是一种不受变化制约的、更高实在的永恒。"[3]以这种时间观念和历史观念考察文史关系而得出的结论所面临的真正难题是:一旦人们的

---

① Claire Colebrook, *New Literary Histories*, Manchester: Manchester University Press, 1997, p.5.

② [美]伊各斯:《历史主义》,载张京媛主编:《新历史主义与文学批评》,北京大学出版社1993 年版,第 285 页。

③ 耿占春编选:《唯一的门——时间与人生》,东方出版社 1996 年版,第 311 页。

历史意识觉醒并将文学和历史都看成一种具有时间性的变化着的存在,文学与历史之间的那种固定界线就开始瓦解,这种方法也就对文史关系失去了的解说潜能。

在文学批评中,18 世纪颇负盛名的批评家约翰生博士是这种历史诗学的典型代表。约翰生借他人之口说,诗人"必须破除自己的年龄和地域偏见,必须在抽象不变的状态中思考是非问题,必须抛开现实的法律和舆论,去探求一般的和超验的真理……把自己看作超乎时空的存在。"①在讨论文学时,他没有对历史语境的任何意识。他把不同时代的作家放在一起讨论,并未意识到其间的历史差异。他认为人的天性是静止的、超历史的、超时空的和普遍永恒的。但是,一旦人们的历史意识觉醒,这种"前历史诗学"观念必然受到挑战,"思辨历史诗学"就是作为这种挑战者出现的。

第二节　思辨历史诗学

思辨历史诗学主要是在以"历史的过程"为考察对象的"思辨历史哲学"基础上形成的。它主要与启蒙运动联系在一起,同时,在其发生发展中吸收了"历史主义"(historicism)运动的思想成果和浪漫主义对启蒙运动的批判性补充成分。它是历史上第一个有清晰历史意识和完整理论体系的历史诗学。

思辨历史哲学在 18 世纪产生,有其社会历史和文化原因。从社会历史方面看,欧洲封建制度的解体、资本主义的发展、农业社会向工业社会的转型、新航路的开辟等扩大了人们视野。历史的急剧变化不仅使人们在有生之年就能够体验到历史变迁,也激励人们去探索历史变化的内在规律并证明资本主义取代封建主义的合理性和进步性。托马斯指出,如果没有作为现代阶段的现实观念的变化,那种产生历史主义的历史想象就不可思议。与一种对封闭宇

---

① ［英］拉曼·塞尔登等:《文学批评理论——从柏拉图到现在》,刘象愚、陈永国等译,北京大学出版社 2000 年版,第 88—89 页。

宙的信仰相对立,现代观念设定了一个朝向未来的开放语境。在这里,"事件不仅在历史中发生,而且只有通过历史才能发生,暂时性变成了现实的一个组成部分。"①现实在发生持续不断的变化,这使历史的不断重写成为可能和必要。从文化方面看,基督教的神学观念对作为时间意识的历史意识的觉醒起了重要作用。伽达默尔认为,"历史的本质为人类思维所意识到仅仅是由于基督教及其对上帝拯救行为的绝对瞬间的强调,以及尽管如此,但在此之前,历史生命的同样一些现象已被知晓,只是它们还被'非历史地'加以理解,不是从神话的远古推出现在,就是着眼于一个理想、永恒的秩序来理解现在。"②基督教将时间"弄直了",使其成为一条直线。古列维奇指出,在基督教之中,世俗时间是被创的,它有开始,有结束,由此限制了人类历史的绵延。因而,"时间成为直线发展的和不能逆转的。"③在基督教中,尽管时间是矢量的,但它并未摆脱循环观念。这种时间意识经过长期积淀,在与现实的碰撞中孕育出一种清晰的历史意识。在这种历史意识的基础上形成了思辨历史哲学。

思辨历史哲学主要是启蒙主义的历史话语模式。通常所谓的历史主义,虽然在其初始阶段和发展过程中都与浪漫主义关系紧密,但在整个 18、19 世纪,启蒙历史话语都处于主流地位,浪漫式的历史主义对启蒙运动的批判通常都被后者吸收和同化,因而最终变成了启蒙运动历史话语的批判性补充。

17 世纪以来流行欧洲的笛卡尔的理性主义推崇理性的永恒性和普遍性,认为自然的法则是人类理性的体现。一切人类现象的特殊性和差异性只有被约简成一种普遍人性时才是有意义的。因而他否认以个别的、感性的、瞬间的对象为基础的历史学是一门"科学"。启蒙运动思想家继而认为,所有的人类

---

① Brook Thomas, *The New Historicism and Other Old-fashioned Topics*, Princeton: Princeton University Press, 1991, p.32.

② [德]伽达默尔:《伽达默尔集》,严平编选,邓安庆等译,上海远东出版社 1997 年版,第 416 页。

③ [俄]古列维奇:《中世纪文化范畴》,庞玉洁、李学智译,浙江人民出版社 1992 年版,第 122 页。

社会形态都由同一种理性统治着，人们可以凭借理性而走出过去的愚昧和迷信。伏尔泰就视理性为人类历史发展的主要动力和基本标志，把人类社会的历史看成理性不断战胜宗教、迷信和封建专制等各种非理性力量的实现过程。他对各民族历史演变的考察就反而变成了对理性永恒不变的证明，而理性的本质是超乎时间、地域和文化差异之上的。追随他的历史哲学家亦将理性凌驾于历史的事件性之上。孟德斯鸠对法的研究即此，他"着迷于各种不同情况下的差异性，但人类通过法的原则'将理性运用其上'。法虽有异而人的理性则保持不变。"①历史向着理性的目标发展，因而造成过去与现在的不同，但理性本身没有历史性。过去与现在的差异只是理性的普遍性和永恒性的证明。

这种做法遭到浪漫主义和维柯、赫尔德等人的"历史主义"的反对。维柯的《新科学》探讨了各民族的起源和处境在历史发展中所表现出的一些趋于一致的规律性，发现人类自己创造自己的历史，事物的本质不过是它们以某种方式发生出来的过程，历史逻辑的"诗性"并不亚于其"语言"性质。随后，赫尔德在《德国文学断想》和《批评之林》等著作中考察了诗歌与民族、地理、历史的关系，特别强调了文学与文化的"相互植根性"以及文化的"特殊性"和"具体性"。同时，文克尔曼、席勒、谢林、史莱格尔等人也都强调了古代艺术与近代艺术的区别以及不同时代诗歌的风格差异，批判了新古典主义静止、僵化的历史观，突出历史的发展变化，主张到人类生活的多样性和丰富性中去发掘艺术的真正秘密。他们都在方法上与维柯同气相求。这时，一种基于维柯学说的历史主义历史诗学已经呼之欲出。但也正由于它对启蒙运动的"线性反动"，使它变成了启蒙运动的一种特殊补充。

维柯针对笛卡尔基于普遍理性对"历史"的"科学"地位的否定，通过证明历史的普遍性和永恒性来捍卫历史的"科学"地位。这使维柯的历史主义改

---

① Paul Hamilton, *Historicism*, London: Routledge, 1996, pp.32–33.

变了方向,使他反对启蒙运动普遍人性和永恒理性的行动恰好变成了启蒙运动的一部分,因为维柯也规定,历史学以对普遍人性和永恒理性的揭示为要务。这种"负模仿"恰好印证了新历史主义的一个理论假设:即"沦陷为自己所揭露的实践的牺牲品。"①我们发现,维柯并未改变启蒙运动的基本方向。

启蒙思想家将自己的时代看成是从以前的充满不公和偏见的时代的解放。其"历史修撰"也意识到了理性时代是一个从过去时代的错误和迷信的解放疏离。这种意识与自由人文主义对进步可能性的肯定相互缠绕:理念将达到自己的目的,人们只有用这种目的论方式想象世界时,世界才具有意义。在康德看来,历史是有意义的,这是理性的真正特性,"历史学能使人希望:当它考察人类自由意志的作用的整体时,它可以揭示出它们有一种合乎规律的进程,并且就以这种方式而把从个别主体上看来显得是杂乱无章的东西,在全体的物种上却能够认为是人类原始的秉赋之不断前进的、虽则是漫长的发展。"②因此,人类的历史大体上可以看作是大自然的一项隐蔽计划的实现。历史以与过去"断裂"的系列而指向解放和进步的目的。"启蒙运动"这个术语恰好捕捉到了这种历史意识。

但是,在浪漫主义看来,随着与过去的断裂而来的仍然是暴力和无序,这促使人们对历史进行重新思考。在这种重新思考的基础上,黑格尔建立了众所周知的宏伟的历史观。他将理念看成历史,认为"世界历史展现了精神的自由意识的,以及那种自由随之而实现的发展过程。"③人类历史的每一环节都是为自由的最终实现做准备,因而都有一定的合理性。他并不将过去仅仅看成错误、偶然的事件,其历史让过去拥有其自己的具体真理形式。历史不仅是一系列事件,而且形成为一种语境、地平线或世界,事件、意义和真理即依据

---

①　Aram Veeser(ed.),*The New Historicism*,London:Routledge,1989,p.9.

②　[德]康德:《历史理性批判文集》,何兆武译,商务印书馆1996年版,第1页。

③　[英]沃尔什:《历史哲学导论》,何兆武、张文杰译,广西师范大学出版社2001年版,第150页。

它们而得到解释。这样，以黑格尔为代表的 19 世纪的历史观念，就修正了理性主义的历史观念，承认过去时代不仅仅是错误的或迷信的；过去的文化可能被看成是按照其自身的逻辑或世界观运行的。历史学家的任务是解释性的，即让过去之于现在成为可理解的。

浪漫式的历史主义历史观在对启蒙运动进行批判的意义上，可以视为是对后者的反动，然而，诚如海德格尔等人指出的，"浪漫主义和启蒙运动是彼此的折光。"①启蒙运动为浪漫主义运动锻造了武器，所谓 18 世纪是个"非历史的世纪"的说法，"是浪漫主义在历史领域中反对启蒙史学时创造的一个战斗口号。"②启蒙运动利用理性观念来批判一切外在的权威；而浪漫派则认为，理性自身仍然是粗暴地用在人类生活中的另一种外在性的形式。但在这样做时，"浪漫派继续了启蒙运动对外在权威的批判。而且，远不是与启蒙运动的理性拉开距离，浪漫派的疑虑与忧患是一些只有以启蒙运动术语才能解释的陈述。"因此，浪漫主义属于它所反对的启蒙运动话语。③ 尽管 19 世纪与 18 世纪的历史修撰之间存在着差异，但两者的特点都在于，意识到了过去与现在之间的根本差别。这种差别要求历史学设计自己的任务，理解过去或使过去具有意义，通过解释来揭示过去时代的逻辑。黑格尔就在启蒙历史哲学的基础上吸收了浪漫主义的思想成分，将过去不仅仅视为愚昧和迷信，而是赋予它一定的历史地位。由于黑格尔体系的巨大影响和后来马克思主义辨证唯物史观的极高声誉，导致了一种基于历史哲学上的美学和诗学，这就是"思辨的历史诗学"。它确认一切文学知识都在历史上有其地位，而诗学也不能脱离与历史的联系，这种历史感使文论和文学产生了某种对特定历史问题的兴趣。

思辨历史诗学将启蒙运动、浪漫主义和历史主义结合在自己的诗学理论

---

① Paul Hamilton，*Historicism*，London：Routledge，1996，p.85.

② ［德］卡西勒：《启蒙哲学》，顾伟铭等译，山东人民出版社 1996 年版，第 226 页。

③ Claire Colebrook，*New Literary Histories*，Manchester：Manchester University Press，1997，pp.54-55.

和实践之中,我们无法将它们孤立起来讨论。我们发现,作为新历史主义攻击对象的历史主义,也是与启蒙运动和思辨历史哲学复杂纠缠在一起的"历史主义"。在新历史主义眼里,历史主义有三个值得反拨的特点:相信历史中起作用的是历史进程,人类很少能改变它;认为历史学家在研究过去时代或以前文化时必须避免一切价值判断;尊崇过去或传统。① 其实,这正是一般所说的思辨历史哲学的特点。

18、19世纪占据主流的启蒙历史观有如下特点:首先,历史总是发展变化的,大部分人相信人类历史是"进步的"历史;其次,历史有一个整体"目的",大部分历史修撰都赋予历史发展进程以某种"最终目的",通过整个历史进程以达到某种最高境界,这种"目的论"通常以"历史的终结"为名义来说服人们为未来而牺牲自己的现在;再次,历史具有"客观必然性",整个历史过程的发生、历史人物的活动、历史事件的出现都是为了实现历史的最终目的,其发生有"因果关系"方面的依据,是必要的和必然的;最后,这种历史观是"本原主义"(genetic)的,它总是想象出一个作为事物发生源头的过去或过去的人,并将源头与其随后的发展联系起来,认为这个最后的本原是"稳定可靠的"②。总之,这种历史哲学是历史决定论的、历史目的论的、客观主义的和本原主义的。

与之相应的历史诗学在文学与历史的关系问题上认为,在文本得以从中产生的环境与最终的产品之间存在着直接的"因果关系";或者,文本仅仅被视为造成"虚假意识"并隐藏真正历史真理的宣传。这种历史诗学还可能以更复杂的形态表现出来。但它总是将历史与文学文本的关系处理为:历史被程度不等地看成文本得以阐释的"语境"。"正是这种关系模式以及与之联袂

---

① Kiernan Ryan(ed.), *New Historicism and Cultural Materialism : a Reader*, London : Arnold, 1996, p.55.

② [美]詹姆逊:《马克思主义与历史主义》,载张京媛主编:《新历史主义与文学批评》,北京大学出版社1993年版,第22页。

而行的将文学与历史联系起来的意识形态观念或作为统一体的世界图景观念，成了新历史主义挑战的对象。"①在文学批评实践中，它把文学看成一系列历史和自然力作用的现象和结果，通过为文学文本提供必要的背景性材料而对文本本身进行说明。它可以小到对文本写成年月、版本及手稿的权威性的认定和文本与史实间的关系的钩沉索隐；也可以大到对文本与种族、时代和环境之间的关系（丹纳）、文本与"世界图景"间的关系（蒂利亚德）、文本与"社会结构形式"（戈德曼）、文本与社会矛盾和社会条件间的关系等问题作出说明。

丹纳的文学批评理论最具代表性。他认为，文学是由"种族、时代、环境"三个方面决定的，因此，三要素的变化和不同组合就会决定不同文学的出现。他认为，"美学跟着目前精神科学与自然科学日益接近的潮流前进。精神科学采用了自然科学的原则、方向与谨严的态度，就能有同样稳固的基础，同样的进步。"②这种简单化的文学批评背后的历史观，正是恩格斯所批评的"解一次方程式的历史观"。

我们发现，思辨历史诗学从"前"历史诗学以静止的"历史文本"为对象转到了以变化发展的"历史过程"为对象，但它同样强调了历史与文学的相互分离及历史对于文学的"决定"作用。它将历史性注入历史过程而改造了前历史诗学的静止历史观念，但只是注入文学的"反映对象"和研究者的"研究对象"，而研究者主体本身则在永恒理性的庇护下似乎不具有自身的历史性并逍遥于时间性之外。就文学活动的全过程而言，作家历史认识和历史解释活动的特殊性、文本及文本的非透明性、读者及读者阅读活动的历史性都尚未进入其批评视野。因此，思辨历史诗学的历史观念在"历史性"问题上是不全面和不彻底的。

思辨历史诗学的主要问题在于，它对文学的历史认识活动和认识者本身

---

① Claire Colebrook, *New Literary Histories*, Manchester: Manchester University Press, 1997, p.23.
② ［法］丹纳：《艺术哲学》，傅雷译，人民文学出版社 1983 年版，第 11 页。

的历史性缺乏反思批判。一旦将这种历史性引入,则一系列思辨历史诗学无法解决的难题就立刻浮出水面:历史理解中不同历史学家及各自所运用的理论解说模式都会将主观性带入,历史的客观性如何达到? 其宏大的历史秩序系列不也是一种主体性建构吗? 这些问题在思辨历史哲学范式内无法得到回答。于是,思辨历史诗学出现了危机。

第三节　批判历史诗学

历史哲学是在自我反思过程中得到发展更新的。这种反思到 19 世纪末 20 世纪初引起了范式转变——批判历史哲学代替了思辨历史哲学,其考察对象从"历史事实和历史过程"转移到人的"历史认识、历史知识的性质以及历史的理解解释"上。它不再是对实在历史的认识和反思,而是对这种认识的认识,对这种反思的反思。这种历史哲学对历史认识的反思将历史与文学的关系问题再次推到理论思考的前台,建立其上的历史诗学我们称为批判历史诗学。

思辨历史诗学大体上是客观历史主义的,它强调研究者对历史进行对象式的单向涉入,不管它将过去看成愚昧和迷信的集积(启蒙运动)还是失落了的黄金时代(具有怀乡病的浪漫主义)。其研究者并未意识到自身也处于历史之中而不可避免地带有自身的历史性。批判历史诗学则"洞察到了所谓认识主体具有客体的存在方式,因而主体和客体属于相同的历史活动。"①这种对主体的历史性的意识,有助于人们对启蒙主义的历史话语模式进行反思批判,从而承接浪漫主义和维柯、赫尔德等人的历史主义对启蒙运动的批判传统并加入了审美批判现代性的合唱。

在史学领域,受制于自然科学思想方法的历史客观主义在 19 世纪末就出

---

① ［德］伽达默尔:《伽达默尔集》,严平编选,邓安庆等译,上海远东出版社 1997 年版,第 413 页。

现了危机。当时，德罗伊曾、布莱德雷等历史学家就对它进行质疑。进入 20
世纪，卡西尔、狄尔泰、克罗齐和柯林伍德等人寻求历史学独立于自然科学的
自身本质，对实证主义史学和以黑格尔为代表的思辨哲学体系进行更猛烈的
冲击。这种反思具有从维柯历史哲学原点出发的意味，也有对启蒙现代性进
行反思批判的倾向，属于卡林内斯库所说的"批判现代性"①。批判历史哲学
的正式诞生，以阿隆的《历史哲学导论》和曼德尔鲍姆的《历史认识的问题》两
书于 1938 年的出版为标志。两书都围绕"历史认识如何可能"这个问题展开
历史学的自我反思。阿隆提出，历史的客体和主体不能区分，人既是历史知识
的主体也是历史知识的客体。"历史不是曾经存在过的东西的完全的再现，
而是根据史料通过智力的作用勾画出的一个可以理解的世界。历史的记述随
着社会本身的变化而变化，每一时代都有各自的历史。"②虽然批判历史哲学
对启蒙运动以来的思辨历史哲学都采取了批判立场，但这中间也可以区分出
"深化历史主义"和"反叛历史主义"两个不同的取向，而这两支力量都促进了
传统历史主义的更新。

一、深化历史主义

"深化历史主义"表现为从"历史主义"的思想传统内部对其进行反思批
判的种种努力。它从被启蒙历史哲学掩盖着的浪漫主义历史学中寻求理论和
方法根据，也有使历史学远离科学而与作为典型的人文学科（精神科学）的文
学结盟的倾向。因此，这一派的思想家几乎无一例外地强调了历史与文学的
通约性和文学在历史理解中的重要性，换言之，他们不仅认为"诗具史笔"，更
强调"史蕴诗心"③。

---

① ［荷］佛克马、［荷］伯顿斯主编：《走向后现代主义》，王宁等译，北京大学出版社 1991 年
版，第 278—296 页。
② ［法］保罗·利科：《法国史学对史学理论的贡献》，王健华译，上海社会科学院出版社
1992 年版，第 11 页。
③ 钱钟书：《谈艺录》，中华书局 1984 年版，第 363 页。

在启蒙运动的凯歌声中,与浪漫主义相互结合的历史主义对启蒙运动的批判显得微弱无闻,而且经常被后者裹挟而去,变成后者的批判性补充。自19世纪末20世纪初以来,浪漫主义又一次走上历史前台。历史主义的先驱维柯、赫尔德和史莱格尔等人的思想被重新发掘出来,其历史"诗性"思想、文化和生活的多样性的观念,都得到了发扬光大。

狄尔泰认为,历史作为"精神科学",其题材是个体生命的表现,而生命的实质是非理性的,所以研究者首先要对生命进行直接体验,把握生命的真相并与其实在沟通。他在《精神科学导言》中把"精神科学"与"自然科学"区分开来,认为自然科学研究的对象和题材是一个由不可感的、同质的和无个性的基本单元构成的世界,这个世界在近代以来日益脱离人的日常经验而对价值判断漠不关心。人文科学则以现实的、具体的和个别的精神世界为对象和题材,它与日常经验领域有着密切的关联并关注着价值因素。科学采用外部观察法,并在此基础上进行概括和抽象,以达到对规律的揭示;而人文科学的世界则充满着目的、价值等不可见的因素。历史学则更是关注那些已成为过去的、不可能为我们的感官所直接感知的存在,历史研究中的主体与客体具有一致性,双方都体验着生命,因而可以从内部加以感受和体验。因此,他提出了两条原理:"理解就是在你中重新发现我";"凡人创造的东西,都是人可以理解的"。他认为,"每一个人都是在共同的领域内体验、思想、行动,也只有在此一领域中,才能进行理解。所有被理解的东西,都带有这种源于共同性的'熟悉的标记'。"①生命是一个诗一般的流程,诗真正地保持着与生命的根本切近性。在此基础上,他对启蒙主义的批判直接变成了审美批判。

克罗齐认为,历史必须由历史学家加以重新体验和赋予生命才能成为真正的历史,"只有在我们的胸中才能找到那种熔炉,使确凿的东西变为真实的

---

①　转引自李超杰:《理解生命——狄尔泰哲学引论》,中央编译出版社1994年版,第101页。

东西,使语文学与哲学携手去产生历史。"①只有一种对现实生活的兴趣才能够推动人们去考察过去,这不是满足一种对过去的兴趣而是为了满足现在的兴趣,因此,"每一种真正的历史都是现代史。"②历史中负载着当代人的体验和关怀。

柯林伍德认为历史哲学是反思的,"进行哲学思考的头脑决不是简单地思考一个对象而已;当它思考任何一个对象时它同时总是思考着自身对那个对象的思想。"③这种历史关心的只是思想史而已,因此,历史就是思想史。这种历史只有通过"想象性建构"才能构筑出来并加以理解。

在这些人的历史学中,"过去不是客观的,而是表现性的,过去具有文学文本那样的表现性。历史主义者将过去作为叙述来理解,他们也以同样的方式叙述过去。对历史主义者来说,过去构成了意义的诸多可能性,历史学家的任务不只是要'发现'事实,而且还要批判性地解释和检查一个社会构筑其记录、档案和各种历史的途径。"④当然,对此,历史学家可以有两种选择,一是竭力同情式地想象性重构过去;二是怀疑式地将过去作为一种异邦或它种文化来对待(新历史主义在对待文艺复兴时多少有与之类似处)。在这些思想家看来,历史学家更像是一个文学批评家,他们用"体验""赋予生命"和"想象性建构"等概念解决历史问题,而这些通常是用于说明审美问题的特定术语。因此,正是从这里开始,文学与历史之间自亚里士多德以来的鸿沟被逐渐填平。历史的本质是生命,因此理解历史就是突入生命的深层,在完成这个根本使命的过程中,文学与历史结成了新的联盟。在他们那里,批判历史哲学直接

---

① ［意］贝奈戴托·克罗齐:《历史学的理论和实际》,傅任敢译,商务印书馆1997年版,第14页。

② 田汝康、金重远选编:《现代西方史学流派文选》,上海人民出版社1982年版,第334页。

③ ［英］柯林伍德:《历史的观念》,张文杰、何兆武译,中国社会科学出版社1986年版,第2页。

④ John Brannigan, *New Historicism and Cultural Materialism*, London:Macmillan Press Ltd., 1998,p.30.

变成了批判历史诗学,史学与文学在方法论层面彼此交融了。詹姆逊将这种历史主义称为"存在历史主义",他认为"存在历史主义的方法论实际上是一种历史和文化的美学。"①

狄尔泰等人的历史学把受自身立足点束缚的历史解释者引进历史认识之中,这本身就是对"历史客观主义"和"历史实证主义"的批判。伽达默尔指出,这种对历史客观主义或实证主义的批判已经赋予了解释学的视角一种新的意义。尽管如此,狄尔泰和柯林伍德等人,既未能摆脱19世纪历史主义问题的支配,也未能超出心理学的框范,最终"违背自己的意愿而陷入到心理学的特殊性中去。"②而且,他们在批判启蒙主义历史观念时并未摆脱主客二元对立的模式。伽达默尔指出,"主客对立虽然在客体与思维之物相比是一种完全不同的广延之物时是适当的,但历史认识并不能适当地被客观和客观性这类概念来加以描述。"③在伽达默尔和海德格尔看来,主体化和客体化,就像浪漫主义和启蒙运动,是彼此的折光。因为"科学的认知模式,将科学无从把捉的真正的'存在'作为主观化的东西予以忽视:世界是被科学知识客观化了,但是,它是以不全面的、工具式的方式将世界以人类主体的需求做了剪裁,因而将世界主观化了"。④ 因此,狄尔泰等人基于主观化而对启蒙运动的批判,似乎最终只是启蒙运动思维方式的一个"变体"而已。这种批判并未突破"实体主义"和"本质主义"认识论的框范。

总的说来,这种基于浪漫主义传统的历史话语模式,是一种有机论的历史观,其核心是强调万物循环存在理论以及对神秘命运的崇尚,它用神话理念来挑战启蒙运动的科学理念,"用心物交融的观念对抗机械观的物质理念,主张

---

① 张京媛主编:《新历史主义与文学批评》,北京大学出版社1993年版,第27—28页。

② [德]伽达默尔:《伽达默尔集》,严平编选,邓安庆等译,上海远东出版社1997年版,第399页。

③ [德]伽达默尔:《伽达默尔集》,严平编选,邓安庆等译,上海远东出版社1997年版,第413页。

④ Paul Hamilton,*Historicism*,London:Routledge,1996,p.85.

到时间的流逝中去体验历史的深邃"。① 从这个意义上说，它是对思辨历史哲学的批判和反拨，一定程度上深化了历史主义。但是，它与思辨历史诗学之间不是一种前者代替后者的关系。就其本质来说，这种反思和批判还主要局限于认识论领域，而未达到本体论的高度，还沿用启蒙运动的主客体之间"二元对立"的模式。它通常是心理主义和本原主义的，对历史解释的主体本身的"历史性"尚未进行充分的反思和批判。

二、反叛历史主义

"反叛历史主义"在19世纪末和20世纪上半叶主要以尼采和波普为主力。他们都抨击了缺乏反思的客观历史主义。尼采在《历史的用途与滥用》中有感于人们背着客观历史主义所尊崇的历史重负，提醒人们必须通过反思"自己真正的需要"来整理好自己的思想。他指出，"历史是要由有经验有性格的人来写的。如果一个人不是比别人经历过更伟大和更高尚的事，他就不能解释过去的任何伟大和高尚的事。""你只能用现在最强有力的东西来解释过去。"②历史的书写和解释都无法摆脱主体自身的历史性。他提倡以"非历史"和"超历史"作为历史的解药，以摆脱历史客观主义的束缚。尽管尼采有走向历史虚无主义的危险，但他主要是抨击历史客观主义和历史决定论而不是历史学本身。他在《论道德的谱系》中采用"系谱学"（genealogy）方法，追问"人们是在什么条件下构筑善与恶的价值判断的"这一根本问题，其兴趣在于不同时期道德意识所呈现出的不同形式，其分析主要在于定义那些"非连续性"和"裂隙"的时刻。他所揭示的世界，"不是由一个事件与其他事件、经济趋势与政治传统之间的因果关联的世界，不是一个传统历史中的连续的和进

---

① 王岳川：《后殖民主义与新历史主义文论》，山东教育出版社1999年版，第158页。
② ［德］尼采：《历史的用途与滥用》，陈涛译，上海人民出版社2000年版，第50页。

步的世界,而毋宁是一个非连续性的世界。"①这种系谱学方法经由福柯著作的阐发而对新历史主义发生了重大影响。从时间观念上看,尼采认为"新"只有通过主动遗忘以摆脱历史重负方能获得,这一论点既是对于历史主义危机的一种反应,又对这场危机起了推波助澜的作用。托马斯指出,"尼采抛弃了对于历史的进步突现论的信仰,向现代的时间观念挑战,因而成为后结构主义最重要的'父亲'之一。"②在这个意义上,尼采也是新历史主义的"父亲"。

波普在《历史主义贫困论》一书中,集中抨击了"历史宿命论",认为"用科学的手段也好,或用其他理性的手段也好,人类历史的进程都是不能预言的。"③他另拈出一个英文词 historicism 进行批判(而不采用与德文原来的 Historismus 相对应的英文词 historism),并将它理解为"历史决定论",进而将它等同于"总体论"(holism),并将总体论悬设为自己批判的主要目标。他认为,总体论应代之以"零碎工程学";总体论有预定目的,零碎工种学则只问个别事件而不问目的。他断言历史没有客观规律,因而不能预言,因为科学真理是可以"证伪"的,而历史规律却不能证伪。他在另一部著作《开放社会及其敌人》中认为,"在通常意义上,历史并没有意义。""尽管历史并没有意义,我们却可以赋予它以意义。"因为"什么是我们生活的目的,是由我们自己决定的。"④不可能有"像它所曾经发生过的"那种过去的历史。只能有对历史的解释,而没有对历史的最后定论;每一代人都有权构造他们自己的解释。这样,他就从一个方面瓦解了有关历史的客观性、规律性和决定论的幻想。波普从方法论着眼,证明了历史科学一味地追逐自然科学方法是不会成功的,这给

————————

①　John Brannigan, *New Historicism and Cultural Materialism*, London: Macmillan Press Ltd., 1998, p.46.

②　[美]托马斯:《新历史主义与其他过时话题》,载张京媛主编:《新历史主义与文学批评》,北京大学出版社 1993 年版,第 82 页。

③　[英]卡尔·波普:《历史主义贫困论》,何林等译,中国社会科学出版社 1998 年版,第 1 页。

④　[英]卡尔·波普尔:《开放社会及其敌人》(第二卷),陆衡等译,中国社会科学出版社 1999 年版,第 404—406 页。

19 世纪以来的实证历史主义以致命打击，使其再也无法托庇于自然科学而回避对自身的反思了。

波普对待历史主义的态度是辩证的。虽然他的著作始终是"反"历史主义的，但他明确表示，"我在实际上并不排斥历史主义。"①这说明，他所反对的历史主义，是特定形态的历史主义，而不是历史主义本身。从客观效应上说，这种反叛历史主义的潮流却促进了历史主义本身的自我反思和自我批判，有力地策应了"深化历史主义"的历史批判活动。

在文学理论批评中，批判历史诗学表现为，把文学看成作家内在品质、气质秉赋、思想情趣、生活经历等的自觉不自觉的流露，因而对作家展开研究，这是所谓传记式批评。它通常将历史缩减为个人记忆或文学传统而加以尊崇，将历史因素压缩到作家这个历史因素上，重视"影响"研究。这种传记式批评包括了从圣勃夫的质朴的"作家肖像"勾勒到各种受弗洛伊德影响的复杂精微的心理无意识批评。它假定艺术杰作是一种"独白话语"，是艺术家意图的表达，当它"与自我心理学和历史主义结合起来时，它就将审美整一性处理成艺术家的心理整一性并将后者处理成健全的整一集体的成功表达。"②这种做法将高雅文化看成是建立在超越经济政治决定因素之上的审美创造出的和谐领域，忽略了心理的、社会的和物质的异己因素，忽略了难以同化的"它异性"，丧失了"距离意识"和"差异意识"。这种历史诗学也是"本原主义"的，通常将作家推崇为意义的源头。

我们发现，思辨历史哲学的机械论历史观与批判历史诗学的有机论历史观通常是混合在一起的，建立其上的知识体系，"从认识论和方法论的层面上看，又显然是一种实体论的思维，即是说，这些知识体系中的认识对象都被认

---

① ［英］卡尔·波普：《历史主义贫困论》，何林等译，中国社会科学出版社 1998 年版，第 3 页。

② Kiernan Ryan(ed.), *New Historicism and Cultural Materialism：a Reader*, London：Arnold, 1996, p.59.

为是实实在在的存在物。"①这种实体主义、本质主义的思维方式,正是新历史主义抨击的对象。批判历史诗学的根本问题在于:它在强调历史作为传统的重要性的同时过分强调了对传统的"认同"而不是对它的"批判",更多地将传统"整体化",而没有强调它的"多语"和"杂语"特性。同时,历史叙事、历史表述和历史话语本身的复杂性、建构性、非透明性和意识形态性尚未引起充分重视。

第四节　叙事历史诗学

叙事历史诗学是建立在叙事历史哲学的历史观念之上的。这种历史哲学将注意力从"历史"的"实在过程"和"历史认识"层面转向了"历史叙述"层面,以历史叙事、历史文本、历史表述和历史话语为分析和研究的对象,批判性地考察它们在"表述"(represent)历史、"关涉"(relate)历史时的非透明性、能产性、建构性和意识形态性。

这种历史哲学的认识前提似乎可以用詹姆逊的说法加以概括,"历史并不是一个文本,因为从本质上说它是非叙事的、非再现性的;然而,还必须附加一个条件,历史只有以文本的形式才能接近我们,换言之,我们只有通过预先的(再)文本化才能接近历史。"②因此,"文本化"便处在这种历史哲学研究的核心地位。对于思辨历史哲学来说,这个"文本化"是客观的和透明的,真实历史过程会原原本本地显现在文本之中并能通过文本而到达读者;诚如怀特所说,这种观念明显地"隐瞒了'创造'在历史学家的作业里亦有所参与的程度。"③批判历史哲学观念洞察到了"文本化"过程可能对历史原貌的扭曲,但

---

① 盛宁:《新历史主义》,台湾扬智文化事业公司1996年版,第74页。

② [美]弗雷德里克·詹姆逊:《政治无意识:作为社会象征行为的叙事》,王逢振、陈永国译,中国社会科学出版社1999年版,第70页。

③ 陈平原、陈国球主编:《文学史》第三辑,北京大学出版社1996年版,第356页。

将之主要归因于"想象性建构"等主体因素，认为"历史"被扭曲成了主观形式和历史学家的内在生活世界，因而人们可以通过对历史认识的分析抵达真实的历史过程。这种观念明显地隐瞒了"文本性"在历史学家的作业里有所参与的程度。在结构主义之前，人们一般认为存在某种"普通"语言，依照现实主义，这种语言能够把现实"原封不动地"交给我们；按照浪漫主义或者象征主义，语言则把现实扭曲为主观形式交给我们。它们都"掩盖了语言的相对性或建构性"。① 而叙事历史哲学就是要揭示语言的文本性、相对性和建构性及其牵涉到的复杂的意识形态因素。由于叙事历史哲学对这些一般的诗学问题的诗化探索，叙事历史哲学与叙事历史诗学深入融合起来了。

叙事历史诗学对叙事性（narrativity）的执着多少有些回归史学的修辞学传统的意味。在古希腊，历史隶属于修辞学，历史写作的主要任务是提供优美的修辞和叙事生动的道德训诫，因而受修辞标准的规约。直至 18 世纪，欧洲高等教育中的历史课还是由修辞学家教授的。在理性主义和科学实证主义时代，历史学脱离了日常生活情趣和悠久的修辞学传统。作为反拨，一些史家起而强调历史的艺术性和娱乐性。19 世纪的史学家麦考莱就把写历史看成和写小说一样，认为一个完善的史家"应当使真实性具有吸引力，这种吸引力一向被虚构的小说（fiction）所篡夺了。"②史学家乔治·屈维廉指出，史家的"第一职责是讲故事"，历史在本质上是"一个故事"，历史"不应该仅仅是事实的积累和解释，感情用事也是把这些事实和意见按照其情感上和知识上的全部价值，以惨淡经营的文学技巧陈述给广大公众。"③前文述及的批判历史哲学家，大多也强调了历史与文学在修辞方法层面的相通性。

但传统修辞学把修辞仅仅视为对"常规"语言表达方式的"偏离"，它只是

① ［英］特雷·伊格尔顿：《二十世纪西方文学理论》，伍晓明译，陕西师范大学出版社 1987 年版，第 149 页。

② 转引自杨周翰：《镜子和七巧板》，中国社会科学出版社 1990 年版，第 46 页。

③ ［英］乔治·屈维廉：《克里奥——一位缪斯》，载田汝康、金重远选编：《现代西方史学流派文选》，上海人民出版社 1982 年版，第 176 页。

语言的"特殊"形式,并非根本的和不可避免的。对"常规"与"特殊"的区分本身就预设了语言符号有可能与其内容完全一致,假定了语言表达可以避免修辞转义的非透明性。与之相反,叙事历史诗学则坚持认为,修辞转义是语言的"正常的"深层属性,非透明性是根本的和不可避免的。因此,叙事历史诗学虽也采用了修辞学的某些概念范畴,但它并不是回归历史的修辞学传统;它与"语言论转向"中的各种理论尤其是结构主义和后结构主义的洞见密切相关。

结构主义把研究对象看作一个系统,将系统中个别单位之意义归于它们之间的相互"关系",而关系的模式是由索绪尔语言学提供的。这使人们将考察的视角从过去的"历时"(diachronic)转向"共时"(synchronic),并"按语言学的逻辑把一切从头再思考一遍"①。这引起了人们思考历史问题的范式的转变。如果说思辨历史哲学考察历史的范式是机械论,批判历史哲学思考历史的范式是有机论,那么,语言论转向的各种流派考察历史的范式则是"语言论"。前两种思维是实体论的——将认识对象看成是事先给定的实实在在的存在物,后者的思维则是意义关系论的——认为人在认识对象的活动中也参与"建构"了对象,意义不是一种"发现",而是一种"创造"。前两种史学主要是"建构主义的",认为"过去"在某种程度上可以被重新构筑起来;后一种史学则主要是"解构主义的",认为语言与其对象之间不具备"对应关系",人们实际上并不"知道"历史,只知道他们借以阐释所谓"历史"的认识范式。

解构史学是典型的后现代史学,它同时也是一种历史诗学。有人甚至认为它是一种"历史美学"(historical aesthetic)。② 解构史学重在形式与内容之间的关系以及历史理解中不可避免的相对主义。它意识到历史的内容和文学的内容一样,既受制于对档案资料的深入发掘,也同样受制于用来描写和解释

---

① [美]弗雷德里克·詹姆逊:《〈语言的牢笼〉〈马克思主义与形式〉》,钱佼汝、李自修译,百花洲文艺出版社1995年版,第2页。

② Jermy Hawthorn, *Cunning Passages*, London:Arnold,1996,p.48.

这些内容的语言的本性。它倾向于将历史或"过去"视为文学产品的复杂序列，而历史同时从"叙述结构的本性"和"意识形态因素"中获得意义。历史证据仅代表"可能的现实"和"可能的解释"，因为所有的语境都是文本化和叙述化了的，只是文本之中的文本。这并不意味着它不承认历史的"客观性"，但它要求在承认现实的"多样性"的基础上去理解思想与"现实"或"外部"之间的关系。这样，历史文本意义的"非确定性""开放性""相对性"和"多样性"就得到了强调。解构史学承认，历史叙述只是对历史内容的形式表述，作为叙述媒介的语言具有非透明性和转义性。非透明的语言是在"构建"和"表述"现实而非透明地"对应于"现实，没有什么可知的终极历史真理，人们有关过去的知识具有社会性，而且总是与个人观点相关，历史撰述存在于由文化所决定的权力关系之中。

解构史学主要奠基于结构主义和后结构主义之上。结构主义源于20世纪初兴起的索绪尔结构语言学。这种语言学明确提出了语言与言语、共时与历时、能指与所指、组合与聚合这四组区分以及贯穿其中的二项对立方法论。它对史学的重大影响即在于它的两个基本主张：一是所谓"任意性"原则，即语言运作遵循着自己的规则而与"真实世界"无关；词语与其指称对象间的关系具有任意性，词语并不"对应于"其所指称的事物，"指称性"是由社会规约决定的。这就拒绝了经验主义的"指称性设定"和"对应理论"。二是所谓"差异性"原则，即词语仅仅是与其他词语之间的差异而限定的符号，符号的能指与所指间的关系具有任意性。索绪尔拒绝了语言的"历时"维度而强调结构的或"共时"的维度。按照这种观点，人们可以进一步推论：语言并不是"自然的"和"中性的"，我们生活在一种语言的"社会世界"之中，语言充满着社会意义，语言在描述经验时不可避免地带有"意识形态性"。

结构主义的"文本"是一个自足的封闭系统，相应的文学批评亦将文本与语境隔离起来而发掘文本按照"深层的"语法和句法结构的运作过程。这种做法对于试图将文本与真实世界关联起来以确立其意义的大部分文学批评家缺乏吸引力,也是与社会历史打交道的历史学家难以做到的。因此,在史学领域,结构主义很快让位于后结构主义。研究者指出,"如果说结构主义承认了语言的重要性,那么,后结构主义则承认了语言作为一种理解手段的局限性。"①后者承认文本中充满难以捉摸的裂隙、沉默和意义不确定性,承认有关文本的历史解释和阅读与文学批评一样,是不确定和不充分的。这自然并不意味着所有的解释都同样好,却意味着不存在一种"确定的"解释。德里达认为,人们只有通过语言和表述才能接近现实和历史,语言是一种非确定性的能指的自由流动,没有可知的具体起点和确定的终点。他进一步推演结构主义的"差异"概念,进而认为意义处在不断的"分延"过程中,每个词语都会导向意义系统中的其他词语。这一观点进一步瓦解了有关意义的"对应理论"和"指称性理论"。德里达的上述观点"孕育了新历史主义者和文化唯物主义者对他们所处理的档案的权威性的怀疑以及对他们自己所叙述的档案之客观性的怀疑"②。对德里达来说,历史经验的物质性可能消失,一切陈旧的形而上学历史观念,包括以历史为文学"背景"的观念,也会随之消失。新历史主义部分地接受了后结构主义的文本主义思路而将社会政治实践作为文化书写、语言系统以及符号网络来对待,这使它有可能将历史与过去现实的联系"掏空",但新历史主义又毕竟强调了文本与语境之间的某种关联。

　　结构主义和后结构主义的思维范式是排斥"历时"维度的,但并不能缘此而以为这些理论不再思考"历史"问题。人们应该看到"真实的历史和历时思维之间的区别"③。我们发现,在结构主义和后结构主义的阵营中,许多人对历史问题很感兴趣。列维-斯特劳斯在《野性的思维》一书中辟专章讨论"历史"问题,反对传统的"历时性"历史;巴尔特写了名为《历史的话语》的专文,

---

①　Alun Munslow, *Deconstructing History*, London: Routledge, 1997, p.29.

②　Kiernan Ryan (ed.), *New Historicism and Cultural Materialism: a Reader*, London: Arnold, 1996, p.3.

③　[美]弗雷德里克·詹姆逊:《〈语言的牢笼〉〈马克思主义与形式〉》,钱佼汝、李自修译,百花洲文艺出版社 1995 年版,第 6 页。

认为历史话语永远无法达到自身之外的"所指物"；福柯被认为是"反历史的历史学家"，但他最终还是"历史学家"；德里达宣布"文外无物"，但他强调自己"始终关注着历史问题"。因此，结构主义和后结构主义也是一种特殊的历史观念，它有可能加入它在开始时所抛弃的"历史"。但是，对结构主义的真正的批评"需要我们钻进去对它进行深入透彻的研究，以便从另一头钻出来的时候，得出一个全然不同的、在理论上较为令人满意的哲学观点。"①在这种认识基础上，我们才有可能讨论其"历史话语"模式，也才能理解为什么新历史主义可以从一种明显"非历史的"后结构主义之中抽绎出一种新型历史观念。

在挑战传统史学范式方面，新历史主义与结构主义和后结构主义同气相求。新历史主义认为，史家并没有获取第一手历史知识的"直接途径"，我们对于真实历史事件的描述就像虚构作品一样，顶多只是一些表述或描述出来的事件；史著作为文学形式只关乎独特而偶然的事件而因果关系的真正本性并未得到解决；历史事件及史家对它们的解释是多重交叠的，历史文本本身以互文性方式存在于更为广阔的社会政治结构之中；历史证据以及史家在解释证据时所产生的历史话语是"具体的"，没有什么"普遍的"历史真理和"先验的"价值供人们发现和解释。这种观念破坏了传统史学的实体主义指称性信仰，使对叙事的追问代替了历史分析，使真实历史与历史哲学、历史话语与文学话语、历史与历史书写、事实与解释、历史学科与其他学科之间的观念性区分彻底消失。我们看到，在接受了后结构主义的基本理论主张以后，它所面对的"历史"不再是以意识形态形式表现出来的"非文本的"或"前文本的""外部"，解释也就不再是揭示一个既定文本的意义，而毋宁是一种意义的"生产"。研究者指出，"如果意义不再是意图、意识形态或历史语境，如果我们还要坚持认为文本不只是其内在形式，那么，我们就得采取新颖的途径来从事解

---

① ［美］弗雷德里克·詹姆逊：《〈语言的牢笼〉〈马克思主义与形式〉》，钱佼汝、李自修译，百花洲文艺出版社 1995 年版，第 3 页。

释和阅读。"①新历史主义采用的途径就是,对文学文本中的社会存在和社会存在之于文学的影响展开双向调查,对"历史的文本性和文本的历史性"进行深入审理。看来,叙述形式及文本变成史学的重心,这并不意味着叙述内容不重要,而是意味着史家必须将"内容的形式"和"形式的内容"作为一个整体进程进行研究。

因此,我们认为,基于语言论之上的解构历史诗学在对文本性、叙述性的关注和对传统历史话语模式的解构上大致趋同,但由于不同的研究者在关注文本性时的取向(局限于文本叙事的"内在形式"规律及修辞技巧或将文本性与文本的历史性一并进行考察)和对待解构的态度(解构传统历史宏大叙事后在意义的不确定性中"嬉戏"或试图确定小写历史的"相对"意义并探求这些小写历史形成的原因和过程)上仍然存在着差别。一般解构主义者是偏于前者的,而新历史主义者则倾向于后者。这意味着以语言为参照模式的叙事历史诗学事实上在参照着"不同的"语言理论,而对"文本性"的关注也包含着不同的向度和不同的文本理论。同时,这也意味着,解构史学为历史研究同时开启了多种"不同的"可能向度。

叙事历史话语模式有如下几个特点,在这些方面都可以见出新历史主义不同于一般后结构主义的一些特色:

首先,历史的宏大叙事的消解和复数小写历史的增殖。利奥塔将后现代状况界定为"对于所有元历史的怀疑"②,而其结果就是小写历史的大量增殖,并突出了历史的复数性(multiplicity)。伊格尔顿指出,"后现代主义的一种倾向是把历史视为一件具有持续变动性、极为多样和开放的事物,一系列事态或

①　Claire Colebrook, *New Literary Histories*, Manchester: Manchester University Press, 1997, p.viii.

②　[法]利奥塔尔:《后现代状态:关于知识的报告》,车槿山译,生活·读书·新知三联书店 1997 年版,第 80 页。

者不连续体，只有使用某种理论暴力才能将其锤打成为一个单一叙事的整体。"①新历史主义历史诗学也强调了"小写复数历史"。但是，按照后结构主义的一般逻辑，所谓"小写历史"也是无法成立的（因为它也不具有确定的指称性）；而新历史主义者则一般并不否认小写历史的"相对的"价值，认为这种历史具有"诗学的"意味，并对它的形成过程展开调查。

其次，文史界线以及学科界线的彻底消弭。叙事历史诗学在文本性基础上彻底打破了文学与历史之间的传统界线，也拔除了文学与非文学、经典与非经典、精英文化与大众文化之间的传统藩篱。按照后结构主义的观点，亚里士多德以来西方人普遍认同的文史哲关系应该翻转过来，借用弗莱的方式来表达就是，"文学位于人文学科之中，其一侧是历史，另一侧是哲学。由于文学最充分地体现了语言的本性和言语的运用成规，文学成为哲学和历史重新认识自身的基本参照。"②这种说法虽已打通了文学与历史和哲学之间的传统界线，但仍存在着"等级制"：文学因典型地体现了共时语言学的运作规律和语言意义的含混、暧昧、延宕以及不确定性而成为一切知识的楷模。新历史主义在打通学科界线方面与这种观点是一致的，但它不再在各种学科之间确立"等级制"，其观点似可以表述为："文学、历史和哲学共处于人文学科之中，由于其间的界线是人为划定的而它们在本质上都属于表述，所以它们都应在表述系统中无等差地选取材料以说明这些界线是如何形成的。"

再次，叙事历史诗学切断了文本与作者和文本指称对象的"直接"关联，从而使文本性和"叙述性"问题凸显出来。面对这种情况，后结构主义者一般切断文本性与意图和指称的关联而沉醉于文本内在形式的不稳定性造成的意义不确定性。新历史主义者格林布拉特等人也承认"历史不能脱离文本性，一切文本都不得不面对文学文本所揭示的不确定性的危机。"③（引文出自

---

① ［英］特里·伊格尔顿：《后现代主义的幻象》，华明译，商务印书馆 2000 年版，第 56 页。
② 余虹：《中国文论与西方诗学》，生活·读书·新知三联书店 1999 年版，第 156 页。
③ 转引自盛宁：《新历史主义》，台湾扬智文化事业公司 1996 年版，第 98 页。

《莎士比亚与驱魔师》一文,该文收入《莎士比亚式的商讨》时这句话被删除了。这显示出格氏对文本性的不确定性的矛盾态度。)但他们又不愿意将自己限定在这种不确定性之中,而是试图进行"历史转向",强调对文本的历史性的调查。正是这一历史取向,使新历史主义从一般对文本性的研究转向了对"诸表述"的研究。

一般后结构主义者是极力反对"表述"(representations)概念的,因为这个概念暗示着它与意图和指称性之间具有某种关联。而按照索绪尔的共时语言学,这种关联是不可能的。因此,"表述"是建立在另一种语言学之上的。这种语言学是在巴赫金、奥斯汀以及本维尼斯特等人对索绪尔语言学的批判基础上形成的,它视语言为"对话的""杂语的""做事的""话语的""历史的""具体的"和"实践的"。① 语言的这些"话语"方面通常是德里达等人所忽视的,而"话语分析"却正是新历史主义所倚重的方法。话语分析的焦点"主要集中在交流的社会性上,强调意义由以产生的语境中的那些相互作用和协商对话的方面,认为意义是由交流参与者的社会关系和社会身份所决定的。"② 这种话语分析正是新历史主义的意旨所在。

"表述"是新历史主义的核心概念。新历史主义认为,所有的文本都是关乎表述的,表述是关于人们如何观照自己,如何被他人所观照以及人们如何将自己投射到他人之上的问题。它宣称,我们如何被表述,我们自己的社会、政治和文化处境就如何被塑造出来。因此,在新历史主义那里,"表述是一个用来指符号和符号实践的术语,现实通过符号和符号实践而得到调解。"③它认为,除非以表述的形式,否则,过去是无法接近的。因此,新历史主义并不否认表述向社会、文化和历史的开放性,也不否认表述的"自律性"中的"他律性"。

---

① ［英］特雷·伊格尔顿:《二十世纪西方文学理论》,伍晓明译,陕西师范大学出版社 1987 年版,第 126—129 页。

② Guy Cook,*Discourse and Literature*,上海外语教育出版社 1999 年版,第 1 页。

③ Wilson,R.& Dutton,R.(eds.),*New Historicism and Renaissance Drama*,London:Longman Group UK Ltd.,1992,p.231.

表述在社会整体的生产中扮演着一个积极角色,它既影响社会网络的转变,也为后者所影响。表述本身是有力的政治行为,人的政治身份和性别身份并不是一种等待被表述的现成的本质实体,而是社会表述行为的结果。文学并不"反映"历史,文学"生产"和"介入"历史。新历史主义与后殖民主义一样,认为"文化表述在对别国实行殖民化和在后来从殖民者手中赢得独立的过程中,始终都占据着一个中心地位。"①

当然,"表述"仍然是结构主义和后结构主义语言学洗礼之后的观念,它并不强调文本与指称物及意图之间"直接"的"对应性"和"指称性"关联。因此,在文本意义问题上,新历史主义并不追究文本"背后"的"所指",而是考察文本的运作;不去探测作品丰富复杂的解释学"深度",而是追问文本"发挥作用"的过程。这样,它就不是将问题引向隐藏在文本"之下"的东西,而是引向作品"周围"的其他文本和事件。这样一来,问题的答案就是多样的,文本的功能也就是多样的,文学作品就不再指向一个它所"表述"的单一语境。

总之,新历史主义大致处在叙事历史诗学的范围之内,它通过与后结构主义的历史话语模式拉开一定距离而显示出自身"历史转向"的基本特点。同时,这种"历史转向"无疑是建立在"语言论转向"之上的。因此,只有在这个基础加以理解,才能把握它根本特点和内在精神。

通过对各种形态和范式的历史诗学的"观澜索源"和"振叶寻根",我们发现,每一种历史诗学总不免在历史的三个层面(历史的过程、历史的认识和历史的叙述)上有所"偏至"、有所"偏废"。后起的历史诗学一般都是针对以前的历史诗学的"洞见",它对以前的历史诗学的批判和反拨通常是深入的和切中要害的;但同时又难免有其自身的"盲视",它往往是对以前的历史诗学的"线性反动",受制于其反拨对象而未能从根本上达到对它们的"超越"。每一

① 〔英〕艾勒克·博埃默:《殖民与后殖民文学》,盛宁、韩敏中译,辽宁教育出版社 1998 年版,第 6 页。

种历史诗学总是基于历史的某个层面而立论,它要么坚定地排斥历史的其他层面,要么试图将历史的其他层面"压缩"或"涵摄"在某个层面之中。但是,这种立论基础上的片面性严重地制约着它,使它无法达到自己的理论目标。这造成了各种历史诗学之间对立排斥有余而对话融合不足的局面。比如,批判历史诗学基于历史认识的主体性而对思辨历史诗学的"历史客观主义"做出了不乏深度的批判,但又陷入"心理主义"的泥淖之中,有抛弃思辨历史诗学的思想成果的危险;叙事历史诗学对前两种历史诗学的"指称性理论""对应理论"和"意图谬见"做出了相当深入的批判,但又往往陷入"文本主义的牢笼"和"叙述主义的圈套",存在着丢弃前两种历史诗学的合理成分的危险。我们有理由预期,一种有前途的历史诗学应该将历史的三个层面同时纳入自己的理论视野,并对这些层做出深入说明。

从某种意义上说,叙事历史诗学在斩断历史意义与"客观指称"和"主体意图"的"直接关联"方面是成功的,但是,它给历史诗学带来的问题也是严重的。如果历史诗学还想继续走向深入,它就必须将历史意义与"客观指称"和"主体意图""间接地"(再)联系起来。新历史主义处在叙事历史诗学的总体框架之中,就试图完成这种工作。从一定程度上说,新历史主义的"历史转向"就是要对前两种历史诗学的思想成果进行积极汲取和整合。作为其核心概念的"表述"观念明确地显示出它的这种理论追求。

我们看到,作为一种从事着"历史转向"的历史诗学,新历史主义虽然对思辨历史诗学的客观主义、整体论、目的论和进步发展观进行了反拨,但它仍然坚持了历史"变化"的观念,尽管由于它对文本性的过分倚重而造成了将"历史变化"共时化和空间化的弊端;它对思辨历史诗学的"历史方法"进行了批判,但并未抛弃其"历史化原则"。它对批判历史诗学将作家及其意图视为意义之源的"本原主义"提出了批判,但并未彻底否定作家在文学表述中的存在。它通过对文本的"历史性"的强调而将"历史性"进一步推展到文学活动的各个要素和各个层面。它在一定程度上改造和吸收了"思辨历史诗学"和

"批判历史诗学"的某些思想成分,进而主要基于"叙事历史诗学"观念而将这些成分"浓缩"到其"表述"理论之中。新历史主义基于其表述观念而提出了历史诗学的一系列新问题,这些问题的提出和解决都受到了(新)马克思主义、新解释学、文化人类学、巴赫金的历史诗学以及解构史学家福柯和怀特的影响。

第三章　新历史主义的对话语境和思想前驱

　　新历史主义历史诗学在其发生发展过程中受到了当代理论的有力塑型，其理论批评既有博采众长而达到的宽阔视野，又有因未能将各种理论话语充分融合而造成的"碎片拼贴"痕迹。在批评实践中，这些理论资源充当了新历史主义的思想前驱，也充当了它的对话语境。与这些理论批评的对勘比较，既可以显示一种广义的"历史转向"在当代理论中的普遍性（这些理论也都具有历史转向的一般特点），也可以从特定的侧面显示出新历史主义历史诗学的具体特点。这一部分主要讨论（新）马克思主义、格尔兹的文化人类学、新解释学、巴赫金的历史诗学以及解构主义者福柯和怀特的理论与新历史主义之间的对话和影响关系。这些理论流派都不同程度地强调了历史和文化的"具体性""多样性""特殊性""复杂性"和"异质性"。从一定意义上说，它们的共同目标主要是克服启蒙运动以来的"历史整体性"设定。它们大多强调，阅读和解释通常既会超出作者意图，也会超出"直接"再现事物的范围，而与更大的意识形态、权力结构、社会体制、文化习俗、语言规约和话语系统等领域相互关联。这些方面也正是新历史主义历史诗学所强调的。当然，新历史主义与这些之间也存在着差异性，这些差异方面作为具体的参照点，可以显示出新历史主义理论批评的特殊之处，因而也是本章考察讨论的重要内容。

第一节　新历史主义与马克思主义

新历史主义与马克思主义之间的关系十分复杂:有人认为它是"马克思主义的粗浅版本"(爱德华·佩切尔)①,有人认为它是"对一种明显的马克思主义观点的福柯式的转换"(林特利查)②,有人认为它是"一种变节蜕化了的马克思主义"(格林布拉特)③,有人认为它是马克思主义的"当代复兴",有人则认为它是"左倾幻灭"的产物……人们在此问题上歧见纷纭,但共同导向一个结论:马克思主义是新历史主义的一个重要生成语境,是理解新历史主义的不可或缺的参照系;同时,二者关系也是一个有待澄清的问题。

格林布拉特并不否认马克思主义对他的影响。他曾讲授"马克思主义美学"课程,并自称"喜欢"本雅明和早期的卢卡奇等马克思主义者的观点。他虽后来改授"文化诗学",但对那种与马克思主义思想毫不相干的政治和文学视角更感不安。④ 伽勒赫也承认,60年代末70年代初,马克思主义批评,尤其是以卢卡奇和法兰克福学派为代表的西方马克思主义广为流行,新历史主义批评家很可能从中汲取了某些观点和批评视角来对待主流文化和意识形态。⑤ 但是,新历史主义究竟在哪些方面、以何种方式、在何种程度上受到马克思主义的影响呢?

我们发现,新历史主义在几个重要的认识前提上,多有受马克思主义影响

---

① 中国社会科学院外国文学研究所《世界文论》编辑委员会编:《文艺学和新历史主义》,社会科学文献出版社1993年版,第161页。

② [美]林特利查:《福柯的遗产:一种新历史主义?》,载张京媛主编:《新历史主义与文学批评》,北京大学出版社1993年版,第151页。

③ 参见盛宁:《新历史主义》,台湾扬智文化事业公司1996年版,第126页。

④ [美]格林布拉特:《通向一种文化诗学》,载张京媛主编:《新历史主义与文学批评》,北京大学出版社1993年版,第2页。

⑤ 中国社会科学院外国文学研究所《世界文论》编辑委员会编:《文艺学和新历史主义》,社会科学文献出版社1993年版,第163页。

的明显痕迹。首先,它认为所有的人类行为、实践和知识,都不是自然的或天生的,而毋宁是一种建构和创造,因而文本阅读活动也参与到人类的文化生产和意识形态生产之中;其次,文本与语境、文学与政治之间没有界线,故文学文本与其他各种文本以及档案应得到平等对待,而不应将文学作为一种外于社会政治历史的特殊表达形式。第一个方面主要与马克思主义的意识形态批判理论关联;第二个方面主要与马克思主义的"表述"理论相关。

因此,就对新历史主义的影响而言,马克思主义似可划分为两个相互关联的理论批评取向:意识形态批判理论;文化表述与经济再生产互动的理论。在第一个方面,它主要批判和对抗资产阶级当代意识形态霸权的物化、制度化、日常化、合法化及语言异化等窒息性压迫性质。这种意识形态学说与后结构主义话语分析相互结合,在新历史主义文学批评中衍化生成为一种复合型的"意识形态话语分析"手段。新历史主义者表示,其文学史实践的转换之一是"逐渐用话语分析替代'意识形态批判'"。① 这种"逐渐替代"恰好说明它与意识形态批判之间的源流关系。在第二个方面,新马克思主义者主要攻击资本主义的基础部分,根据资本主义生产方式的支配原理,阐释当代经济生产与文化表述两大范畴间的交换互动,"考察资本的生产率在精神思想领域的变形再造能力。"②这种经济再生产与文化表述的互动理论,在新历史主义那里表现为"将对'艺术'的讨论转变为对'诸表述'的讨论"。③ 它既强调文化表述的个别性、具体性和多样性以及社会历史植根性,又力主破除文化表述形式之间的等级制和因果论。这两个理论方面相互结合的结果,即是粉碎了那种历史单一普遍论的观念和主体及人性的超历史的永恒论观念。在这两个方

---

① Gallagher, C.& Greenblatt, S. *Practicing New Historicism*, Chicago:The University of Chicago Press,2000,p.17.

② 赵一凡:《什么是新历史主义》,《美国文化批评集》,生活·读书·新知三联书店1994年版,第240页。

③ Gallagher, C.& Greenblatt, S. *Practicing New Historicism*, Chicago:The University of Chicago Press,2000,p.17.

面,新马克思主义者本雅明、卢卡契、葛兰西、阿尔都塞、威廉斯等人都对新历史主义产生了重大影响。

为了便于在两种理论之间进行对比,我们将文化表述再分为共时性层面的文化表述与历时性层面的历史表述两个方面。下面主要从文化表述、历史表述和意识形态等三个相互联系的方面讨论马克思主义与新历史主义之间的关系。

一、文化表述的"非等级制"

马克思主义认为历史充满着阶级斗争。在资本主义"历史"中,经济统治集团的利益总是被"表述"（represent）为社会的普遍利益,而出卖劳动力的无产阶级的利益却得不到表述或被表述为那些少数人的利益。马克思指出,"统治阶级的思想在每一时代都是占统治地位的思想。这就是说,一个阶级是社会上占统治地位的物质力量,同时也是社会上占统治地位的精神力量。"①这一著名论断在后人的解释中出现了两种不同取向。一种解释是,经济因素是任何社会或文化的决定因素,占统治地位的经济生产方式决定占统治地位的文化生产方式。经济基础决定上层建筑,因此,资本主义生产出它自己的意识形态,经济结构的变革将摧毁资本主义意识形态并代之以共产主义社会的观念、价值和文化形式。这种解释在"体制化的马克思主义"如苏联居于主导地位。另一种解释是由葛兰西、卢卡契、阿尔都塞、威廉斯等人作出的。他们认为那种体制化的马克思主义过于生硬粗糙,会走向因果关系决定论。他们将经济与意识形态之间的关系解释成辩证的和相互影响的。这种解释引起了研究重心的转移,即从作为决定因素的经济因素更多地转到文化表述的功能上。他们发现,在马克思那里文化是作为一种控制手段发挥作用的,统治阶级利用文化形式来将其利益"表述"为全人类的利益。在经济利益的构成

---

① 《马克思恩格斯全集》第 3 卷,人民出版社 1960 年版,第 52 页。

过程中,经济基础是一种决定因素,但意识形态同样也是一种"决定因素"。意识形态不仅是统治阶级的产物,它也在"生产"统治阶级的过程中发挥着重要作用。这种解释在"新马克思主义"或"西方马克思主义"那里占据主导地位。

马克思主义经典作家早就认识到,文化表述世界的争夺与经验世界的争夺同等重要。马克思在《路易·波拿巴的雾月十八日》中指出,路易·波拿巴通过将自己装扮成他叔叔拿破仑那样的英雄,以"表述的行为"而非经济生产的行为在政变中取得了权力。在他夺取政权的过程中涉及经济因素,但经济并不是"唯一的"决定因素。在路易·波拿巴时期,小农的处境是,"他们不能以自己的名义来保护自己,无论是通过议会或通过国民公会。他们不能代表(represent)自己,一定要别人来代表他们。"①资产阶级可以通过经济手段统治小农,但他们的统治是在表述层面得到合理化的。

马克思有关文化表述重要性的思想,在葛兰西那里得到了更大的强调。他在《狱中札记》中认为,人们是在意识形态层面获得结构冲突的意识的。如果把经济看成唯一的决定因素,把意识形态看成是隐藏了真实的欺骗而将之摒弃,就无法使人认识到资产阶级意识形态的"文化霸权"。他指出,"一个社会集团的霸权地位表现在以下两个方面,即'统治'和'智识与道德的领导权'。一个社会集团统治着它往往会'清除'或者甚至以武力来制服的敌对集团,它领导着同类的和结盟的集团。""政治领导权仅仅成为统治职能的一部分……为了行使有效的领导权,就不应该单单指望政权所赋予的物质力量。"②葛兰西认为,西方资本主义国家并不单纯是一个政治社会,而是政治社会与市民社会之间的平衡,是武力和同意、统治和领导权、暴力和文明等各种不同制度的整个复合体。政治社会通过军队、警察、法庭等镇压工具以及行政

---

① 《马克思恩格斯选集》第一卷,人民出版社 1972 年版,第 693 页。本书根据语境将"代表"的英文词 represent 也译为"表述、表征"。

② ［意］葛兰西:《狱中札记》,曹雷雨等译,中国社会科学出版社 2000 年版,第 38—39 页。

机构官僚机构等强制性机关,行使"直接的"统治权和镇压权。市民社会则通过教育制度、宣传媒介、文化、宗教、家庭和日常生活,利用信仰体系和价值观念、风俗习惯甚至神话等,进行精神和道德上的指导,成为资本主义制度的重要支柱。同行政上的统治权、镇压权一样,它也是一种权力,是一种"文化霸权"或"文化领导权"。总之,葛兰西让人们意识到,"经济与意识形态间的关系并非经济基础决定上层建筑的关系,而毋宁是经济结构与意识形态结构之间的相互交换关系;经济决定无产阶级的处境,而意识形态则决定无产阶级的意识。"①无产阶级在物质体制和国家机器中生活、工作、成长和受教育,因此,他们也完全卷入到这些表述之中且无意识地对这些表述表示赞同。

一般认为,"葛兰西的这个思想基本符合马克思列宁主义。"②但他在马克思主义的框架之内,在强调文化表述与经济生产之间的互动关系并排除因果决定论的同时,却大大突出了"文化表述"的重要性和复杂性,这些方面为新历史主义将"表述"作为自己的主要研究对象奠定了一个理论基础。但他并未深入探讨各种文化表述形式之间的关系,而摧毁各种文化表述形式之间的"等级制"甚至"表述本身的特权地位",正是新历史主义的目标之一。在这方面,英国的马克思主义者威廉斯是其理论前驱。

威廉斯上承葛兰西等人的思想,反对将马克思主义化简为一种因果关系决定论,认为文化在广阔的历史发展范围内对所有其他概念的有限名称产生强有力的影响。他指出,"我们生活在一种不断扩展的文化之中,可是我们却花费很多精力去对这一事实表示遗憾,而不去探求它的性质和情况。"③他认为,人类经验的所有表达形式合并起来可称之为"文化",对这些文化形式的分析就是"文化唯物主义"。他批判了人文主义者(利维斯等人)将文学视为

---

① John Bronnigan, *New Historicism and Cultural Materialism*, London: Macmillan Press Ltd., 1998, p.26.

② 李思孝:《"西方马克思主义"的文艺思想》,《中国社会科学》1990 年第 5 期。

③ [英]威廉斯:《1780—1950 文化与社会》,载陆梅林选编:《西方马克思主义美学文选》,陆梅林等译,漓江出版社 1988 年版,第 679 页。

一种特权领域和人类本性的"最高"表达形式的观念,认为文学代表的是部分人的社会和文化价值,而非人类本性的伟大的"普遍"真理。文学并不是天才表达的特权形式,而是社会经验和实践的一种形式,它只是人类经验的物质表达形式"之一"。因此,作为文化系统组成部分的文学并非人类表达的最高形式,它是不断转化的,并非自我推动的"伟大传统";文学转换变化的动力并不在于天才的才智,而在于转变中的经济、政治、社会和文化的总体条件,文学应放到文学文本得以生产和接受的文化环境中进行分析研究。这样,他就将文学叙事建构成了一种植根于物质体制中的实践。

威廉斯深化了葛兰西对文化霸权的认识。后者的文化霸权观念承认,占统治地位的信仰和价值体系能够深入地渗透到社会中,但拒绝随着阶级冲突的现实而"扩散"。威廉斯则认为,特定文化中主导的(dominant)、残余的(residual)和新生的(emergent)三种要素之间的关系是复杂的和动态的:"主导文化"虽主要由主导社会集团所决定,但其中也渗透着"残余文化"和"新生文化"的成分。"霸权并不是单一的,其内部结构异常复杂,它不断地被刷新、再造和保护;而且它也可能不停地受到挑战并在某些方面作出修正。"①三要素间关系的复杂性,使得写作活动、话语实践活动以及文学作品和理论的创造都必然在文化的所有领域里发生。因此,文学与社会之间并不存在一种"抽象关系",文学始终是一种社会实践。我们无法将文学艺术与其他社会实践分离开来而使其"臣服于"某个特定法则。文学作为实践可以有相当独特的特点,但它无法从总体社会进程中分离出来。他坚持认为,"没有一种生产方式,也没有一种主导社会或社会秩序,因而也没有一种主导文化,可以实际地囊括或穷尽人类实践、人类能量和人类意图的全部领域。这并不只是一个消极主张,让我们去解释发生在主导方式之外或与之对立的有意义的事情。相反,它是有关主导方式的事实,即主导方式在人类实践的全部领域进行选择,

---

① Kiernan Ryan(ed.), *New Historicism and Cultural Materialism: a Reader*, London: Arnold, 1996, p.22.

因而也从中进行排除。"①因此，文化唯物主义文学批评集中考察作为主导文化特点的包摄与排除、联合化与边缘化、接受与反对的过程。

威廉斯的文化唯物主义打破了各种文化表述之间的等级制和因果关系决定论，强化了文化诸要素之间关系的动态性和多样性：文学表述不再被视为一种赋有特权的表述领域，也不被视为由单一的经济因素所决定的表述。这些基本的方面和批评方法都直接为新历史主义所承继。但是，文化唯物主义并未脱离西方马克思主义的总体框架，它对体制化的马克思主义有关经济基础与上层建筑之间因果等级关系的挑战，并未走向对阶级观念的完全放弃。而新历史主义则走得更远。伽勒赫指出，在许多方面，诸如有关社会冲突的起源、性质和场所以及有关表述问题的看法等，新历史主义的研究都保留着"新左派"的观念。但是，"与某些马克思主义批评家不同，我们没有重新要求获得一套关于阶级冲突的历史性元叙事。相反，我们倾向于坚持认为，权力并不等同于经济或国家政治权力，因而它的活动场所，以及抵抗的战场，都恰恰位于日常生活的微观政治学中。"②他们放弃阶级冲突观念后，开始向那些"正史"之外的历史碎片聚光。而划分研究对象的"阶级"尺度，也被那些国家的、语言的、历史的、代际的、地理的、种族的、人种的、社会的、性别的、政治的、道德的和宗教的界线所代替。在其研究中，这些界线可以跨越、混合、合并或瓦解，也可以修订、构想、设计和置换。

新历史主义对表述的强调和对表述形式之间等级制和因果论的破除，并未使他们像形式主义者那样将表述系统本身看成一个"特权领域"，而是走向对表述领域的"解特权化"（de-privilege）。它认为"形式与意识形态既非一种简单的肯定关系，在其中形式弥补了意识形态的断裂；它们之间又不是一种颠覆性否定关系，在其中形式揭露意识形态矛盾并且因此使之软弱无力。在此

---

① Raymond Williams, *Marxism and Literature*, Oxford：Oxford University Press, 1977, p.125.

② Kiernan Ryan(ed.), *New Historicism and Cultural Materialism：a Reader*, London：Arnold, 1996, p.50.

问题上,新历史主义的贡献是确认一项第三种选择,其中,文学与意识形态之间的矛盾对立关系被还原为特定历史环境中的一种有关主体构成的权力与社会功能型模式。"①在这一点上,新历史主义还受到阿尔都塞的重要影响。

二、历史表述连续性的"爆破"

新历史主义主要批评的是"历史的"(过去的)文化现象,因此,过去与当下、历史与现实之间的关系问题是它的重要理论课题。在这一点上,它也受到马克思主义思想的影响。

马克思主义历史观的一个重要方面,即认为历史既具有不以人的意志为转移的"既定性",又具有为当代意识形态服务的"当代性"。马克思指出,"人们自己创造自己的历史,但是他们并不是随心所欲地创造,并不是在他们自己选定的条件下创造,而是在直接碰到的、既定的、从过去承继下来的条件下创造。一切已死的先辈们的传统,像梦魇一样纠缠着活人的头脑。当人们好像只是在忙于改造自己和周围事物并创造前所未闻的事物时,恰好在这种革命危机的时代,他们战战兢兢地请出亡灵。"②人们摆脱不了自身的历史性,历史修撰也不可能超越功利性。卢卡契也在批判"目光短浅的经验论者"时指出,他们忘记了,"不管对'事实'进行多么简单的列举,丝毫不加说明,这本身就已是一种'解释'。即使是在这里,事实就已为一种理论、一种方法所把握,就已被从它们原来所处的生活联系中抽出来,放到一种理论中去了。"③因此,不存在对历史的"纯客观"描述,即使是最简单的"列举"也是一种"解释"。

这些基本的理论主张都是为新历史主义所接受的。新历史主义将过去看作是由相互矛盾和彼此冲突的信仰、价值和趋势所构成的。人们在对待过去

---

① 中国社会科学院外国文学研究所《世界文论》编辑委员会编:《文艺学和新历史主义》,社会科学文献出版社 1993 年版,第 171 页。

② 《马克思恩格斯选集》第一卷,人民出版社 1972 年版,第 603 页。

③ [匈]卢卡奇:《历史与阶级意识》,杜章智等译,商务印书馆 1992 年版,第 52 页。

时，总是从自身特定的历史性出发，在那些相互冲突的因素中进行着选择。因此，应该时时质疑和检视自己对于过去的兴趣背后的假设，将自己的历史解释实践落实到对当前政治压力的说明上。这种"双向批判"方法，构成新历史主义的鲜明特点。在这方面，它受到过本雅明的历史哲学的影响。

本雅明试图与传统"历史主义"决裂，认为唯物主义史学与历史主义之间的区别"超过唯物主义史学与任何其他史学门派之间的区别"。在这方面，新历史主义有着同样的诉求。格林布拉特认为新历史主义"辜负了它自己的名字"而对"历史主义"的一般观点（客观主义、非价值判断以及尊崇传统等）持批判态度。本雅明认为，过去能否成为"历史"，是与现在密切相关的。每一个不能被现在关注并加以辨识的过去的形象都可能无可挽回地消失掉。一切记载下来的"历史"都是统治阶级和征服者的历史，"任何一部记录文明的史册无不同时又是一部记录残暴的史册，正如同这样的史册不可能免除残暴一样，文化财富从一个主人手里转到另一个人手里的方式同样沾染着残暴的气息。"①妨碍人们达到这一洞见的是传统历史主义的种种信条。因此，他对传统历史主义的基本假设，诸如历史连续整体论、因果论和进步论等，逐条进行了批判。

他质疑历史进步论，认为它将人类进程看成是对匀质的、空洞的时间的穿越，这是脱离实际的和武断的，而且也是需要付出代价的（法西斯正是在"进步"的名义下得逞的）。他批驳因果论，认为它没有认识到历史学家应该把握的是"自己的时代和一个明确的、早先的时代所形成的结合体。"②他主要将火力指向对历史连续性的"爆破"，认为历史唯物主义者"承担爆破连续统一的历史过程的任务"，应该"把一个特定的时代从连续统一的历史过程中爆破出

① ［德］本雅明：《历史哲学论纲》，载陈永国、马海良编：《本雅明文选》，中国社会科学出版社 1999 年版，第 407 页。
② ［德］本雅明：《历史哲学论纲》，载陈永国、马海良编：《本雅明文选》，中国社会科学出版社 1999 年版，第 414—415 页。

来,把一个特定的人的生平事迹从一个时代中爆破出来,把一件特定的事情从他的整个生平事迹中爆破出来。这一方法的结果是,这一特定的事情既保存着又删除去这个人整个的生平事迹;这个人的生平事迹同时既保存着又删削去这一特定时代;这一时代同时既保存着又删削去整个历史过程。"①这种"爆破",从观念到方法都包含着这样一种逻辑:连续统一的"历史修撰"(historiography)掩盖了历史的"残暴"本质,历史唯物主义者不该以因果论和进步论为由而表示有意无意的尊崇、认同和配合,而应该设法打破这种连续性,暴露出"历史"背后的血腥和残暴。因此,他的唯物主义反对"顺向"理解历史,而主张"逆向梳理历史"。这些观念方法都对新历史主义产生了重要影响。

伊格尔顿指出,本雅明的计划是"炸断致命的历史连续性",这种事业实现的可能条件是,"历史在人们的身后崩溃为碎片——人们可以在废墟中挖掘和凑集一些东西,以对抗'进步'的无情步伐,因为大灾难已经发生了。"②由"逆向梳理"而达到对连续性的"爆破",由后者而至于"历史碎片",这似乎正是本雅明的历史观念方法的主要遗产。新历史主义无疑继承了其中的大部分。"逆向梳理"也正与新历史主义以"怀疑的、谨慎的、解神秘化的、批判的、甚至逆向的"③方式阅读历史的方法源源相通;"爆破"历史连续性的做法与新历史主义将逸闻逸事楔入大历史的连续性之流而获得"反历史"④的做法遥相呼应;关注"历史碎片"的做法则与新历史主义通过"文本踪迹"而捕捉"真实的踪影"的方法具有相通性。本雅明与新历史主义者也都重视了历史的文本性,诚如研究者指出的,本雅明"令人惊异地将历史与文本,与不断的重定

---

① [德]本雅明:《历史哲学论纲》,载陈永国、马海良编:《本雅明文选》,中国社会科学出版社 1999 年版,第 414 页。

② [英]特里·伊格尔顿:《美学意识形态》,王杰等译,广西师范大学出版社 1997 年版,第 333 页。

③ Gallagher,C.& Greenblatt,S.,*Practicing New Historicism*,Chicago:The University of Chicago Press,2000,p.9.

④ Gallagher,C.& Greenblatt,S.,*Practicing New Historicism*,Chicago:The University of Chicago Press,2000,p.52.

和删改等同起来"①。这说明本雅明与"叙事历史诗学"之间的亲和关系。

本雅明通常强调历史理解中的"阶级性"和马克思主义的政治性,而新历史主义却基本上抛弃了阶级性,主张政治立场上的"无定性"。伽勒赫指出,新历史主义坚称,"历史的好奇心将会采取独立于政治考虑之外的发展道路;而在它对文学实施历史化研究的愿望背后,并不存在任何种类的政治动机。"而且"用不着在所有情况下都需要政治点火装置"。② 正是在这一点上,新历史主义远离了马克思主义传统。

三、意识形态的"物质性"和"异质性"

新历史主义者宣称,其文学史研究逐渐以话语分析代替了"意识形态批判";同时,从另一个角度看,他们并未抛弃"意识形态"这一概念,而是改变了它的内在含义。蒙特洛斯认为,"一个封闭的、单一的和同质的意识形态观念必须代之以异质的、不稳定的、可渗透的和过程性的意识形态观念。必须强调,主导意识形态受个别文化程度(如诗人和剧作家)的职业的、阶级的和个人兴趣的具体场合的限制;受以不同方式消费文化产品的观众、听众和读者的限制;也受产生它的文化媒介的相对独立性——具体特征、可能性和有限性——的限制。"③这与马克思主义的意识形态批判理论特别是阿尔都塞的理论直接相关。

"意识形态"在马克思主义中是一个重要概念,但其含义却并不清楚。威廉斯发现,意识形态这个概念在马克思恩格斯那里是介乎两种意思之间的:一是"一种某个阶级所特有的信仰体系";二是"一种可能与真实的或科学的知

---

① Scott Wilson, *Cultural Materialism: Theory and Practice*, Oxford: Blackwell Publishers Ltd., 1995, p.133.

② 中国社会科学院外国文学研究所《世界文论》编辑委员会编:《文艺学和新历史主义》,社会科学文献出版社 1993 年版,第 175 页。

③ Aram Veeser(ed.), *New Historicism*, London: Routledge, 1989, p.22.

识相矛盾的虚幻的信仰体系,即伪思想或伪意识。"①"某个阶级"是否包括无产阶级呢?"社会主义意识形态"(列宁语)是否也具有"伪意识"性质呢? 马克思主义者在这个问题上存在着激烈争论。

阿尔都塞的意识形态理论并不是要对某种特定的意识形态究竟是"幻象"还是"现实"作出裁断。他认为研究意识形态就是要研究某些"意识形态国家机器"的物质性实践,以及主体通过哪些程序被构筑在意识形态之中。他发现,人生活在世界上并认识这个世界,这并不是一种主观与客观的"封闭性双向关系",人在认识过程中随时都受到现存的各种思想体制的制约。人的主体是一个受到各种限制的、早已由一系列对世界的表述系统所决定了的"屈从体"(subject 既是"主体"又是"屈从体")。主体觉得自己在直接把握现实,但这是想象的结果。"意识形态是个人同他的存在的现实环境的想象性关系的表述(Ideology is a 'Representation' of the Imaginary Relationship of Individuals to their Real Conditions of Existence)。"②意识形态表述的"不是现存的生产关系(以及从生产关系衍生出来的其他关系),而首先是个人与生产关系(及从中衍生出的关系)之间的(想象性)关系。"③意识形态有一个物质性存在,它通常存在于国家机器及国家机器的实践之中。只有通过意识形态并在意识形态之中才有实践;只有通过主体并为了主体才有意识形态。他的意识形态理论,强调了意识形态的普遍性、物质性、实践性、想象性和主体相关性。

阿尔都塞认为,必须从再生产的观点出发来透视国家和意识形态问题。为此,他提出了"压制性国家机器"(RSA)和"意识形态国家机器"(ISA)两个概念。他认为,前者通过警察和军队,使用暴力或用武力威胁来维持统治秩

---

① Raymond Williams, *Marxism and Literature*, Oxford: Oxford University Press, 1977, p.55.

② Louis Althusser, *Lenin and Philosophy and Other Essays*, New York: Monthly Review Press, 1971, p.162.

③ Kiernan Ryan(ed.), *New Historicism and Cultural Materialism: a Reader*, London: Arnold, 1996, p.18.

序;而后者则主要依靠意识形态发挥作用。RSA 主要包括宗教的(不同的教会系统)、教育的(公立和私立"学校"的各种系统)、政治的(包括不同党派的政治制度)、工会的、交往的(新闻出版、电台电视等)、文化的(文学艺术和体育运动等)意识形态国家机器。① 社会的行为和观念,是通过意识形态国家机器而决定的。对于无产阶级来说,根本不存在什么自由意志或自由选择。所有的个体都是"主体",而其"主体性"是通过意识形态国家机器建构起来的。意识形态国家机器通过意识形态的"询唤"(interpellation)将个人"生产"为主体。不存在人文主义者的主体,主体都是被意识形态压抑和利用的。就文学而言,文本是或隐或显地通过同情的方式向读者讲话,而读者也便因此而受到"询唤",屈从于意识形态国家机器。

他认为,马克思主义的历史观是"多元决定的",既不是黑格尔式的一元决定论,也不是多元论(因为经济具有归根结蒂的决定作用)。② 这样,意识形态就成为一种结构性决定因素,其重要性得到了突出。与之相应,对作品的意识形态内容的阅读就应是"症候阅读"。在文本的意味深长的"沉默"中,在它的空隙和省略中,最能清楚地看到意识形态的存在。批评家应该使那些"沉默"的部分说话,并获得关于意识形态的知识;从文本中的矛盾、省略、裂隙和不充分中读出其意识形态局限来。这种阅读方法为新历史主义者所广泛采用。格林布拉特对莫尔的《乌托邦》的阅读就是典型的"症候阅读",他将注意力集中在书中的断裂、矛盾、悖论和裂隙上,进而指出这些互不连贯的叙述"飞地",不仅破坏了整个文本结构的统一,而且更重要的是莫尔的这一叙述特点,起着对文本所表现的世界的地位提出质疑的作用。③

阿尔都塞的如上思想,使他获得了两个重要的批评策略:首先,这种意识

---

① 俞吾金、陈学明:《国外马克思主义哲学流派新编·西方马克思主义卷》(下册),复旦大学出版社 1990 年版,第 492 页。

② 李青宜:《阿尔都塞与"结构主义马克思主义"》,辽宁人民出版社 1986 年版,第 208 页。

③ Stephen Greenblatt, *Renaissance Self-fashioning*, Chicago: The University of Chicago Press, 1980, pp.18–25.

形态定义赋予意识形态一个积极角色(而不仅仅是反映或表现),它自身在生产方式中是一种结构性决定因素;其次,与意识形态的积极角色相应,主体被看成是政治的和意识形态的效果。其理论对文学批评的影响,主要在于它改变了人们有关主体性及主体身体的观念。文学形式作为意识形态,生产出那些它试图表述的个人。文本本身是积极的、生产性的力量和事件,而非对先已存在的语境的"表现"或"反映"。因此,将文本联系于其语境的问题就让位于将文本视为已然处于被建构起来的社会整体之中的问题。其主体作为意识形态产物的观念,也排除了传统批评,特别是批判历史诗学从作者意图、经历、欲望和情感等主体因素来寻求对文学意义的解释的观念,因为这些观念全都指向意识形态结构。比如,小说并不表述那些随着现代性和资本主义而"新生的"个人主体,而毋宁是,小说作为一种意识形态"生产""询唤"和"欢迎"它的"个人"。主体不是别的(如自由人文主义的超历史主体),而是一种话语建构;主体的身体不是别的,而是话语建构的场所。这些观念对新历史主义产生了重大影响。伽勒赫指出,新历史主义的批评"一直是要追溯现代主体性在人们试图获得稳定主体的必要失败过程中经历的创造,"而其批评"深入到社会改造的最深层、最少被质问怀疑、同时又是最难接近的领域:即关于我们自身作为性别主体的改造。"①

研究者指出,新历史主义批评家从阿尔都塞的理论中可以各取所求,但他们都能从如下观念中获益:即"意识形态生产是一种现存社会体制中的物质性实践,因为它使得教育成为一个破坏生产进程的理想舞台。"②新历史主义的颠覆及这种颠覆旋即被包容的活动也主要发生在社会体制之中,而它的误区也似乎在这个方面:它过分强调通过知识颠覆对统治秩序的破坏,而未能认

①　中国社会科学院外国文学研究所《世界文论》编辑委员会编:《文艺学和新历史主义》,社会科学文献出版社 1993 年版,第 169 页。

②　Kiernan Ryan(ed.), *New Historicism and Cultural Materialism: a Reader*, London: Arnold, 1996, p.2.

识到只有通过真正的物质实践（特别是经济实践），才是最根本的改造世界的途径。

阿尔都塞等人的结构主义马克思主义观点，是经过福柯的改造而对新历史主义发生影响的。研究者指出，"与马克思主义的观点明显不同，福柯的兴趣不在于表达最核心和制度化的权力形式，诸如国家机构或阶级关系。相反，他关心考察不平等和压迫的权力关系是如何被制造出来的，以及通过表面上人道和自由的社会实践，这些权力关系是如何以更奥妙和弥散的方式被维持的。"①马克思主义者都持有鲜明的政治及意识形态立场，并能对资本主义社会进行意识形态批判；而新历史主义者大多没有明确的意识形态立场，也不愿将自己完全局限在马克思主义的思想框架之内，而主张一种立场的"无定性"，因而它逐渐转向了意识形态立场比较模糊的"话语分析"；同时，它并不热衷于对历史现象进行一种唯物主义式的还原，而是主要追溯人类身体和人类主体的历史形成过程。

即便如此，马克思主义也是作为新历史主义的一个认识前提、一个"转向"的出发点而存在并发生影响的。在有关艺术与历史的关系问题上，尽管新历史主义拒斥任何一种具体的马克思主义解释，但他们却接受马克思主义的"资本主义"这样一个总体历史范畴以及资本主义与封建主义之间的区分。格林布拉特拒绝马克思主义者詹姆逊那样的单一化的"世界图景"，但又诉诸"资本主义"这个历史范畴，认为在资本主义时代，没有任何一个单一的理论可以解说艺术与历史之间的关系。格林布拉特在追求某种"彻底的历史主义"，这种做法仍然没有完全背离马克思主义的"历史原则"。

我们知道，在马克思主义那里，从历史角度研究文学，这不仅是一种方法，更重要的是体现了一种原则。恩格斯认为，马克思主义的理论方法，即"历史"的方法与"逻辑"的方法相一致的方法。② 他所说的"历史"指的是事物发

---

① ［英］路易丝·麦克尼：《福柯》贾湜译，黑龙江人民出版社 1999 年版，第 2—3 页。
② 参见《马克思恩格斯选集》第 1 卷，人民出版社 2012 年版，第 217 页。

展的本质规律,而"历史原则"是指人的思维必须符合客观现实的规律,而不是机械地向历史学科借用解决问题的现成途径。马克思主义历史方法中的理论原则与具体批评方法之间既有联系,又有区别。"在马克思主义文论中,具有哲学意义的历史概念,表示的不是马克思主义文论侧重于同某个学科的联系,而是它对认识现实的方法和途径的根本要求。在文学批评中,衡量历史方法是否正确、是否科学的标准在于能否基于历史规律之上把握文学这个特殊对象的特殊逻辑"。① 马克思主义的具体历史方法虽遭到某些当代理论(包括新历史主义)的抵制,但它们并未彻底否定马克思主义的"历史原则"。我们注意到,马克思主义强调历史方法与逻辑方法的内在统一,而新历史主义有时竟只强调历史方法而排斥逻辑方法。实际上,就像它在实践中不能完全放弃逻辑方法一样,它还是不得不采用"资本主义"这样一个历史范畴。"资本主义"本身已经是一个理论化了逻辑化了的范畴。

当然,马克思主义与新历史主义之间之所以有如此深刻的关联,这不仅来自新历史主义对马克思主义的"改造",也来自马克思主义从其经典形态向"新马克思主义"的发展过程中所形成的一些新特点。这是一种两相凑泊的结果。新马克思主义者对文化表述、历史表述以及意识形态的论述越来越灵活和宽泛,而且他们有意识地对其中可能存在的"决定论""等级制"和"单一阶级论的历史叙述"进行了剔除,这使马克思主义与当代各种理论的接触面大大拓宽了。但是,它同时也使马克思主义的"革命性"削弱了,新历史主义与这种"新"马克思主义之间有更多的相通性。林特利查指出,在新历史主义那里,"马克思这个社会变革和革命的理论家现在被放到福柯式的基础上进行重新理解并被改造成福柯的先驱,变成了犬儒主义议会的奴仆,一个重复论的理论家。"②

---

① 徐贲:《走向后现代与后殖民》,中国社会科学出版社1996年版,第3页。
② [美]林特利查:《福柯的遗产:一种新历史主义?》,载张京媛主编:《新历史主义与文学批评》,北京大学出版社1993年版,第155页。

与马克思主义相比，新历史主义从明确的意识形态批判转向了政治立场无定性的话语分析、从物质实践领域的斗争转向了表述领域的反抗、从现实生活中的抗争转向了学术领域的颠覆，这一方面确实对传统马克思主义不够重视的某些领域进行了某种程度上的"补充"和"深化"，另一方面，它因对物质实践领域的某种忽视而向历史唯心主义方向摇摆。正因为如此，它在包容与颠覆的关系问题上持一种明显的悲观主义立场。这与它所受福柯思想的影响分不开。

第二节　新历史主义与解构历史学

我们讨论历史诗学形态时指出，"叙事历史诗学"与语言论和解构史学密切相关。但人们在解构史学基本原则基础上研究取向的不同，实际上意味着"不同的"语言理论。这里存在着一般结构主义以及主张"文外无物"的德里达理论同强调文本的权力性、转义的意识形态性的福柯和怀特理论之间的区别。后者强调了在"产生"历史知识的过程中语言的叙述功能，尤其强调了历史话语与古今文化变迁之间的关系。它视"历史话语"为各种学科共同使用的语言，认为其意义并不直接源自作为历史行为者或历史书写者的"意图"，也不仅与所说所写的内容相关，而是源于文本所自出的社会历史结构。这样，它就在斩断意义与作者意图和文本所指的"直接关联"之后，另辟了一条研究社会历史的途径。这在新历史主义的发展过程中起了直接的推动作用。因此，新历史主义与福柯和怀特之间的具有"非此不可"的关联。下文主要对二人观念方法给新历史主义历史诗学带来的主要影响进行考察。

一、福柯对传统历史观念的颠覆

福柯著作在方法、术语和实践诸方面都对新历史主义产生了正负两方面的影响。这是一个不争的学术事实，也是新历史主义的实践者和批判者都不否认的,但对这种影响做出具体估价却殊非易事,也是理解当前新历史主义理论和批评实践的要害所在。

福柯的史学理论强调了语言的叙述性在"生产"历史知识过程中的功能,尤其强调了历史话语与古今文化变迁之间的关联。它将"历史话语"设定为各学科的通用语言,认为其意义并不直接源自作为历史行为者或历史书写者的"意图",也不只与所说所写的内容相关,而是源于文本所自出的社会历史结构。这种颠覆传统历史观念的知识活动对新历史主义文学批评起了直接的推动作用。从总体上看,福柯开辟的考察文学和历史的途径,并不设定历史时期的连贯性和统一性,而强调其差异(difference)、断裂(disruption)和非连续性(discontinuity),主张研究特定话语和社会形态形成的条件,并由此对它进行批判而不是认可;它斩断了思维观念与历史"发展"、档案与心理文化"实体"之间的直接关联,向现象学的"深度"研究方法和"人"的观念提出了挑战。他说,"如果说有什么我必须摒弃的研究方法,那就是被广义地称之为现象学的方法,这种方法把考察主体绝对地置于首位,考察主体赋予行为以建构的功能,因而就把考察主体的观点置于一切历史性之上——简言之,这样便导向了一种超验意识。"[1]这就将传统文学批评所依托的根本观念"问题化"了。

传统的历史主义文学批评总是将文学与意识形态、世界图景、精神状况及世界观联系起来加以考察。福柯认为,所谓"意识形态""世界观""历史时刻""历史发展""历史目的性"等都不能充当方法论的源泉,相反,它们自身的历史具体性正是应该探究的对象。它们运用语言阐释抹平了事物间的"差异"和事物本身的"裂隙",营造出一个语言层面的"连续性",人们却误将语言自身的逻辑当成了事物之间的逻辑。这样,"变化就在连续性的视域中得到了解释。"[2]这种连续性或者是生产方式的序列(詹姆逊等马克思主义者),或

---

[1] Michel Foucault, *The Order of Things*, "Foreword the English Edition", London: Routledge, 2002, p.xv.

[2] Claire Colebrook, *New Literary Histories*, Manchester: Manchester University Press, 1997, p.37.

者是通向人类解放的进程（自由史学家），或者是"影响"和"遗产"（一般文学史家）。文学史家总是先设定一个历史发展序列（"传统""影响""发展和演进""心态或精神"①）以为文学的"背景"，然后将文学视为这个序列的记录。这种连续性支持着"人类主体统一性"的观念，"连续的历史是一个关联体，它对于主体的奠基功能是必不可少的。"②针对这种设定，福柯力图将历史作为非连续性而加以重新考察，将连续性的这些形式束之高阁而打开"一般话语空间中的事件群体"并"描述话语事件"。③ 他的思考切入点，就是他所谓的"话语"（discourse）。就对新历史主义的影响而言，福柯学说可分成相互关联的四个方面：话语实践论、知识考古学、系谱学和权力论。

（一）话语的实践性

福柯认为历史学家应该检查语言基础（叙事陈述），后者"构成"历史而非"对应于"真实世界，应该摒弃那种从作家意识或单个文本中追寻原意的研究方法。主体并不"产生"意义，意义是话语系统的结果。这似乎与一般结构主义并无二致，但其"话语"概念使他冲破了结构主义的"叙述决定论"，"带着嘲讽的意味把结构主义运动视为始于 16 世纪的人文学科（事物的秩序能够再现于词语秩序中）的最后阶段。"④因此，"话语"在福柯那里具有根本的方法论意义。

福柯的话语依然与结构主义的语言相关。话语即是作为文化载体的语言与使用该语言的社会中的整个机制、惯例以及习俗之间的"关系"。话语并非再现事物的符号，话语由符号构成，但话语不只是用符号来确指事物，因而不

---

① ［法］米歇尔·福柯：《知识考古学》，谢强、马月译，生活·读书·新知三联书店 1998 年版，第 23—25 页。

② ［法］米歇尔·福柯：《知识考古学》，谢强、马月译，生活·读书·新知三联书店 1998 年版，第 15 页。

③ ［法］米歇尔·福柯：《知识考古学》，谢强、马月译，生活·读书·新知三联书店 1998 年版，第 31—32 页。

④ ［美］怀特：《解码福柯》，载张京媛主编：《新历史主义与文学批评》，北京大学出版社 1993 年版，第 111 页。

能"将话语当作符号的整体来研究(把能指成分归结于内容或者表达),而是把话语作为系统地形成这些话语所言及的对象的实践来研究。"①话语本身就是一种社会实践,这种作为"严肃"言语行为的"话语实践"(discursive practice),"形成了"我们所讨论的认识客体,"限定了"客体得以可能的条件。福柯承认,他并非"把握了"而是"扩展了"话语的意义。在他那里,话语包括各种实践、体制、标准、行动和空间分布之间的关系,甚至剧院和精神病院等建筑也都可视为话语。话语既是福柯研究的对象,又是其研究对象得以形成的条件,他说,"我们始终停留在话语的范围中。"②具体说来,"话语关系并不在于话语中:这些关系并不在自身中把概念或词语联系起来,不在句子或命题之间建立演绎或修辞结构。但是,也不是外在于话语的关系,限定着话语或者强加给它某些形式,或者在某些情况中强迫它陈述某些事情。"③因此,话语既不受一般语言学因素(词义和语法)限制,也不受语言基本单位(如句子、命题或言语行为)限制,而是同政治、经济、文化以及医疗、教育、司法等社会性制度密切联系。话语的作用就是使人实际上不能在话语之外进行思想。

"话语"本身包含着"实践",是"实践的语言"。不同于现代语言学中的Langue(语言的形式)和parole(语言的使用),话语是一种更加广义的语言运用。任何话语都是社会性的和历史具体的。而所谓"实践",并非对某种具有普遍意义的理论的贯彻或体现,也非"表达行为""理性活动"以及"说话主体的'能力'"等,"说话的实践是一个匿名的、历史的规律的整体。"④这样的话语实践只是一些具有逆转偶然性的"话语事件"(discursive event),是话语空

---

① 〔法〕米歇尔·福柯:《知识考古学》,谢强、马月译,生活·读书·新知三联书店1998年版,第62页。

② 〔法〕米歇尔·福柯:《知识考古学》,谢强、马月译,生活·读书·新知三联书店1998年版,第32页。

③ 〔法〕米歇尔·福柯:《知识考古学》,谢强、马月译,生活·读书·新知三联书店1998年版,第57页。

④ 〔法〕米歇尔·福柯:《知识考古学》,谢强、马月译,生活·读书·新知三联书店1998年版,第151页。

间中的"事件"群体,一切所谓陈述、话语、知识都可以描述为一个个"事件"。看待一个事件不是凭其内在意义和重要性,而是凭外在于它的,它与各种社会性控制力量的关系。事件的意义不是永恒的,它随时有可能遭到偶然性的逆转,必须把偶然性接受为事件产生的一个范畴。"话语事件"观念反对那种将具体陈述之特性和差异缩减到某个终极的连贯性上的企图。

话语描述不同于语言分析,"对于某个话语事实,语言分析提出的问题永远是:这一陈述是根据什么规律形成的? 其他相似的陈述又是根据什么规律构成的? 而话语事件的描述提出的完全是另外一种问题,即:这种陈述是怎么出现的,而在其位置的不是其他陈述。"①话语描述也区别于思想史分析,后者总是"寓意的",它追问的是已说出的东西中所说的是什么? 而话语分析则朝着另一方向,即把握陈述的特殊性、确定它存在的条件和极限、建立它与其他可能与它发生关联的陈述的对应关系、指出什么是它所排斥的其他形式。因此,话语分析关注的核心问题是,"是什么社会因素和力量使得某种话语和知识形式成为可能?"

话语实践观念强调了非连续性、差异性和偶然性,排斥"深度"(话语主体心理、话语内蕴、语言内在形式以及话语外在指称性等),对于重新思考文本与历史之间的关系具有重要意义,因而对新历史主义的历史诗学产生了深刻影响。后者承认其文学史实践是"逐渐用话语分析替代意识形态批判"②。其话语分析力图揭示,在社会形成过程中文学并不是简单反映它,而是发挥着能动作用。在各种力量交汇的场所,文本是物质性的、能动性的和强有力的组成部分。新历史主义批评通常聚焦于那些标志着裂隙、变化和断裂的特殊历史事件,否认"单一历史进程"的存在,认为文本和话语本身就是作为历史发生

---

① ［法］米歇尔·福柯:《知识考古学》,谢强、马月译,生活·读书·新知三联书店1998年版,第32页。

② Gallagher,C.& Greenblatt,S,*Practicing New Historicism*,Chicago:The University of Chicago Press,2000,p.17.

的。它一般不将文学作品看成单一意识形态的结果,而视之为话语领域的一部分。话语观念使文学文本向更大的实践领域开放:小说是一个话语事件,它并不"反映"历史,它本身就是历史。文本生产新的客体对象,甚至生产新的主体。文本不必联系于其"历史背景"的某些观念;它本身已然是这种历史中的一个积极参与者。新历史主义批评并不将文学文本作为一个自足的单元与某个前文本的(pre-text)起源联系起来,而是将文学作品与不同领域里的其他文本联系起来。其目标即是,使作品"不仅与别的话语模式和类型相联系,而且也与同时代的社会制度和其他非话语性实践相关联。"①当然,新历史主义的"话语"与福柯的话语之间也还存在着一定的区别。虽然它们在强调话语的实践性、事件性和历史性方面相去不远,但前者的"话语"并未完全切断它与主体和指称的关联,在这方面它更接近伊格尔顿所说的"话语","'语言'是从客观角度观察的言语或书写,它被看作是没有主体的一条符号链。'话语'意味着把语言理解为个人的话语,即理解为包括说写的主体,因而也潜在地包括读者和听者的事物。"②

（二）　知识考古学的"纯粹描述"

福柯的话语实践论表明,可以在不考虑话语本身的真理性和内在语言规则的情况下对之进行研究。他在《知识考古学》中将这种方法说成是"描述话语事件"③的"考古学"(archaeology)。考古学即试图在不考虑话语本身真理性的前提下,研究某些类型的严肃言语与其他言语之间关系的规律性即"话语形成"(discourse formation),以及这些话语形成所经历的变化。"考古学"的对象通常是沉默的丰碑、无声的遗迹、历史背景不明的实物,这些陈迹作为

---

① ［美］怀特:《评新历史主义》,张京媛主编:《新历史主义与文学批评》,北京大学出版社1993年版,第95页。

② ［英］特雷·伊格尔顿:《二十世纪西方文学理论》,伍晓明译,陕西师范大学出版社1987年版,第126页。

③ ［法］米歇尔·福柯:《知识考古学》,谢强、马月译,生活·读书·新知三联书店1998年版,第32页。

对象的"意义"并不主要在于它"说"了什么，而在于它"意味着"什么。福柯对话语进行"考古"，其意略近。它试图避免对话语"内部"意义的"解释"而把注意力集中在实际存在的话语上，把它作为一个具有自我调节能力的独立系统来加以研究。但他并不像结构主义那样将话语看成一个封闭自存的"静态"系统，而是认为社会性制度对话语实践有着不可忽视的影响。当然，他的考古学在"悬置"了对象的"内部意义"之后，依然研究作为对象的"话语"以及"话语"之间的关系所形成的"外在意义"，即"某些话语在某时某地出现究竟意味着什么？"

黑格尔式的历史主义强调理性或精神的历史在时间中的整一性和连续性；结构主义在非时间性的层面同样强调了整一性和同质性。它们在解释文本时都将文本指向某些解释视域（发展的或结构的视域），而福柯则将文本看作为事件的话语本身。话语是由各种相互竞争的力量所构成的系统，这个系统有一系列控制规则，这些规则将那些有效的、可说的、可能的和拥有真理功能的陈述包容进来，而将那些不能具有真理功能的陈述排除出去，并划分出某些特定的学科。作为"文学"范畴的"话语形成"，就受到体制的"排除"与"包容"的动态进程的影响。话语形成通过排除其他陈述而赋予某些陈述以力量、有效性和真理效果。《癫狂与文明》一书表明，理性就是通过重新划分已有的界线而从疯狂中分离出来的。

福柯认为，思想观念与物质决定因素之间并非因果关系，话语形成显示语言事件与非语言事件之间存在着复杂的交互作用和交换关系。任何实践都已然是一种陈述，词语与事物彼此生产对方。文本并非处于孤立状态，它总是处在制度与学科的网络之中。考古学只是在一个作为事件的文本与其他话语事件的关系中对它展开"纯粹描述"。

话语形成不是与"世界观"而是与所谓"知识型"（episteme）相关。后者虽亦指历史时期之特征，但与世界观相去甚远：它强调差异、矛盾和异质性；它也是"反心理主义"的。世界观是一个与物质语境相关的连贯而理想的结构，而知识型则是各种力量的交互作用。与知识型相关的考古学在研究文本时,并不追求文本之下的"深度真理"(不将文本看作是意义的承担者),也不指向控制着表达内在意义的主体或作者的意识。因此,"考古学"与"话语分析"都在斩断意义与"指称"和"意图"的直接关联之后"描述"话语的意义。

(三) 系谱学的"当代史"或"效果史"

福柯在其考古学中追求一种"对话语形成的纯粹描述",这种方法旨在发掘话语的历史条件,但对他自己话语的历史条件和动机却未遑深究。随着他对自己的话语的存在条件的省察,其方法也从"纯粹描述"转向了"当代史"或"效果史",从考古学转向了"系谱学"(genealogy),强调重点也从"话语"转向了"权力"(power)。

福柯的系谱学方法源自尼采,后者认为,根本不存在什么"事实",有的只是对事实的"解释"。尼采指出,真正的历史学家必须拥有一种权力,将众所周知的东西重铸成一种闻所未闻的东西,"你只能用现在最强有力的东西来解释过去。"①不可能有什么"纯粹"描述,撰述历史是一种权力行为。福柯承接这一思路,强调包括其知识在内的所有知识形式的政治功利性,认为所有的知识行为同时就是权力行为。这就将历史与权力、利益和意志之间的关联凸显出来了。

福柯的系谱学并不像正统历史那样,试图说明所有历史事件都会自然而合乎逻辑地导向当代,而是试图展示那些偶然性、异质性和权力纠葛。这样,历史就变成了竞争性力量的运作。尽管系谱学将史学家的位置和陈述发挥作用的方式同时纳入考察视野,并因此而与纯粹描述的考古学区别开来,但系谱学同样认为,并不是作者"意图"产生了历史的形成。运行在历史中的权力不能缩减为个体意志,个体、体制以及话语恰恰是通过作为力量之网的权力而得到表达的。研究者指出,系谱学"所关心的不是与各学科的源头有

---

① ［德］尼采:《历史的用途与滥用》,陈涛译,上海人民出版社 2000 年版,第 50 页。

关的人物和事件，而是那些就人类社会、个人、语言等提出各种理论的诸学科所据以为'源'并据以为'系'的系统结构。"①这个系统结构即是权力网络。

这种系谱学对新历史主义者，特别是格林布拉特、蒙特洛斯和伽勒赫等人80年代的文学批评实践产生了重大影响。后者对文艺复兴的读解就是一种"当代的"读解。他们采用系谱学方法而将"权力"作为考察的主要对象。福柯的《规训与惩罚》和《性史》（第一卷）是集中体现其系谱学方法的典范之作。这些著作认为，自我是通过"监禁实践"建构起来的；性（sexuality）并非现代分析所"发现"的某种东西，而是通过组织它的规则"生产"出来的，并不存在什么先于话语限定和禁止的所谓"自然的"性欲望。这种观念方法激发了新历史主义文学批评实践对"自我塑造"问题的研究。《规训与惩罚》中的"全景敞视主义"部分（panopticism）对新历史主义批评家产生了最普遍的影响。在这部分，福柯描述了现代社会形成中的"大禁闭"原型和"规训"原型。福柯指出，在禁闭麻风病人和规训瘟疫患者的过程中，"个人的区分是一种权力挤压的结果，这种权力自我扩展、自我衍生和连接。一方面是大禁闭，另一方面是规训。"②这种做法"让我们想到了我们这个时代"，"直至今天布置在非正常人周围的、旨在给他打上印记和改造他的各种权力机制，都是由这两种形式构成的，都间接地来自这两种形式。"③批评家雷安指出，"这两种形式也暗示出，写作和观看是监视和控制的重要手段；批评家便迅速捕捉住这种暗示而控诉小说与剧院实质上是压制过程的同谋。"④新历史主义的批评实践多运用这

---

① 徐贲：《走向后现代与后殖民》，中国社会科学出版社1996年版，第131页。

② ［法］福柯：《规训与惩罚》，刘北成、杨远婴译，生活·读书·新知三联书店1999年版，第222页。

③ ［法］福柯：《规训与惩罚》，刘北成、杨远婴译，生活·读书·新知三联书店1999年版，第224页。

④ Kiernan Ryan(ed.), *New Historicism and Cultural Materialism: a Reader*, London: Arnold, 1996, p.2.

种观念方法。

尽管从诸多方面都能显示出新历史主义保持着一个系谱学的维度,但福柯的"权力"具有一些值得注意的特点,由此也能显示出福柯与新历史主义的同中之异。

（四）权力的"生产性"和"匿名性"

福柯的系谱学显示出,权力并不是一个否定性字眼;权力不只压制、包容和禁限,它同时也是肯定性的和生产性的。因此,权力的第一个显著特点是压制性与生产性的统一。

福柯的一系列著作深入考察了话语权力的"控制、选择和组织"过程。根据徐贲先生的总结,福柯把这些过程分成三种情况:外在控制过程(指社会性的禁止和排斥,包括直接言论控制、区别与歧视、真理意志对谬误的排斥)、内在控制过程(指权力话语对自身的限制和规定,包括评论原则、作者原则和学科原则)和应用控制过程(指应用话语的决定条件对话语主体的控制,包括言语程式、话语社团、思想原则和社会性占有过程)①。这是一个严密的控制网络。换个角度看,如果主体并不是"既定的"事实,那么它就也是这种控制过程的"生产"出来的,个人、话语、体制和事件是权力网络的结果,也是以权力网络为条件的。权力的压制性与生产性内在统一,控制与利用互为表里,颠覆与包容相需为用。权力事实上是我们自己的压抑、约束和禁闭的代名词,它就是我们自己的自我造型力和自我监督力。它在生产我们自己的过程中产生了我们的忠诚、驯服、遵从和无意识的颠覆。权力作为一种力量,其生产性和进步性与其压制性和惩罚性同时并举。

从这个意义上说,权力知识为控制者和被控制者所共有,思想被控制者事实上参与了对他自己的控制。权力为了更有效地包容和控制颠覆,往往会生产出对它的颠覆。这里能够见出福柯的洞察力,但也显示出他的某种悲观色

---

①　徐贲:《走向后现代与后殖民》,中国社会科学出版社1996年版,第141—150页。

彩,这也体现在新历史主义文学批评之中。后者的批评也"涉及权力的诸形式"（格林布拉特语）,在对"颠覆"与"包容"关系的处理上,他们多倾向于福柯,认为颠覆最终会被权力所"包容"。当然,新历史主义中也有人并非如此悲观,其中蒙特洛斯等人就认为颠覆的可能性还是存在的。

福柯认为权力存在于控制和抵抗的各个层面,它既控制又生产出主体、关系以及体制和事件。但权力并不在某个个人或集团的控制之中,而是一种只有在特定事件和行动力中才能见出的普遍力量。因此,他认为权力具有匿名性（anonymity）和弥散性（diffusity）。

他在《性史》（第一卷）中说,"权力无所不在,不是因为它包围着一切事物,而是因为它在所有的地方出现。"他称之为权力的力量,产生监禁、压制、包容和对边缘者的排斥,但它并不是我们必须反抗或推翻的"外在于"我们的东西。在福柯那里,权力无法被"外在化"或"对象化";权力并不是某种实体或某个先在基础,它只是福柯的一种"方法论策略",一个用来避免将文本、行为或实践指向某个领域（意向、意识形态、利益）的一种"阅读方式"和"解释手段"。在这一点上,他既不同于尼采,又不同于新历史主义者。

受福柯思想浸染的新历史主义批评家也着迷于人类社会各个层面权力关系的结构和技术,但他们与福柯在方法论上有明显不同。格林布拉特的《文艺复兴自我塑造》倾向于将权力理解成一种意识形态（权力是由某个个人或集团所使用的观念）,而不是像福柯那样以权力为方法论策略或工具。对格氏来说,权力观念已然包含在所研究的文本中,权力是一种表述,是一种意识形态事实,而不是福柯所认为的那种推动意识形态的"匿名性"。正因为权力是一种表述,它才能够在主体形成中发挥作用。在格氏那里,权力变成了另一个"先在基础",变成了表述得以可能的条件。他说,"如果说讨论权力与文艺复兴文学之关系是重要的——不仅作为客体对象,而且作为使表述本身成为可能的条件——那么,抵制将所有的意象和表达都整合到一个单一的主话语,这也是同等重要的。"①研究发现,二者之异可归结为:在格氏著作中,表述(representation)的观念支持着人的意向性意识,而这种思想正是福柯的匿名性权力概念所直接挑战的。格氏并不批判性地使用权力观念,并以之去瓦解解释的超验基础;相反,权力作为表述的表演,使一个总体的文化观念成为可能。"福柯尖锐批判表述概念,因为它支撑着'人'作为思考主体的理论,而新历史主义和文化唯物主义则让权力分析与向表述和文化汇焦结合起来了。"②新历史主义的这些特点,与它接受马克思主义、文化人类学以及解释学的影响分不开。

尽管新历史主义对权力的理解与福柯之间存在着显著不同,但二者都着迷于权力(关系)。在福柯那里,权力是一个难以捉摸、无法定义而又无所不在无所不能的"新上帝",因而极有可能导致林特利查所说的"专制性叙事"(totalitarian narrative)③,从而将实践和功能的多样性归结为一个无所不包的整体单一体系,这就始料不及地走到了福柯理论的对立面。我们看到,通过将范围广大而又各不相同的文化和社会形式解释成权力的单一形式的功能,福柯将权力关系的单一观点强加于过去,而新历史主义则将福柯的精华与糟粕一并继承下来。研究者指出,"当我们看到极其多样化的文本、事件和人物都屈从于同一种权力形式,被用同一种方式反复解释时,我们便要质问,福柯和新历史主义理论是否能够胜任分析解释过去之复杂性和多样性的工作。"④针对福柯和新历史主义迷恋权力的做法,批评家泡特(Porter)指出,这种做法只是以权力的宏大叙事代替了"发展进步"的宏大叙事,因为福柯的权力消除了特定历史时刻的具体性;新历史主义则通过诉诸权力而消除了差异性。同时,

① Stephen Greenblatt, *Shakespearean Negotiations*, Berkeley: University of California Press, 1988, pp.2-3.

② Claire Colebrook, *New Literary Histories*, Manchester: Manchester University Press, 1997, p.65.

③ 张京媛主编:《新历史主义与文学批评》,北京大学出版社 1993 年版,第 150 页。

④ John Brannigan, *New historicism and Cultural Materialism*, London: Macmillan Press Ltd., 1998, p.53.

新历史主义也缺乏对于文学文本复杂性的敏感性，甚至"不愿面对文本的措辞和形式需要的复杂要求"。①

综上所述，福柯"扩展"话语的意义而使其可能涵盖从一般文本到社会体制和各种建筑的广泛领域。话语所涵摄的一切只有在"话语层面"才成为他的描述对象。他在拒绝分析话语的"内部"含义时，也从未走出话语"之外"，他是"在话语的本身探寻它的形成的规律"。② 在排除了"深度解释"之后，话语形成分析只能在"话语平面"上进行。他实际上张扬了一种文本性和互文性，以话语现象涵盖了从哲学、文学、史学、伦理学、人类学到意识形态、国家机器等上层建筑的一切领域。以此去处理文本、历史及其间关系问题时，就不免要走向对历史的"文本性"的强调，导致所谓的"文本主义"（textualism），结果将自己封闭在"文本的牢笼"之中。③ 尽管考古学始终追问"使某种话语成为可能的条件是什么"，但他的回答既不指向历史发展的逻辑或起源，也不指向主体意图，而始终指向某些陈述被允许或被排除的"话语形成"。因此，福柯事实上将话语本身看成了一个循环的封闭圆圈，强调了文本与其他文本之间的"内循环"。

总之，在历史诗学的根本问题即历史与文本的关系上，福柯以激进的方式改变了历史观念和文本观念，从而将其间"关系"进一步"问题化"了。他拒绝以传统方式将历史理解为"单一的"，而是探求历史的差异性和非连续性，尽管他最终未能摆脱以"权力关系"将历史单一化的危险；他使历史性本源弥散在话语的权力网络之中并将历史性与真理意志和知识型联系起来，使人们意识到所谓历史并非一个发生于本源的连贯故事而是一些可逆转的知识事件，这将人们对历史相对性的认识深化了，但也冒着相对主义的危险；他的观念方

---

① Kiernan Ryan(ed.), *New Historicism and Cultural Materialism：a Reader*, London：Arnold, 1996, p.xviii.

② ［法］米歇尔·福柯：《知识考古学》，谢强、马月译，生活·读书·新知三联书店 1998 年版，第 97 页。

③ Jereremy Hawthorn, *Cunning Passages*, London：Arnold, 1996, p.16.

法突出了"历史的文本性和文本的历史性",这成了新历史主义批评的辐辏之处,但历史性与文本性之间的张力制衡关系在实践中难以把握,新历史主义批评实践通常以权力的宏大叙事代替了进步论的宏大叙事,以共时描述代替了历时分析,而这些做法在福柯的理论方法中已经露出端倪。

二、海登·怀特对传统文史界线的超越

传统的历史诗学,在史学与文学的叙述话语之间设定了一个不成文的相对界线:历史话语主司"真实"的再现,而文学话语则以想象和虚构为基本特征;前者是构成文学的"历史背景"或"语境",后者则是前者的"前景"或"反映";前者构成认知性的"知识",后者则主要是审美的或道德的"虚构"。尽管发现"文史相通"甚至主张"文史互济"的学者在中西方历史上都不乏其人,但他们大都在传统修辞学及个人技巧层面考察这一问题,并未将这种"相通性"看成是根本的和普遍的。

20 世纪以来人文社会科学普遍的"语言论转向",使人们得以通过对语言内在本质(非透明性、虚构性等)的发掘而对文学话语与历史话语之间的关系做出重新说明。结构主义及后结构主义者的兴趣焦点都转向了历史话语与文学话语之间的通约性和相互转换问题。在这个总体趋势中,历史学家海登·怀特的历史诗学理论,彻底拆除了历史话语与文学话语之间的藩篱,填平了两种话语之间的传统鸿沟。他还"系统地"(而一般新历史主义者的缺点之一就是其理论化不够充分)阐发了新历史主义的某些重要理论命题并为之进行了大力辩护,成为新历史主义的重要理论代表(尽管他并不自封为新历史主义者)。

怀特有关历史话语和历史修撰的理论观点主要包含在他的《元历史》《话语转义论》(部分内容已翻译进来,散见于一些新历史主义读本)、《形式的内容》和《比喻的现实主义》等著作中,其历史诗学理论将着眼点放在历史话语的基本转义形式以及由此而生发的情节编排效果、论证解释功能和意识形态

含义上。"元历史"（metahistory）主要探讨的是历史意识、历史表述的深层结构以及历史的学科价值问题，发掘的是历史文本背后的那个先于批评的"潜在深层结构"，即那个用来说明历史阐释的本质的认识范式。这个深层结构是"诗性的"（它在根本上不能脱离想象）和"语言的"（历史在本质上是一种语言阐释因而带有一切语言构成物所共有的虚构性）。"话语转义论"（tropics of discourse）则主要考察编年纪事与故事、情节编排与比喻类型的关系，它不再将"转义"及比喻视为是对某种历史编纂学风格的命名，而将它上升到历史话语的本性的地位上来，坚定地认为历史话语与文学话语有着共同的虚构性质并将二者等量齐观，认为"历史的语言虚构形式同文学上的语言虚构有许多相同的地方"。① 与一般新历史主义文学批评家不同的是，怀特将这种思想容纳在一个"体大虑周"而又整饬简明的理论体系之中。

怀特的理论观点，可以归结为如下的总体对应图式：②

话语转义模式	情节编排模式	论证解释模式	意识形态含义模式
隐喻	浪漫史	形式型	无政府主义
换喻	悲剧	机械型	激进主义
提喻	喜剧	有机型	保守主义
反讽	讽刺剧	语境型	自由主义

（一）话语转义模式：一切历史的深层基础

怀特认为，历史学家只能在叙述形式之中而不能在它之外把握历史。纯客观的、透明的、独立于历史学家解释倾向之外的历史是不存在的。他说，"历史事件首先是真正发生过的，或据信真正发生过的，但已不再可能被直接感知的事件。"因此为了将其作为思辨的对象来建构，它们必须被叙述，"这种叙述是语言凝聚、替换、象征化和某种贯穿着文本产生过程的二

---

① ［美］怀特：《作为文学虚构的历史文本》，载张京媛主编：《新历史主义与文学批评》，北京大学出版社 1993 年版，第 161 页。

② Alun Munslow, *Deconstructing History*, London：Routledge，1997，p.154.

次修正的产物。"①因此，"历史首先是一种言语的人工制品、是一种语言运用的产物。"②历史解释并不是无限多样的，历史叙述中所呈现的各种形态的解释(其类型及这些类型的数目)，都受语言表述基本转义模式的制约。

"转义"(trope)意指喻体相对于本体的"乖离"。"转义学"(tropology)则是关于这种语言现象的研究理论，它自古以来就是修辞学的重要内容。但古典修辞学将转义作为正常语言的"非正常的"特殊表达来研究，认定语言表达可以避免转义的非透明性；而现代转义学则将转义作为思想意义的普遍的、正常的模式来研究，认为人的思想意识的结构是由非透明的语言基本转义类型构成的。

怀特从维柯转义理论那里接受了"四重式"转义学说。维柯确定的四种基本转义格是"隐喻"(基于相似原则)、"换喻"(基于邻接原则)、"提喻"(基于部分从属于整体的关系)和"反讽"(基于对立性)。维柯将这些转义格与人类文化史的各个阶段对应起来，怀特认为，维柯洞察到了语言与现实、意识与社会之间的辩证关系。怀特将这种转义理论从人类文化史引向普遍的历史叙述领域，进而发现，历史话语也受这些转义模式的制约，因此历史的本性是"诗性的"；这个诗性结构是潜在的和先于个人反思批判的，历史学家只能在这些转义格中有所选择和侧重，而无法在它之外叙述历史。历史话语与文学话语共同基于这个诗性结构，因而其间并无本质区别。他宣称，"历史不具备特有的主题；历史总是我们猜测过去也是某种样子而使用的诗歌构筑的一部分。"③这样，传统上作为文学话语本性的虚构性就代替了"真实性"而成为历史话语的基础。由于受话语转义模式的制约，即使在作为"历史故事"之素材

①　[美]怀特：《评新历史主义》，载张京媛主编：《新历史主义与文学批评》，北京大学出版社 1993 年版，第 100—101 页。

②　[美]怀特：《描绘逝去时代的性质》，[美]拉尔夫·科恩主编：《文学理论的未来》，程锡麟等译，中国社会科学出版社 1993 年版，第 46 页。

③　[美]怀特：《作为文学虚构的历史文本》，载张京媛主编：《新历史主义与文学批评》，北京大学出版社 1993 年版，第 177 页。

的事件层面，真实与虚构间的界线也瓦解了。这个界线的消弭正是打破学科壁垒而进行跨学科研究的前提，也自然是新历史主义以对"表述"的研究代替对"艺术"的研究而从事文化批评的条件。

（二）情节编排：历史事件变成"故事"并显出意义的审美性环节

怀特认为，故事形成过程必然包含史家对过去和现在的"解释"，这种解释在历史叙事中表现为，在审美性的情节编排、认识性的论证解释和伦理性的意识形态含义等三种模式的不同形式之间做出选择。

怀特发现，与话语转义的四种基本形式相对应，叙事审美形态的情节编排方式也有四种：浪漫史（表现为"如愿以偿"）、悲剧（表现为"法则启示"）、喜剧（表现为"调和化解"）和讽刺剧（表现为"反复无常"）。他承认这是从文学批评家弗莱那里借用的关于文学样式的概念。但是，这实际上并不是一个"借用"的问题，这显示出怀特关于历史叙事的根本观点：历史叙述处理其素材的方式与文学并无本质不同，而且，采用其中某种情节编排方式与采用它种方式之间也无本质区别；历史事件并无"本来面目"可言，它们不过是用来进行情节编排而使其显出意义的可能成分。怀特认为，史家必然会在如上四种编排方式中进行选择。当然，史家也可以拒绝选择，但拒绝选择本身就会成为一种特殊的选择。比如，史家可以有意不选择其中的任何一种，但这样做就恰恰将历史叙述为一个"反复无常"的过程，而这正是"讽刺剧"（闹剧）的一般特点。

怀特认为，"事件通过……所有我们一般在小说或戏剧中的情节编织的技巧才变成了故事"。[①] 由于历史话语在情节化过程中呈现出与文艺审美话语相同的模式，因此，对历史话语也应进行审美的或文学的批评。这当然并不意味着要以文学批评代替历史研究，而是要通过这种逆向剥离过程而使人们认识到"事件"在变成"故事"时究竟发生了什么，从而对历史进行更深入的

---

① ［美］怀特：《作为文学虚构的历史文本》，载张京媛主编：《新历史主义与文学批评》，北京大学出版社 1993 年版，第 163 页。

了解。

（三）论证解释：历史叙事解释过程的认识性环节

长期以来，大多数关于历史话语的论述一般都区分出"事实"的意义层与"阐释"的意义层，怀特以为，这种区分掩盖了在历史话语中区分这两个意义层的难度。实际的情况是，"在历史话语中呈现出的事实之存在及存在的方式是为了对该陈述有意支持的那种阐述给予肯定。"①尽管事件与解释分不开而解释又总是千变万化的，但历史事件被解释之后所呈现出的模式是有限的。怀特借鉴佩珀在《世界的假设》里分析假设的世界类型，将解释范式归为四种：形式型（通过对事件进行客观再现和精确描述而解释）、机械型（通过将某种局部的法则确定为"因"来解释作为"果"的其他部分）、有机型（通过将各种条件联系起来的方式来解释它们作为部分在人类整体历史中的地位）以及语境型（通过对事件得以发生的环境和条件的描述而解释）。

怀特认为，历史叙述的解释范式与历史叙述的情节效果之间虽然存在着一定的亲缘关系，但前者是可以独立于后者的。这四种范式既不是相互孤立的，也不是可以随意结合运用的；喜欢一种范式而不喜欢另一种，这是由历史学家就历史知识的性质问题所采取的立场决定的。

（四）意识形态含义：人在社会实践中的立场以及所遵守的规则

怀特根据曼海姆在《意识形态与乌托邦》中的概括而提出了四种基本的意识形态立场：无政府主义（否认制度和权威对人的用处）、保守主义（极力维持现状）、激进主义（要求改变和瓦解现状）和自由主义（相信人的善良和理性以及由此而建立的权威）。这四种立场并不是特定政党的标识，而是一般意识形态倾向。它包括对社会学科之科学性的态度、对人文学科的看法、对社会现状及其改造可能性的观念、对改变社会的方向及手段的构想以及历史学家的时间取向，等等。历史学家在选择特定的叙述形式时就已经有了意识形态

---

①　[美]怀特：《历史主义、历史与修辞想象》，载张京媛主编：《新历史主义与文学批评》，北京大学出版社 1993 年版，第 186 页。

取向,因此,史家给予历史的特定阐释也必定携带着特定的意识形态含义。基于此,怀特对历史叙述的"科学地位"提出质疑。他指出,历史不是"科学",历史是每一种意识形态争取以科学的名义把自己对过去和现在的一得之见说成是"现实本身"的重要环节。这样,怀特就将话语深层的"转义性"与解释活动不可避免的"意识形态性"联系起来了。

（五）总体对应图式中各种模式之间的关系

这个总体对应图式显示,转义模式是其他三个四重结构的基础。但是,任何一个模式中的任何一个因素并不是与其他模式的任何因素任意相容的。这种同质关系并不总是一一对应地出现在具体历史著作之中。实际上,正是由于它们之间组合关系的千变万化,才造成了历史著作的千姿百态。一个优秀史家,其前后期的著作也会发生变化;而次等的史家反而常常能保持教条式的稳定。

在此基础上,怀特明确阐述了其历史诗学。他认为,不可能有什么"真正的历史",任何历史都是一种"历史哲学"。历史修撰的模式实际上是对模式存在之前就已经存在的"诗性洞察力"的形式化。人们没有理由宣称某种模式比其他模式更具"现实的"权威性。人们在试图反映一般历史时,总是在互相竞争的解释策略之间作出选择,而选择的"最终理由是美学的或道德的,而不是认识论的"。[1] 这样,怀特就将历史话语的最终依据让渡给了传统的"文学话语";或者说,文学话语范式制约、渗透甚至替代了"历史话语"。历史话语与文学话语在共同的"诗性"基础上融合为一。尽管小说家处理的或许是想象的事件,历史学家处理的是真实的事件,但连成一个可理解的整体、一个可被视为再现的客体的过程,却是一个"诗性过程"（poetic process）。[2] 怀特

---

[1]　Hayden White, *Metahistory: The Historical Imagination in Nineteenth-Century Eurape*, Baltimore: The Johns Hopkins University Press, 1973, p.4.

[2]　Hayden White, *Tropics of Discourse*, Baltimore: The Johns Hopkins University Press, 1987, p.125.

将其《元历史》"导论"的副标题定为"历史诗学",他认为历史话语的潜在过程和深层基础正是"诗性的",任何历史都是一种历史哲学而任何历史哲学又都是一种历史诗学。

怀特的历史诗学有三个显著特点。

首先,怀特对历史修撰和历史潜在结构的研究,是"以文学和诗学理论的特定模式和概念为基础的"。① 他把历史看成与文学具有相同叙述性的话语模式,而个别历史话语必然要对它所处理的材料进行叙述性阐释。在此意义上,怀特代表了作为后结构主义普遍倾向的形式主义文学批评向历史研究领域的渗透。这种形式主义是怀特理论最受诟病的地方。但形式主义并不必然就是理论弱点,因为在怀特那里形式本身是作为内容而存在的。尽管其文本主义倾向应受到批判,但他将文本性作为内容来研究时,并不是要把历史理解成"向壁虚构",而是要对已经是文本的"历史"进行"解神秘化"(demystify),以便让人们看到历史文本在形成过程中如何受到语言深层模式、历史环境、认识条件以及学术体制等各种作用力的制约,从而将"历史"自身的"历史性"显示出来。

其次,怀特洞察到了历史叙述的意识形态维度,并且将这一洞见与对叙事及话语转义的分析融合起来,这种分析也达到了形式化和技术化高度。这为人们分析各种话语提供了一套有效的方法体系。

再次,怀特的理论"系统地"拆除"历史"与"文学"之间的隔墙,为文学的跨学科"文化研究"扫清了道路。当后结构主义填平了文学与哲学之间的传统鸿沟之后,历史成了传统文学观念的最后屏障,怀特彻底瓦解了文学与历史之间的"学科界线",动摇了"历史知识的科学地位",使文学再也不能以"历史"为稳定的阐释基础,也不得不在新的观念层面重新理解自身了。

无疑,怀特理论的这些特点使它与新历史主义保持着同气相求同声相应

---

① 陈永国、朴玉明:《海登·怀特的历史诗学:转义、话语、叙事》,《外国文学》2001年第6期。

关系。他基于自己的理论观点为新历史主义进行了辩护，并试图将后者纳入自己的理论体系，认为"新历史主义实际上是提出了一种'文化诗学'的观点，并进而提出一种'历史诗学'的观点，以之作为对历史序列的许多方面进行鉴别的手段。"①新历史主义文学批评家蒙特洛斯所强调的历史的文本性，就视"历史"为不同文本之间的竞争和选择。当然，他与格林布拉特等人所代表的新历史主义之间也存在着差异：后者更强调激进政治，更重视逸出一般历史话语的文化表述，也更侧重具体的文学批评实践而非理论建树。总之，怀特的观点对于戳穿理性主义历史观之价值中立、客观真理、科学研究的虚伪方面大有裨益。他将历史看成各种力量和修辞方式支配下的想象和虚构，从史学理论方面对新历史主义文学批评进行了阐释和推动。

第三节　新历史主义与文化人类学

文化人类学是新历史主义理论语境的重要组成部分。新历史主义者涉入过去的符号系统，与人类学家涉入它种文化的符号系统，这两种方法之间具有类比性。前者在进行文学研究时，也试图实施人类学研究并对不同文化的相遇及碰撞问题颇感兴趣；而后者的"厚描"，也吸收了大量文学批评方法。从这个意义上说，两种学说彼此即是对方的"厚描"。

格林布拉特在其奠基之作《文艺复兴自我塑造》的"导论"中说，"我在本书中企图实践一种更为文化的或人类学的批评——说它是'人类学的'，我们是指类似于格尔兹、詹布恩、道格拉斯、杜维格诺、拉宾诺、特纳等人的文化阐释研究。"②其中以格尔兹（或译吉尔兹）的文化人类学或阐释人类学对新历

---

① ［美］怀特：《评新历史主义》，载张京媛主编：《新历史主义与文学批评》，北京大学出版社 1993 年版，第 106 页。

② Stephen Greenblatt, *Renaissance Self-fashioning*, Chicago：The University of Chicago Press, 1980, p.4.

史主义的影响为最。20 年后,他又在《实践新历史主义》里反思了自己与格尔兹人类学"厚描"(thick description,或译"深描")之间的关系,认为"厚描"学说"使我们已经在做的事情显出意义,将我们的职业技巧作为比我们自己的把握更重要、更关键和更具说服力的东西重新交还我们手里。"①换言之,"厚描"学说成功地(尽管不无碰巧地)说明了他们的观念方法。因此,从某种程度上说,对"厚描"学说的研究就是对新历史主义观念方法的说明。

不少研究者都指出了这一点,甚至认为文化人类学的观念方法构成新历史主义的基本特征。历史学家杰诺韦塞指出,"'新历史主义'乃是一种采用人类学的'厚描'方法的历史学和一种旨在探寻自身可能意义的文学理论的混合产物,其中融汇了泛文化研究中多种相互趋同然而又相互冲突的潮流。"②新历史主义之"新",在很大程度上正是由于它同文化人类学的"厚描"方法保持着暧昧不明的关系。雷安在追溯新历史主义的学术资源时,将格尔兹的《文化观念对于人的观念的影响》推为首篇,认为该篇论文可以显示格尔兹对格林布拉特个人以及对整个"文化诗学"的巨大影响。③ 可见,新历史主义与文化人类学厚描之间的联系是其实践者和批判者都不能否认的学术事实。

但是,新历史主义与文化人类学之间究竟是一种什么关系? 它们在什么层面上相互影响? 其间的区别又在哪里? 这些问题仍然尚未澄清。在笔者看来,其间关系可以大致归为如下三个方面:在研究对象层面,都认为文学与文化相互渗透;在人与文化的观念层面,都认为"人是文化的造物",文化是一种"社会话语流",人在文化摄控下塑造自身和创造文化;在人类学与文学批评的书写和解释方法层面,都提倡循环往复的"厚描",而反对一次性的、纯物理

① Gallagher,C.& Greenblatt,S.,*Practicing New Historicism*,Chicago:The University of Chicago Press,2000,p.20.

② 张京媛主编:《新历史主义与文学批评》,北京大学出版社 1993 年版,第 52 页。

③ Kiernan Ryan(ed.),*New Historicism and Cultural Materialism:a Reader*,London:Arnold,1996,p.1.

化的"薄描"（thin description，或译"浅描"）。当然，其间的差异也可以在这些参照点上显示出来：文化人类学不像新历史主义那样强调激进政治；后者则比前者更重视"文学"问题。

一、对象：文学与文化渗透融合

人类学的发展自有其漫长的历史，但格尔兹文化人类学的崛起则主要与20世纪下半叶的人类学发展关联。60年代以来，欧陆列维-斯特劳斯的"结构人类学"，把丰富的人类现象都归结为"深层文化语法结构"而对人类学田野工作和实践充满疑虑。这种做法招致了一批以"后结构主义"自命的英美人类学家的反对。这些人致力于人类符号体系与仪式行为的研究，代表了人类学研究的"符号论"时代。格尔兹就是其中的佼佼者。

格尔兹的人类学，强调了"文化"和"理解"这两个基本问题。从"理解"这条线索看，他是"阐释人类学"的创始人，他在界定文化及文化研究时采用的是"阐释学"的观点，认为人类文化的基本特点是符号性的和解释性的，作为文化研究的人类学也是解释性的；从"文化"这条线索看，他的人类学研究是一种"文化的"解释，认为其内容是作为人类文化的"社会话语流"，其方法则是打破既有学科界线并在文化的具体性和特殊性中寻求人类学解释的文化学。因此，格尔兹的人类学，既是"文化的阐释学"，也是"阐释的文化学"；既是"文化人类学"，也是"阐释人类学"。这些方面有机地结合在格尔兹的研究实践中。格尔兹认为，"人是悬挂在由他们自己编织的意义之网上的动物，我把文化看作这些网，因而认为文化分析不是一种探索规律的实验科学，而是一种探索意义的阐释性科学。我追求的是阐释，阐释表面上神秘莫测的社会表达方式。"[1]这表明格尔兹的文化解释方法与结构主义方法有根本区别：其文化分析不是致力于寻找"潜在结构"或"秩序"，而是追问文化文本做了什么以

---

① ［美］格尔兹：《文化的解释》，纳日碧力戈等译，上海人民出版社1999年版，第27页。

及如何运作;它不去揭示文化参与者自己意识不到的深层潜在的规律体系,而是倾向于从其"表面价值"解读文化的形成。这种人类学主要是从文化"平面"上,而非从"深度"上解释文化文本的意义。强调解读意义而不追求可说明原因的法则,是格尔兹文化人类学为自己规定的中心任务。

这种研究也与史学领域文化史的兴起同气相求。在史学领域兴起文化史,其研究者大多求助于人类学和文化理论,认为"文化会使意义具体化,因为文化象征始终不断地在日常的社会接触中被重新塑造。"这种文化观否认概念性语言和人类推理过程的"共通性",因而可用来加强针对"理性和共通人类价值的抨击"。①

格尔兹认为,人类学写作本身就是阐释,"人类学著述是小说;说它们是小说,意思是说它们是'虚构的事情','制造出来的东西'——即'小说'的原意——并非说它们是假的,不真实的或仅仅是个'想象'的思想实验。"②也就是说,阐释人类学的研究对象本身是"人类创造物"。与人类学在对象层面的这种规定相联系,他认为人类学的分析工作就是理清意义的结构并确定这些意义结构的社会基础和含义,而这项工作更像是文学批评。因此,人类是在其创造物中解释其创造物,人类学阐释是"面对阐释进行阐释",是"阐释之中的阐释"。这种阐释在本质上是一种"文学批评"活动。我们发现,格尔兹首先将文学批评方法用于人类文化研究,这些方法在人类学研究中得到改造后,又进入新历史主义的文学研究之中。

文学批评在变成文化人类学解释方法之后,它本身发生了重大变化:文学批评不再是一个将文学与"文学之外"联系起来的问题。文学是文化的某些方面,文化又是处在复杂交换之中的符号流,文学批评就应该用动态的"符号交换"观念置换静态的"语境"概念。采用格尔兹的文化人类学理论和术语,

---

① ［美］乔伊斯·阿普尔比等:《历史的真相》,刘北成、薛绚译,中央编译出版社1997年版,第199页。

② ［美］格尔兹:《文化的解释》,纳日碧力戈等译,上海人民出版社1999年版,第18页。

文学批评在很大程度上就摆脱了先前的社会历史批评所使用的"世界图景""意识形态"和"精神状况"等概念，而代之以"文化"。对文学来说，文化不是其"外部"或"背景"，文化本身就是文本的一种形式。并没有一个外于艺术的结构以供文艺作品去"复制"。艺术作品尽可以有复杂的内部程序，但它与其他符号形式并无本质不同，不存在一个将艺术文本与文化"联系"起来的问题，文本即是文化的一个方面。因此，文本的意义并非在其自身的内在"深度"之中，而在它与周围符号的流通之中。符号的地位是在流通过程中获得的。人们可以通过对一部作品与其他符号的"交换"过程的描述来达到对它的解释。文本仍然是符号，但它究竟是什么，这受其"交换"的影响，甚至是在"交换"中通过文化生产出来的。拿戏剧来说，戏剧表演既不能化简为剧作家的"意图"，也不能归结为对历史场景的"反映"，更不能凝缩为它本身的"内在形式"或"深层结构"，戏剧本身即是复杂的文化游戏中的演员，演出的意义即来自它在文化中的"流通"和"交换"。

这样，格尔兹文化人类学就拆除了文学研究与文化研究之间的壁垒，从观念方法层面打通了两种学科间互动的渠道；同时，文学问题也异常复杂化了。雷安指出，"格尔兹的人类学对于那些热衷于将文学与更大的符号系统关联起来的批评家有莫大的吸引力，在理想状态下，可以让他们将整个人类文化读解为一个文学文本。"①将文化解读为一个文学文本，这似乎只是问题的一个方面；另一方面，文学文本也被看成是更大的文化范围内的"事件"。格尔兹利用文学批评处理一些类似文化碎片的东西和微小的符号行为，并从中扩展而出，进入更大的社会世界；而文学批评也就可以将文学文本视为格尔兹所理解的"文化"。格林布拉特认为，"格尔兹的工作对新历史主义的具体魅力在于，它将人们熟悉的那些文学术语扩展到比文学批评所能允许的范围更宽广

---

① Kiernan Ryan(ed.), *New Historicism and Cultural Materialism: a Reader*, London: Arnold, 1996, p.1.

也更陌生的文本领域。"①换言之,文化成了一个"扩展了"的文本,文本则成了"压缩了"的文化,它们在表述的层面具有了相互阐释的可能性。通过将文化解读为一个文学文本和将文学文本解读为一个文化事件,格尔兹的文化人类学将文学与文化理解成彼此的"厚描",从而将文学与文化之间的界线彻底抹去了。这也就是格尔兹的人类学能够对新历史主义文学批评产生巨大影响的原因所在。接受格尔兹的影响之后,新历史主义的文学研究就必然走向一种"文化研究"。

新历史主义通常自称为"文化诗学",这个术语应该从文化人类学的角度去理解。受文化人类学影响,新历史主义将其中的两个术语的含义都大大拓展了。"文化"并非仅限于传统意义上的"艺术"或"高级文化"领域;而文化的"诗学"也不仅包括文学文本,而且包括通过实践、仪式、事件和结构而对意义的"创造"。文本与文化相互关联,但不是以作品被联系于作品"之上"或"之外"的历史背景、经济条件、意识形态或世界观的方式关联,而毋宁是,文本是生产性的,文本生产文化,文化正是通过文本实践而获得的价值体系和理解方式。从这个意义上说,"文化诗学"与"文化解释学"是具有相互阐释功能的概念。

二、观念:"文化造物"与"自我塑造"

在关于人和文化的观念层面,格尔兹的人类学打破了那种认为文化是由人所新近获得的一种属性,是堆积在生理心理层面和社会层面之上的最新层的神话,而认为"文化不是附加于完善的或实际上完善的动物身上的东西,而是产生这个动物本身的过程中的构成要素,并且是核心构成要素。"②他断言,不存在什么独立于文化之外的所谓人性。要理解人类,就要把人类作为"文

---

①　Gallagher,C.& Greenblatt,S.*Practicing New Historicism*,Chicago:The University of Chicago Press,2000,p.27.

②　[美]格尔兹:《文化的解释》,纳日碧力戈等译,上海人民出版社 1999 年版,第 55 页。

化的造物"（cultural artifacts）来把握，而人类的意义是铭刻在地方性环境和具体细节的特异性中的。我们迄今获得的关于人的一切知识，都是把人置于他所处身的环境之中，对他与自处其中的文化机制的关系加以"反复描述"而逐渐形成的。因此，文化的阐释是一个反反复复、没有止境的过程。这种文化观念，并不像一般自由人文主义者那样，设定人具有某种"内在固有的本性"而文化即是这种本性的展现，而认为人的特性正是在文化实践中形成的，人是被文化塑造出来的。同时，人在被塑造的过程中也创造文化和自我塑造。人的自我塑造与文化的创造同时并进。

格尔兹强调文化的特殊性、个别性和具体性，强调处在文化网络中的人的特殊性和能动性，也强调了"人类自己创造自己"的观念。他说，"成为人类就是成为个人，我们在文化模式的指导下成为个人；文化模式是在历史上产生的，我们用来为自己的生活赋予形式、秩序、目的和方向的意义系统。"①文化既不能化简为最终的"经济因素"（如庸俗马克思主义），也不能归结为深层的"潜在结构"（如结构主义），而毋宁是像计算机程序那样的摄控机制（计算机对生活的功用并不在它最终的"深层"数学规则，而在于其"应用程序"）。

新历史主义很快进入了这种人类学思想给文学的"文化研究"开拓出来的巨大空间。格林布拉特十分赞赏文化人类学的"人天生是一种'未完成的动物'""人是文化的造物"等观念。其《文艺复兴自我塑造》的主题即有关莫尔到莎士比亚时期的自我塑造。他的出发点是：16世纪的英国不但产生了自我，也有那种认为自我是能够塑造成型的意识。在他看来，并不是先有了自我能够塑造成型的观念才有了"自我塑造"（self-fashioning）这个术语，而是自我塑造这个文化字眼与自我可以塑造成型的观念作为文化事件同时发生。自我塑造涉及格尔兹所说的全部文化领域，因此，格林布拉特的研究"有目的地把

---

① ［美］格尔兹：《文化的解释》，纳日碧力戈等译，上海人民出版社1999年版，第60页。

文学理解为构成某一特定文化的符号系统的一部分"。①

　　格尔兹认为,应该将文化看作一套控制机制,而人类恰恰是极端依赖这种超遗传的、身体以外的控制机制和这种程序来指导自身行为的动物。格林布拉特进而强调"自我造型,因此实际上恰恰是这一套控制机制的文艺复兴版本。它由特定意义的文化系统支配,靠着管制从抽象潜能到具体历史象征物的交流互变,创造出特定时代的个人。"②格尔兹的理论似乎给人一种"文化决定论"印象,但他否认这一点。他指出,"通过使自己服从以符号为中介的程序的控制,以便生产人工制品、组织社会生活或表达情绪,人类(即便是无心地)决定了他们自己生物归宿的最高阶段。从字面上毫不夸张地说,人类(尽管不是有意地)创造了自己。"③也就是说,没有人类就没有文化;没有文化就没有人类;人类与文化共生同在。因此,人是在进行自我造型,但是在文化的摄控下进行的;人是处在文化摄控之下,却能在文化中自我塑造。文化仅仅是一个辩证的链条,"当文化被看成一套控制行为的符号手段和体外信息源时,它在人天生能够变成什么和他们实际上逐一变成了什么之间提供了链接。"④文化并未"决定"人而只是人自我塑造的桥梁,是人成为个人、具体的人、"小写的人"和个性化的人的通道,格尔兹对文化多样性的强调保证了这个渠道的畅通。他认为文化不是一种力量,不是造成社会事件、行动、制度或过程的原因;它是一种这些现象可以在其中得到清晰描述即"厚描"的脉络。这样,自我塑造就既是一种获得(获得特殊性),又是一种丧失(丧失程式化的普遍性设定)。这就是格林布拉特说的,"任何被获得的个性,也总是在内部包含

　　① Stephen Greenblatt, *Renaissance Self-fashioning*, Chicago: The University of Chicago Press, 1980, p.5.

　　② Stephen Greenblatt, *Renaissance Self-fashioning*, Chicago: The University of Chicago Press, 1980, p.3.

　　③ [美]格尔兹:《文化的解释》,纳日碧力戈等译,上海人民出版社 1999 年版,第 55—56 页。

　　④ [美]格尔兹:《文化的解释》,纳日碧力戈等译,上海人民出版社 1999 年版,第 60 页。

了对它自身进行颠覆或剥夺的迹象。"①

当然，格林布拉特将格尔兹的人类学仅仅视为对其本人的文学批评的最好的理论解释。其间的区别也是明显的，格尔兹的文化理论中并无他们所期待的那么多激进政治内容。然而，两派的共同失误也是明显的：他们在解释文化时都未能回答一个根本问题，即文化究竟是第一性的还是第二性的？文化究竟有没有先进与落后之别？

三、方法："厚描"与"流通"

格尔兹的文化人类学将文学批评逼到了一种前所未有的复杂性面前：第一，文学批评不能像思辨历史诗学通常所做的那样，通过将文学与"文学之外"（"历史""意识形态""精神状况"等）联系起来的方式而达到对它的解释，因为这些因素也只是文化的诸方面，无法成为文学的"背景"或"稳定的解释基础"；第二，文学批评也不能像一般批判历史诗学那样，通过将文学与作家（生平传记、思想观念、审美趣味等）联系起来的方式而达到对文学的解释，因为文学在文化流通中其意义总是超出作者意图，文学批评的任务也就不是寻找作者意图（intention）而是探求作品意义（significance）；第三，文学批评也不能像新批评或结构主义那样去寻找文学的"内在形式"或文化的"深层潜在结构"，因为这种方法不但不能解释文化或文学的"意义"，而且抹杀了文学或文化的多样性、具体性和复杂性。在新历史主义看来，如上这些"深度"解释方式，都是先设定一个稳定因素以作为中介，然后再将文学与这个中介联系起来，以此来达到对文学的解释。这些方法都未能充分意识到文学与文化之间渗透交融的复杂性。那么，在摒弃了上述"稳定的"阐释方法之后，新历史主义面对这种复杂性又当何为呢？格林布拉特多次表示，他不会在这种"混杂

---

① Stephen Greenblatt, *Renaissance Self-fashioning*, Chicago：The University of Chicago Press, 1980, p.9.

不纯性面前退缩",也不会"不得已而求其次,就赞同支持各种见解或接受某一种哲学、政治、或宣传套话",①而是坚持一种"文化诗学"研究方法。这种方法与格尔兹的"厚描"方法密切相关。

"厚描"似乎已成为格尔兹文化人类学的代名词,但这个概念非他首创。现代英国哲学家吉尔伯特·赖尔首先使用了这个词。赖尔对"抽动眼皮"与"眨眼示意"做出了富有意义的区分,认为在存在一种公共编码的前提下故意抽动眼皮,而根据这种公共编码等于发出密谋信号,这就是"眨眼示意"。他进一步区分出"假装眨眼示意""滑稽模仿"以及"滑稽模仿的排练"等概念。格尔兹指出,在赖尔所说的对排练者行为的"薄描"和对其行为的"厚描"之间,存在"民族志的客体:一个分层划等的意义结构,它被用来制造、感知和阐释抽动眼皮、眨眼示意、假装眨眼示意、滑稽模仿以及滑稽模仿的排练。"②因此,分析工作就是理清意义结构,并确定这些意义结构的基础和含义。

格尔兹以自己的田野日志片断(当地人叙述的偷羊故事)为例说明,文化是社会事件、行动、制度或过程等现象可以在其中得到清晰描述脉络,这种清晰描述就是"厚描"。人类学家的研究对象的特殊性在于,他正在对阐释进行阐释,对"眨眼示意之眨眼示意加以眨眼示意。""厚描"的目的就在于扩大人类话语的空间,追踪社会话语的取向,赋予它一个可以检验的形式。格尔兹认为自己的民族志描述有"三个特色:它是阐释性的;它所阐释的对象是社会话语流;这种阐释在于努力从一去不复返的场合抢救对这种话语的言说,把它固定在阅读形式中。……不过这种描述另外还有第四种至少在我的工作中体现的特色:它是微观的描述。"③看来,所谓"厚描",就是从极简单的动作或话语着手,追寻它所隐涵着的无限社会内容,揭示其多层内涵,进而展示文化符号

---

①　[美]格林布拉特:《通向一种文化诗学》,载张京媛主编:《新历史主义与文学批评》,北京大学出版社 1993 年版,第 2 页。

②　[美]格尔兹:《文化的解释》,纳日碧力戈等译,上海人民出版社 1999 年版,第 7 页。

③　[美]格尔兹:《文化的解释》,纳日碧力戈等译,上海人民出版社 1999 年版,第 32 页。

意义结构的复杂的社会基础和含义。这种对厚描的重视可能促进对叙述学的全新研究。文化人类学以厚描为武器，对叙述学的研究已不限于对本文和上下文以及对话语的一般性研究，而是对叙述本身进行"深层细致的分析"①。它对叙述问题的研究使它能对文学批评产生广泛影响。

格尔兹用来分析的对象，看似信手拈来不加甄别，其实是经过遴选的。他总是选择那些能够体现文化复杂性的对象来进行厚描，而厚描之所以是厚描而非薄描，是与这些对象本身有莫大关系的。新历史主义批评通常也是选择那些具有"共鸣性"的文本。格林布拉特认为其研究方法是"沉降到一小部分具有共鸣性的文本上。这类的文本的每一篇都将被看作是十六世纪文化力量交汇线索的透视焦点。"②这并不是说新历史主义要在文化文本之间重新确立"等级制"和"因果论"，而是，他们认为有的文化文本比另外的文本负载着更大的"社会能量"，可以更多地加入了文化符号的流通和交换。打破文化符号的等级制和因果论并不意味着必须不加选择地使用文本。新历史主义的"逸闻主义"的背后，即是"逸闻"比其他文本更"厚"的观念。

值得注意的是，格尔兹强调"微观的描述"，认为"典型的人类学方法，是通过极其广泛地了解鸡毛蒜皮的小事，来着手进行这种广泛的阐释和比较抽象的分析。"③即通过微观民族志材料及各种各样的评论、逸闻和异域见闻，而走向宏大的民族文化景观。这是一种以小见大、见微知著的方法。格尔兹用其厚描方法很好地叙述、描写和澄清了人们经历过的生活，正是这些东西对新历史主义者具有震撼力。

新历史主义者并非亦步亦趋地将人类学家发展起来的术语和概念用在文学分析中。他们渴求的是民族志的"现实主义"，而且主要是为文学的目的而

---

① ［美］克利福德·吉尔兹：《地方性知识：阐释人类学论文集》，王海龙、张家瑄译，中央编译出版社 2000 年版，第 22 页。

② ［美］格林布拉特：《文艺复兴自我造型·导论》，载中国社会科学院外国文学研究所《世界文论》编辑委员会编：《文艺学和新历史主义》，社会科学文献出版社 1993 年版，第 81 页。

③ ［美］格尔兹：《文化的解释》，纳日碧力戈等译，上海人民出版社 1999 年版，第 24 页。

渴求它。他们无意于将文学作品抛在身后而将注意力转向别的地方,而是力求使文学及文学批评与其他东西进行"接触"。他们发现,在精细的文学批评中,人们曾经拥有过的原生而敏感、粗粝而复杂的生活被渐渐"蒸馏"掉了。而格尔兹的厚描方法通过包容和转换文学研究,推动了这些已逝生活的"恢复"。这使文学批评得以探索那些陌生的文化文本,而这些边缘的、怪异的、零碎的、出人意表的文本,也以兴味盎然的方式与人们谙熟的文学经典作品发生相互作用。

格尔兹人类学在理清意义的结构并确定这些意义结构的社会基础和含义时,并未为文学的学术分析进行辩护,也没有在其中寻找新历史主义所渴望得到的激进政治,但其解释策略激发了理解符号系统和生活模式的关键方法,这种方法使文学与现实开始交往了,也使文学批评与片断的书写接触上了。当然,"这是有所不同的片断:不是诗歌或小说,而是一些词语踪迹,这些踪迹没有像诗歌小说那样有意识地从真实男女的真实生活中分离出来。"[1]这就使人类学家在观察社会行为的符号层面时,投身到当时人们的生活困境中了。

综上所述,厚描具有如下几个特点:

首先,厚描的对象范围和媒介方式涉及社会话语流和文化文本。作为社会话语流的文本已经是一个更大的故事的一部分,这个文本处在与其他文化文本的流通交换之中。文本是一个个文化"事件",其意义并不限于自身"之内";但意义也并不在该文本"背后"或作者"思想",而是在它与其他文化文本的流通交换过程中产生的。当然,从另一方面看,文本的意义也还是"内在的","因为这个意义并不在于文本的'外部'(结构或意识形态),而在于诸文本和诸事件的领域。"[2]只有当文本"厚"时,文本的复杂性才可视为是内在的;但"厚"只与符号交换同时扩张,即只有当文本能够在文化符号流通中产

---

① Gallagher,C.& Greenblatt,S.,*Practicing New Historicism*,Chicago:The University of Chicago Press,2000,p.26.

② Claire Colebrook,*New Literary Histories*,Manchester:Manchester University Press,1997,p.74.

生共鸣时，它才能变得"厚"起来。厚描追寻文本的意义，也是通过诉诸一个个的文本媒介而进行的。文本之"厚"也只能以研究者所建构的另外的文本表现出来。由于符号流通的无始无终，因此，厚描也不是一次性的，而是循环往复、无限展开的。

其次，厚描的方法是寻求意义的阐释。"厚描"不否认文本自身的复杂性，但它并不将意义局限于文本"内部"或"深度"；它不否认作者意图的存在，但并不将意义限定在作者意图上；它不否认"真实"，但它并不轻易拈出一个"代表真实"的概念（意识形态、历史背景、作者生平等）作为意义的稳定基础而由此得出某种"单一的"意义。厚描将焦点集中在处于实践网络中的文本的效果上，通过将文本指向文本与其中运作的社会和文化形式而使文本显示出其丰富意义。这与新历史主义者通过追溯文本在各种文化形式之间的共鸣和互动来显示文本意义的方法源源相通。只是新历史主义在寻找意义时采取了更加"怀疑的、谨慎的、解神秘化的、批判的甚至逆向的"方式。

再次，厚描的最终目的是"触摸真实"。从前面两点看，文化人类学的厚描似乎完全采用了后结构主义的"文本间性"思想，而不惮于在各种文本之间穿梭。但文化人类学和新历史主义并不同意德里达"文外无物"的观点。格尔兹认为，观察社会行为的符号层面，不是逃脱现实生活的困境，而是投身于这些困境当中去。新历史主义认为，文本与"真实、物质、实践领域、痛苦、身体快感、沉默甚至死亡"等词语和文本之外的东西有牵连。因此，厚描的目的就是为了通过真实生活的踪迹而触摸人们曾经拥有过的真实生活。因为已逝的生活主要留存在各种以逸闻逸事的方式流通的文本踪迹之中，因此厚描必须通过"微观"方法选取逸闻逸事，并将其与文学经典关联起来，以观察社会能量在各种文化实践形式之间的流通。新历史主义将这种方法发展为一种对其具有根本方法论意义的"逸闻主义"。格林布拉特说，"我们寻求一些超乎这些之外的东西：我们想找到过去的躯体和活生生的声音，而如果我们知道我们无法找到这一切——那些躯体早已腐朽而声音亦已陷入沉寂，我们至少能够捕捉住那些似乎贴近实际经历的踪迹。"①格尔兹的文化文本厚描强化了一种主张,即那些将我们引向文学的东西在非文学中也常常存在,文学的观念在根柢上不稳定,不同叙述形式之间的界线处于"疑问"和"修订"之中。其他的非文学文本和技巧与文学的文本和技巧具有差不多同样强大的力量,因此,"最大的挑战不只在于探索那些其他的文本,而在于让文学与非文学成为彼此的厚描。"②

总之,文化人类学的厚描与新历史主义的"文化诗学"在对象范围、媒介方式、解释方法和最终目的等方面都有广泛的通约性。但新历史主义比文化人类学更重视厚描的政治性;同时,它也不是"背对"文学文本而是"面向"文学文本的,因此,它观察文学文本与非文学文本之间的流通交换,主要是以对文学文本的解释为取向的。

但是,我们要问一句,新历史主义者所热情呼唤的"已逝的生活""现实生活的困境""真实生活"能够通过厚描而"触及"(touch)吗? 逸闻逸事可以想象出现实,但现实真的会到来吗? 看得出来,新历史主义并不像旧历史主义那样天真地以为,他们能够真正回到过去的真实生活中去,而只是认为格尔兹的学说给他们在面对这种不可能性时提供了具有权宜性的积极途径。

总之,善于对自己的实践方法做反思阐述的格尔兹人类学,对新历史主义者业已从事的批评实践做出了清晰的理论表达,这为新历史主义的实践者提供了一个可供征引的现成理论。格林布拉特就总是不厌其烦地引述格尔兹的观点,其中最可心领神会的还在于文化与自我的观念和厚描方法。我们看到,其间的影响是双向交互的:人类学的文化观念里越来越多地包含了文学的文本和批评技巧,而文学批评则日益重视起非文学的其他文化文本和观念方法。

---

① Galagher,C.& Greenblatt,S.*Practicing New Historicism*,Chicago:The University of Chicago Press,2000,p.30.

② Gallagher,C.& Greenblatt,S.*Practicing New Historicism*,Chicago:The University of Chicago Press,2000,p.31.

　　以历史主义的革新者自命的新历史主义始终关注着文学与历史之间的关系问题。它受文化人类学观念方法影响后，每常将文学放到"文化"中去考察，而不常使用"历史"这一术语了。那么，它究竟是一种"文化诗学"还是"历史诗学"？应该说，两者都是。说它是"文化诗学"，是因为它依照文化人类学的文化观念和方法，将"历史"包含在了"文化"之内，通过追溯文本在各种文化形式之间的流通而阐释其意义，其厚描方法也更强调共时性描述。说它是"历史诗学"，是因为其历史观念变得可以容纳文化的所有形式，其研究对象也还是过去（历史）的，并且重视文化的"历史具体性"。

　　因此，新历史主义对历史诗学难题的解决主要在于它对历史的"文化"理解，而其不足之处也从中体现出来。因为它以文化的共时之维覆盖了历史的历时之维，使其历史诗学中的历时维度显得疲软无力；历史发展的线性序列几乎消失了，一切都变成了一种共时性的话语言说；它以文学的"文化文本间性"代替了后结构主义的"文学文本间性"。这的确有助于人们打破庸俗唯物主义的经济决定论和因果等级制；但另一方面，文化人类学"向唯物主义还原论（用经济社会因素来解释行为）下的挑战书，变成了向因果解释下的挑战书了。一切都淹泡在文化之中的时候，因与果也无从区别了。其结果是，文化史研究和相对主义、怀疑主义的哲学议题开始彼此交叉、相得益彰了。"[①]这种"泛文化主义"也正是我们应该警惕的。怀特指出，新历史主义对历史语境性质的这种解释方式，将历史语境看成一种"文化系统"，将包括政治在内的社会制度和实践都解释为这个系统的功能。因此，"新历史主义似乎是以一种所谓'文化主义谬误'为基础，并因此而打上历史唯心主义的烙印。"[②]当无限丰富多样而又复杂具体的"历史"都被说成"文化"的时候，"文化"就也是"单

　　[①]　［美］乔伊斯·阿普尔比等著：《历史的真相》，，刘北成、薛绚译，中央编译出版社1997年版，第198—199页。
　　[②]　［美］怀特：《评新历史主义》，载张京媛主编：《新历史主义与文学批评》，北京大学出版社1993年版，第97页。

一的"或"稳定普遍的""背景"或"语境",而与新历史主义所极力追求的"特殊性""具体性"背道而驰了。这也正是新历史主义"文化诗学"将"历史"压缩到其无所不包的"文化"概念之后而导致的悖论性处境。

第四节　新历史主义与新解释学

新历史主义作为一种历史诗学,其批评任务之一就是对"历史"作出说明和描述;而在它看来,任何说明和描述都是解释和阐释,都不免含有交流、对话、侵越和批判。因此,新历史主义必然有一个向现代解释学开放的维度,但这一点至今不为研究者所重视。

新历史主义将包括自己在内的当代理论定位为一种特殊的"阐释",格林布拉特宣称,"当代理论必须重新选位:不是在阐释之外,而是在谈判和交易的隐秘处。"①这种阐释并不以寻求阐释对象的"原意"而是以反思当代处境为旨归,"如果文化诗学意识到自己的阐释身份,那么这种意识还应扩展,直到承认不可能摆脱自己的处境而重建和重新进入 16 世纪文化……我向我的资料提出的问题以及这种资料的性质,都是由我向自己提出的问题所形成的。"②它所理解的解释过程并不是无批判的接受和认同,"人们可以占据一个位置,从这里能够发现留下(文本)踪迹的人们自己所未能表达的含义,这是解释学的核心假设。仅仅说明和释义还不够,我们寻求更多的东西,即那些我们所研究的作家与他们自己及其时代之间尚没有拉开充分的距离来掌握的东西。"③因此,不像传统的解释学那样"拜服传统"和"赞美天才",新历史主义的解释是怀疑的、小心翼翼的、祛魅式的、批判性的,甚至是逆向的。

---

① 张京媛主编:《新历史主义与文学批评》,北京大学出版社 1993 年版,第 15 页。

② Stephen Greenblatt, *Renaissance Self-fashioning*, Chicago: The University of Chicago Press, 1980, p.5.

③ Gallagher, C. & Greenblatt, S, *Practicing New Historicism*, Chicago: The University of Chicago Press, 2000, p.8.

这种解释方法虽也受其他理论方法浸润，但它主要与"新解释学"的演替历程密切相关。利科尔曾针对解释学的发展历程指出，伽达默尔与哈贝马斯代表了两种不同取向的解释学：前者是"上溯"（ascending）的哲学（强调传统决定个人理解视域），后者是"下倾"（descending）的哲学（强调联系经济、政治条件对传统和意识形态展开反思批判，剥离其伪装以寻求历史过程的真实意义）。"上溯"的取向从本体论高度确立了历史性的"一般原则"；"下倾"的取向则强调从认识论、方法论层面对传统进行具体的、社会历史的"批判和质疑"。新历史主义从"总体原则"到"批判态度"都受到新解释学的影响，但它并不拘泥于解释学的某个阶段或某个代表人物，而是将这些思想成果有选择地拼合落实到自己的批评实践中。

一、"上溯"：历史性的基本原则

新历史主义强调"文本的历史性和历史的文本性"，其"历史性"观念与新解释学直接关联。要理解新历史主义，对新解释学的"历史性"观念的追溯就是必不可少的。

"思辨历史诗学"将"历史性"灌注到文学活动的客体，但文学活动主体仍然处于历史之外；"批判历史诗学"将"历史性"也灌注到了文学活动的主体，但又受主客二分思维方式的制约，在对"历史主义"的深化上过早止步了，而解释学则推进了这项事业。解释学强调每个人类表达的"个体性"而反对科学的"概括化"，宣称人们"参照每种表达得以说出的特殊情境而在表达的多种意义之间做出选择"。① 这正是大部分历史主义者所强调的。伽达默尔指出，"解释学反思的进一步发展恰好是为历史主义的问题所支配的。"②解释学与历史主义之间具有内在关联，解释学难题的解决对历史诗学难题的解决具

---

① Paul Hamilton, *Historicism*, London: Routledge, 1996, p.51.
② ［德］伽达默尔：《伽达默尔集》，严平编选，邓安庆等译，上海远东出版社 1997 年版，第391 页。

有重要意义,因而对旨在解决历史诗学难题的新历史主义产生了重大影响。

解释学是当代西方的重要哲学思潮,是一种关于理解和解释"文本"意义的理论或哲学,它从总体上对理解文本问题进行综合的理论研究。解释学发源于古希腊时代,在中世纪有关《圣经》的"释义学"和"文献学"中形成自己专门的学科领域,19世纪上半叶宗教哲学家施莱尔马赫从语法的解释和心理的解释两方面将其上升为系统化哲学化的解释学。19世纪末20世纪初,生命哲学家狄尔泰将施莱尔马赫的认识论倾向的解释学推进到方法论层面,将其上升为人文科学的方法论。他将解释学融入自己的历史哲学,试图以新方法来重新解释历史文化,认为历史主义有启示作用,但历史相对主义会使人文科学知识失去确定性和可靠性,因而对它展开了批判。他洞察到认识主体具有客体的存在方式,主体和客体属于相同的历史活动,因此"要在适应主体的历史存在方式中去认识所谓的主体"①。但其解释学基本上是一种作为方法论和认识论的"客观主义"解释学,将恢复原意的客观性提到首位,"竭力避免解释的主观性和相对性,企图超越认识者本身的历史特定的生活处境,而把握本文或历史事件的真实意义。这样,就使理解者成了可以超越自身历史时代的绝对认识者,从而必然陷入'解释学的循环'的困惑之中。"②诚如批评者所言,狄尔泰的"浪漫主义及其天真的世界观,不自觉地将他对人类表达的理解自然化,而将意识形态忧患排除在其历史之外。"③这使他的解释学陷入主观化的心理主义,变成了实证主义客观化的"折光"。因此"历史性"在他那里与在胡塞尔那里一样,只是一个"先验的概念"。④尽管如此,狄尔泰的生命哲学却为解释学提供了进一步衍生的基础,现代解释学正是在此基础上吸收了存

---

① ［德］伽达默尔:《伽达默尔集》,严平编选,邓安庆等译,上海远东出版社1997年版,第413页。

② 王岳川:《现象学与解释学文论》,山东教育出版社1999年版,第173页。

③ Paul Hamilton, *Historicism*, London:Routledge,1996,p.81.

④ ［德］伽达默尔:《伽达默尔集》,严平编选,邓安庆等译,上海远东出版社1997年版,第415页。

在主义、语言分析哲学、结构主义以及后结构主义的思想而形成的。

　　解释学从方法论到本体论而进入所谓"新解释学"阶段，这个过程始于海德格尔而成于伽达默尔。海德格尔从胡塞尔的纯粹理智领域转向"活生生的东西"，从思考人的存在的不可还原的给定性即"此在"出发而承认意义具有历史性。他认为，人的存在和理解都具有历史性，"此在的历史性"是"时间性的绽露"，此在"在其存在的根据处是时间性的，所以它才历史性地生存着并能够历史性地生存。"①理解本身受制于决定它的"前理解"，这种"前理解"与"理解循环"一样，都是无法摆脱的。"解释的循环"揭示了存在和认识的根本条件，是此在的本体论属性之一。但海德格尔并未看到理解活动随着人类"具体实践"发展而展开这一事实。针对这种情况，伊格尔顿深刻指出，"时间"概念与"历史"概念之间存在重要区别，"时间"比"历史"更抽象，它使人联想到岁月的流逝或人们体验自己生命形态的可能方式，而不是民族的斗争、人口的养育与杀戮或国家的建立与推翻；"历史"则是人们实际所做的一切的产物，但这种具体的历史几乎与海德格尔全然无关。因此，"海德格尔的'历史性'与非历史性实际上是无法区别的。"②这种批评与新历史主义对历史性的认识是契合的。在新历史主义看来，海德格尔的"历史性"还需要进一步"历史化"。但是，海德格尔毕竟从本体论高度强调了历史性的普遍的给定性，证明了脱离历史性的理解解释的不可能性。在这方面，新历史主义承继了海德格尔的洞见和精神。同时，尽管海德格尔并未强调"历史"的那些具体方面，但他区分了 Historie（"所发生的事"）和 Geschichte（"被体验为真正有意义的所发生的事"），后者是一种"真实的"或"存在的"的"历史"，③这种"历史"对新历史主义从文本性、意识形态性和权力性方面把握历史性富有启发意义。

――――――――

　　① ［德］马丁·海德格尔：《存在与时间》，陈嘉映、王庆节合译，生活·读书·新知三联书店 1987 年版，第 394 页。

　　② ［英］特雷·伊格尔顿：《二十世纪西方文学理论》，伍晓明译，陕西师范大学出版社 1987 年版，第 73 页。

　　③ Terry Eagleton, *Literary Theory: An Introduction*, Cambridge: Basil Blackwell, 1983, p.65.

　　伽达默尔的解释学认为,历史性是人类生存的基本事实,人是历史的存在,认识的主体和对象都镶嵌于历史性之中,因而有其无法消除的历史特殊性和历史局限性。理解的历史性包括理解之前已存在的社会历史因素、理解对象的构成和由社会实践决定的价值观。他的解释学"标志着此在的根本运动性,这种运动性构成此在的有限性和历史性,因而也包括此在的全部世界经验。"①基于此,他提出了"理解的历史性""视界融合"和"效果历史"等原则。理解的历史性构成我们的"偏见",它是一种积极因素,是在历史和传统下形成的,它构成了解释者的特殊视界。理解对象和理解者都具有各自的视界,两种视界在理解过程中交融在一起而达到"视界融合";理解者与理解对象都是历史的存在,文本的意义与理解者一起处于不断的"涌现生成"过程之中,这种过程构成所谓"效果历史"。缘此,他既反对思辨历史哲学的历史客观主义,否认历史是可供解释者重新复制的东西;也反对批判历史哲学的历史主观主义,否认历史是生命的体验或主体的"想象性建构"。他认为,历史是过去与现在、现实性与可能性的统一,是一个不断创新的过程。因此,理解就是一个对话"事件",是理解者与文本之间的交流过程;语言是理解的普遍媒介,理解在本质上是语言的。伽达默尔将解释的历史性、对话性和语言性结合起来,为新历史主义的历史解释确立了"基本原则"。

　　新历史主义将文学活动理解为一种历史文化解释活动。这种解释工作较多关心某一社会中的成员在经验中所应用的解释性构造,而不去研究习俗与机构的制动关系,因而文学批评必须意识到它作为解释的地位。解释者无法客观地迫近历史文化这种"事物本身",而是基于自身的历史性与历史文化展开"主体间性"对话。但是,当人们与过去对话时,"真实情况是,我只能听到自己的声音,但我自己的声音就是逝者的声音,因为逝者已设法为我们留下了

---

　　①　[德]汉斯-格奥尔格·加达默尔:《真理与方法》(上卷),上海译文出版社1999年版,第6页。

他们自己的文本踪迹。"①"伟大的艺术是对复杂斗争与文化和谐的极其敏感的记录"，解释者的多种解释能力"最终会被文学的共鸣性质释放出来。"②解释学意义上的理解首先是一种自我理解，解释主体总是通过文本而与无限广袤的历史觌面，与久已湮没的逝者对话，进而对自己所处身的历史文化作出反思和批判。

在新历史主义看来，解释者无法摆脱自身的"历史性"，解释的任务既不在于否认文学文本与社会生活的联系，也不是去肯定后者是超出阐释之外的"事物本身"，而是对文学文本世界中的社会存在以及社会存在之于文学的影响实行双向调查。这种解释不可能达到纯然的客观性，但它绝不是"放纵自己的感情"。解释者应该"不断返回个别人的经验与特殊环境中去，回到当时的男女每天都要面对的物质必须与社会压力上去，以及沉降到一小部分具有共鸣性的文本上。""我们是能够获得有关人类表达结果的具体理解的。因为对于某个特定的'我'来说——这种'我'是种特殊的权力形式，它的权力集中在某些专门机构中——例如法庭，教会，殖民当局与宗教法庭——同时也分散于意义的意识形态结构，特有表达方式与反复循环的叙事模式中间。"（着重号为引者所加）③

可见，新历史主义承继了伽达默尔哲学解释学的历史性、对话性和语言性原则，但极大地突出了其中的"具体性""权力性"和"意识形态性"。就理解的历史性来说，它并不追求作为前提的"历史原则"，而是要将它落实到具体的权力形式和权力结构上；就对话性来说，它并不将对话视为伽达默尔式的平等的、消灭差异的"视界融合"，而将它看成是对主客双方质询式的、商讨式的

---

①　Stephen Greenblatt, *Shakespearean Negotiations*, Berkeley：University of California Press，1988，p.1.

②　Stephen Greenblatt, *Renaissance Self-fashioning*. Chicago：The University of Chicago Press，1980，p.5.

③　Stephen Greenblatt, *Renaissance Self-fashioning*, Chicago：The University of Chicago Press，1980，p.6.

调查,是对差异及其背后的权力结构的反省和说明,并且以时时反身自问为特点;就语言性来说,它虽也强调"自我塑造通常,尽管不全是,在语言中进行的",但它更强调"语言像其他符号系统一样,是一种集体构成物,"①它并不是一种纯然的统一体,而是包含着各个社会集团的利益关系和价值冲突。正如巴赫金所指出的,"语言在其实现过程中,不可避免地与其意识形态或生活内容联系在一起,"它既非抽象系统和独白话语,也非心理生物行为。② 因此,每一种"特有表达方式与反复循环的叙事模式中间"都包含着权力和意识形态因素,它不是抽象封闭的静态系统或普遍模式,而是具体开放的物质性表述。

　　这样的解释方法,尽管并未超出伽达默尔解释学的基本原则,但在每一个具体问题上都增强了反思批判的力量,这与哈贝马斯和利科尔的解释学密切相关。

二、"下倾":历史性的批判反思

　　伽达默尔的解释学虽然为理解的历史性确立了"一般原则",但历史在他那里只是一种连续永恒的"传统之流",它与作为压迫力量和解放力量的历史和传统、与因冲突和统治而四分五裂的历史和传统几无关联。这样的历史并不是一个"斗争、断裂和排斥的场所",③而历史的"差异"和"裂隙"也就被认可并忽略了,这些方面恰恰是新历史主义考察的重点。在这方面,它受到哈贝马斯和利科尔等人的"批判的解释学"的重要影响。

　　哈贝马斯在接受伽达默尔的一般原则的同时对他展开了批判,焦点是传统本身能否加以反思批判的问题。哈贝马斯认为,解释学应该培养"批判的

---

　　①　Stephen Greenblatt, *Renaissance Self-fashioning*, Chicago: The University of Chicago Press, 1980, p.9.

　　②　[俄]巴赫金著,张杰选:《巴赫金集》,上海远东出版社 1998 年版,第 214 页。

　　③　Terry Eagleton, *Literary Theory: An Introduction*, Cambridge: Basil Blackwell, 1983, p.73.

敏锐性"，伽达默尔重视本体问题而忽视了重新探讨人文学科的认识论问题，其理论缺乏对传统本身的反思批判，把传统看作一切理解活动的先决条件，使可以判断真伪的理性屈从于传统的权威之下，在传统中消融了真伪区别，进而将一切社会意识形态都看成是真实合理的。这是片面强调了参与和对话，而忽视了"疏远化"和"批判"。他指出，"历史的前定的东西的实在在反思中被接受时，并不是不受影响的，已经明了成见的结构不再能作为一个成见起作用……反思并不是无所作为地在传下来的规范的事实性上消磨自己。它必须依从事实，但在回顾时它发展了一种反思的力量。"①在作为社会意识形态的语言传统是否绝然真实这一关键问题上，哈贝马斯尖锐批判了伽达默尔的语言理论，认为他将语言本体论化而把更根本的人类与存在的关系遗忘了。语言不是中立的，它必然受到各种外部因素的影响；语言是意识形态性的，必须对它进行意识形态批判。哈贝马斯使解释学转变方向而走向实践，这种"下倾"的解释学为新历史主义文学批评提供了一个可供参酌的"批判反思"取向，使其进一步"沉降到细节"（descend into detail），增强"对特殊性、条件性和具体性的关注。"②这种观念落实到新历史主义的批评操作中，即返回个人"经验的个别性"与"环境的特殊性"，缘此捕捉真实的踪影并对历史传统进行反思、质疑甚至反叛。

这与利科尔将结构主义思想与解释学思想整合在一起而提出的"批评的解释学"同气相求。利科尔力图以方法论为真理问题的核心而将本体论、认识论和方法论融合起来，从而对解释学传统加以反思。他的解释理论与文本概念密切相关，而文本的主要特点可以从书写话语的特点中派生出来。他认为，在书写中，话语远离了言谈话语的实际情况并产生了一系列特点，这些特点可以用"间距化"概念加以概括。"间距"概念是生产性的，它是解释的条件，它表明人类只能在距离中并通过距离来交流。"间距化"造成了三种不同

---

① 转引自王岳川：《现象学与解释学文论》，山东教育出版社 1999 年版，第 272 页。

② ［美］格尔兹：《文化的解释》，纳日碧力戈等译，上海人民出版社 1999 年版，第 62 页。

的语境：作者的语境、文本的语境和读者的语境。"间距化"也使各种语境之间的关系问题成为解释的难题：书写使文本对于作者意图的自主性成为可能，文本可能逃离作者有限的意向世界，文本的语境可能打破作者的语境，文本的意义与心理学的意义具有不同的命运，文本必须能够使自己在一种情境下"解语境化"并在另一种新情境下"再语境化"。①　读者在自己的语境中"占有"（appropriation）文本，占有是在距离之中并且通过距离的理解。占有的对面是文本的语境，占有式的理解是在文本前面理解自我，读者只有丧失自我才能发现自我。占有概念要求一种内在的批评，"我们再也不能反对解释学和对意识形态的批评。对意识形态的批评是自我理解必须走的弯路。"②可见，"占有"是读者与文本之间的双向交互式拥有。这种建立在间距化之上的解释学，是新历史主义批判反思"批评的语境"的理论生长点。

新历史主义强调文学文本是一个物质性的"事件"。作者语境、文本语境与读者语境之间的"间距"是难免的，"在观察者与其研究客体之间横亘着一个文化间距，对于新历史主义者来说，这个间距不容抹杀和漠视，而必须得到解释和商讨。"③新历史主义者通常将"间距"思想与萨义德和福柯的学说结合起来，反思自己对权力关系的敏感性，反思他们作为解释者与过去的历史学家以及过去的它种文化之"间距"中所包含的权力关系。

利科尔的"占有"理论在接受反应批评中产生了共鸣，新历史主义从后者手中接过了这一理论来描述历史文化现象。格林布拉特在阐述自己的理论时采用了民主德国的马克思主义者罗伯特·威曼（后来也成为新历史主义者）的说法，"占有的行为必须被看作不仅总是已经包含了自我表现和汲取，而且

---

①　［法］保罗·利科尔：《解释学与人文科学》，陶远华、袁耀东等译，河北人民出版社 1987年版，第 142 页。

②　［法］保罗·利科尔：《解释学与人文科学》，陶远华、袁耀东等译，河北人民出版社 1987年版，第 147 页。

③　John Brannigan, *New Historicism and Cultural Materialism*, London：Macmillan Press Ltd.,1998, p.32.

也包含了通过具体化和剥夺所有权而造成的异化……"①他还从自我塑造角度认为，"自我塑造常常牵涉到某些威胁性经验，某种自我抹杀与破坏，以及一定程度上的自我丧失。""任何被获得的个性，也总是在它的内部包含了对它自身进行颠覆或剥夺的迹象。"②艺术是一种商讨，这个过程"不仅包含了占为己有的过程，也包含着交易的过程。"③这些术语和观念，都明显带有利科尔解释学的痕迹。

新历史主义在批判反思气质上到"批判的解释学"的影响，但前者的兴趣显然不在解释学本身的建树上，而主要在文学文化的批评实践上。它虽在历史反思上与哈贝马斯声气相通，但却并不执着于"意识形态批判"，而是逐渐走向了"话语分析"。④它对"间距"的重视和探讨上与利科尔接近，但将它引向了对不同文化之间、不同历史阶段之间的差异与对抗问题的研究。

三、"话语分析"：历史化的批评实践

我们发现，解释学每个阶段的思想在新历史主义文论中都有所体现：海德格尔和伽达默尔的影响主要在本体论层面；哈贝马斯和利科尔的影响则主要在认识论和方法论层面。但新历史主义并未将自己限定在解释学的某个阶段或某个代表人物上，而是信手拈来，付诸实践。这种对待思想资源的方式颇有几分后现代主义的"拼贴"痕迹：阅读其批评论著时随处可见现代解释学的话语片段，似曾相识又"和而不同"，它时时提醒人们参照已有解释学理论去解读，又阻止我们将它看成是已有理论的体现或翻版。这造成了它与解释学之

---

① 张京媛主编：《新历史主义与文学批评》，北京大学出版社 1993 年版，第 15 页。

② Stephen Greenblatt, *Renaissance Self-fashioning*, Chicago：The University of Chicago Press, 1980, p.9.

③ 中国社会科学院外国文学研究所《世界文论》编辑委员会编：《文艺学和新历史主义》，社会科学文献出版社 1993 年版，第 138 页。

④ Gallagher, C.& Greenblatt, S, *Practicing New Historicism*, Chicago：The University of Chicago Press, 2000, p.17.

间关系的复杂性：一方面，没有现代解释学，新历史主义的解释策略是很难设想的；另一方面，新历史主义的解释策略又无法在解释学传统之内得到充分说明。关键是，它从"批判的解释学"进一步转向了"话语分析"，这一点可以通过它与"接受反应文论"之间的"家族相似"关系显示出来。

　　解释学家一般总是以文学艺术为重要的参照系来解决"历史性"问题：海德格尔的诗化之思、伽达默尔的审美游戏、利科尔以文学为"间距化"的典型形态，等等。可以说，寻求美学与历史的结合也是解释学的重要目标。但这些学说并非直接就是文学批评，接受反应文论则进一步"下倾"而将解释学的理论方法付诸文学批评实践。姚斯对"历史性的三个方面"的深刻阐释，①伊瑟尔用"能动的振荡"术语对文化系统中艺术与社会两种话语之间的关系和审美维度的创造过程的说明，都与新历史主义有契合之处。格林布拉特承认，这些理论都是"试图重建一种能够更好地说明物质与话语间不稳定的阐释范式，而这种交流，我已论证，正是现代审美实践的核心。"②但是，诚如巴尔纳所指出的，接受反应文论"总是把效果史假定为事实，而不去考虑各种可能性，不考察社会历史媒介的具体变动。在每部作品所能提供的证据表现出来的那些期待、偏见、判断这一无可置疑的中心问题之后，关于这一判断的构思是在什么条件下，按照社会实践的什么历时规律形成的这一问题，几乎消失殆尽。"③正是为了寻求那些"条件"和"历时规律"，新历史主义才在试图跨越社会性与历史性、文本性与历史性之间的鸿沟时，采用了文化人类学的"文本"这一新的结合点，从而走出了接受反应理论的"读者中心论"，并以"文化文本间性"等观念将"文学"的封闭体系打破，而参照权力运作来研究文学审美实践问题。

---

　　① ［美］戴维·霍伊：《阐释学与文学》，张弘译，春风文艺出版社 1988 年版，第 218 页。

　　② ［美］格林布拉特：《通向一种文化诗学》，载张京媛主编：《新历史主义与文学批评》，北京大学出版社 1993 年版，第 15 页。

　　③ 刘小枫编选：《接受美学译文集》，生活·读书·新知三联书店 1989 年版，第 188 页。

从新历史主义立场向前回溯，解释学似乎走过了一条通向"新历史主义"的拱形之路：海德格尔、伽达默尔试图通过"上溯"而寻求对历史性的本体论说明；哈贝马斯和利科尔通过"下倾"而将本体论、方法论和认识论结合起来并对历史性进行反思和批判。解释学力主理解活动的历史性，但它只是一种建立在抽象哲学层次上的历史性，既缺乏实践性，又缺乏明确的社会观，最终必然陷入唯心主义。姚斯和伊瑟尔在创立接受理论时，是想从历史高度论述文学的，但现象学和解释学的出发点使其无法贯彻"历史主义"观点。

当然，接受反应文论在历史性方面进一步"下倾"，就有可能从其特定的读者层面与新历史主义会师，从而引起接受反应文论本身的范式转换，即从历史文化的大视野重新审视整个文学活动，而不是局限于读者接受活动。伊瑟尔近年来已经开始强调，应恢复文学对于我们生活的重要意义，进行"文学人类学"的历史性研究。① 而美国的读者反应批评在吸收融会各种理论批评的基础上强调阅读作为抵抗的意义，将阅读的意识形态性凸显出来，这与新历史主义对权力的分析是相合的。对接受反应文论作出过重要贡献的简·汤普金斯转向了"一种新的历史批评"，并自认为是一名新历史主义者。有的研究者认为，"我们或许应当把日益引起人们兴趣的读者反应批评也包括在新历史主义这一总标题下。"②

从总的情况看，接受反应文论与新历史主义之间具有一种"家族相似性"，它们共同趋向于历史与社会，又各有特定的时间、范围、原因和指向。接受反应文论仍然坚守文学的独立本体，仍然要给文学划定一个外延界线，力图解决文学自身的问题；而新历史主义则主要企图解决文学与文化历史之间的关系问题，主张打破学科界线而将文学融入历史、政治、社会、意识形态、经济活动等广义的"文化"领域，进行文化批评。这种"文化"领域即是新历史主义

① ［德］伊瑟尔：《走向文学人类学》，载［美］拉尔夫·科恩主编：《文学理论的未来》，程锡麟等译，中国社会科学出版社1993年版，第277页。

② 张京媛主编：《新历史主义与文学批评》，北京大学出版社1993年版，第54页。

的"话语分析"的领域,对这个领域研究其实就是"话语分析"的解释学,它有其特殊的问题序列,即分析话语的符号的、世界的、行为的、社会文化身份和关系的、政治的以及过去与现在的相互关系等问题。①

话语分析的解释学并不是单向的而是双向的甚至多向的,它否认能指与所指的"对等关系",不再设立超验的所指或者"本意",不再在符号之间设立等级或对立关系,而试图观察符号或符号主体的权力关系。它"不认定仅有一个或固定几种历史意义";"不是向后的回顾,而是向前的,已理解到过去无法复返";"反对人为的等第或不必要的对立及系统";"主张文学研究具批评性,是反省、质疑、推翻性的知识活动。"②这种解释并不是一种"深度"解释,而毋宁是一种受了后现代思想影响的"平面化"解释。新历史主义者大都将"表述"看成权力的积极运作,因而以对文本运作过程的考察置换了那种认为文本"背后"或"下面"具有某种"所指"(不管多么复杂)的观念。这样,意义问题就不再指向文本"下面"的东西,而是指向文本"周围"的其他文本和事件。阅读情境(包括表演情境)和文本"周围"所毗连的历史事件的多样性和无限性,也导致了意义问题答案的多样性和复杂性。在解释文化时,它无意去发掘文化的规律性的"潜在体系",而倾向于阅读文化构成的"表面价值";同时,它的解释也超越了文本的"显在内容",不依照某些先于文本、外于文本或潜在于文本的秩序进行文化分析,而是考察"文本做了什么以及文本如何运作"。③ 因此,新历史主义的解释,并不是去发掘文本的"内在意义"的解释学,而是考察文本运作的"历史性"的解释学。

总之,新历史主义将解释学的"历史性"观念向社会文化的各个领域开放,将文本性与历史性内在统一起来,以文化历史为参照系而代替了接受反应

---

① James Paul Gee, *An Introduction to Discourse Analysis: Theory and Method*, London: Routledge, 1999, pp.85-86.

② 廖炳惠:《形式与意识形态》,联经出版事业公司 1990 年版,第 207 页。

③ Claire Colebrook, *New Literary Histories*, Manchester: Manchester University Press, 1997, p.204.

理论的读者立足点，以"文化文本"的历史性代替了读者接受过程的历史性，从而将历史性进一步历史化到具体文化文本及其权力运作之上。

第五节　新历史主义与巴赫金历史诗学

无论从历史诗学的理论发展还是从新历史主义的批评实践上看，巴赫金的影响都是重大而深刻的。巴赫金是历史诗学理论的重要代表和积极倡导者，他以其"多语""杂语"理论对其他各种历史诗学（思辨的、批判的、叙述主义的等）的弊端做了卓有成效又富有预见性的批判；他的学说构成了新历史主义发生发展的重要语境要素，后者在批评实践中的"双向辩证对话"以及对于对话中的"多重声音"和"异己之见"的强调，都与巴赫金的理论学说分不开。新历史主义注重"讲述话语的时代"与"话语讲述的时代"之间的"多重对话"，格林布拉特说，"我曾梦想与死者说话，至今我也不放弃这个梦想。但人们错误地以为我将听到他者的单一声音。如果我想听到一种的话，我就不得不听到死者的多种声音。如果我想听到他者的声音，我就不得不听到我自己的声音。死者的言说就像我自己的言说一样，不是一种私有财产。"①新历史主义总的倾向是，将"历史"作为"对话""大众文化""多重声音"来对待，②这些观念中都渗透着巴赫金的思想。

在 30 年代和 40 年代早期，巴赫金写了多篇论文来探讨小说的本质及其发展史问题，包括《小说的时间形式和时空体形式——历史诗学概述》《长篇小说的话语》《长篇小说话语的发端》《史诗与小说》等。它们涉及小说的时空形式、话语特点和研究方法论等诸多层面，构成了完整的小说理论体系。贯穿这些论文的中心议题是小说的"时间形式和时空体形式"问题，巴赫金即试图

---

① Stephen Greenblatt, *Shakespearean Negotiations*, Berkeley: University of California Press, 1988, p.20.

② William J.Palmer, *Dickens and New Historicism*, London: Macmillan Press Ltd., 1997, pp.5–9.

通过对"时空体"问题的研究来建立一门具有普遍意义的"历史诗学"。其小说理论的独创性"鲜明地体现在他所独创的两个基本概念上,这就是复调小说和狂欢节化。前者是巴赫金创作诗学理论的基本概念,后者是巴赫金历史诗学理论的基本概念。"①这两个方面是紧密联系在一起的。对后一个问题的研究使巴赫金成为历史诗学的重要倡导者和理论家。研究发现,巴赫金在写作这些历史诗学论文时,"暗中同当时居主流的大部分小说理论及卢卡契的主要观点进行了论战。"②当时居于主流的仍然是"思辨历史诗学"和"批判历史诗学",处于其对立面的则是各种否认文学与历史关联的形式主义。巴赫金对如上两派对立的文史关系学说进行了扬弃与整合。这使其历史诗学具有了鲜明的特点:既在广阔的视野下思考一般诗学问题,又具有一定的批评针对性;既有严密的体系性,又有调和与综括其他理论学说的功用。但这些论文要等到70年代才得以发表。当时,"叙事历史诗学"已经兴起,它以"叙述""话语"为立足点,一方面深掘而入以描述历史文本表层下面存在着的潜在的、先于批评的"诗性"结构(怀特);另一方面又从中穿越而出以探索作为文化载体的语言与使用该语言的整个社会机制、惯例及习俗之间的关系,拆除迄今为止对于西方文明传统的一整套"历史叙述"(福柯)。巴赫金的历史诗学于70年代出现在这种历史诗学的理论氛围中,即显示出了与之对话的趋势,因而既被视为批评同道,又被推为理论前驱。巴赫金历史诗学的特色即可从它与其他历史诗学的对话关系中显示出来。

巴赫金的历史诗学主要包括如下三个相互关联的方面。

一、时空体:历史与文学沟通的本体依托

巴赫金发现,在小说和意识的进化史上,对空间和时间的态度是一个重要

---

① [俄]巴赫金:《巴赫金文论选》,佟景韩译,中国社会科学出版社1996年版,第3页。
② [美]凯特琳娜·克拉克、[美]迈克尔·霍奎斯特:《米哈伊尔·巴赫金》,语冰译,中国人民大学出版社1992年版,第334页。

的变量。但他要强调时间和空间在实际经验中的直接性,并把对这种经验的研究转化为一种有关长篇小说的历史诗学。为此,他引进了"时空体"概念。在中译本中,有的将巴赫金的这一概念译成"时空集"①,有的译作"时空型"②。本书采用"时空体"。其字面意思是时间/空间,意即时间与空间不可分,时间是空间的第四维。巴赫金将它作为一个单位,以根据作品中时间和空间范畴的比率和性质来研究作品。时间和空间是两个重要范畴,古今理论家多所论及。巴赫金在"历史诗学概述"的"注释"里表明,其时空体概念的灵感来源是哲学家康德和生理学家乌赫托姆斯基。他采纳康德将空间和时间界定为认识所必不可少的形式的观点及对这些形式在认识过程中的意义的评价,但"不把这些形式看成是'先验的',而看作是真正现实本身的形式"。他受乌氏影响而坚持空间和时间在人类经验中的"直接性"。这样,巴赫金就既强调了时间和空间范畴的不可分离,又强调了这些范畴的"历史性"。他指出,人们在不同时代使用不同的时间空间组合来把握外部现实,具体的时空体构成了个人、时代和艺术作品的主要特征。"文学中已经艺术地把握了的时间关系和空间关系相互间的重要联系,我们称之为时空体。"时空体即是一个形式兼内容的文学范畴。"在文学中的艺术时空体里,空间和时间标志融合在一个被认识了的具体整体中。时间在这里浓缩、凝聚,变成艺术上可见的东西;空间则趋向紧张,被卷入时间、情节、历史的运动之中。时间的标志要展现在空间里,而空间则要通过时间来理解和衡量。这种不同系列的交叉和不同标志的融合,正是艺术时空体的特征所在。"③

"时空体"之于文学研究的重要性在于:从共时性方面看,时空体决定了体裁和体裁的类别,并在很大程度上决定着人的形象,文学时空体的主导因素

---

① 董小英:《再登巴比伦塔:巴赫金与对话理论》,生活·读书·新知三联书店 1994 年版,第 52 页。

② [美]凯特琳娜·克拉克、[美]迈克尔·霍奎斯特:《米哈伊尔·巴赫金》,语冰译,中国人民大学出版社 1992 年版。

③ [俄]巴赫金:《小说理论》,白春仁、晓河译,河北教育出版社 1998 年版,第 274—275 页。

是时间；从历时性方面看，时空体表现出时代差异性和历史积淀性，特定时代的人们为艺术地反映现实创造出特定形式的时空体。总之，这些时空体形式在历史发展中不断改变其原始意义又顽强地共存于某一时代。不同社会以自己的方式划分实在世界。艺术文本独具特色的时空安排方式是构成一个文化的世界图景的恰当的坐标。

他在"历史诗学概述"的"结束语"里强调，历史世界现实的时空体与艺术时空体之间既有原则区别，又可彼此相通。"在从事描绘的现实世界和作品中被描绘出来的世界之间，有着鲜明的原则的界线。"①同时，这两个世界之间，时空体是一座飞桥，而不是一堵隔墙；语言是流动不息的传送带，而不是静止的牢笼；"时空体决定着文学作品在与实际现实生活的关系方面的艺术统一性。"②从区别性方面看，创作作品的作者可以在自己的时间里自由移动，他可以从结尾、中间或所描绘事件的任何一点开头，却不破坏所描绘事件中时间的客观流程。这鲜明地表现出描绘时间与被描绘时间的区别。因此，人们不能像天真的现实主义那样把被描绘出来的世界与被描绘的世界等同起来；也不能像生平考据派那样把作品作者同作者其人混为一谈；更不能像教条主义者那样把不同时代里能够再现和更新作品的读者与同时代那些消极的读者等量齐观。从相通性方面看，作品及其中描绘出来的世界能进入现实世界并丰富这个现实世界；现实世界也能进入作品及其所描绘出的世界。人们不能把这个原则界线理解成不可逾越的。两个世界之间是彼此联系和相互作用的。"它们之间进行着不停的交流，犹如活生生的肌体在不停地同它周围的环境进行新陈代谢一样。""存在一种特殊的创造性的时空体，在这个时空体里实现着作品与生活的这种交流，体现着作品特殊的生活。"③

历史时空体与作品时空体之间的这种关系，即是"对话性"。巴赫金指

---

① 〔俄〕巴赫金：《小说理论》，白春仁、晓河译，河北教育出版社 1998 年版，第 445 页。
② 〔俄〕巴赫金：《小说理论》，白春仁、晓河译，河北教育出版社 1998 年版，第 444 页。
③ 〔俄〕巴赫金：《小说理论》，白春仁、晓河译，河北教育出版社 1998 年版，第 456 页。

出，各种时空体相互渗透，可以共处、交错、接续、对立和比照。"这些相互关系共有的性质，是对话性（对话性应作广义的理解）。"①这就是说，不同时空体之间是"同意和反对的关系、肯定和补充的关系、问和答的关系"。② 在人们以时空体为桥梁的对话交际过程中，艺术真理就会不断诞生出来。巴赫金的历史诗学最终落实到其对话理论上。"对话性"本身的丰富内涵对历史诗学问题的解决具有十分重大的意义；而时空体概念也因为与对话性结盟而拥有了更大的弹性。

二、历史性：文学体裁与人的形象的关联中介

在巴赫金的历史诗学中，时空体决定和支配体裁，既界定了体裁和体裁的特点，也划分了文学内部的各种次级范畴。因此对体裁的研究就可以反过来变成对时空体问题的说明，体裁研究就在其历史诗学中拥有了重要的方法论意义。巴赫金在广阔的背景上看待体裁，认为体裁是历史世界的一种特殊的X 光片，是专属于特定时代和特定社会中特定社会阶层的观念的结晶。因此，一种体裁便体现了一种具体历史中关于人之为人的观念。一种体裁的出现总是与人的形象的重新设计联系在一起的，这种联系并不是"超于历史"或"外于历史"的，而是在历史之中并通过历史才能发生的。因此，他将历史性看成文学体裁与人的形象相互关联的中介。

他通过对传统"高雅体裁"和"低俗体裁"之间界线的拆除及对传统"诗学"概念的广义理解，将向来受压抑的小说立为自己研究的主人公，进而设计出了关于诸体裁间相互作用的理论学说。小说作为一种体裁本身是对先前所有高贵体裁的"脱冕"，小说使得所有既定文学规范显得生硬武断而破绽百出，"小说性"可以瓦解任何社会的官方的或上层的文化。巴赫金赋予小说的

---

① ［俄］巴赫金：《小说理论》，白春仁、晓河译，河北教育出版社 1998 年版，第 454 页。

② ［俄］巴赫金：《陀思妥耶夫斯基诗学问题》，白春仁、顾亚铃译，生活·读书·新知三联书店 1988 年版，第 160 页。

这些品质正是其"狂欢节(化)"的功能。

在"历史诗学概述"中,巴赫金以欧洲小说各种不同体裁的发展为素材,揭示了文学对现实的历史的时空体的把握所经历的复杂和断续的过程。他区分出了"传奇时间""传奇世俗时间"和"传记时间"。他将这些时空体的特点直接与某些体裁的特点对应起来。

巴赫金倾向于将所有体裁分为"史诗"和"小说"两大类。在《史诗与小说》中,他将两大体裁的区分与两种融时间于语言结构的不同方式联系起来,每种方式都暗含了一种不同的人类形象。史诗的时间是非编年式的。史诗里的时间范畴都不是纯粹的时间范畴,而是评价兼时间的范畴。在史诗里,"人们还没有意识到,任何的过去都具有相对性。"[①]

与史诗相对,长篇小说根本区别于一切其他体裁。小说中文学形象的时间坐标发生了根本变化,它最大限度地与未完结的当下的现代生活联系起来了。小说的这些结构特点,是欧洲人历史上一个特定的转折关头所决定的:摆脱社会封闭和窒息的半宗法制状态,进入不同民族、不同语言相互联系和交往的新环境。巴赫金指出,小说语言的形成和发展,不仅仅是在各种流派、风格、抽象世界观相互斗争的狭义文学过程中,而且还是在不同文化和语言之间许多世纪以来的复杂斗争之中。小说永远破除正统,它广泛吸收笑谑、讽刺、幽默和自我讽拟,使它们有了一种特殊意义上的"未完成性",并同没有定型的、正在形成中的现代生活(未完结的现在)密切联系。

在巴赫金看来,描绘世界所涉及的领域,是随体裁不同、文学发展的时代不同而变化的。这个领域在空间上和时间上既是用不同方法组织起来的,也受到不同的局限性。"这个领域间是各具特色的。"[②]小说家倾向于描写一切尚未定型的东西。作者也同被描绘的世界处于新的相互关系中:二者处于同一的价值和时间坐标中,作者的描绘语言同主人公的被描绘语言处于同一平

---

① ［俄］巴赫金:《小说理论》,白春仁、晓河译,河北教育出版社1998年版,第518页。

② ［俄］巴赫金:《小说理论》,白春仁、晓河译,河北教育出版社1998年版,第530页。

面上,并且能够形成相互对话关系和混合性的结合。当现时成为人们把握时间和世界的中心时,时间和世界就失去自己的"完成性"。世界的时间模式从根本上发生了变化,因为这个世界变得没有开头,也尚未结束。对于艺术家和思想家的意识来说,时间和世界第一次变成了"历史的"。"时间和世界变成了一个形成过程,一个朝着实际的未来不断前进的运动,一个统一的无所不包而永无完结的过程。"①

小说这种体裁从形成到发展,都建立在对时间的一种新的感受上。小说作为一种体裁是常新的。它讽刺性地模拟一切崇高体裁和民族传说里的崇高形象,使它们滑稽化。小说的这种功能既与时空体概念相联系,也与小说语言的话语特点相互关联。与话语的关联是小说与意识形态其他形式间的关系的特殊形式。

三、多语杂语喧哗:文学意识形态功能的实现途径

小说是语言的艺术,因此,对小说的深入分析最终必然走向对语言的认识。巴赫金认为,小说史不可避免地关联着先于它并推动了它的另一种历史,即人们对自己语言所持态度的变迁史。荷马时代的希腊,认为语言是统一性质的,从而形成单一语言的神话:希腊人认为自己的语言是唯一完整而真实的语言;单一语言神话以为自己的语言是同质的,不受各种话语、行话和方言的差异性的影响。这种观念既导致了对各语言之间的差异造成的"多语现象"（polyglossia）充耳不闻,也导致了对语言内部的差异造成的"杂语现象"（heteroglossia）的漠不关心。这种语言世界造就了史诗、抒情诗和悲剧的出现。但是,这种语言世界注定是要衰亡的。在此过程中,多语现象起了非常大的作用。各种语言和话语相互推动,使语言发生了本质变化,原来封闭的托勒密式的语言世界被代替,出现了多种语言相互促动的开放的伽利略式的语言世界。

---

① ［俄］巴赫金:《小说理论》,白春仁、晓河译,河北教育出版社 1998 年版,第 434 页。

巴赫金认为,大约到古罗马时代,人们才首次意识到了多种语言之间的差异性和每种语言自身的相对性;同时,某个民族语言内部各种语言层次之间也有差异性。"多语现象"和"杂语现象"是并存的。在《长篇小说的话语》中,巴赫金认为,语言是所有文化的核心。言谈总是形成于对话化的杂语环境中,言谈表现并联结多种超个人的力量;同时它又是具体的,总具有特定内容。

"独白小说"与"杂语小说"之间的竞争及后者的最终居于主流,构成了小说的历史。独白小说通过在整部作品强加一种统一的、文学的语言而使变动不居的一切井然有序,从而掩盖它所使用的语言在根本上是"杂语化"的这个事实。杂语小说则在多样性和对立冲突中揭示这个事实。独语和杂语这两条发展路线在 19 世纪初彼此靠拢和合并,但杂语路线仍占据主导地位。因为杂语小说对"差异性"的感觉更为敏感。

杂语小说对差异性的专注具有意识形态性。巴赫金指出,崇高体裁里对过去的理想化具有官方性质。统治的力量和统治的道理,将其一切外在的表现都形诸于过去这个价值等级的范畴中,形诸于保持距离的遥远的形象之中。"而小说却同永远新鲜的非官方语言和非官方思想(节日的形式、亲昵的话语、亵渎行为)联系在一起。"①与此同时,小说表现各种非文学体裁,即日常生活和意识形态诸体裁的特殊关系。小说始终广泛利用书信、日记、忏悔的形式,利用着新型法庭演说的种种形式和手法。小说既然构筑在与现代生活中尚未完结的事件相联结的领域之中,它就不时地超越文学特性的局限而演变为道德说教,或哲理阐释,直截了当的政治宏论,或蜕化为不成形态的原始的内心自白,等等。"艺术与非艺术、文学与非文学之类的分野,并非是由上帝一劳永逸地划定不变的。任何特殊性都是历史的产物。"②值得注意,杂语喧哗与权威话语之间不是单一的对抗关系,而是一种对话性关系。巴赫金认为,研究小说,就要"理解各语言之间的对话关系;在直接的权威话语占主导的作

①　[俄]巴赫金:《小说理论》,白春仁、晓河译,河北教育出版社 1998 年版,第 523 页。
②　[俄]巴赫金:《小说理论》,白春仁、晓河译,河北教育出版社 1998 年版,第 537 页。

品中,判断作品之外的杂语喧哗背景及其对话关系。"①我们从这里可以看出它与新历史主义之间广泛的相通性。

我们发现,与西方传统的"再现说"主张艺术语言再现社会现实不同,巴赫金提出了新的语言表述(representation,或译"再现")理论。他认为艺术语言不仅表述社会现实,而且表述社会语言形象,或他者语言形象。在巴赫金看来,"语言具有双重的再现能力,它能既再现非语言的实在,又能再现语言自身。一种语言可以再现另一种语言,创造出另一语言的形象。……语言的这种再现他者语言的能力产生了小说的话语,因为小说的话语再现的正是社会的众声喧哗,或各种不同的他者的语言。"②巴赫金阐述的戏拟和复调,均是小说话语创造他者话语形象的主要手段。巴赫金认为,文学的意识形态性是要落实到语言层面才能实现的,在这个层面,小说语言通过对语言背后众声喧哗的社会现实和语言现实的表述和再现,来达成与意识形态的对话,通过对话来实现其意识形态功能。

四、对话性:巴赫金历史诗学的革命意义

巴赫金的历史诗学是立体的和多层次的,因而既具有整合性又具有开放性。他对历史与文学之间复杂关系的把握和论述,我们似乎可以归结为如下梗概:

历史领域	文学领域
世界图景	时空体形式
人的形象	文学诸体裁
社会语言现实	多语杂语作品

① [俄]巴赫金:《对话性想象》,美国得克萨斯大学出版社 1985 年版,第 416 页。
② 刘康:《对话的喧声——巴赫金的文化转型理论》,中国人民大学出版社 1995 年版,第182 页。

历史领域与文学领域之间是一种多维交涉的对话性关系。历史领域的"世界图景"与文学领域的"时空体形式"处于对话关系之中。人们对世界图景的把握是通过对时空体形式的把握实现的,文学既是通过时空体形式对世界图景的表述再现,也是对世界图景的构形塑造。文学时空体形式正是在再现和构形的双向交涉和彼此对话中形成的。在这里,可见出他与"思辨历史诗学"之间的复杂关系:它既像思辨历史诗学那样主要以"已发生之种种"为考察对象,又用其对话理论克服了其中的"决定论"色彩,使文学与历史间的交流变成动态的和双向的——这一点也为叙事历史诗学所强调。

历史领域的"人的形象"与文学领域的"文学体裁"处于对话关系中。人们对人的形象的认识和把握通过文学体裁的形式进入文学领域;同时,文学体裁的不断翻新又促进人们对人的形象的进一步把握。在这里,我们可以发现他与"批判历史诗学"的复杂关联:既像批判历史诗学那样强调了人的形象的"历史性"和文学在揭示人的形象时的优越地位;又强调小说体裁的多样性、复杂性和可变性,从而在承认文学体裁对人的形象的能动作用上,打破了传统历史诗学对人的形象的僵化的、单一的理解,将人的形象改写为包括文学在内的文化的产品——这正是叙事历史诗学所重视的。

历史领域的"社会语言现实"与文学领域的"多语杂语作品"处于对话关系中。人们对社会现实的复杂性的认识,表现为文学作品中的多语杂语喧哗;同时,文学作品中杂语多语喧哗的实现又为社会现实中的多语杂语狂欢提供了参照。文学语言不但反映社会现实中的物质性内容,也反映社会现实中语言的"多语杂语"现象本身。正是通过对多语杂语现象本身的文学表述,文学作品才通过它所依赖的语言本身带出了社会中各个阶层、民族、性属、亚文化族群的历史性状,而其间关系是对话的而非决定论的。它通过对多语杂语现象的强调而呈现出文化历史中的"裂隙"和"非连续性",破除了传统的文化的"同质性""连续性"和"整体性"幻觉,为文学通过多元意识形态来颠覆主流意识形态的垄断扫清了道路——这正是叙事历史诗学的通用策略。

总之，巴赫金的历史诗学对"思辨历史诗学"和"批判历史诗学"形成了强劲的挑战，较早提出并部分回答了"叙事历史诗学"的难题。这使其在历史诗学领域内具有"革命性意义"，也富有强烈的当代性。

尽管我们强调巴赫金历史诗学与一般意义上的"叙事历史诗学"之间的相通性，但是，诚如我们前文所指出的，作为叙事历史诗学参照系的"语言论"仍然意味着"不同的"语言理论。巴赫金的语言理论对索绪尔的共时语言学进行了批判性汲取。他尖锐批判了索绪尔的"抽象的客观主义"语言学，也批判了作为其对立面的"个人主义的主观主义的"语言学。他强调指出，"语言的真正现实不是语言形式的抽象体系，不是孤立独白型话语，也不是它所实现的心理生物行为，而是言语相互作用的社会事件，是由话语及话语群来实现的。"①语言是"对话的""多重音的""意识形态的"而非"价值中立的"，语言是斗争和矛盾的焦点，是意识形态战场。但是，巴赫金也不抹杀语言的"相对自主性"，而是认为语言不能仅仅被归结为社会利害关系的"反映"。这样，巴赫金就既不将语言视为"表现"和"反映"，也不将它视为"抽象系统"，而是将它视为一种"物质生产手段"，借此，符号的物质实体通过社会冲突和对话的过程而被转变成为"意义"。巴赫金的语言理论改变了人们研究语言的方式，其研究方法暗示，"问题不单是问'符号的意思是什么'，而是探寻符号变化的历史，因为互相冲突的社会集团、阶级、个人和话语力图利用符号并且以自己的意义渗透它们。"②新历史主义处在"叙事历史诗学"中，又从一般后结构主义者对"叙述"自身专注转向"历史"。在此过程中，巴赫金的这种语言观念起了重要的推动作用。

当然，新历史主义与巴赫金理论之间也还存在着一定区别。巴赫金一定

---

① ［俄］巴赫金：《马克思主义语言哲学的道路》，［俄］巴赫金著，张杰选：《巴赫金集》，上海远东出版社 1998 年版，第 239 页。

② ［英］特雷·伊格尔顿：《二十世纪西方文学理论》，伍晓明译，陕西师范大学出版社 1987年版，第 129 页。

程度上将"狂欢节"理想化,将狂欢节看成大众文化的同义词。福柯即通过对
巴赫金狂欢节理论所倚重的"压抑假说"的批判而重新检讨了巴赫金的这种
"怀乡病"。在此基础上,新历史主义在读解文艺复兴戏剧时强调,权力为了
自己的目的而"许可了"而非"解放了"狂欢节。① 新历史主义显然是接受了
福柯的权力"生产性"观念,而不仅仅强调它的"压制性"。

　　通过对"新历史主义的对话语境和思想前驱"的探源溯流,我们发现,新
历史主义处在由当代多种理论所共同交织而成的复杂的理论网络之中。这些
理论都在进行着广义的"历史转向",强调着历史文化的历史具体性、复杂多
样性、异质性和非连续性,并对启蒙运动以来的"历史整体性"设定进行着程
度不同的反拨。这些理论的总体发展倾向是,反对将(文学的)意义限定在文
本的"指称对象"、或文本作者的"意图"、或文本的"内在形式"等单一的、既
定的因素及这些因素的"深度"之中,强调意义生成过程所牵涉到的意识形
态、表述系统、话语规约、文本叙事、社会体制、文化网络、语言现实等复杂的历
史性要素;这些要素构成的"复杂巨系统"制约着文本意义的生成过程,同时,
也被文本的意义刷新和修正;文学文本的意义生成与这个系统的生成同时涌
现、相互"交换"、联袂而行。新历史主义在强调文学文本意义的"表面的"文
化交换价值时,与这些理论之间具有广阔的通约性。但是,这些理论又有自己
各不相同的立论基础、轴心概念、学说体系和具体指向。新历史主义虽然从中
受惠良多,并且因为大量采用这些理论的思想资源和批评话语而使自己的理
论显示出某种"碎片拼接"的痕迹,但它又确实难以归入这些流派之中,因此,
它"不愿意加入这个或那个居主导地位的理论营垒"②。

　　新历史主义处在这种理论批评语境之中,它并不是被动地接受这些理论
的"影响",而毋宁是与它们进行着积极的"对话"。它与马克思主义一道强调

---

① 　Wilson, R.& Dutton, R.*New Historicism and Renaissance Drama*, London: Longman Group UK
Limited, 1992, p.228.

② 　张京媛主编:《新历史主义与文学批评》,北京大学出版社 1993 年版,第 2 页。

文化表述的非等级制、历史表述的非连续性和意识形态的异质性，但又不接受马克思主义的"阶级观念"和"经济基础"与"上层建筑"的区分方法。它与解构史学家一道对传统的历史观念和学科界线进行着颠覆和破坏，它与福柯一起强调历史的非连续性和异质性、话语的实践性、话语分析的描述性、系谱学的"当代性"以及权力的生产性，但又不像福柯那样极端反对主体性，而在其学说中采用了福柯所坚决反对的"表述"观念；它在超越文史界线并显示历史形成过程中各种复杂因素的介入方面与怀特同气相求，但又不像怀特那样重视语言的"深层结构"，而更多地强调政治意识形态性。它与文化人类学一道强调了文学与文化的相互渗透，强调人作为"文化造物"的观念和人的"自我塑造"的可能性，而且大量采用人类学"厚描"方法并试图在文化文本的"流通交换"过程中对文学作出说明，但又极力强调文学的文化描述中的"激进政治"，并始终将注意力集中在对"文学艺术"而非对一般文化文本的说明上。它与新解释学和接受反应理论一道强调意义的阐释性和阐释的历史性，但它又不像一般解释学那样崇拜传统和赞美天才，也不强调不同"视界"之间单纯的"融合"，而主张以怀疑的、谨慎的、祛魅的、批判的甚至逆向的方式去解释。它大量采用巴赫金历史诗学观念以对抗"思辨历史诗学"的客观决定论和"批判历史诗学"的心理主义，并对一般"叙事历史诗学"的抽象文本主义进行了反拨，但它又不同意义巴赫金的"狂欢节"理论所倚重的"压抑假说"。

　　总之，新历史主义是在当代理论语境中发展起来的，它绝不是一个孤立的理论批评流派，因此，我们必须在当代理论语境中对它作出说明。同时，它在这个语境中也逐渐形成了自己的批评个性，因此，我们不能以对某个理论流派的批判代替对新历史主义的研究。当代理论共同将"历史诗学"问题"问题化"和"复杂化"了，这是新历史主义所必须面对和解决的理论难题，它在解答这些理论难题时的成败得失，可以通过对其"文学观念系统"的描述而显示出来。

第四章　新历史主义的文学观念系统

尽管新历史主义主要是作为一种批评实践而存在并产生影响的,但这种批评实践中不仅蕴含着一个关于文学本质功能的观念设定,而且涉及对作家、文本、读者、批评等文学活动要素和层面的具体定位和评价。新历史主义广泛地涉及了权力关系、意识形态功能、知识型转换、表述模式和系统、文类转变、话语形成和知识对象的生产。它提供了一种洞见,"让人们看到文学如何与其他所有的文本之间相互作用,如何被话语实践和权力关系所生产和塑造,后者又如何反过来被那些文本生产和塑造。"①这些内容构成新历史主义有关文学的观念系统,这个系统在已有的研究中尚未得到"系统的"说明。在历史诗学的视野下审视,我们发现,新历史主义的批评实践试图将"历史性"灌注到文学活动的全部要素和层面之中,并将这些要素和层面进行"历史化"。这种做法"深化"和"细化"了历史诗学的一般"历史原则",同时,也将历史诗学的难题和传统"方法"进一步"问题化"了。

第一节　历史性与文学:本质功能论

新历史主义历史诗学对文学与历史、文学实践与物质实践之间关系的探

---

① John Brannigan, *New Historicism and Cultural Materialism*, London: Macmillan Press Ltd., 1998, p.153.

讨是以批评实践而非理论概括的形式展开的。它通常从不同学科领域信手拈来文本进行分析并从中揭示社会能量在不同文本间的周转与流通。它从特殊历史档案"归纳"而非从某个先在概念"演绎"文学的本质，它简直是一种"文本归纳主义"①。这种"反理论概括化"实践恰恰是或至少包含着一种特殊理论。进而言之，其批评实践背后应该有一个关于文学本质的一般观念设定。我们发现，这个观念在新历史主义对文学的发生发展、存在方式以及意识形态功能问题的处理上显示出来。

一、发生发展：背景与前景交融互渗

新历史主义历史诗学接受传统社会历史批评将文学置于一定历史范畴进行说明的基本前提。但它反对将历史仅作为文学的"背景"和"反映对象"而将文学看成历史的"附带现象"的做法。它认为，文学与其"背景"之间是相互影响、相互作用、相互塑造、同时涌现的动态关系：历史和文学都不是思维活动的结果，而是不断变化的思维和认识活动本身，都是"不同意见和兴趣的交锋场所"以及"传统和反传统势力发生碰撞的地方"。文学与历史之间的关系无法被单一既定的意义理论给出；相反，文本与世界、文本的物质性与它所产生的意义、艺术与历史之间的交互作用，正是每一次批评实践的调查对象。

在它看来，文学与历史之间的"关系"的观念本身是成问题的，因为"关系"这个概念似乎设定了文学与历史各自的既定性和静态性。它认为，文学与其历史语境之间的"关联"是动态的、非稳定的和交互作用的：历史只有作为文本才能被接触，文本又是某些非话语实践力量的结果。历史既内在于文本又外在于文本。文学不是对"前文本"的世界和"历史"的"反映"，它是塑造"历史"的能动力量。文学批评不应将文学与历史之间的关系"单一化"和"固定化"。

---

① Claire Colebrook, *New Literary Histories*, Manchester: Manchester University Press, 1997, p.25.

　　格林布拉特的文学批评,将焦点集中在各种社会力量在文学与现实、文化与历史之间产生界线的途径上。他认为,不存在一个先在的或超历史的自足的审美领域,审美领域是一个竞争的领域;审美的、政治的、历史的和经济的等不同力量都在这个领域进行"流通"。他发现,人们通常总是在反映论层面上研究文艺复兴戏剧与社会之间的关系。他们先假定出两个分离的自足系统,然后再设法说明一个是如何有效地"代表"另一个的。但根本问题恰恰处在这种批评实践之外。这种研究很少能处理动态交换问题。他反问,"戏剧表述的对象在何等程度上已然是一种表述呢?"①人们通常视为表述对象的"自然""现实""历史"和"真实生活"等,某种程度上已然是一种"表述",文学表述通常是"对表述的表述",甚至文学与这些表述之间"相互表述"。所以,文学与"历史""现实"等无法区别开来。

　　这里涉及认识前提方面的重大变化。赫尔德早就洞察到艺术与历史的相互"植根性",这种洞见为新历史主义将特定文化的所有踪迹都作为能够相互理解的符号网络来对待奠定了基础。"语言论转向"中人们通过将文化构想为文本而废弃了自然/文化之间的区分。新历史主义主要从结构主义和格尔兹的人类学那里接受了"文化是一个文本"的观念。这种观念拓宽了其阅读解释的对象范围,使其可以将所有的非文学文本都作为与文学文本相关的文本来对待。这就打破了文学与非文学、经典与非经典、高雅艺术与通俗艺术之间的界线。但它并不赞同解构主义的泛文本主义(pantextualism)文化文本观念,而是探索文本之间的界线是如何划出的,并反思自己是如何确定文本意义的。

　　新历史主义认为,"如果将整个文化看作一个文本,那么,所有的事物就在表述层面和事件层面至少潜在地相互关联牵制。那就真难在表述与事件之

---

① Stephen Greenblatt, *Shakespearean Negotiations*, Berkeley：University of California Press, 1988, p.11.

间划出明确界线。至少，这种划界本身就是一个事件。"①这样，所有问题就都与特定的文化表述相关，而所有这一切又不能仅仅归结为那些表述。"如果整个文化被视为一个文本——如果某个时代的所有文本踪迹都既算表述又算事件，那人们就更难乞求'历史'来做出裁断。也就是说，对新历史主义来说，在试图宣布那些会说话会思想者的局限时，历史不能轻易发挥它一度拥有的裁定一切和平息众说的功能。"②这样，在其研究中，文本与语境相互转换，背景变得引人注目而前景的形成过程也就显露出来了。

格林布拉特发现，传统观念都将文学与历史的关系处理成"单一固定的"，这在当前以两种对立的理论形态表现出来：詹姆逊的新马克思主义和利奥塔的后结构主义。在后结构主义理论中，世界和历史仅仅作为话语建构的结果而存在；而一般马克思主义则将作为经济力量的历史看成先于文本的"决定因素"。新历史主义即要向这两种理论同时发起挑战，并在其中间地带寻找自己的理论立场。

詹姆逊指出，"社会和政治的文化文本与非社会和非政治的文化文本之间那种实用的运作区分变得比错误还要糟糕：即是说，它已成为当代生活的物化和私有化的症状和强化。这样一种区分重新证实了在公有和私有之间、社会和心理之间、政治和诗歌之间、历史或社会和'个人'之间那种结构的、经验的和概念的鸿沟，作为资本主义制度下有倾向性的法则，它严重地伤害了我们作为单个主体的生存，麻痹了我们关于时间和变化的思考，正如它使我们完全脱离了我们的言语本身一样。"③他认为，审美文化文本与社会性和政治性文化文本之间的功能性区别，是资本主义"私有化"的一种邪恶征兆。政治与诗

① Gallagher,C.& Greenblatt S.*Practicing New Historicism*, Chicago：The University of Chicago Press,2000,p.15.

② Gallagher,C.& Greenblatt S.*Practicing New Historicism*, Chicago：The University of Chicago Press,2000,p.16.

③ ［美］弗雷德里克·詹姆逊：《政治无意识：作为社会象征行为的叙事》，王逢振、陈永国译，中国社会科学出版社 1999 年版，第 11 页。

学原本是一回事,但资本主义的兴起打碎了这种"整体性"。这样,他就把资本主义当成了压制性话语区分的媒介。詹姆逊这样的马克思主义者对资本主义将人的经验领域分割为不同的领域(如自治性的审美领域)这种现象进行批评,试图通过把所有的事件都与历史背景联系起来的方式而将这些不同领域再次统一起来。格氏认为,这种做法将历史矛盾化解为道德需要的乌托邦式的想象,将矛盾看成了被压制的阶级冲突的单一化代码。

利奥塔的后结构主义则从逻辑推理性话语范畴出发,把资本主义视为独白话语一统化的媒介。其话语区分的参照模式是专有名词的存在,而资本主义不再标明话语领域的位置,从而使这些领域瓦解。换言之,资本要的就是单一语言和单一体系,它将个人属性和个人话语全都压制了。对利奥塔来说,资本主义的矛盾暴露了貌似确定的罗格斯中心论的暗藏裂痕。这两种观点都是格林布拉特所不能接受的。

格氏指出,"詹姆逊为了揭露一个独立的艺术领域的欺骗性,为了提倡一切话语的真实结合,从话语领域划分的虚伪性这一根本问题上发现了资本主义;而利奥塔为了提倡将一切话语进行区分,为了揭露独白话语统一性中的欺骗性,从话语领域的结合的虚伪性这一根本问题上发现了资本主义。"[1]但在如上两种解释模式中,"历史都充当了外加在理论结构上顺手捎带的轶事一样的装饰,而资本主义也不表现为一种复杂的社会经济的发展,而只是一种邪恶的哲学原则。"[2]也就是说,詹姆逊和后结构主义者都将复数的资本主义的"复数历史"化简为单一的资本主义大写"历史",这种做法抹杀了资本主义的矛盾性和复杂性。

以那种大写历史为参照,就将文学与历史之间复杂的动态关系界定为单

---

① ［美］格林布拉特:《通向一种文化诗学》,载张京媛主编:《新历史主义与文学批评》,北京大学出版社1993年版,第6页。

② ［美］格林布拉特:《通向一种文化诗学》,载张京媛主编:《新历史主义与文学批评》,北京大学出版社1993年版,第6页。

一固定的,而文化领域也就被单一化了。格氏则将文化领域看作矛盾的场所:一个资本主义得到巩固和受到挑战的地方;一个历史既得到揭示又得到生产的竞技场;一个被分割为既是自治的审美又是被意识形态所决定的地带。与之相应,一件艺术作品就既不只是一种整一的意识形态,也不完全是一种审美功能。

尽管在政治与诗学之间可以有区别,但格氏认为这种区分通常是一种动态"流通"(circulation)的结果,在这种流通中,文化界线通过"协商"(negotiation)和"交换"(exchange)的实践策略才得以产生。那么,是否仅仅是政治在产生和消解这些界线呢?他明确表示,不仅仅是政治,而是生产和消费的"整个结构"产生了疆域的确定和消解。就 80 年代中期的美国而言,这个结构"不仅是一个权力、意识形态的极端和军事黩武主义的结构,而且是包括我们自己构建的快感、娱乐、兴趣空间在内的结构。"①看来,文艺领域绝不是由人们设想出一种单一"历史"并以之为参照而"人为"划定的,它之所以在某个时期被划入"艺术"或"文学",是由包括人在内的"整个结构"所裁定的。

新历史主义的"结构"不是一般结构主义的静态自足的结构,而是动态的和充满矛盾的。在这个结构中,历史与文学相互转化,文化的各种界线不断划定和消除。用蒙特洛斯的话说,这个结构是"异质的、不稳定的、可渗透的和过程性的"②。因此,它并不是先于历史或超于历史的,而恰恰处在历史之中并通过历史才发生。当然,它也具有"结构"的一般特性:诸要素间的非因果关系和非等级制。这就是伽勒赫所概括的"把文学文本与非文学文本都当成是历史话语的构成成分",在追寻文本、话语、权力和主体性形成过程中的关系时,"不确定一个固定的因果等级秩序。"③也就是说,历史是由政治的、经济

---

① [美]格林布拉特:《通向一种文化诗学》,载张京媛主编:《新历史主义与文学批评》,北京大学出版社 1993 年版,第 10 页。

② Aram Veeser(ed.) ,*The New Historicism* ,London:Routledge,1989,p.22.

③ 中国社会科学院外国文学研究所《世界文论》编辑委员会编:《文艺学和新历史主义》,社会科学文献出版社 1993 年版,第 162 页。引文根据上下文将"目标与效果"改译为"因果"。

的、文化的、军事的等诸多力量构成的,其间并不具有因果等级关系。

历史话语与文学话语并不是后者"反映"前者,二者通常都是作为"整个结构"的社会文化话语转换和竞争的场地。格氏在《莎士比亚与驱魔师》中认为,通常被作为历史文本的哈斯奈特的《天主教会欺骗恶行纪实》与莎翁的戏剧一样,都是16世纪末17世纪初的英国为重新确立社会主导价值观念而进行的激烈斗争的一部分,《纪实》与莎剧之间可能是"相互借用"的,社会文化话语可能正是在包括"历史话语"和"文学话语"等在内的各种话语的流通中逐渐形成的。这种社会文化话语一旦形成,就成了塑造历史的能动力量。

总之,按照新历史主义的理解,历史作为社会能量或权力关系,不但体现和流通在各种历史文本中,也流通在其他各种文化形式中。我们以不同的文化形式建构的历史必然不是一种大写历史,而是小写的复述历史。任何一种大写历史都掩盖和抹杀了历史的复杂性和矛盾性。文学与历史之间的关系并不是单一固定的,历史的权力和能量就在包括文学文本在内的各种文本中流通,它在流通中既产生文学领域与其他领域的界线,也不断抹杀和重划这些界线。"这种存在于统一和区别、名称一律和各具其名、唯一真实和不同实体的无限区分之间摆动,一句话,在利奥塔和詹姆逊所阐述的两种资本主义之间摆动,已经成了一种关于美国日常行为的诗学。"①诗学的研究对象并非一个固定不变的"文学领域",而是对这些界线形成和消除过程的描述。这种批评即是其"文化诗学",是"对不同文化实践的集体制造过程的研究和对这些不同实践之间关系的调查。"②研究者指出,"在我们理解文学与其历史语境之间的关系问题上,新历史主义的主要贡献之一就是,认为文学与历史相互塑造,文

①　[美]格林布拉特:《通向一种文化诗学》,载张京媛主编:《新历史主义与文学批评》,北京大学出版社1993年版,第10页。

②　Stephen Greenblatt, *Shakespearean Negotiations*, Berkeley: University of California Press, 1988, p.5.

学与历史都参与到文化形成的动态交换之中。新历史主义解构了文学与其'背景'之间由来已久的界线。"①那么,在拆解了文学"前景"与历史"背景"之间的界线之后,文学在这"整个结构"中以什么方式存在呢?

二、存在方式:社会能量的流通交换

新历史主义将文学放在历史现实与意识形态的结合部和交汇处,并从这里观察历史事件如何被意识形态吸收理解以及既定的意识形态如何控制和把握着这一认识过程,特别重视文学文本如何参与形成现行的意识形态这一"逆向过程"。简言之,即"历史事件如何转化为文本,文本又如何转化为社会公众的普遍共识,亦即一般意识形态,而一般意识形态又如何转化为文学这样一个循环往复的过程。"②其所谓考察"与文学文本世界相对的社会存在以及文学文本之内的社会存在",③指的就是对两种不同社会存在相互交流、相互转化的复杂过程进行研究。理解新历史主义的关键就在于这个命题的后一点:文学究竟如何对意识形态起反作用? 为什么文学是形成意识形态的重要场所?

传统社会历史批评总是将世界分为历史现实和意识形态两部分,认为文学作为意识形态是对历史现实的(能动)"反映",这种"反映"又能反作用于历史现实。它在诗学领域里的代表即是"思辨历史诗学"(文学文本直接、如实地表述现实)和"批判历史诗学"(文学文本通过主体情感、心理和精神建构的方式表述现实)。传统的形式主义却走到了另一个极端("新批评"就认为文学作品作为自足自主的领域与历史现实是分离无涉的)。新历史主义则向如上两种文学观念同时发起挑战,认为历史现实与意识形态通常交叠纠缠在

---

① Jurgen Pieters (ed.), *Critical Self-fashioning*: *Stephen Greenblatt and the New Historicism*, Frankfurt am Main: Peter Lang, 1999, p.104.

② 盛宁:《新历史主义》,台湾扬智文化事业公司 1996 年版,第 29 页。

③ Stephen Greenblatt, *Renaissance Self-fashioning*, Chicago: The University of Chicago Press, 1980, p.5.

一起；历史经验不是艺术的原因，毋宁是，艺术与历史经验之间"互为因果"。在这种复杂互渗关系中，文学在历史现实中的存在方式就需要重新加以表述。它另辟蹊径，采用一些经济学术语（"流通""协商""交换"等）来对这种互渗关系加以说明，而作为这些术语之基础的是其"社会能量"（social energy）概念。这是新历史主义建立文学与社会历史之间新型关联并说明其文学存在方式的"轴心概念"之一。研究者指出，这是新历史主义"最富挑战性的概念之一。它被视为所有历史变革和文化发展的推动力。"[1]格林布拉特在《莎士比亚式的商讨》中辟专章对"社会能量的流通"做了理论说明。

格氏使用"社会能量"来说明文化产品和文化实践所具有的"激发心智和唤起情感"的力量。他将之界定为"自由流动的经验强度"，只有从它所产生和组织的经验才能判断出来，即只有从其踪迹中才能建构起来。社会能量的根源在于"修辞学而非物理学"，这意味着社会能量的栖息地是"符号性事物"和"社会性产品"。

在新历史主义看来，在历史现实与意识形态之间有一种普遍的社会能量在往返流通：从具体的社会事件到笼统的社会现实（某些词语的、听觉的和视觉的踪迹）都具有一种能量，它"具有产生、塑造和组织集体身心经验的力量"，"它与快感和兴趣的可重复的形式相连，能够唤起不安、痛苦、恐惧、心跳、怜悯、欢笑、紧张、慰藉和惊叹。"[2]剧院和文学艺术就是这种社会能量流通的一部分。一方面，这种能量或力量可以通过编码（encode）而进入文学艺术作品；另一方面，文学艺术作品又不停地释放发挥着它们的能量，对同代的或后代的读者观众产生影响，进而对社会现实发生作用。即是说，这种社会能量又通过文学艺术而发挥其意识形态功能。文学艺术既是社会能量的载体和流

---

① Jurgen Pieters（ed.），*Critical Self-fashioning*：*Stephen Greenblatt and the New Historicism*，Frankfurt am Main：Peter Lang，1999，p.222.

② Stephen Greenblatt，*Shakespearean Negotiations*，Berkeley：University of California Press，1988，p.6.

通场所，又是社会能量增殖的重要环节。社会能量在"流入"与"流出"文学作品的"流通"过程中实现其意识形态功能。"流通"不是单向的流动，而是双向的甚至多向的互动，有多种社会历史因素参与到流通之中；因而，社会能量的流通必然是各种社会历史因素之间的"协商"和"交换"。

"社会能量的流通"，就是社会上各种利益、势力、观念之间的互动。文学性文本只是社会能量流通中的一个环节，其他含有相同社会能量的非文学性文本的存在是文学性文本产生的前提。莎剧表现的是欧洲文艺复兴时期各种势力、利益和观念之间的关系。其他非文学文本中的社会能量"流"到莎剧中，剧本在戏院演出后，文学作品中的社会能量又通过观众"流"回社会。就像资本一样，能量流通的过程也是一个增殖过程。文学文本作为社会能量增殖的重要环节，强化既定的社会意识形态并帮助人们"认可"特定的权力关系。文学作品的产生和接受都与社会能量的运行相关。因此，"关于某一经典的定于一尊的解释，往往也是社会能量运行，社会权势、社会意识形态斗争的结果。"[①]

格氏认为"社会能量"无法直接定义，只能从其效果中间接辨识出来。"某些词语的、听觉的和视觉的踪迹具有产生、塑造和组织集体身心经验的力量，社会能量即从这种力量中显现出来。"[②]这种"社会能量"既是某种由社会所产生的东西，也是某种在有能力产生集体经验的踪迹中表现出来的东西。"它帮助生产那个它由以产生的社会。"[③]它总是往返穿行在社会现实与意识形态之间并对二者发挥双向塑造作用，而不是固定在某一点上。

"社会能量"与新历史主义的"权力"概念相似，二者都"无所不在"，"没有最初的源起"。但社会能量并不是一种"中心化"的力量，而是分散在整个

---

① 张宽：《后现代主义的小时尚：关于"新历史主义"的笔记》，《读书》1994年第9期。

② Stephen Greenblatt, *Shakespearean Negotiations*, Berkeley: University of California Press, 1988, p.6.

③ Brook Thomas, *The New Historicism and Other Old-fashioned Topics*, Princeton: Princeton University Press, 1991, p.185.

文化领域并栖息在各种社会关系之中的。这个术语有助于格氏避免"极权主义叙事",一定程度上可以防止新历史主义以"权力的宏大叙事代替进步的宏大叙事"①。社会能量不是单一连续的总体化体系,"而是片面的、零碎的、冲突的;诸要素是交叉的、撕裂的、重组的、互相对抗的;特定的社会实践被舞台放大,而其他的则被消除、抬高、疏散。那么,流通中的社会能量是什么呢? 权力、超凡能力(charisma)、性的兴奋、集体梦想、惊叹、欲望、焦虑、宗教畏惧、自由流动的强烈经验:某种意义上说,这个问题是荒谬的,因为社会所生产的所有东西者是可以流通的,除非它被有意排除出流通。"②这样,新历史主义原先所说的权力就不再是一个凌驾于一切之上的范畴,而变成一个由流通之中的许多社会能量碎片组成的东西了。社会能量是"集体的"而非"个人的",因为作为社会能量流通的重要载体的"语言"是集体而非个人创造的。从这种对"社会能量"的界定中,我们不难发现巴赫金"杂语"学说的印记。巴赫金即认为,"'语言共同体'事实上是由很多互相冲突的利害关系所组成的一个混合社会。"③

在格氏看来,社会能量的流通具有"共时的"与"历时的"两个相互关联的维度。在共时性维度上,他试图揭示"那种使艺术杰作赋有权力的隐而不彰的文化交易"④,即考察文学的快感和兴趣的集体生产过程,追问集体的经验和信念如何形成,如何从一种媒介转移到它种媒介并凝聚为审美形式供人消费;检查被理解为艺术的文化实践与其他相邻的表达形式之间的界线是如何划出的。"文艺的社会能量的流通依赖于将艺术实践与其他社会实践的分

---

① John Bronnigan, *New Historicism and Cultural Materialism*, London: Macmillan Press Ltd., 1998, p.205.

② Stephen Greenblatt, *Shakespearean Negotiations*, Berkeley: University of California Press, 1988, p.6.

③ [英]特雷·伊格尔顿:《二十世纪西方文学理论》,伍晓明译,陕西师范大学出版社 1987 年版,第 129 页。

④ Stephen Greenblatt, *Shakespearean Negotiations*, Berkeley: University of California Press, 1988, p.4.

离,这种分离是由持久的意识形态劳作即一种交互感应式的分类而产生的。即是说,艺术不只是存在于所有的文化中,艺术在既定的文化中是与其他产品、实践和话语一道被制造出来的。(在实践中,'制造'意味着继承、转换、改变、修正和再生产,而决不是'创造':通常,在文化中绝少纯粹的创造。)"①因此,在将某一文化产品是否划入文学艺术,这在根本上并不是由某个个人或文艺作品自身的形式结构所决定的,而是"持久的意识形态劳作"的结果。意识形态是"异质的、不稳定的、可渗透的和过程性的",它本身也受诸多社会历史因素的限制。在某个特定历史时期,正是作为意识形态国家机器的体制确定一件文化产品是否属于文学艺术。格氏说,"体制的即兴创作设计出特定剧作家的具体即兴创作。"②作家以为自己是在自由创作,但他创作什么和如何创作都受意识形态国家机器的限制,尽管这种限制人们通常感觉不到。而且,文学艺术又通过这种即兴创作而发挥意识形态功能。比如说,莎翁的表现手法不仅包括剧院作为一种体制于其中发挥作用的意识形态的限制,而且包括一整套已被接受的故事和文类期待,甚至莎翁自己早期的戏剧所建立的那些期待。总之,在共时性维度上,社会能量在各种文化形式之间流通,此即"社会能量的文化流通"。而新历史主义者"强烈感兴趣于追踪在文化中广泛流通的社会能量,它在边缘与中心之间往返流通,经过被指为艺术的领域与明显对艺术冷漠或敌对的领域,从底部挤压而上并改造那些被抬高了的领域的地位,又从上面向下面开拓殖民地。"③由这种追踪发现,社会能量流通不是一个圆圈循环,而是"一种螺旋式增殖过程,这使社会变革成为可能。"④拿戏剧来

① Stephen Greenblatt, *Shakespearean Negotiations*, Berkeley：University of California Press, 1988,p.13.

② Stephen Greenblatt, *Shakespearean Negotiations*, Berkeley：University of California Press, 1988,p.16.

③ Gallagher,C.& Greenblatt S.*Practicing New Historicism*, Chicago：The University of Chicago Press,2000,p.13.

④ Brook Thomas,*The New Historicism and Other Old-fashioned Topics*,Princeton：Princeton University Press,1991,p.184.

说,"每部戏剧都通过其表现手段而将社会能量的负荷带上舞台,反过来,舞台又修正这种能量并将它返回给观众。"①文学艺术在社会能量的流通中发挥着其意识形态功能,通过影响观众(读者)而"变革"了社会。社会能量在文学文本、社会意识形态和历史现实之间穿插交流,因而打通这三个领域的传统壁垒,使其间彼此影响相互塑造,并使文学成为影响历史塑造历史的能动力量。

在历时性维度上,格氏考察"死者留下的文学踪迹所赋有的将已逝生命传达给当代人的力量"。② 莎剧具有向我们说话的力量,原因不在于它具有不可变更的本质,而是"原初编码到其中的社会能量"使这些戏剧得以在不同时期的社会能量流通中不断转变和重塑自身。"过去与当下的关系本身是一种协商和交换,区别性的共时性生产使得这种协商和交换成为必要和可能。"③值得注意的是,格氏通常以共时性关系为基础来理解历时性关系。

莎翁是如何加入社会能量的流通的呢? 格氏发现,《暴风雨》中的凯列班仇视普洛斯佩罗并对后者持有的象征知识霸权的"书"满怀恐惧,希望烧掉。接着,格氏转述了一则故事:上世纪,比利时探险家 Stanley 去中非某处考察,一天突然被黑人包围。黑人要求他烧掉沿途所作的笔记,认定那本"书"会给他们带来灾难。他当然不会如此做,便做了一个骗局,摸出一本随身携带的封皮与其笔记相似的莎士比亚著作交给他们当众烧毁,平息了黑人的愤怒,给自己解了围,而黑人的颠覆活动也就这样被"包容"了。后来,笔记被带回比利时,欧洲人在笔记内容的引导下,在中美洲建立了惨无人道的殖民地。在格氏看来,莎士比亚就这样加入了社会能量的流通,加入了欧洲人对非洲的殖民活动。

---

① Stephen Greenblatt, *Shakespearean Negotiations*, Berkeley: University of California Press, 1988, p.14.

② Stephen Greenblatt, *Shakespearean Negotiations*, Berkeley: University of California Press, 1988, p.3.

③ Brook Thomas, *The New Historicism and Other Old-fashioned Topics*, Princeton: Princeton University Press, 1991, p.184.

"社会能量流通"观念改变了人们界定文学存在方式的传统途径以及思考作家、文本、读者的角度和方法。关于作家，格氏发现没有任何一种模仿可以离开交换。"交换"是模仿的基础，任何模仿都有社会能量的流通参与其中，因而既不是纯个人性的也不是纯客观的，而是包含了大量的社会历史因素。作家再也不是"独创性"的天才，作品是"集体"创作的。压根儿就没有一个"原初的创作时刻"，没有不受影响的纯粹创作行为，人们所能看到的只能是"一种微妙的、难以捉摸的交流过程，是一套贸易和交换的网络系统，是各种竞争性的表述和再现的你来我往，一种股份公司之间的谈判协商。"①当社会能量在文学作品与社会意识形态之间如此拉锯式穿梭时，作家仅仅是社会意志的代理人（agent）而非制造者（maker）。②

文本也并非因其具有"超历史"的内在形式结构才被认为是文学文本，而是在社会能量流通中文化边界的划定过程中确立的。新历史主义不相信文学作品有什么"原创性"，一切作品都是在其他作品之上的"再创作"。文学文本不是自我完足的，其中总是充满着断裂和非连续性，它们暗示着文本之外社会历史力量的存在。文学作品之所以在历史过程中被一代代读者所接受，并非因为它具有超历史的形式结构，而是因为它负载着一股社会能量，而这种社会能量在被接受过程中总是得到修正和改变。

读者的审美愉悦并非纯然超功利的，"观众的愉悦在某个重要的意义上是有用的。"③看戏的观众就不会酝酿反抗。读者阅读过程是意识形态发挥其功能的重要时刻，通过一种充满"愉悦"的接受过程，社会的它异因素和颠覆性力量被化解和"收编"（co-option）。

---

① Stephen Greenblatt, *Shakespearean Negotiations*, Berkeley: University of California Press, 1988, pp.6-7.

② Stephen Greenblatt, *Shakespearean Negotiations*, Berkeley: University of California Press, 1988, p.4.

③ Stephen Greenblatt, *Shakespearean Negotiations*, Berkeley: University of California Press, 1988, p.18.

总之,在新历史主义看来,文学就是以社会能量流通的形式和载体而存在的,它在其源起和流通交换过程中都与广泛的社会历史因素纠缠在一起。因此,当我们试图与古人对话时,我们听到的不是一种声音而是"多种声音",死者的言说就像我们自己的言说,并不是一种私有财产,而是流通交换的产物。

三、意识形态功能:颠覆与包容的辩证法

在如上对文学发生发展和存在方式论述的基础上,新历史主义是如何界定文学的意识形态功能的呢? 格林布拉特认为,"文学以三种相互锁联的方式在文化系统中发挥自己的功能:其一是作为特定作者的具体行为的体现;其二是作为文学自身对于构成行为规范的密码的表现;其三是作为对这些密码的反省观照。"①但是,他并不将阐释的意义仅限于作者的表现、社会规则的指令与反映以及行为密码的反省,而是看成这三个方面的相互结合,这主要通过文学的意识形态功能而体现出来。

这里首先应对其意识形态观念做一简单说明。新历史主义的意识形态观念与阿尔都塞有关。在后者看来,意识形态无所不在,它总是渗透和穿越文学;文学作为一种体制会让主体感觉到国家权力和意识形态是熟悉的和可接受的。按照他的观点,"文学被国家用来作为意识形态武器使用,作为一大批试图劝说操纵而非强制的隐喻来调动。"②这种观念通过福柯理论的中介而转变为新历史主义的文学功能论。福柯认为,尽管一个时代的话语实践规定并产生了某种行为,但是规定性的话语与人们的实际行为不会完全吻合;然而,占统治地位的话语能够有效地控制、同化和消解它异因素对它的威胁。

在此基础上,新历史主义对文学文本的具体分析大多集中在作为意识形

---

① Stephen Greenblatt, *Renaissance Self-fashioning*, Chicago: The University of Chicago Press, 1980, p.4.

② John Brannigan, *New Historicism and Cultural Materialism*, London: Macmillan Press Ltd., 1998, p.5.

态手段或产品的文本与既在社会秩序或权威的两种根本的关系形态即"巩固"和"破坏"上。但它并不把这两种关系简单地视为只与作者意图或作品效果有关的政治态度或素质，而是将把这两种关系当作"一个既在社会秩序维持其自身或遭到破坏的历史文化过程的一部分。"①它在具体分析中呈现出两种不同倾向：一是较多受福柯思想影响而侧重在主导意识形态对社会和文学中它异因素的同化、化解和利用以及后者对前者的非知觉性的配合作用；一是较多受马克思主义影响而侧重在文化产品对意识形态统治的必然破坏作用。这两种侧重虽有差异但互不排斥：控制的严密并不等于全无反抗的可能，反抗的可能也不等于控制的不严密。

关于文学的意识形态功能，新历史主义提出了颠覆（subversion）、包容（containment）和巩固（consolidation）的理论。被同时归入新历史主义和文化唯物主义的多利莫尔认为，"在唯物主义批评中，历史和文化进程主要表现为三个方面：巩固、颠覆和包容。巩固象征性地指依靠于统治秩序的意识形态手段企图使自己永存；颠覆指这一秩序的被颠覆；包容指明显的颠覆性压力被包容。"②巩固和包容密切联系在一起，包容是巩固的重要手段，巩固是包容的目的。所以新历史主义者主要使用颠覆和包容这两个悖论式的概念，并将这一理论主要用于对莎士比亚的批评分析。

格氏认为，莎剧主要地、而且反复地涉及颠覆和无序的产生以及对它们的包容。他在《看不见的子弹》一文中，运用这一观点对莎翁的历史剧《亨利四世》（上下）、《亨利五世》以及文艺复兴时期的一些历史文献进行了分析。他进而将颠覆和包容的过程划分为三种具体形式：试验、记录和解释。"试验"指"在非欧洲人，或更一般地说，在非文明人的精神或肉体上，对关于欧洲文

---

① 徐贲：《走向后现代与后殖民》，中国社会科学出版社1996年版，第60页。

② Jonathan Dollimore & Alan Sinfield（eds.），*Political Shakespeare*，Ithaca：Cornell University Press，1985，p.10.

化和信仰的起源与本质的假设进行试验。"①"记录"指"记录异己的声音,或者更精确地说,记录异己的解释。"②在《亨利四世》(上)中,它表现为记录那些没有权力留下他们的文字痕迹的人的声音,他们的声音通过福斯塔夫之口传达出来,而未来的国王哈尔则出于政治目的对他们进行了"包容"。"解释"指任何系统化的秩序及分配方法,在其运作过程中,特别是当它宣布自己的道德原则时,都不可避免地有揭示自己局限性的危险,这时它就需要进行自我解释。但是,"当一种安抚性地确立起来的意识形态面临异常环境,当权力的特定形式的道德价值不仅被假定而且需要解释的时候,对它的揭露就最为有力。"③解释常常是颠覆性的,它从一个侧面显示出权力运作的虚伪和狡诈。莎剧通过如上三种形式,揭示出统治权力起源于暴力和虚伪,因此它不断地唤起对权力的怀疑,具有强烈的颠覆性。但这种颠覆性又是权力本身所产生的,而权力正是建立在这种颠覆性基础之上的,它为了自身的需要不断地制造出颠覆性,又不断进行包容,从而巩固自己的统治。

　　格氏还分析了莎剧的演出形式本身所具有的意识形态功能,认为文艺复兴时期戏剧演出形式同样具有对权力的颠覆因素的包容。伊丽莎白女王是一个"没有常设军队,没有高度发达的官僚体制,没有广泛的警察力量的统治者,她的权力是由戏剧中对王室荣誉的赞美,以及对这一荣誉的敌人施加的暴力构成的。"④在戏剧演出时,王室的权力获得了一种特殊的可视性,观众在适当的距离观看这一权力威严的存在,自然会对它产生尊崇。

　　总之,格林布拉特在颠覆与包容的二项对立之中为文艺复兴文本的解释

---

① Stephen Greenblatt, *Shakespearean Negotiations*, Berkeley: University of California Press, 1988, p.28.

② Stephen Greenblatt, *Shakespearean Negotiations*, Berkeley: University of California Press, 1988, p.35.

③ Stephen Greenblatt, *Shakespearean Negotiations*, Berkeley: University of California Press, 1988, p.38.

④ Stephen Greenblatt, *Shakespearean Negotiations*, Berkeley: University of California Press, 1988, p.64.

提供了一种新模式，它可以帮助人们认清一种显然是颠覆性的文学艺术是如何参与当时的意识形态建构的。但格林布拉特所理解的颠覆和包容又与马克思主义的阶级斗争学说相去甚远。他所看到的文艺复兴时期的历史，甚至整个英国历史，都不是马克思所预见的那种一个阶级推翻另一个阶级的历史。在他看来，包容（即社会秩序的稳定）是一个绝对因素，而颠覆却只是一些不会触动现存社会体制前提下的歧见或异议而已；"包容"是如此有效，以至社会的许可和监督机器都不被直接采用。他甚至宣布，"明显的颠覆生产……正是权力的条件"。① 权力需要有颠覆存在，否则，它就没有机会来宣布自己合法并使自己作为权力为人所见。格氏的这种观念与福柯的权力观念十分相似。福柯曾宣称，"权力无所不在，不是因为它包含一切，而是因为它来自一切地方"。福柯认为权力是肯定性的，它生产自己的对象。主体并没有既成的身份，主体通过参与话语实践而使其自身被生产出来。"在权力与抵抗之间并不是一种简单对立关系，其间有各种竞争性力量在运行。"②按照福柯的理论，颠覆就通常是权力生产出来以证明自身存在的东西，因此，颠覆通常总是被包容。我们必须对这种观点保持警惕：既然如此，那格氏的批评实践又有什么用呢？

格氏如上观点一出，即在唯物主义批评中引起了激烈争论。争论激发了富有成果的探索，同时又令人沮丧。富有成果，是因为它将长期以来被认为外于文学批评的问题变成了文学批评的焦点；令人丧气的是，颠覆与包容概念本身及其间关系、它们与权力及意识形态的关系都未得到"明确说明"。其实，格氏的这两个术语也应该得到"历史化"。研究者指出，联系格氏所处的历史语境来看，他的"包容模式"是"冷战修辞，而且更重要的是，它是社会病理学

---

① Stephen Greenblatt, *Shakespearean Negotiations*, Berkeley：University of California Press, 1988, p.65.

② Claire Colebrook, *New Literary Histories*, Manchester：Manchester University Press, 1997, p.203.

话语,这种话语活跃了 20 世纪功能主义人类学和社会学。"①

当然,在新历史主义阵营内部,人们也不尽同意格氏的这一观点。多利莫尔反驳道:"虽然颠覆确实可能被权力为自身的目的所'挪用',但颠覆性一旦产生,就既可以为权力所用,也可以用来反对权力。"权力的确可以改造和挪用颠覆性,但反过来,文化中的"从属的、边缘的、持异议的成分也可以挪用统治话语并在这一过程中改造它们。"②多利莫尔明显地希望从更乐观的角度去理解"颠覆性"。蒙特洛斯也反对格氏的这一"对立模式",认为它过于简约,截然对立,缺少生机与活力。他指出,笼统地谈论颠覆与包容是不够的。应该看到,主流意识形态仍然要受到各种具体情况(职业的、阶级的、个人利益的、市场消费的、文化媒介的,等等)的限制和影响。因此,应该强调一种更为松动多样的、更具渗透性的和更重视过程性的意识形态概念。我们前文指出过,格氏的"社会能量"概念一定程度上可以防止他对意识形态的这种单一化处理。他后来也声明,"我并不认为所有文学(或所有莎剧)中抵抗的所有表现都被收编——人们可以主张戏剧中意识形态包容力量的破裂。"③

尽管在新历史主义内部存在着"包容论"和"颠覆论"之争,但并非争论作为术语的"颠覆"和"包容",而是争论在特定历史时刻中它们之间的比率。如果把两个对立方面结合起来,我们就会发现,不论其意识形态分析侧重哪个方面,都贯穿着一个基本思想:每一种占统治地位的文化都包含着对其核心价值的否定,这种否定体现为对潜在对立格局和边缘价值的默许。在占统治地位的文化和它异因素之间不是单纯的对抗关系,而是被新历史主义批评所揭示的"极复杂的支持、破坏和利用化解过程的不断交错和演化。文化统治不是

---

①　Jurgen Pieters (ed.), *Critical Self-fashioning*: *Stephen Greenblatt and the New Historicism*, Frankfurt am Main:Peter Lang,1999,p.151.

②　Jonathan Dollimore & Alan Sinfield(eds.), *Political Shakespeare*, Ithaca: Cornell University Press,1985,p.12.

③　Kiernan Ryan(ed.), *New Historicism and Cultural Materialism*: *a Reader*, London: Arnold, 1996,p.56.

一个静止状态,它是一个过程,一个不断有争夺,不断需要更新的过程。"①新历史主义对权力的复杂性的强调是值得肯定的。

新历史主义的这种政治化批评也带来了严重后果。它忽视了文学的具体性、生动性和复杂性。研究者指出,它最大的问题在于"它坚持一个凌驾于一切之上的权力的无所不在和不可避免,致使它很少能注意到历史的具体性和复杂性。"②其解读文本的方法一旦形成程式,就必然限制意义的多种可能性,限制批评对于文本的关注。

值得注意,新历史主义批评是"双重政治性的,它们不仅仅对它们所选的文本的政治动机感兴趣,而且,它们本身所产生的文本也是具有政治的利害关系的,而一般说来又对此毫不隐讳——在这一方面它又与旧历史主义形成鲜明对照。"③他们在提取文化文本进行分析时经常反身自问:在大量文化文本踪迹中,哪些是对他们自己和对当时的人有意义的,哪些是最值得追求的。在其批评中,文学作品的意义与批评家的理论之间的界线变得模糊化,这标志着新历史主义的批评在很大程度上是一种"当代史"。诚如研究者指出的,在新历史主义那里,"如果文艺复兴是资本主义和现代性的开始,那么,任何对文艺复兴的批评阅读就也是一种对当下的批判(和认同)。"④

那么,他们为什么要宣布自己的批评没有"任何政治动机"呢? 这与它和逝者进行"多重对话"的愿望有关。格氏表示,当他与古人对话时,"如果我想听到一种声音,我就得听到死者的许多声音。"⑤这是说,过去是"多重音的"

---

① 徐贲:《新历史主义批评和文艺复兴文学研究》,《文艺研究》1993 年第 3 期。

② John Bronnigan, *New Historicism and Cultural Materialism*, London: Macmillan Press Ltd., 1998, p.9.

③ [美]菲尔皮林:《"文化诗学"与"文化唯物主义":文艺复兴研究中的两种新历史主义》,载王逢振主编:《2000 年度新译西方文论选》,漓江出版社 2001 年版,第 201 页。

④ Claire Colebrook, *New Literary Histories*, Manchester: Manchester University Press, 1997, p.200.

⑤ Stephen Greenblatt, *Shakespearean Negotiations*, Berkeley: University of California Press, 1988, p.20.

或"多声部的"。对过去的政治批评也是多样化的,不该将批评者固定在某个政治立场上。从这个意义上说,他是"没有任何政治动机",因为他并不胶着于某个单一的政治"声音",而希望听到"多种声音"。这与它对待"意识形态批判"的态度是一致的。它从马克思主义那里借鉴了"解神秘化的、批判式的甚至逆向式的"批评方法,但对马克思主义的核心概念(基础与上层建筑、或缘之而来的阶级意识)并不认同。但它意识到了包括历史表述在内的任何表述都总是政治社会行为。

因此,新历史主义所说的"没有任何政治动机",主要是指摆脱马克思主义的政治观点和意识形态理论。这既是其理论的特色所在,也是其阿喀琉斯之踵。就后一方面而言,它在摆脱马克思主义的历史唯物主义方法的同时,丧失了从物质层面和实践角度改造世界的根本要求,也丧失了真正改造历史的物质性依托。批评家科恩指出,新历史主义应该看作是左翼人文主义者幻灭的产物,它总是关注国家权力,但在这些激进批判之后却又持一种清静无为的态度。

从一般意义上说,在对"颠覆"与"包容"的不同侧重上,可以见出英国的文化唯物主义与美国的新历史主义之间的区别。后者相信颠覆总是被生产出来而包容在文本之内,而文化唯物主义则更积极地相信,即使在颠覆被包容的地方,其踪迹还是保留下来,这使得"持有异议"的批评家得以表达这种颠覆,由此得以对主流文化归入这种颠覆的意义进行竞争。我们认为,正确的理解,应该是将这两种态度结合起来。新历史主义对文艺复兴时期文学重新发生兴趣并力图重新加以阐释,这与他们感到有必要重新认识现状和自身处境密切相关。因此,他们不可避免地在进行当下语境与历史语境之间的多重辩证对话,这种对话当然是对既往"历史"的一种"颠覆",这种"阅读的政治与政治的阅读"具有一定的颠覆性,是一种认识的革新。但是,这种颠覆对现行政治究竟有多大效力,恐怕不只是一个理论问题,而更是一个实践问题。新历史主义以其自身20年的发展史向人们证实了这一点,那些一开始气势逼人的文学批评最终被资本主义意识形态"包容"而渐渐失去了其批判锋芒,大部分新历史主义者也都走上了学术正统的位子,变成了大学体制内的既得利益者而被"包容"了。

新历史主义自身的发展史进一步昭示,颠覆与包容之间的关系是异常复杂的,颠覆应该是策略性的,为颠覆的颠覆是没有前途的;通过颠覆历史而颠覆现实的做法,其效用也是值得怀疑的。因此,在这个问题上,新历史主义在一定程度上可以作为反面教材,让人们认识到理论的颠覆必须与实践的颠覆相结合才是有前途的,才能对现存秩序有所触动和改造。研究者指出,"新历史观"即使再具革命性,"仍然是被学术机构所约束,无法真正推翻或甚至于震撼社会文化。"①因此,我们要谨防它沦为无谓的专业化的学术活动,变成古代文化剧的"戏中戏"。新历史主义一方面实行着学术颠覆,一方面又声称这种颠覆的不可能性,揭示颠覆与包容之间关系的复杂性,其悲观态度是否正源于它无能撼动资本主义"经济基础"的现实处境呢?

第二节　历史性与主体：作家观念

文学活动是一种主体性实践,离不开作者主体和读者主体的参与。主体性问题是文学理论的一般课题,任何批评流派都必须在主体性问题上选择立场。许多现代理论都关乎属性、主体或自我的作用。

主体和自我的问题十分复杂。理论家卡勒指出,关于这个题目的现代思考有两个基本问题。"首先,这个自我是先天给定的还是后天所造? 第二,应该从个人的还是社会的角度去理解自我?"②这两个问题又引出了现代思想的四条轴线。第一种选择先天给定和个人角度,把自我、"我"作为内在的、与众

---

① 廖炳惠:《形式与意识形态》,联经出版事业公司1990年版,第229页。
② ［美］乔纳森·卡勒:《当代学术入门:文学理论》,李平译,辽宁教育出版社1998年版,第113页。

不同的事物对待,认为它先于它所从事的行为,一切都是对它的表达;第二种把先天给定与社会角度结合起来,强调自我是由出身和社会因素共同决定的,主体或自我的性别、种族和国别等都是被赋予的基本事实;第三种把个人和后天所造结合起来,强调自我的不断变化的本性,它通过独特的行为而成为自己;第四种是社会和后天所造的结合,强调自我通过所占据的各种主体地位而成为"我"。

在文学研究中占主导地位的现代传统一直把个人的个性看作先天给定的东西,看成一个由文字和行为表述的内核,因此可以用来解释行为。这就确认了主体的先在性。与之相应,近代以来的主流观点多从个人角度去理解自我,认为资本主义的个人的出现引起了资本主义制度的发生。换言之,近代传统的理论总是不同程度地属于前三种,不同程度地强调了"先天"与"个人"。自20世纪60年代以来,理论批评越来越多地倾向于第四种,认为自我是社会与后天所造的结合,强调占据"主体位置"对自我形成的重要性。在主体的能动性与屈从性之间,人们日益强调后者之于"自我"的不可或缺性。其实,英文词"主体"(subject)已经概括了主体性理论的关键:"主体是一个角色,或者是一个能动作用、一个自由的主观意志,它做事情,就像'一句话里的主语一样'。但是一个主体同时也是一个'服从体'。"近来的理论日益强调,"要做主体就是要做各种制度的服从体"。[1] 换言之,屈从性是主体性不可或缺的组成部分。这样就突出了主体性的"历史性"。新历史主义属于这个总体趋势。

福柯是近来的这种总体趋势的代表。他认为,思维和行动的可能性是主体不能控制、甚至不能理解的一系列机制所决定的,主体因无法成为发生学意义上的可靠源头而丧失了作为起源性的资格。主体消解在欲望、语言、行为规则和话语运用之中。文学总是关乎话语的,文学理论对主体问题的研究,自然就演化为对话语在自我形成中作用的讨论。话语是再现了先在的个人属性还

---

① ［美］乔纳森·卡勒:《当代学术入门:文学理论》,李平译,辽宁教育出版社 1998 年版,第 115 页。

是创造了属性呢？这个问题一直是当代理论的中心议题。福柯显然是将主体的属性作为一种被制造的、被生成的结果而重新构想的，他排斥那种将自我作为基础的和固定不变的属性的假设。"作家的死亡"（巴尔特）和"主体的消失"（福柯）是其理论的进一步推衍。这种主体观念引起了理论研究对"身体"的关注。伊格尔顿指出，"在后现代主义时期，人们对主体的思考已经让位于对身体的关注。身体既是一种激进政治学说必不可少的深化，又是一种对它们的大规模替代。"①当然，后现代意义的身体并非人本主义意义的身体，它从作为"主体"的身体转向了作为"客体"的身体。因此，似乎可以说，在主体性问题上，当代理论强调了"主体的消失"和"身体的凸显"。

但是，诚如我们前文所指出的，尽管福柯有取消主体性的危险，但他并不是要将主体问题"抹杀"。他表示自己是"重新考察主体的特权"，"主体不应该被完全放弃"。② 他在宣布"人的消失"后，很快就从试图摆脱人转为对"自我的关怀"。沃特斯指出，"后结构主义解构自我的努力其实只是一枚硬币的一面，另一面所显示的却是探求主体性的本质的强烈愿望。主体理论构成现代思想领域里最基本的东西。"③从这个意义上说，福柯及大部分后现代理论家是"反主体的主体论者"。当然，问题的关键不在于福柯依然是个主体论者，而在于福柯改变了人们思考主体的方式。在福柯看来，尽管主体是由话语所造就的，但这并不是在两个相互分离的领域中一个对于另一个的"决定"，而是主体始终处于话语之中。话语理论的方法论意义就在于：主体不能在话语之外思想和行动。处在话语之中的主体，并不是一个稳定的、同质的静态存在，而始终处于建构和解构的动态过程中。这样，福柯一定程度上超越了主客分离二元对立的思维方式。这对当代主体理论中产生了有力影响。

---

① ［英］特里·伊格尔顿：《后现代主义的幻象》，华明译，商务印书馆 2000 年版，第 82 页。

② 王逢振等编：《最新西方文论选》，漓江出版社 1991 年版，第 458 页。

③ ［美］林赛·沃特斯：《美学权威主义批判》，昂智慧译，北京大学出版社 2000 年版，第 15 页。

处于这种总体氛围中的新历史主义,对这种主体观念作出了积极回应。其代表人物宣称,他们的文学史研究"从对历史现象的唯物主义解释转向了对人类身体和人类主体之历史的调查"。① 他们坚持认为权力并不等同于经济或国家政治权力,因而它的活动场所以及抵抗的战场,都恰恰位于"日常生活的微观政治学"之中,而进入这个领域也就深入到"社会改造的最深层、最少被质问怀疑、同时又是最难接近的领域:即关于我们自身作为性别主体的改造。"②新历史主义的"自我塑造"学说,不但体现了它对主体及身体问题的关切,也突出了主体的非稳定性、非同质性以及可塑性。

新历史主义的主体观念中吸收了诸多流派的思想,并主要通过其作家观显示出来。它主要体现在两个方面:在社会历史结构中,作家主体是能动体与屈从体之间的交互动态过程;在文学活动中,作家主体通常是作为群体的"商讨者"。这种作家观将主体作为历史性的现象重新构想,改变了考察主体的传统思维路线,超越了模仿论与表现论对于主体的简单化处理,突出了作家主体活动的复杂性、动态性和过程性。下面分别予以说明。

一、主体是能动体与屈从体的交互动态过程

新历史主义与福柯一样,将主体作为社会历史权力结构的结果来对待。格林布拉特表示,"在我的全部文本和资料中,我所能说的就是:没有什么纯粹的时刻和没有约束的客观性,确实,人类主体本身开始似乎就是非常不自由的,不过是特定社会中权力关系的思想意识的产物。"③当然,这种观点并不能显示新历史主义的特殊之处。所谓"旧历史主义",从赫尔德有机论到丹纳机

① Gallagher,C.& Greenblatt,S.*Practicing New Historicism*,Chicago:The University of Chicago Press,2000,p.17.

② 中国社会科学院外国文学研究所《世界文论》编辑委员会编:《文艺学和新历史主义》,社会科学文献出版社 1993 年版,第 169 页。

③ Stephen Greenblatt, *Renaissance Self-fashioning*, Chicago:The University of Chicago Press,1980,p.256.

械论的历史主义，从一般唯物论到"庸俗马克思主义"的历史主义，它们都不承认主体对历史环境能够自由选择和自由创造。林特利查指出，"历史主义，无论新旧，都会用其首要的、反人文主义的假设去代替唯心主义的原发性自我，这些假设认为所有文化和社会现象，特别是自我，如像自然现象一样都必须被理解为是由因果关系的专横体现者（文化传统、各种机构、种族、民族、性别关系、经济和物质环境、权力的分配）所造成的。"①那么，新历史主义之于"旧"历史主义，又"新"在何处呢？

关于这一点，我们应联系新历史主义的文学观来理解。在文学观上，它虽认为文学终究要受到社会权力结构的制约，但不认为文学与社会结构之间是两极相抗、二元对立的，而认为其间彼此渗透、相互依存、双向建构。这同样体现在主体与社会权力结构的关系上。对此，蒙特洛斯有明确阐述，"主体这个术语意指主体实现的多义过程。一方面是使个体成为意识的所有者和行为的发动者——即赋予他们主体性和能动性；另一方面把他们安放、行动和压制在——使他们屈从于——社会网络和文化符码之中，这些网络和符码是根本超出他们的控制的。"②新历史主义强调的是主体的能动性与屈从性的内在统一。

当然，新历史主义的这种主体观念，仍然与所谓"旧"历史主义对自由人文主义的批判相关联，尤其与语言论转向中的各种流派对旧历史主义的改造相联系。17世纪以来的自由人文主义者和后来的浪漫主义者都把一个"大写的人"视为文学最本源的动因，把"人"摆在先于社会、超于社会和凌驾于历史之上的位置。马克思主义经典作家在批判这种超验唯心论主体学说时指出，"人们自己创造自己的历史，但是他们并不是随心所欲地创造，并不是在他们自己选定的条件下创造，而是在直接碰到的、既定的、从过去承继下来的条件

---

① 张京媛主编：《新历史主义与文学批评》，北京大学出版社1993年版，第145页。

② Aram Veeser(ed.)，*New Historicism*，London：Routledge，1989，p.21.

下创造。"①一切社会文化现象,尤其是人的自我,必须置于不以人的意志为转移的因果关系链中加以理解。马克思指出,"人的本质,不是单个人所固有的抽象物,在其现实性上,它是一切社会关系的总和。"②这里马克思特别强调了人作为主体的屈从性,但马克思只是在"现实性"上说的,并不是一个关于人的完整定义。在人的"理想性"方面,马克思也强调指出"人始终是主体"。③但包括新历史主义在内的当代西方理论大多倾向于将马克思主义主体论曲解为"社会经济决定论"。它们认定马克思主义的主体是由经济力量所决定了的"稳定的""同一的"主体。而新历史主义认为,人天生是一种"未完成的动物",上帝将人创造了一半就让人上路了,人必须从上帝手中接过自我这个"半成品"进行"自我塑造"。马克思主义历史理论认为,从封建社会向资本主义过渡是以资产阶级个人的"崛起"为标志的,相应的文学理论即强调文学是对这种个人的反映或表达。新历史主义则认为,并不是先有了资产阶级的个人然后才有了资本主义,而毋宁是,"个人"与资本主义是同时被话语建构起来的。他们"并不接受那种个人'突现'的观念,而是力求显示历史变化中的矛盾和裂隙。"④他们要在历史裂隙中发现主体自我建构和解构的微妙过程。在《文艺复兴自我塑造》中,格林布拉特通过对摩尔的研究发现,在文艺复兴的文本中,关于自我有两种相互冲突的观念:一是个人是真正的个体的本质;一是个体是社会的表演。格氏并不将新生的个人主义看作是文本反映的对象,而是揭示出文本本身在个人的形成中所扮演的重要角色。他指出,自我塑造是诗性的或文学性的,个体不是"突然出现"于资本主义纪元。关于自我的各种观念需要被设计出来并进行争论。文学不是"揭示出"这种争论,而毋宁

---

① 《马克思恩格斯选集》第 1 卷,人民出版社 2012 年版,第 669 页。
② 《马克思恩格斯选集》第 1 卷,人民出版社 2012 年版,第 139 页。
③ 《马克思恩格斯全集》第 3 卷,人民出版社 2002 年版,第 310 页。
④ Claire Colebrook, *New Literary Histories*, Manchester：Manchester University Press, 1997, p.198.

是,不同的表演、作品和剧场化"生产出"自我。自我是在与权力之间进行的压抑和颠覆、控制和反控制的谈判和周旋活动中逐渐塑造出来的。这方面新历史主义主要受了福柯的影响。批评家林特利查不无见地地指出,新历史主义理论是"对一种明显的马克思主义观点的福柯式转换"①。

福柯在强调人作为社会结构的"结果"这一点上,与马克思主义的历史主义具有同样的诉求。其"主体消失说"和"作家—作用说"也都强调了这种观念。按照一般理解,福柯已经直接而完全地摆脱了主体这一观念:不再有作者,不再有名家全集,也不再有主体的创造性。其实,福柯所预言即将"消失"的人,无非是近代人文主义话语所建构的"大写的人"。事实上主体依然存在,只是他那无限权威的统一性受到了质疑。福柯主要发挥了阿尔都塞的主体性观念。后者认为,主体不是统一的、个性化的和独立自持的,而是非同质的和矛盾的,并且会随着不同的环境和条件不断发生变化;人们依赖语言和意识形态而成为文化的"主体"。人成为主体即意味着由文化所建构。福柯所说的"主体的消失",就是指由近代自由人文主义建构的"主体"观念的解构和重构。

尽管受福柯学说影响的新历史主义与马克思主义具有某种精神祈向上的一致性,但其间的分歧在两个基本方面十分明显:一是主体屈从性的程度;二是造成屈从性的原因。在前一个方面,新历史主义认为,主体的建构和解构双向推进同时发生、不断往复无限展开;因此,主体不是稳定的和同一的。伽勒赫说,新历史主义的"批评努力一直是要追溯现代主体性在人们试图获得稳定主体的必要失败过程中经历的创造"②。因此,格氏认为"阐释工作应当较多地关心某一社会中的成员在经验中所应用的阐释性构造,而不是去研究习

---

① 张京媛主编:《新历史主义与文学批评》,北京大学出版社 1993 年版,第 151 页。
② 中国社会科学院外国文学研究所《世界文论》编辑委员会编:《文艺学和新历史主义》,社会科学文献出版社 1993 年版,第 176 页。

俗与机构的制动关系。"①在他们看来,作者的文本"创造"活动正是作者"构造"主体又不断失败,不断失败又不断重构的活动。艺术是一番商讨以后的产物,艺术家需要创造出一种"通货"。这个商讨过程"不仅包含了占为己有的过程,也包含着交易的过程"②。这句话需要从作家主体性的建构方面去理解。作家在与社会文化进行交易的过程中,"占有"自己的本质,塑造并获得自己的主体地位。然而,"占为己有的行为必须被看作不仅总是包含了自我表现和汲取,而且也包含了通过具体化和剥夺而造成的异化"。作家主体性的获得和丧失是一枚硬币的两面。这样,新历史主义就将"能动体"与"屈从体"同时整合在自己的"主体性"观念中,并将人的"屈从性"转换为人不断进行自我塑造的动力源泉。同时也就将主体的建构和塑造过程延伸到了文学文本的生产进程,将后结构主义的作家主体观念纳入了自己的理论框架中(因为后结构主义强调了作家主体在话语实践过程中被话语构造的方面)。

　　在第二个问题上,新历史主义者用福柯的"权力"及"话语实践"置换了马克思主义的"经济、阶级"等因素。与某些马克思主义批评家不同,他们"没有重新获得一套关于阶级冲突的历史元叙事",而是认为"权力并不等同于经济或国家政治权力,因而它的活动场所,以及抵抗的战场,都恰恰位于日常生活的微观政治学之中。"③权力总是通过话语实践而体现出来,因此"自我塑造"也发生在话语实践中。马克思主义主义认为,自我塑造必然发生在人们改造世界的物质实践领域。而新历史主义则认为,"自我塑造通常是,尽管不全是,在语言中进行的。"④它特别强调各种话语在自我塑造中的巨大作用。新

---

① Stephen Greenblatt, *Renaissance Self-fashioning*, Chicago：The University of Chicago Press, 1980, p.4.

② 中国社会科学院外国文学研究所《世界文论》编辑委员会编:《文艺学和新历史主义》,社会科学文献出版社 1993 年版,第 138 页。

③ 中国社会科学院外国文学研究所《世界文论》编辑委员会编:《文艺学和新历史主义》,社会科学文献出版社 1993 年版,第 169 页。

④ Stephen Greenblatt, *Renaissance Self-fashioning*, Chicago：The University of Chicago Press, 1980, p.9.

历史主义通过对"语言"的强调而将对一般主体塑造问题的探讨变成了对作家主体的讨论。当然，其"语言"实际上是福柯意义上的"话语"。我们前文指出，话语的意义就在于人不能在话语之外进行思想，话语不是普通的事物，人处在话语之中而无法将它充分对象化。因此，当新历史主义将其他理论中物质性的决定因素置换成话语实践时，它某种意义上摆脱了"主客对立"的思维方式。同时，由于它在各种话语之间并不确立因果等级关系，所以文学话语由先前"反映"其他（历史）话语的被动者变成了话语系统中的主动参与者，这也相应地强调了作家主体的能动性。

当然，新历史主义并非全盘接受福柯的学说。福柯以否定的方式揭示出，自我主体不是突然出现就稳定下来一成不变的，它是在各种话语不断的构造和解构中产生的。新历史主义沿着这种思路将作家主体重新纳入自己的理论视野之内：不承认作家主体具有固定不变的绝对权威，但又不像福柯那样承认它可以被"悬置"（如其《知识考古学》所显示的）；话语并不能脱离主体，作家仍然是话语实践活动的主体，但这种主体在话语实践过程中得到不断的建构和解构。这样，新历史主义历史诗学就消解了近代以来自由人文主义的主体性观念，重构了作家主体的新形象。它一反浪漫主义和现实主义思考作家的思维路线，认为作家主体不是一个先于文学活动的、本原性的、既成的主体事实，而是一个通过文艺活动的文化赋予和自我塑造，是解构和建构的同时展开。作家在文学活动中是赋有各自历史性的商讨主体，而不是纯粹的"反映者"或"创造者"。作家对权力话语的"能动"颠覆和对权力话语的被动"屈从"（即颠覆被包容）同时并存于作家的主体性之中。

总之，新历史主义的这种对主体能动性和屈从性动态过程的研究，一定程度上改变了人们思考作家主体的思维路线。传统的文学理论在作家观方面有一个大致趋同的看法：作家是一种既成的、稳定的、同一的主体事实，作家主体在进入写作之前就已经作为行动者被建构起来了。这种业已存在的作家主

体,要么像一般现实主义所理解的那样,是由各种社会、历史和文化环境决定
的;要么像普通浪漫主义所主张的那样,是天赋神授的"天才"。

与"语言论转向"联袂而行的各种形式主义、结构主义和后结构主义文学
理论的崛起,使创造的特权逐渐向文本和文本的结构过程位移,并最终从方法
论上改变了考察作家主体的思维路线。自艾略特在《传统与个人才能》中倡
导"非个人化"开始,经由新批评的"意图谬误"说、结构主义的"主体离心"说
等学说,作家主体性始而被削弱,终而遭到"理论谋杀"。作家似乎已被降解
为语言文本自行结构过程的功能性"作用",作家是在文学活动中被逆向建构
起来的。从积极方面看,这种做法否定了人的"超历史的"本质,从而有可能
将人本质的任何方面都看成是话语和社会过程的产物。

在方法论层面,如上两种作家观尖锐对峙、锋芒相向:前者在"作家→文
本"的关系中强调前一项对后一项的决定作用和本源功能(虽然现实主义
文学理论认为作家的本源可进一步推到历史文化环境,但作家是文本创造
者的信念并未动摇);后者则在"作家←文本"的关系中强调后一项对前一
项的决定作用和本源功能。这两种作家观作为人文主义和科学主义两大思
潮在文艺学领域的缩影进行了长期的对峙和斗争。20 世纪后半叶以来,两
派之间彼此亲和的趋势越来越明显。斗争为新的同一创造了条件。新历史
主义所谓的"沦陷为自己所揭露的实践的牺牲品",实际上正是文学理论的
"共成模仿"现象,是分享、吸收和同化对手的意识和见解,从而使自身得到
充实、改造和发展。当然,亲和倾向尚无法引申出一个整合与超越二者的合
理基础,新历史主义的崛起某种意义上完成了这种基础性转换。它将作家
与文本置放在文化历史的沃野上,强调作家与文本的双向交互建构:一方
面,作家主体通过生产和"商讨"活动而建构出文本;另一方面,文本在被建
构的过程中也在改变、塑造和建构作家主体。作家主体与文本客体的建构
同时发生、比肩而行,共同参与文化历史的创构过程,同时也被文化历史所
塑造。

二、作家是作为群体的"商讨者"和"交换者"

指出作家主体在社会历史结构中是"能动体与屈从体交互建构的动态过程"，这仍然是一个总体定位。那么，在具体的文学活动中，作家又是什么呢？

总体看来，新历史主义认为作家是一个或一群（通常是一群）商讨者（ne-gotiators）。他们与历史文化展开全方位的商讨和交换活动，从而生产出文学活动的通货。格氏强调，"艺术是一番商讨以后的产物，商讨的一方是一个或一群作者，他们掌握了一套复杂的、人所公认的创作成规，另一方则是社会机制和实践。为了使商讨达成协议，艺术家需要创造出一种在有意义的、互利的交易中得到承认的通货。有必要指出，这里不仅包含了占为己有的过程，也包含着交易的过程"①。这是新历史主义对文学活动中作家的具体定位，这段话需要从作家主体性方面去理解。这里涉及如下几个基本问题：作家应该从个人还是从社会群体的角度去把握？"商讨"与模仿和表现之间是一种什么关系？作家作为商讨者的特殊性在哪里？

（一）作家应该从群体方面去把握

关于作家应该从个人还是从群体角度去把握的问题，历史来也是理论争论的一个焦点。自由人文主义者一般总是倾向于前者，认为作家个人在文学活动中处于创造性的时刻，其作品则是原创性的；而历史主义者一般倾向于后者，认为作品某种程度上是一种群体性的制造。丹纳在《英国文学史》中认为，文学并非"仅仅是想象力的游戏"，也非"一个发热的头脑在与世隔绝的状态中捉摸不定的冲动"。他在《艺术哲学》中强调，一部艺术杰作中总是回荡着多种声音，当作品作者说话时，有许多作家的声音在背后嗡嗡作响，只是作者的声音掩盖了他们的声音。丹纳显然是从作家的社会历史性方面强调其"群体性"方面的。而后结构主义则基于其"文本间性"思想，也得出了近似

---

① 中国社会科学院外国文学研究所《世界文论》编辑委员会编：《文艺学和新历史主义》，社会科学文献出版社 1993 年版，第 138 页。

的结论:既然任何文本都是其他文本的组合、镶嵌和回响,那么,任何文本也就都不可避免地是群体制造的过程和结果(尽管它强调的是文本自身的衍生组合)。

在对作家群体性的强调上,新历史主义显然与历史主义和后结构主义的理论传统密切相关。格林布拉特在《莎士比亚式的商讨》一书的"鸣谢辞"中表示,"不管作品如何强烈地带有个体创造智慧和个人迷恋的标志,艺术作品都是集体商讨和交换的产物。批评著作何以要有所不同呢?"①格氏曾经试图将艺术作品定位为"整体艺术家"与"整体化的社会"之间的相遇,但他在研究中发现,"没有一个个体,即使最杰出的个人,是自我完足的",而所谓某个时代背后的"统一性",似乎是用种种充满焦虑的修辞掩盖"裂隙、冲突和非一致性的企图"。② "自我完足性"设定与"社会统一性"设定是内在关联着的。这里我们主要讨论新历史主义对自我完足性设定的破除。

格氏发现,如果说文艺复兴作家自身表达了某种欲望的话,那这种欲望本身是由相互矛盾的动机所建构的。文学文本也不是"单一的"权力的代言者,"文本自身"并不是意义的容器,文本是体制和意识形态竞争的战场。因此,他主张探求那些隐蔽的文化交易,正是这些交易赋予艺术杰作以力量。应该通过对文学愉悦和兴趣的"集体生产"过程的调查来研究文学。他说,在某个层面上,我们清楚地知道"艺术名家的力量主要是一种集体意图,是千千万万个主体的欲望、快乐和热烈情绪的符号体现,是对由依赖性和恐惧所织成的复杂网络的体制化表达,是社会意志的代理者(agent)而非制造者(maker)。"③就戏剧来说,戏剧显然是一种"集体意图"的产物;可以在某个时刻由某个独

---

① Stephen Greenblatt, *Shakespearean Negotiations*, Berkeley: University of California Press, 1988, p.vii.

② Stephen Greenblatt, *Shakespearean Negotiations*, Berkeley: University of California Press, 1988, p.2.

③ Stephen Greenblatt, *Shakespearean Negotiations*, Berkeley: University of California Press, 1988, p.4.

立的个人将脚本台词写在纸面上，但这决不是说戏剧的其他环节可以忽略不计。在戏剧表演时演员遗忘台词或含糊其辞、丑角的即兴表演、观众的介入与否，这些都将一种非确定性和偶然性带入戏剧，从而改写了脚本。况且，细究起来，写作的时刻也是一个社会性时刻，所有写作者都依赖于集体性的文类、叙述类型以及语言成规；而戏剧语言又具有"开放性"和"杂语性"，其中宗教圣言与市井粗话、规范语言与家常言谈经常杂糅在一起。戏剧虽被认为与"外部世界"相互分离，但其间是彼此渗透的。戏剧显然是向"集体性"的观众说话，离不开公众的参与。新历史主义重在追问"集体信念和集体经验的形成，以及它从一种媒介向另一种媒介转移、凝聚于可操作的审美形式并提供给消费的过程。"①说到底，格氏所提倡的"文化诗学"，也是对不同文化实践的"集体制造"过程的研究，是对这些文化实践之间关系的调查。

这样，我们看到，格林布拉特给个体作家安放了一个"集体性"或"群体性"的基础。在此基础上，作家就既不像在传统观念中那样，与生活中的具体事件和艺术作品形式"直接统一"；也不像在结构主义及后结构主义观念中那样，与生活和艺术形式"无指涉性"；而是，作家个人通过作家群体的中介与社会生活和艺术形式"间接"关联。

（二）商讨与交换是模仿和表现的基础

关于这一特点，格氏首先以否定的方式指出，"不能诉诸天才并以之为艺术杰作之能量的唯一源泉；没有无动机的创造；没有超验的或无时间性的或不变的表述；没有自足的艺术品；没有无（行为'由之'和'为之'的）起源和客体对象的表达；没有脱离社会能量的艺术；没有社会能量的自发性生产。"②这些否定面合并起来，就构成了对传统的模仿说和表现论的全面破除，或者说，构

---

① Stephen Greenblatt, *Shakespearean Negotiations*, Berkeley: University of California Press, 1988, p.5.

② Stephen Greenblatt, *Shakespearean Negotiations*, Berkeley: University of California Press, 1988, p.12.

成了对模仿说和表现论的基础性置换。格氏认为,模仿通常伴随着——通常也产生于——商讨和交换;交换的代理者可以表现为(通常艺术家也被想象为孤独的)个体,"但那些个体自身也是集体交换的产物。"①因此,模仿应该在流通交换的基础上加以理解。

商讨和交换是对社会能量流通过程的描述。社会能量通过舞台的流通不是一个单一连贯的总体系统,它是局部的、破碎的、相互冲突的,在此过程中各种要素被打碎重组,某些社会实践得到放大而另一些则遭到消除和疏散。这是一个群体的、动态的、多向度的复杂交换过程。批评家不能直接接近这个过程,因为"并没有一个纯净的时刻,从此时能量得到传递,流通进程开始。"②这样一种没有明确开始和终结的能量交换过程,是艺术家无以"模仿"的,也不是艺术家的"表现"能够涵盖的。而如果说艺术家的活动中也包含着"模仿"和"表现"的因素,那也只能在流通和交换的基础上进行。在这个基础上,与其说艺术家在模仿或表现,不如说他在谈判和商讨。

(三) 作家主体是商讨者

我们在讨论文学本质功能的部分已说明了作为新历史主义的"轴心概念"的"社会能量流通"。就其作家主体观念而言,"商讨"更是一个关键概念。格氏不但将艺术界定为作家群体与社会机制和实践之间"商讨"的结果,而且索性将自己研究莎士比亚的著作定名为《莎士比亚式的商讨》,认为莎翁是通过"商讨"而完成其剧作的。他在书中认为"商讨"概念是对传统现实主义和浪漫主义艺术观念的双重扬弃。他指出,"不能诉诸天才,以之为艺术能量的唯一源泉";但也"没有无动机的创造"。这两句话可以对勘发明。前一句针对的是浪漫派的作家观念,即将天才推为艺术的本源的观念;后一句针对的是

---

① Stephen Greenblatt, *Shakespearean Negotiations*, Berkeley: University of California Press, 1988, p.12.

② Stephen Greenblatt, *Shakespearean Negotiations*, Berkeley: University of California Press, 1988, p.20.

再现说的作家观,尤其是现实主义的"客观反映论"。二句相合,又是对"作家死亡"论的某种扬弃。不论是模仿还是表现,都是"商讨和交换"的产物。这样,在他看来,商讨关系是主体与社会文化、艺术家与艺术文本之间的根本关系,这也是文学理论关于作家主体的重新定位。在他看来,艺术家是商讨者(negotiators)。

"商讨"这个词包含着协商、谈判、传达、调解、融合等意义,新历史主义用它来表明不同范畴中的主体在社会关系、文化网络所起的沟通、调节、中介作用,发挥这些作用的主体主要是指作家(通常也用于文学本身、戏剧演出或剧中人物等)。对创作主体而言,"商讨"包含着一整套操作程序,研究者指出,它主要有三个方面:①将自己从社会生活直接获得的或是通过流通从其他人那里获得的各种经验材料调和起来;将自己的创作活动同当时社会的政治权力和文化规约的总体状况调和起来;将自己的作品同读者或观众的审美趣味或爱好调和起来。通过这些不同层次的协调活动,最终将各种材料组合成一个艺术作品。其实,商讨又何止于"三个方面"。值得注意,格氏使用的"商讨"的英文词通常是作为"复数"出现的,这说明,在他看来商讨是一个讨价还价、你来我往的无限往复过程;而且,作家从社会或流通中"获得"材料的过程也并不是单向的"攫取"而是双向的讨价还价;即使在作品完成之后,它加入流通过程也还是一个商讨过程。因此,与"作家群体"观念相应,"商讨"也不是就单个作家而言的,也不是就文学活动的某个阶段而言的,它是一个贯穿文学活动始终的基础性概念。

社会能量流通中的商讨甚至没有开始和终结。格氏指出,"如果有人像我一样想重建这些商讨,他会梦想发现一个原创性的时刻,在这个时刻艺术能手将凝聚性的社会能量构筑成崇高的审美客体。但这种追问是徒劳的,因为

---

① 参见杨正润:《主体的定位与协合功能》,《文艺理论与批评》1994 年第 4 期。

没有一个原创性的时刻,也没有纯自由的创造行为。"①在这种情况下,作家就应该机智地、策略性地选择自己的位置并发挥自己的主体性,以保证商讨活动和自我塑造过程的连续进行。

作家作为商讨者并不排斥他(们)作为阐释者的身份。格氏认为,当代理论必须重新选位:"不是在阐释之外,而是在谈判(商讨)和交易的隐秘处。"②作家与批评家就是这种阐释者。作家屹立于当代而阐释历史,立足于自身而阐释文化,在文学文本的生产过程中阐释历史文化,塑造自己的主体地位,获得生存意义。这使得作家能够在共时性与历时性相结合的链条上建构和解构自我,从而实现自我主体、文学文本和文化历史的同步构建。这种建构是对对象和自我展开双向辩证的批判,而不是对它们进行认可。

格氏指出,"如果文化诗学意识到它作为阐释者的地位,一个人在这种阐释工作中是不可能遗忘自己所处的历史环境的:我的这本书清晰表明,我针对自己的材料提出的问题,事实上这些材料的性质,统统都受到我向自己提问的支配。"③阐释是作家主体自我塑造的必由之路。作家不能脱离他所处身的社会历史环境即其自身的"历史性",也没有不受作家主体心灵浸染的纯客观的事实。作家的主体性也就只有在这种复杂的阐释活动中,在这种浸透作者主体力量的文本生产活动中生长出来。批评也就既不在于否认所有戏剧与社会生活的联系,也不是去肯定后者是超出阐释之外的"事物本身"。

作家总是投身于社会能量流通的复杂性中,并通过历史文化的中介现实地塑造作家的主体性。阐释者基于自身的历史性与历史文化展开"主体间"的对话。新历史主义的历史"对话"并不是抹杀差异的对话,而是一种"多重

---

① Stephen Greenblatt, *Shakespearean Negotiations*, Berkeley: University of California Press, 1988, p.7.

② 张京媛主编:《新历史主义与文学批评》,北京大学出版社 1993 年版,第 15 页。

③ Stephen Greenblatt, *Renaissance Self-fashioning*, Chicago: The University of Chicago Press, 1980, p.5.

音"的对话。格氏表示，他总是持有与逝者说话的愿望，但是人们错误地以为他会听到逝者"单一的"声音，"如果我想听到一种声音，我不得不听逝者的多种声音。如果我想听到他者的声音，我不得不听到我自己的声音。死者的言说就像我自己的言说，并非是私有财产。"①新历史主义的阐释并不是"内向的"和私人化的，而是不可避免地加入到社会能量流通交换和协商谈判之中。

总之，新历史主义对作家主体性及主体的历史性问题作出了可贵的探索。这种探索将作家主体性问题的复杂性和社会历史性揭示出来了。它将作家看成社会历史结构中能动性与屈从性之间的交互作用的动态存在，一定程度上破除了二元对立的传统思维方式，改变了思考作家的思维路线；它将作家看成文学活动中的商讨者，强调作家群体在文本生产过程的协商合作，对传统的再现论和表现论进行了基础性置换。但是，它对作家主体性问题始终缺乏集中、明晰的理论表述；而且，其主体塑造过程主要局限于语言之中，始终与真正的社会历史实践隔着一层。在我看来，如此定位作家，对作家的"创造性"或者"生产性"强调不够。纵然艺术"生产"离不开"流通交换"，但强调作家在这个过程中的"创造性"是必要的；即使作家主要是一个商讨者，但在商讨过程中也应该有作家发挥其创造才智的余地。既然新历史主义已经认识到理论批评不仅是"描述性"的，更是"范导性"的，那么，它就应该"引导"作家积极发挥其创造性。这样，才可能有文学文化佳作产生。新历史主义深刻地洞察到"流通交换"对"文学本质"的制约，但也存在着以"流通"代替"生产"的危险。

第三节　历史性与文本：文本理论

在历史诗学的理论坐标上，"历史—作品（文本事件）"的关联问题是一个基本问题。后一项不仅是有待涉入的被动客体，选择客体的哪个层面作为批

---

① Stephen Greenblatt, *Shakespearean Negotiations*, Chicago: The University of California Press, 1988, p.20.

评对象也是批评方法的有机组成部分。对于新历史主义来说，"作品（文本事件）"不仅是一个考察对象和作品序列的代名词，而且具有根本的方法论意义。其作品（文本）理论包括相互关联的四个方面：在对象层面，它从"作品"转向"文本"；在方法层面，它将文本看成网状结构过程；在观念层面，它认为文本是话语事件；在文本存在方式上，它认为文本"振摆式"存在。这些方面结合起来，又突出了文本的历史性。

一、对象：从"作品"到"文本"

传统理论在文学批评对象上有一个大致趋同的看法：文学作品是一个相对完足的实体性存在，它本身具有相对独立和稳定的特性和价值。20世纪后半叶以来，这种观念受到了质疑并最终走向瓦解。格林布拉特指出，80年代以来，文学研究实践的"地图绘制"聚焦于对其对象的重新构想。"曾经被设想为'作品'（work）的东西现在在大多数文学研究中被解释成'文本'（text），批评焦点从所指对象的形式转向了意义形成过程，这给其他许多广为接受的解释成规带来了问题。"[①]文学理论惯常以为个体文学作者是在与历史和社会隔离的境地辛勤创作具有个人艺术真实性的作品。但是，这种"写作场景"近来被描述为一种解释学"虚构"（一种批评建构），部分地用来使某种阅读现代作品的方式合法化而使其他方式不合法。那么，艺术作品可以从其他文本中孤立出来吗？阅读、解释和批评是被动的、次等的活动吗？适应文学研究的分析模式不能用于解释非文学的文化形式吗？文本与语境之间的区分可以保持下去以保护"文学"理解的"完整性"吗？以往的理论都"假定"了对这些问题的肯定答案。新历史主义的批评对象也从"作品"转向"文本"，自然要追问这类"假设"的合法性。

当新历史主义沉思"文本"时，这个20世纪诗学的关键概念已然承载了

---

① Greenblatt, S.& Gunn, G.(eds.), *Redrawing the Boundaries*, New York: The Modern Language Association of America, 1992, p.3.

太多的理论负荷。一是在历史实证主义方法中,作品文本的历史性虽被认为是必不可少的条件,但研究者的历史性却要求完全沉没于他的"客观性",这种研究方法将文学作品看成了"历史文献"①。这是新历史主义不能认同的。二是虽已失势但仍盘根错节的"新批评"把文本主要看作自足的"单个作品",视之为与作者意图、读者接受和社会环境无涉的、孤立自持的纯粹形式和"超历史的纪念碑"。新历史主义者在这种形式主义文本理论中泡大,痛切感受到它的偏狭性。三是结构主义符号学将文本主要理解为"作品序列"的深层"结构",视为能指与所指的完整统一,但忽略了其中的个性、差异性、非中心性以及社会历史具体性,这也是新历史主义需要加以批判的。四是阐释学和接受反应理论将文本主要理解为"召唤结构",它虽具有基于个体自我阐释的非确定性和开放性,但与具体历史如政治、权力和文化仍旧关联无多,这也是新历史主义所不能认同的。五是后结构主义者德里达和巴尔特等人把文本视为能指碎片或能指游戏,认定文本之外别无一物,这固然可以纠正结构主义僵化机械的整体观和中心观,却仍以牺牲"确定意义"和"历史内容"为代价。

在上述这些理论主张中,新批评、结构主义和德里达后结构主义都明确排斥作品的"历史性"。但理论学说的效应经常与主张者意图不一致。我们发现,尽管这些文本理论断然排拒历史,但它们都或大或小地开放着一个朝向历史的窗口,因此"历史"的幽灵总是挥之不去。新批评认为文学作品可以将一个日益意识形态化的世界中的教条信念暂时悬搁不问,但作品似乎仍以某种方式谈论它"之外"的现实;况且,新批评培育了一种操作性极强的作品细读式形式批评方法,用之于"历史文化文本"批评并非全无可能(新历史主义就大量借用其方法)。结构主义在推开历史和所指物时,也"使人们彻底意识到符号的历史可变性。这样结构主义也许可以加入它在开始时所

① ［荷］佛克马、［荷］易布思:《二十世纪文学理论》,林书武译,生活·读书·新知三联书店 1988 年版,第 153 页。

抛弃的历史。"①而且,作品非透明性和建构性的观念一旦用于文本,则文本自身就成了某种不可抹杀的能动存在,这会克服再现论与表现论文本观的诸多不足。

尽管从结构主义向后结构主义的转变同样是在形式主义内部进行的,但这是(如巴尔特所说)部分地是从"作品"转到"文本",从视小说和诗歌为具有确定意义的封闭实体,转向视它们为一个不能被固定到单一中心、本质或意义上去的能指游戏。文本不同于作品结构,"与其说文本是一个结构,不如说它是一个开放的'结构'过程,而进行这种结构工作的正是批评。"②"文本"可以将批评的"历史性"纳入其中。进而言之,在后结构主义那里,那个无远弗届的动态文本走出象牙之塔而"占领"了历史并按自己的形象"改写"了历史。这样,后结构主义在其"文本主义"立场上将文本与"历史"关联起来了。应该说,这既是一种"占领",也是文本向历史的开放和历史向文本的渗透。尽管后结构主义仍然是脱离历史的形式主义方法,但其文本非确定性和开放性观念使根深蒂固的形式主义文本大厦开始摇晃,从而为引入一种历史视界打开了豁口。而一旦将历史视界输入,就有可能既走出旧历史主义的困境,又冲破传统形式主义的语言牢笼。因此,格林布拉特等人迎纳了这种文本观,并将之作为其文学批评的工作平台。从这个意义上说,正是排拒历史的后结构主义成了新历史主义的武库。

事实上,后结构主义者德里达等人执着于语言中心论和符号差异分析而否定"历史"的文本观念,受到来自外部和内部的双重挑战。外部挑战主要是新马克思主义主义,阿尔都塞及马歇雷等人在吸收结构主义思想的基础上强调文本与意识形态和社会物质再生产的关联。格林布拉特曾一度"喜欢"这

---

① ［英］特雷·伊格尔顿:《二十世纪西方文学理论》,伍晓明译,陕西师范大学出版社 1987年版,第 155 页。

② ［英］特雷·伊格尔顿:《二十世纪西方文学理论》,伍晓明译,陕西师范大学出版社 1987年版,第 153 页。

种观点而在它与后结构主义之间徘徊不定,但又对他们将权力和性等问题未放到支配地位表示不满。这时,从后结构主义内部杀出的福柯学说为新历史主义文本理论提供了理论依据。

福柯将文本放在话语活动中去考察,这引起了文本观念从"语言"向"话语"的转移,也使作品变成了与历史语境相关联的具体文本。在这种"话语转向"过程中,巴赫金基于话语对话性、多声部性、多语杂语性和历史具体性而对"抽象的客观主义"和"个人主义的主观主义"语言学的批判,①也产生了极大的推动作用。作为话语活动的文本总是与具体的社会历史相关联。尤为重要的是,在福柯那里,话语始终与权力相结合,权力又总是通过话语而运作。话语并不是静止封闭的,它作为历史具体的实践总是植根于社会制度之中并受其制约。通过对话语的实践性和历史性的强调,福柯将德里达无远弗届的普遍文本与无处不在的权力关系结合在具体文本之中了。这种文本观念成了新历史主义文本理论的基础。蒙特洛斯认为,文本是权力运行的场所,是历史现实与意识形态的发生交汇的"作用力场",是"不同意见和兴趣的交锋场所",是"传统和反传统势力发生碰撞的地方",是历史现实得以现形的所在。② 它是负载着种种矛盾和价值的历史性存在。那么,新历史主义的文本究竟是什么呢? 它在方法论层面有何特点?

二、方法:文本作为"网状结构(过程)"

建立在叙事历史诗学观念之上的新历史主义,将文本、表述及话语等选为考察分析的焦点和重点,其"作品"则主要建立在后结构主义文本观念之上。后者以"文本""文本性""文本间性"所织成的"文本网络"代替"作品"而作为考察的立足点。这样,"历史"与"文本"就是一种"你中有我,

① [俄]巴赫金:《马克思主义语言哲学的道路》,载张杰选:《巴赫金集》,上海远东出版社1998年版,第191页。

② Aram Veeser(ed.),*The New Historicism*,London:Routledge,1989,p.16.

我中有你"①的亦此亦彼关系，因此，追问"文本"就必须与追问"文本的历史性"联袂而行。

　　关于作品文本问题，传统理论有一个大致趋同的看法：文本是对符号设计的固定安排，它某种程度上独立于时间和空间；这些文本被认为是那些在时间空间上与文本生产者相分离的人能够接近的。② 长期以来，人们对这样的文本概念深信不疑。接受反应理论和后结构主义使文本在时间空间上的相对独立性变成一桩成问题的事情。我们知道，文本一旦形成，它就与日常谈话的语境分离了，这样文本就面临着被无限阅读的可能性。因此文本"构成了一种新的间距"，间距"对于作为书写的文本的现象具有建设性"，③间距的不可抹杀性使人们再也无法回到文本创造者的思想、文本的原初指称和语境。当代理论克服间距的努力，使文本从两方面丧失了独立性而走向开放的"文本间性"，这就是接受反应理论和后结构主义理论。④ 在接受反应理论看来，由于带有不同"期待视野"的读者源源不断的阅读活动，文本在不断的"语境化"过程中发生着变化，因此几乎不存在那种"符号设计的固定安排"；即使伊瑟尔的大体稳定的"召唤结构"，也会在阅读活动中发生变异。这样，接受反应理论就至少部分地取消了单个作品的独立意义。而在后结构主义看来，由于文本可以独自衍生和开拓自己的语境，因此，单个文本总是处在"解语境化"过程中，它既没有什么"固定安排"，也非人们能够直接"接近"。并不是文本独立于时间和空间，而毋宁是文本"占领"了时间和空间。如上两种理论在文本非确定性和开放性问题上得出了同样的结论：文本是一个动态存在，文本从未彻底独立于时间和空间。新历史主义承继了这种文本动态性、开放性的观念。

---

　　① ［法］保罗·利科尔：《解释学与人文科学》，陶远华、袁耀东等译，河北人民出版社 1987年版，第 300 页。

　　② Jeremy Hawthorn，*Cunning Passages*，London：Arnold，1996，p.11.

　　③ ［法］保罗·利科尔：《解释学与人文科学》，陶远华、袁耀东等译，河北人民出版社 1987年版，第 143 页。

　　④ John Frow，*Marxism and Literary History*，Oxford：Basil Blackwell Ltd.，1986，pp.125-127.

后结构主义认为，文本不是一个固定结构，而是一个结构过程。但这个结构过程并不是我们日常理解的那种"线性运动"，而是一个"网状结构过程"。它没有起源也没有尊卑贵贱秩序。伊格尔顿在讨论后结构主义时指出，"认为历史或语言只是简单的直线发展的理论都忽略了我一直在描述的符号的网状复杂性。""后结构主义用'文本'一词表示的，正是这种网状复杂性。"①其"文本性"和"文本间性"（互文性）是对这种结构的描述。它认为，首先存在着一种文本性，亦即文本的生产性，这个范畴是指文本作为意义的载体是多重的、多义的和不确定的。但文本的这种生产性不是封闭的和自为的，而是处在与其他文本的交互关系中。克里斯蒂娃指出："文本是生产性的，首先，这意味着文本与深蕴其中的语言之关系是重新组合的（破坏性的——建设性的），因而可以通过逻辑范畴而非语言学范畴来更好地探究；其次，这也意味着这种关系是诸文本的置换，亦即互文性：在特定的范围内，一些源于其他文本的话语彼此交叉和抵消。"②这就是说，任何一个单独的文本都是处在与其他文本相互交汇的关系之中，并通过这种关系来体现文本的语义学特征。任何文本都是其他诸文本的复合体的吸收与转化。这当然并不是说一切作品都是由其他文学作品织成的，它们都带着其他作品"影响"的痕迹；而是"从一个根本意义上说的，即每一个词汇、短语或作品片断都是先于或环绕这一个别作品的其他写作物的重造。没有文学'独创性'，没有'第一部'文学作品：全部文学都是互文的。"③因此，一部特定文本没有明确规定的边界。巴尔特认为，每个文本都是"进入具有上千入口的网状结构的一个通道；进入这一通道的目的……在于一种（源于其他文本和代码的各片断和声音的）透视，其消失点不

①　［英］特雷·伊格尔顿：《二十世纪西方文学理论》，伍晓明译，陕西师范大学出版社 1987 年版，第 145 页。

②　Richter, D.H. (ed.) , *Critical Tradition* , New York：St.Martin，1989，p.989.

③　［英］特雷·伊格尔顿：《二十世纪西方文学理论》，伍晓明译，陕西师范大学出版社 1987 年版，第 145 页。

停地返回着,神秘地开放着。"①即每一文本在发送自己的信息的同时,总是参照、指涉和提示着其他文本。进入文本,同时也就进入了一个复杂的各种文本交融汇通的"网状结构"。

必须注意,后结构主义的这种文本网络主要是一个其大无外的共时结构过程,它既不是"历时性"的,也不是"历史性"的。从某种意义上说,这主要是一个平面化的文本网络。它参照共时语言学模式,主要在文本层面(不管关涉多少文本)展开,未能突破文本主义牢笼而指向文本之外的历史现实。对这种文本间的"秘响旁通"(刘勰:《文心雕龙·隐秀》),叶维廉有通俗的解释:"打开一本书,接触一篇文,其他书的另一些篇章,古代的、近代的、甚至异国的,都同时打开,同时呈现在脑海里,在那里颤然欲语。"②值得强调的是,这种文本间的穿行回响,应该从方法论的高度进行理解。

对新历史主义来说,后结构主义的文本观念首先意味着一种方法论:对特定文本的解读必须要把它放到同其他文本甚至非文学文本的关联域中。新历史主义虽输入历史视野而改造了这种文本网络思想(某种意义上使其从平面的变成立体的),但仍以这种"文本网络"方法来考察历史。其批评总是"将一部作品从孤零零的文本分析中解放出来,将其置于同时代的社会惯例和话语实践关系中,通过文本与社会语境,文本与其他文本的'互文本'关系,构成新的文学研究范式或文学研究的新方法论"。③ 这正是所谓"文化诗学"的研究构想,诚如蒙特洛斯所说,它对"文本与文本之间的轴线进行了调整,以一种整个文化系统的共时性的文本取代了原先自足独立的文学史的那种历时性的文本。"④

---

① 　[法]罗兰·巴特:《S/Z》,屠友祥译,上海人民出版社 2000 年版,第 12 页。
② 　叶维廉:《中国诗学》,生活·读书·新知三联书店 1992 年版,第 65 页。
③ 　王岳川:《历史与文本的张力结构》,《人文杂志》1999 年第 4 期。
④ 　转引自盛宁:《人文困惑与反思:西方后现代主义思潮批判》,生活·读书·新知三联书店 1997 年版,第 156 页。

新历史主义"文本的无边界性"（无经典与非经典、高雅与通俗、异史与正史的界线）、"深层跨学科性"（文本可超越学科界线和专业限制而并置关联）、"无所不在性"和"动态开放性"等观念，都与后结构主义的文本网络思想相关。因此，从文本观的方法层面看，可以说，新历史主义对后结构主义的批判只是一个"口号"，前者的成功恰恰是后者的一个胜利。这是我们讨论新历史主义文本观念的一个认识基础。

文本作为网络结构过程的观念包含了新历史主义批评方法的胚芽。比如，在文学与历史的根本关系上，新历史主义所带来的基本变化在于："从将历史事实简单地运用于文学文本的方法论转变为，对话语参与建构和持存权力结构的诸层面进行错综复杂的理解。"①它打破了文学与历史之间简单化的二元区分而在它们之间开辟出一种复杂的对话关联。文本本身的跨学科性和文化文本间性，使新历史主义的跨学科研究和文化研究成为必然。这可以解释为什么它要"从对'艺术'的讨论转向对'表述'的讨论"，②因为表述可以走出传统"艺术"的学科封锁；由于文本的"无边界性"和"非等级制"（新历史主义并不像一般后结构主义那样将文学文本作为其他文本的楷模），新历史主义在研究文学时常常通过法律、医学和刑事的档案、逸闻逸事、旅行记录、民族志和人类学叙述以及文学文本来构筑文学的历史语境，这导致了新历史主义批评方法上的"逸事主义"。

关于"非等级制"，伽勒赫认为，新历史主义者"在追寻文本、话语、权力和主体性形成过程中的关系时，他们一般并不确定因果关系的僵硬等级制。"③格氏也认为，艺术文本与非艺术文本之间并无因果等级关系，艺术文本表述虽

---

① John Brannigan, *New Historicism and Cultural Materialism*, London: Macmillan Press Ltd., 1998, p.81.

② Gallagher, C.& Greenblatt, S. *Practicing New Historicism*, Chicago: The University of Chicago Press, 2000, p.17.

③ 中国社会科学院外国文学研究所《世界文论》编辑委员会编：《文艺学和新历史主义》，社会科学文献出版社 1993 年版，第 162 页。

有很大力量,但其他非艺术文本也具有"堪与媲美的力量",他试图"解除艺术文本的特权"(de-privilege)。当然,不在各种文本之间确立因果等级关系,并不意味着其批评在各种文本之间不做选择。事实上,他们通常选择"一小部分"具有共鸣性的文本并将之视为各种文化力量的交汇点。而这些文本对他们的意义并不在于他们可以由此看到潜在的或先在的"历史原则",而在于解释这些符号结构与作家及更大的社会世界之间的"相互作用"①。看来,尽管新历史主义认同文本的"无等差性",但它关注的既不是结构主义的"潜在原则",也不是后结构主义的"文本间性",而是调查世界的社会存在对于文学的影响以及文学文本中的社会存在。

总之,后结构主义的文本网络思想,认定所有文本间都存在着互文性关联。新历史主义将这种观念用于历史文本,认为历史文本是一种"文化文本间性"存在(在文化系统中各种历史力量之间并非单向的、决定论的因果关系,而是互文性的多重关联)。历史非借助这种文本网络而不能接近,而人们所能接近的"历史"又必然表现为这种文本网络。研究者指出,在新历史主义那里,"作为文本的历史是符号性的而非实在性的,差异性的而非同一性的,支离破碎的而非整体性的。这等于是用文化或文学'符码'去取代更基本的政治、社会、性别等'符码'。"②这样,它就把所有"历史"都置放在"文化文本"的工作平台上去解释了。这是我们理解新历史主义"历史的文本性"的一个基础。

三、观念:文本作为"话语事件"

后结构主义的文本网络总体上是二维的和平面化的,新历史主义则力图在文本网络与历史现实关联起来而使之成为三维立体的网状结构。其基本方

---

① Stephen Greenblatt, *Renaissance Self-fashioning*, Chicago:The University of Chicago Press, 1980,p.6.

② 王一川:《后结构历史主义诗学》,《外国文学评论》1993 年第 3 期。

法就是将文本理解为一种有历史质量的"话语事件"（discursive event）。它认为，文本因折射了历史文化氛围而成为社会能量的载体，社会能量即通过不同的文本进行"流通"。在社会能量流通中，社会上各种利益、势力和观念之间产生相互作用。作为事件的文本即是这种相互作用的场所。历史和文本不能被分割为两个相互独立的领域。文学文本本来就是历史的一部分，如果说社会和文化生活的其他方面是文学文本的"背景"，那么文学文本也应是它们的背景。文学批评家的任务不是消除文学的文本性，而是"从文本性去重新看待一切社会现象，以便认识它们的无确解性、因其与意识形态的联系而必然具有的武断性，以及对各种文化影响渗透的吸纳性。"①这样，它就将文本本身看成了一种社会历史"事件"。

自古以来，各种文学理论除了认为文本具有稳定性之外，还认为它具有某种"自然性"和"透明性"。因此，传统理论都把文本看作"开向事物或心灵的一扇透明窗户。它本身完全是中性的，没有任何色彩。"②但是，结构主义和后结构主义终止了这种天真的幻觉。结构主义认为，文本在"再现"和"表达"时，也以姿态表明它自己的物质存在。语言符号自身的能产性表明，文本在"表述"和"反映"外在现实时也"构造"了它。在后结构主义看来，文本完全"笼罩"了现实，人们被文本笼罩起来而与现实无法直接关涉。这两种理论已经将文本上升为一种具有建构性和能动性的、结构语言学意义上的"事件"，但文本仍以某种特殊的方式与历史文化本身相互隔绝。然而，正是在此基础上的"历史转向"和"文化转向"，使文本成为一种历史文化"事件"。

在某种意义上说，文本是"话语"的集积。利科尔认为，"话语是作为一个事件而被给予的：当某人说话时某事发生了。作为事件的话语概念，在我们考

---

① 徐贲：《新历史主义批评和文艺复兴文学研究》，《文艺研究》1993 年第 3 期。

② ［英］特雷·伊格尔顿：《二十世纪西方文学理论》，伍晓明译，陕西师范大学出版社 1987 年版，第 149 页。

虑从语言或符号的语言学向话语或信息的语言学的过渡是具有本质性意义的。"①"事件"意味着,话语是一种说话的事件,它是瞬时和当下发生的,而语言学的体系却在时间之外。说话的事件包括说话人、听话人、指称物和语境,它是瞬时的交换现象,是建立一种能开始、继续和打断的对话。因此,作为事件的文本总是历史的、具体的和与历史文化语境相关的。

这种观点也是福柯等人所强调的。福柯认为,"知识不是由某个学科的普遍性的法则、价值标准所构成,而只是具有逆转偶然性的'事件'。"②福柯主要关心的并不是事件的内在规律,而是使得某种知识形式作为事件成为可能的社会因素和力量。这样,他就将对事件的关注引向对事件得以发生的历史条件的考察。文本作为事件的观念就植根于上述这种"话语"观念。在此基础上,新历史主义认为,"小说是一种话语事件。它不反映历史;它就是历史。"③这也是新历史主义有关文本的基本观点。

批评家指出,"我们可以归功于历史转向的最重要的成就,也许就是,它承认文本是一个事件。对新历史主义者及其他批评家来说,文学文本占据特定的历史文化场所,在这些场所中并通过这些场景,各种历史力量相互碰撞,政治和意识形态的矛盾表演出来。文本作为事件的观念让人们承认文本的暂时的具体性,承认处于特定历史情境的特定话语实践中的文本的确定的和暂时的功能。它也承认文本是历史变迁过程的一部分,而且的确可以构成历史变化。这使批评家从将文本仅仅作为历史趋势的反映或拒绝的研究方法中转移出来,而引导他们探索蒙特洛斯所说的'文本的历史性和历史的文本性'。"④在历史诗学所关注的文学与历史关系问题上,新历史主义将文本既看

---

①　[法]保罗·利科尔:《解释学与人文科学》,陶远华、袁耀东等译,河北人民出版社1987年版,第135页。

②　徐贲:《走向后现代与后殖民》,中国社会科学出版社1996年版,第155页。

③　Claire Colebrook, *New literary Histories*, Manchester:Manchester University Press,1997,p.38.

④　John Brannigan, *New Historicism and Cultural Materialism*, London:Macmillan Press Ltd., 1998,p.203.

成社会政治形成的产品,也看成其功能性构成部分。文本作为事件,不是历史进程的被动反映,而是塑造历史的能动力量。批评家指出,新近的历史主义理论家不仅将文学作品所自出的、所指涉的文化看成是有裂隙的,而且认为"文学作品的写作和出版本身构成了一种社会或文化斗争。《失乐园》不仅(部分地)是弥尔顿的时代的产品或是'关于'这种斗争的:它的写作和出版本身就是这些斗争的方面。"①作为事件的文本打破了文学前景与历史背景之间的传统界线。

作为"事件"的文本,是将文字的"小文本"和社会历史的"大文本"都包括在内的,它在本质上是一种实践活动。就拿戏剧来说,作为事件的戏剧不仅指由文字所固定下来的戏剧脚本,而且指其演出和观看活动的整个过程及这个过程所牵涉到的社会规约和各种政治经济机制的运转。新历史主义对文艺复兴时期感兴趣,一定程度上是因为这个时期(当时艺术尚未从其他人类活动中完全分离出来)最能体现文本作为事件的特点。

新历史主义将文本看成是具体的实践活动,看成承载具体历史内容的"事件",看成社会能量流通、协商和交换的"事件"。文本就不是社会历史的"反映",它作为塑造历史的能动力量就在历史之中。文本与历史无法分离,其间关系也非静态的"对立",而是动态的"交融互渗"。文本作为事件的观念使新历史主义既区别于后结构主义的"文本主义",也区别于"旧"历史主义;前者将文本看成脱离历史文化的语言编织,而后者则将文本看成社会历史的镜像和文献记录。"事件"则既是与历史交织的文本,也是塑造历史的能动力量。这种文本观念与文化唯物主义的"文本工程"观念是相通的。文本不仅是供个人阅读的话语产品,而且是实际的综合而复杂的"社会文化工程"。文本既是统治阶级"巩固"自身权威的工程,也是被统治阶级"颠覆"这种权威的工程。

---

① Jeremy Hawthorn, *Cunning Passages*, London: Arnold, 1996, p.56.

四、存在方式："振摆"

在研究中,我们发现新历史主义总是在传统意义上的文学文本与非文学文本之间穿梭摆动。它能揭示一般文本如何变成传统意义上的文学文本,那么,它能否给出一个文学文本的大致界线和一般定义呢? 格林布拉特明确表示,"在有关什么是否属于文学领域的问题上,没有超验的和绝对的规律。相反,那个分界线在每一次重划中都会剧烈变化,而重划的后果也是相当严重的。"①假如我们想想《圣经》被构想成文学时是什么东西在起作用,或者考察一下"楚辞"在中国被列为"正典"的过程,就不难发现文学文本与非文学文本之间没有固定界线。那么,文学文本是如何存在的? 文学批评又当采取怎样的阐释模式呢?

这得从新历史主义所选择的理论位置说起。格氏将自己的文学文本理论置于詹姆逊的新马克思主义与利奥塔的后结构主义之间,认为这两种解释模式都将艺术与社会之间的历史关系单一化了。格氏认为,"就其特点而言,资本主义既不会产生那种一切话语都能共处其中、也不会产生那种一切话语都截然孤立或断断续续的政治制度,而只会产生一些趋于区分的冲动与趋于独白话语组织的冲动在其中同时发生作用,或至少是急速振摆,使人以为在同时发生的政治制度。"②他甚至以为,资本主义在确立不同话语领域与消解这些话语领域之间成功而有效地"振摆"。而且,这种在利奥塔和詹姆逊所阐述的两种资本主义之间的"振摆",已经了一种关于美国日常行为的诗学。

格氏这一见解的重要性并不在于它对"资本主义"作出了独特说明(认为资本主义是一种话语建构),而在于它揭示了资本主义历史的复杂性,看到了资本主义文化中艺术话语与其他话语之间"振摆关系"的复杂性。他认为振

---

① Greenblatt,S.& Gunn,G.(eds.),*Redrawing the Boundaries*,New York:The Modern Language Association of America,1992,p.5.

② 张京媛主编:《新历史主义与文学批评》,北京大学出版社 1993 年版,第 7 页。

摆就是"审美与真实之间的功能性区别的确立与取消同时发生"①。振摆是一种双向运动,用以描述诸如官方文件、私人文件、报章剪辑之类的材料如何由一种话语领域转移到另一种话语领域而成为审美财产。"我认为,若把这一过程视为单向的——从社会话语转为审美话语是一个错误,这不仅是因为这里的审美话语已经完全和资本主义的经济生活捆绑在一起,而且因为这里的社会话语已经荷载着审美的能量。"②文本承载着社会能量,社会能量又"足以伸展到单个创造者或消费者之外而达到某个社会集体,不管受到何种限制。"③审美性的文学文本只是社会能量流通中的一个环节,其他含有社会能量的非文学文本的存在是文学性文本存在的前提。作为个体的创造者和消费者不是社会能量的起点和终点,而只是社会能量流经的场所。

总之,文学文本绝不是静止的和孤立自存的,而总是在审美文化与社会政治文化之间"摆动",在它摆向审美文化而变成文学文本的过程中,不但文学活动的诸要素如作家、读者和批评家都参与进来,而且整个社会机制和实践也都参与其中。因此,"振摆"即是文学文本的存在方式,它是伊瑟尔所说的两种话语之间的"能动的振荡",是吉登斯用以取代文本自律性的"文本间离性"。文本的这种存在方式也要求文学文本的阐释模式做出相应调整,阅读和文学批评也振摆式地重构历史文化语境,用综合的跨学科的文化眼光去分析文学文本。

以这种阐释模式面对文学文本,就不是对传统文学文本的一往情深的陶醉式阐释,而是"质疑传统一厢情愿的诠释"④,走向质询式的(质询它何以成为文学文本)、调查式的(对文学文本中的社会存在及社会存在之于文学的影响展开双向调查)和自我检视式的(反思自己的理论立场及在批评中所扮演

① 张京媛主编:《新历史主义与文学批评》,北京大学出版社 1993 年版,第 9 页。
② 张京媛主编:《新历史主义与文学批评》,北京大学出版社 1993 年版,第 14 页。
③ Greeblatt, S., *Shakespearean Negotiations*, Berkeley: University of California Press, 1988, p.6.
④ 廖炳惠:《形式与意识形态》,联经出版事业公司 1990 年版,第 205 页。

的角色)批判性解读。在对文学文本进行解读时,总会摆出审美领域,走上"意识形态阵地",使我们"不仅不能获得进行审美欣赏时应有的愉快,而且增加了我们阅读时的负荷。因为在多种领域间的振摆和穿行要求阐释者应具备广博的知识,并不是人人都能胜任愉快,而返回'意识形态阵地',又给阐释者施加了强大的政治压力。"①这当然是对文学阐释的更高要求:审美愉悦需要以放弃那种超历史的浅薄的快感为代价。

这种对社会能量在广阔的文化中的流通过程的追踪、在中心与边缘之间的穿行、在艺术领域和明显与艺术相敌对的领域间的跳跃,是否会将传统的文学经典搞得面目全非呢?格氏认为,"这既是对传统经典的逃逸,也是对经典的复兴;这既是对文学大家庭的侵越,也是向它的安全回归"②。这种回答是有道理的。文学批评若想有所发现,就必须既能"入乎其内",又能"出乎其外";"入乎其内"方能知其"所有","出乎其外"才能详其"所由"。

那么,何以见出我们所分析的对象是文学文本呢?新历史主义无法回答这个问题。所以说,新历史主义没有给出一个关于文学文本的完整定义,这使它对文本的分析多少有些将"文学性"问题悬搁起来的意味。这也使它具有将文学文本混同于各种文化文本的"泛文化主义"倾向。

总之,新历史主义将文学文本的"历史性"问题凸显出来并使之"问题化"了。这使人们意识到了文学文本的相对性和暂时性,也让人们认识到文学经典的历史性。但由于它无法给出一个关于文学文本的完整定义,所以它对当下的文本缺乏价值判断和鉴别能力,在批评对象的选择上显出了一定的盲目性。比如,格氏在《通向一种文化诗学》中用来作为分析对象的文本《行刑者之歌》《野兽的肺腑之言》和《飞越疯人院》等,尽管可以体现其文学文本与非文学文本之间流通交换的观念,但这些文本似乎终究难说是"文学佳作"。

---

①　李清:《振摆——新历史主义本文阐释模式》,《成都大学学报》1998 年第 1 期。

②　Gallagher,C.& Greenblatt,S.*Practicing New Historicism*,Chicago:The University of Chicago Press,2000,p.47.

第四节　历史性与读者：接受理论

　　读者是文学活动的重要构成要素，也是历史诗学的一个必要向度。历史与读者的关系问题是历史与主体问题的一个方面，我们可以在有关"历史与主体"问题讨论的基础上考察它。首先要强调的是，在新历史主义看来，作为读者的主体与作为作家的主体和作为批评家的主体之间没有本质区别，但由于他们在文学活动中的分工不同，其参与文学活动的方式也有所不同。

　　新历史主义的批评实践中隐含着一个关于读者接受的观念，它是其文学观念的有机组成部分，但研究者至今未能对它作出理论说明。其读者接受观念主要体现在它对"共鸣"和"惊叹"现象的独特解说上，这两个概念综合了既往文学接受活动的"文本性"和"历史性"观念。其"共鸣"主要指某一文化表述中不同文本之间的交响共振和流通交换；"惊叹"则主要指特定文化表述系统对它异因素进行整合和包容的历史具体性和动态复杂性。共鸣与惊叹之间往往是交涉互变关系，读者的阅读接受活动，即是在把握这种关系的基础上而达成的对过去文化与当代文化在权力结构上的相似性的解悟。

　　在"历史与读者"的关系上，新历史主义认为，读者不再是经典作品进行耳提面命式审美训导的对象，读者也不再沉醉于作品所营造的审美氛围之中乐而忘返。历史与读者之间关系是一种"权力话语领悟关系"，是"读者对作品接受史的再度颠覆的重新阐释。"①新历史主义的阅读，是本雅明所提倡的那种打破历史连续性、"逆向梳理历史"的"爆破"式阅读——"把一个特定的时代从连续统一的历史过程中爆破出来，把一个特定的人的生平事迹从一个时代中爆破出来，把一件特定的事情从他的整个生平事迹中爆破出来。"②也

---

　　① 　王岳川：《后殖民主义与新历史主义文论》，山东教育出版社 1999 年版，第 225 页。

　　② 　[德]本雅明：《历史哲学论纲》，陈永国、马海良编：《本雅明文选》，中国社会科学出版社1999 年版，第 414 页。

是阿尔都塞式的那种寻找"缺失""空白"和"疏忽"的"症候阅读"——"在话语的表面的连续性中辨认出缺失、空白和严格性上的疏忽。"①更是那种避免一味"尊崇过去和传统"②，以"怀疑的、谨慎的、解神秘化的、批判的、甚至逆向的"③方式阅读历史的"反历史"（counterhistories）阅读——通过将逸闻逸事楔入大历史的连续性之流而获得的"诸历史"。④　当然，这种有关读者和阅读的观念是与 20 世纪的文学理论发展分不开的。

一、阅读接受：文本性与历史性的内在统一

作为文学活动的一个重要构成要素，读者的作用很早即为人们所关注；自 20 世纪后半叶以来，读者更是文学理论批评关注的焦点。但各种理论对它采取了不同的态度。因此，在新历史主义沉思"读者"之时，这个概念已经承载着巨大的理论负荷。概言之，主要有两个方面：读者接受活动的"文本性"和"历史性"。

在一个方面，读者与"文本性"结合起来了。从接受出发的文学观在"俄国形式主义"中就发挥过重要作用（其"陌生化"手法需要读者去察识），但读者在其理论中不占主导地位。"新批评"视读者及其接受为文学研究的干扰因素，斥之为"感受谬误"而逐出视野，对文学作品实施"隔离研究"。而结构主义则假定，文学阅读需要"理想读者"来完成。一部作品的"理想读者"拥有并支配着能将作品完全译解的全部密码。读者因而只是作品本身的一个镜影，是会将作品"原封不动"地加以理解的人。"理想读者"必须无国籍、无阶

---

① 俞吾金、陈学明：《国外马克思主义哲学流派新编.西方马克思主义卷》（下册），复旦大学出版社 1990 年版，第 466 页。

② Kiernan Ryan（ed.），*New Historicism and Cultural Materialism：a Reader*，Arnold，1996，p.59.

③ Gallagher，C.& Greenblatt，S.*Practicing New Historicism*，Chicago：The University of Chicago Press，2000，p.9.

④ Gallagher，C.& Greenblatt，S.*Practicing New Historicism*，Chicago：The University of Chicago Press，2000，p.52.

级、无性别、无种族特征，而且没有特定的文化前提。这种读者只是文本自身的功能。这种读者事实上是一个不受社会历史因素限制的超验主体。伊格尔顿指出，"'理想的'或'胜任的'读者只是一个静态概念，它易于掩盖一个真理：关于能力的一切判断都具有文化的和意识形态的相对性，一切阅读都要动用超出文学之外的假定，而用'能力'这一模式来衡量这些假定是十分片面的。"①后结构主义的重心虽不在读者，但它在强调文本的生产性和"文本间性"时，向读者及其接受活动保持着某种开放性。其文本间性思想强调了文本自身的衍生、组合和交响，而其文本间性阐释也打破了艺术作品自律论的读者观念。后结构主义批评尽管仍将读者看成文本的"从属的、次等的"组成部分，但毕竟使读者与"文本性"内在地关联起来了。

在另一方面，读者与"历史性"结合起来了。我们知道，在实证主义方法中，对象（作品文本）的历史性被认为是必不可少的条件，而研究者（包括读者）的"历史性"却要求完全沉没在它的"客观性"之中；接着便出现"人文科学研究方法"和"文学内在研究方法"作为反拨，这时对象基本上被认为是"超历史"的恒在物，相应地，研究者也是"超历史"的恒定者；读者接受理论则将作品的历史性和研究者的历史性都重新加以考虑。② 接受理论通过强调作品和读者的历史性，打破了艺术作品自律论的读者观念，从而使读者与"历史性"内在关联起来了。

从总的情况看，强调接受活动的"文本性"与强调接受活动的"历史性"之间尽管存在着不可忽视的差别，但它们有一个共同的理论诉求：走出艺术作品自律论。正是在这一点上，后结构主义和接受反应理论共同构成了新历史主义的理论平台。过去的 20 年间，文学批评领域目睹了日益增长的对文学自主

---

① ［英］特雷·伊格尔顿：《二十世纪西方文学理论》，伍晓明译，陕西师范大学出版社 1987 年版，第 138 页。

② ［荷］佛克马、［荷］易布思：《二十世纪文学理论》，林书武译，生活·读书·新知三联书店 1988 年版，第 152 页。

研究方法的厌倦。作为自主论之外的选择，人们试图采取其他方法以缩小文学领域与（文化的）历史之间的鸿沟，从文本间性的解释学到社会学取向的语境分析都是这些选择的组成部分。所有这些都可视为出自一种紧迫需要，即"将艺术作品重新整合到社会发展之中，承认社会对艺术作品的推动力和后者对社会整合的构成性作用"。①

这正是新历史主义读者观念的重要出发点。但是，接受理论对读者接受反应过程的社会历史性的考察，将其焦点主要集中在读者与作品之间，这在新历史主义看来仍然是有局限的。因此尽管新历史主义从中受益良多，但它试图在更大的历史文化背景上对整个文学活动展开深入思考。在这个意义上说，与接受反应理论相比，新历史主义扩大了考察读者的理论视域，进行了新的思维范式转换。

新历史主义的阅读理论是其总体文学观念的一个组成部分，与其"社会能量流通"的文学思想紧密联系在一起。从这个角度看，读者既是社会能量流通的必要场所，又是社会能量增殖的重要环节。社会能量不仅在世界、作家、作品与读者之间进行互动式的"内部流通"，更在作家与作家社群、作品与文本网络、读者与读者群体、文学话语与其他文化话语之间进行多向的"外部流通"。因此，我们发现，新历史主义在诉诸"社会能量流通"这一概念时，就试图为自己从理论上超越其他文学主张奠定一个思考的基础。

我们知道，新历史主义的动因之一是缘于对新批评的厌倦，而"社会能量"这一概念首先就具有打破"隔离式作品研究"之可能性的功能。在新历史主义看来，社会能量必须要有力量突破单个的创造者、单一的文本和消费者的局限而到达更广大的民众，"通过其表述手段，每部戏剧将社会能量的负荷带

---

① Jurgen Pieters (ed.), *Critical Self-fashioning: Stephen Greenblatt and the New Historicism*, Frankfurt am Main: Peter Lang, 1999, p.174.

上舞台,舞台反过来修正这种能量并将它返回到观众。"①戏剧不仅明显地是一种集体意向的产物,而且,"戏剧也明显地向集体性的观众讲话。"②观众簇拥在一个公共游戏空间参与戏剧演出,戏剧就依赖于这种意识到的公众的存在。在这种情况下,戏剧可以发挥其颠覆与包容的功能,让观众在愉悦中接受和确认现存意识形态的合法性。这样,读者观众就不再是与文学戏剧无涉的外在物,也不再是孤零零的个人,而是参与文学本质界定中去的社会群体。

那么,读者观众在这个过程中到底是如何起作用的呢? 新历史主义有没有一个自己的"理想读者"呢? 这涉及新历史主义的接受理论,但首先应该说明的是,它并没有一套"完整的"接受理论,因此,我们只能从它的各种理论表述和批评实践中总结和发掘其关于读者接受的思想。

新历史主义批评中有两个重要的概念"共鸣"(resonance)和"惊叹"(wonder),这是我们并不陌生的有关艺术欣赏的术语(当然不限于欣赏),而其接受理论即主要包含在它对这两个概念的独特解释之中。

二、"共鸣":不同话语实践之间的流通

有关共鸣,传统历史主义认为,它主要是作家与读者(以及读者与读者)之间在情感和认识的默契和通约性基础上的相互认同现象(通常是跨越时空的),它强调的是读者对作者思想情感的尊崇,但它并不强调作品本身及其历史性内涵;而后结构主义则基于其文本性观念,认为共鸣主要是不同的文本之间的交响和回应,它强调了作品与作品之间的互渗性,但这种共鸣既与作家和读者之间相互隔离,也与社会历史语境彼此绝缘。新历史主义试图将上述两种观点整合起来,将共鸣主要视为不同话语实践之间的流通交换。

---

① Stephen Greenblatt, *Shakespearean Negotiations*, Chicago: University of Chicago Press, 1988, p.14.

② Stephen Greenblatt, *Shakespearean Negotiations*, Chicago: University of Chicago Press, 1988, p.5.

　　首先,新历史主义试图与传统历史主义的共鸣观区别开来。其共鸣观,是要使读者打消只从读者期待与作者意图之间的"心心相印"的相通性来确定文本意义的心理主义冲动,将读者的注意力从自己的内在心理引向自身之外。

　　格林布拉特认为,自己的阐释最终是"沉降到一小部分具有共鸣性的文本上。这类文本的每一篇都将被看作是十六世纪文化力量交汇线索的透视点。"①文本之所以具有"共鸣性"是因为它们"文化力量交汇线索的透视点"。看来,他所寻求的"共鸣"主要是不同文化文本之间的交互作用。尽管他们挑出的一小批文本及其作者们身上发现的共鸣性不过是"他们自己的发明,也是别人那些相同的积累性发明",但它强调的是不同文化文本之间的互动而不是读者与作者之间的心理情感共振。

　　对于新历史主义来说,符号只有被组织进"交换"系统时才能意指事物。"共鸣"就是有意义的符号片断,是能够产生意义的词语的运用。但孤立的词语无法产生共鸣,人们对共鸣的体验总是与"流通"活动密切联系在一起的。"流通"一词表示符号系统的物质性。故事总是处在流通、交换、再生产和再流通的过程之中,否则它就会消失。正是这种流通过程产生了共鸣。记号或符号并不是自身就有意义的,只有通过社会流通才能变得有意义。

　　我们知道,新历史主义试图撕破线性历史,暴露历史连接的多样性,揭示历史的裂隙。在它看来,不存在单一的意义,也不存在意义的某种单一参照系,如单一的语境、总体的意识形态或作者的意图等。一个文本或对象若能产生共鸣,就需要有多种力量参与进来,人们可以从各种实践的形式之中,从其他文本、旅行日记、梦境、图表、建筑或信件中领悟到这种种力量。文本的"共鸣"即是指任何相互接近的现象都与文本的流通相互交涉。在文本的流通过程中,诸如表演、印刷、设计、消费、装帧等等与文本有关的所有事情都是阅读

---

　　①　中国社会科学院外国文学研究所《世界文论》编辑委员会编:《文艺学和新历史主义》,社会科学文献出版社 1993 年版,第 81 页。

中应该注意的现象。① 因此，说得宽泛点儿，所谓某个文本的共鸣，即是指一个文本在所有文化文本中的交响和回应。在这个意义上，新历史主义对共鸣的理解与后结构主义对文本间性的理解非常接近。就像后结构主义的"文本间性"强调任何一个文本都是其他文本的镶嵌、组合和回响一样，新历史主义也认为任何一个文化文本都是与其他文化文本相互交涉的。当然，在新历史主义看来，不同类型的话语在一种物质性的"协商和交换"中获得其意义，文本在流通中与文本之外的社会历史相互交换，而并不像后结构主义那样认为"文外无物"。

其次，新历史主义的共鸣观，旨在将读者从对艺术作品的内在形式的专注中引开。研究者指出，"从总体上说，格林布拉特认为，艺术品将读者注意力从艺术品本身引开的力量，即是共鸣。"②也就是说，任何一件艺术品，如果真具有共鸣性力量，那它就应该有能力让读者意识到，其力量并不在于作为欣赏对象的某个艺术品本身的内在形式结构之中，而是在这个艺术品与其他文化形式的交互作用上。格林布拉特说，"我用共鸣意指，呈示出来的对象所具有的超出其形式界线之外而抵达更广阔的世界的力量，那种能在观赏者身上激发复杂的、动态的文化力量的力量，对象正是从这些力量中得以呈现，观赏者也以为对象作为隐喻或更单纯的换喻代表着这些力量。"③这就是说，共鸣是各种文化话语实践之间的相通性，这种相通性让人意识到文化的力量不仅存在于某个孤立的文本及其形式之中，而存在于各种文化形式的相互作用之中。

这样的共鸣，并不导向对作者艺术天才（通过审美活动组织出一个超越历史政治决定因素之上的和谐的文化领域的能力）的尊崇，也不导向对作为

① Claire Colebrook, *New Literary Histories*, Manchester：Manchester University Press, 1997, p.215.

② Jurgen Pieters（ed.）, *Critical Self-fashioning：Stephen Greenblatt and the New Historicism*, Frankfurt am Main：Peter Lang, 1999, p.177.

③ Stephen Greenblatt, *Learning to Curse：Essays in Modern English Culture*, London：Routledge, 1990, p.170.

研究对象的经典文本之形式要素的迷醉,而是导向那些它异因素,那些失常的、模糊的、怪异的和被排除的因素。如此,便在这些它异因素与传统的艺术杰作之间建立了共鸣关系,从而拆解各种文化话语之间的人为界线并阐明各种话语之间的"文化文本间性"。新历史主义承认,任何与文本的流通相互交叠的现象都可作为共鸣现象。这种共鸣观使人意识到文本的物质性、历史性和社会性。在这种认识基础上,故事就像武器一样,变成了权力运作得以可能的物质性因素。故事在流通中使某种文化得以将自己表述为合法的、道德的、有价值的和权威性的。格林布拉特就认为,在发现"新大陆"的过程中,正是这种附着于某种文本(契约、圣经及信件)上的"共鸣"提供了权力的形式。这并不是说殖民过程纯粹是一种语言现象,而是承认帝国主义权力与表述的力量结合在一起的程度并不亚于它与物质性侵略工具结合在一起的程度。①

　　一种文化形式中回荡着它种文化形式的力量,各种文化形式的力量在流通中相互作用而达成共鸣。艺术作品集中体现出共鸣的力量。这种共鸣观念,在其批评方法上即表现为"逸闻主义"。由于它将读者的注意力引向了产生共鸣的流通过程,所以,它的批评阅读通常是,从一些微小的叙事单位即逸闻逸事开始而切入论题,进而证明这些小事微言与权力之间的深层关联即共鸣关系。这要求读者能够敏锐地领悟到文学艺术与其他文化形式之间"秘响旁通"的隐秘关系,意识到文艺与权力运作之间的相互作用。这也要求读者控制自己的情感,避免陶醉于作品的内在形式而忘乎所以——即阅读的"间离化"。

　　但是,像格林布拉特这样强调"共鸣"似乎也还包含着一种危险,即在特定文化中,各种文化形式在本质上是同质的,并且有一个内在的目的,而艺术作品则隐喻式地或换喻式地包含和强化了这种同质性和目的性。那么,表述系统会不会发生变化呢? 它会缘何而发生变化呢? 这得联系其"惊叹"概念来理解。

---

① Stephen Greenblatt, *Marvelous Possessions: the Wonder of the New World*, Oxford: Clarendon Press, 1988, p.64.

三、"惊叹"：文化表述的历史性和具体性

新历史主义的基本目标之一，就是强调历史文化的具体性和偶然性，说明某种文化的局限性和脆弱性。但是，如果一味强调同一文化内部各种文化形式之间的共鸣，则有可能走向对文化同质性的认可，错失这些目标。因此，格林布拉特另拈出"惊叹"这一术语，以作为历史的这些方面的标志。他说，"如果设想出利益方面彻底的同质性，那是误导的。我主要关注想象性的文学，并不仅是因为其他文化结构在文学中强有力地共鸣。如果我并未以尊崇的态度去研究艺术作品，我确实是以最好被描述为惊叹的态度去研究它们。惊叹并非向来与文学批评不合，但它从前总是与形式主义而非历史主义联系在一起（如果仅仅是隐约地相连）。我希望将这种惊叹扩展到艺术作品的形式界线之外，就像我希望在这些界线之内强化共鸣一样。"①看来，他用共鸣主要指文化文本间性，侧重在文本主义的"文化文本间性"关联；而惊叹则标志着文化的偶然性和具体性，更多地与历史主义的历史性相关联。

我们知道，新历史主义虽强调表述系统的重要性，但它并不认为表述是非历史的超稳定结构。因此，表述系统也应该在某些因素的影响下发生变化，这些因素就是新历史主义用"惊叹"表示的那些偶然的、它异的、陌生的、具体的历史事件。惊叹是历史的偶然性的标志。当一种文化与它种文化相遇时，这种文化中的"历史"的偶然性就会集中地显露出来。格林布拉特发现，在与"新大陆"相遇的过程中，那个所谓自然化的文艺复兴欧洲世界被撕裂了。美洲人的生活方式既让欧洲侵略者着迷又对他们构成挑战。从后一方面看，在他种文化的它异性和不透明性面前，欧洲人的表述机制显得力不从心，于是产生了一种"惊叹意识"。在有关新大陆的文本中表达出来的惊叹意识，记录了欧洲人试图将自身表述为一个有序而自然的整体的努力和这种努力的失败。

---

① Stephen Greenblatt, "Resonance and Wonder", in *New Historicism and Cultural Materialism：a Reader*, Kiernan Ryan（ed.），London：Arnold，1996，p.60.

这种惊叹显示出,欧洲人有关自己的历史叙述并不是天经地义的,而是偶然形成的。这样,"惊叹就揭示了欧洲文化的有限性和脆弱性。它显示出作为历史和文化特征的动态性和复杂性。"①传统的历史修撰显示出,欧洲文化是从自身之内自然发展起来的,但格林布拉特对"惊叹"的研究强调了欧洲的"历史"恰恰是在对它异文化的不断排斥中"偶然"形成的。当时发生的事件打乱了欧洲人想象的整一性,这些历史的偶然因素向欧洲文化揭示出其自身世界的有限性,打破了线性连续的"历史"。这样,作为文化的表述就变成了一个与历史的具体事件相关的东西,它在不断克服它异因素的时候,也显示出自身的可变性。"惊叹"显示出,表述系统本身不是一个固定不变的存在,相反,"表述的复杂性必须得到重新开发、重新组织和更新,以处理历史偶然性和文化变体(alterity)。"②惊叹就记录着可用的表述形式之外的事件。尽管惊叹自身是一种表述,但它也是一种记录表述的局限性的表述。惊叹揭示出,当一种语言使一种世界或历史成为可能的时候,这种语言也从来无法穷尽这个世界。惊叹具有模棱性,它既记录某种文化所遇到的那些极端的差异,同时也预示出,这种文化必须将这些惊叹现象重新组织起来并使其具有意义。③

事实上,任何一种文化,总是在试图克服陌生事物的陌生性,不管这种陌生事物是"新大陆"、奇闻怪事还是造反抵抗,等等。文本并不是对一个静态的文化结构的反映,文本作为文化实践形式处理那些异质性的物质。那么,作为读者,就应该从留存下来的文本中重新识读出来那些异质性的历史事件,发现表述系统本身的裂隙,洞穿某种文化表述排斥它异因素的运作过程,从而突破文化表述的束缚而走向对事件的历史具体性的确认。

---

① Claire Colebrook, *New Literary Histories*, Manchester: Manchester University Press, 1997, p.214.

② Claire Colebrook, *New Literary Histories*, Manchester: Manchester University Press, 1997, p.217.

③ Stephen Greenblatt, *Marvelous Possessions: the Wonder of the New World*, Oxford: Clarendon Press, 1988, p.20.

这样,阅读本身就是一个不断发现"惊叹"的过程,惊叹则将读者从艺术作品的形式结构中引出,从对不同文化形式的共鸣性的关注中引出,使人们将目光投向具体的历史事件,关注文化表述本身的"豁裂"、转变和革新,关注颠覆性因素在被包容的过程中显示出来的表述系统本身的变化。可以看出,表述系统的可变性也为颠覆的可能性留下了一定的空间。但是,惊叹与共鸣是一种什么关系呢? 这种阅读与读者自身如何关联呢?

四、共鸣美学:共鸣与惊叹的交互转化

"共鸣"主要指文化表述系统内各种形式之间的通约性和交响共振,"惊叹"则主要记录文化表述系统遭遇它异因素时出现的"裂隙"以及对这些颠覆性因素的再度包容;前者主要重在相通性,后者主要重在差异性;如果说惊叹记录了绝对陌生的东西以及对这种陌生性的矛盾反应,那么,共鸣就既是它的对立面又是它的变体。从根本上说,共鸣与惊叹又是辩证统一的,二者之间可以相互转化,共同存在于读者的审美愉悦之中。

格林布拉特认为,艺术作品可以唤起人的审美愉悦。他说,"审美愉悦是我的文学意识的重要组成部分。"[1]但他又不认为唤起审美愉悦就是艺术的真正的"最终目的"。他指出,戏剧对诸多阶层的人们都有"明显的使用价值",似乎唯独对观众这个被排除的群体没有实用意义;然而,"在某些重要的意义上,观众的愉悦是有用的。"一个观看戏剧的观众就"不会酝酿反抗"。[2] 审美愉悦的最终功用就是将各种"颠覆"以一种可接受的形式"包容"起来。审美愉悦的效果不在于它能释放社会文化能量或使之具体化,而在于它能让读者观众采取另一种观点来审视自己的文化处境。他说,从审美的审视中得来的

---

① Stephen Greenblatt, *Learning to Curse: Essays in Modern English Culture*, London: Routledge, 1990, p.9.

② Stephen Greenblatt, *Shakespearean Negotiations*, Berkeley: University of California Press, 1988, p.18.

知识,"也许在试图理解另一种文化时并无太大用处,但它在试图理解我们自己的文化时却是至关重要的。"①这就是说,审美愉悦的功能主要并不在于它能让读者理解另外一种文化,而在于使人理解自己所处身的文化环境。因此,格林布拉特认为,在读者阅读中,通常要实现从读者对艺术作品的"兴奋的注意",转移到读者参与到"复杂的、动态的文化力量"之中。有人将格林布拉特的这种美学思想称作"共鸣美学"(resonantial aesthetics)②。

　　格林布拉特并不认为艺术作品是一种独立自主的存在,而是"一番谈判以后的产物"。艺术作品的意义及艺术欣赏不是由艺术话语独立产生的,而毋宁是在艺术生产者与艺术接受者之间的交互操纵中产生的。审美客体的效果是,在艺术满足的层面深化我们与世界的接触。他说,"艺术的存在总是隐含着一种回报,通常这种回报以快感和兴趣来衡量。"③阅读还是要落实到读者的快感和兴趣上来,尽管如此,审美经验的语境又不能缩减到审美满足层面。

　　这样,新历史主义的阅读接受,就要经历一个迂回曲折、循环往复的过程。首先,读者与艺术对象的相遇需要一个"文本间离性"(textual distantiation)的过程,即是从读者自己的社会文化环境中"间离"而出,进入由文本组成的宇宙之中。"审美相遇必须被理解为一个过程,这个过程包含了占用虚构现实与让渡自己个人背景之间的辩证法。"④也就是说,在文本间离性基础上,占为己有与自我剥夺之间是一种辩证关系。读者只有通过暂时从统治其文化实践的话语类型中抽离出来,才能将艺术作品当作审美对象来对待;也才能不去对

————————

　　①　Stephen Greenblatt, *Learning to Curse: Essays in Modern English Culture*, London: Routledge, 1990, p.152.

　　②　Jurgen Pieters (ed.), *Critical Self-fashioning: Stephen Greenblatt and the New Historicism*, Frankfurt am Main: Peter Lang, 1999, p.176.

　　③　[美]格林布拉特:《通向一种文化诗学》,张京媛主编:《新历史主义与文学批评》,北京大学出版社 1993 年版,第 14 页。

　　④　Jurgen Pieters (ed.), *Critical Self-fashioning: Stephen Greenblatt and the New Historicism*, Frankfurt am Main: Peter Lang, 1999, p.178.

美的或令人愉快的事物本身进行科学分析，而是去调查它是如何被处理、被伪装和被当成习俗的。这就走向了对于"共鸣"和"惊叹"的调查。同时，读者只有通过对审美对象的"共鸣"和"惊叹"的调查，才能返回自身并对自己的处境形成新的理解；这样，主体就以凸显虚构现实与经验世界之间的相互作用的方式，返回到自己的个人背景中了。

在这个往复过程中，艺术作品就释放出了其社会潜能。而且，这种接受过程不是一次性的，而是循环往复的。读者只有"有效地把握社会生活和语言的'循环往复性'"，才能够"更好地说明物质与话语间不稳定的阐释范式"，这"正是现代审美实践的核心"。①

新历史主义者对其阅读策略未做深入的理论说明。但格林布拉特表示，他所描述的"共鸣"和"惊叹"等文化现象，也是晚近理论研究试图用一套新的术语去把握的。他认为，伊瑟尔的"能动的振荡"、卫曼的"占为己有"与"自我剥夺"之间的辩证法、吉登斯的"文本间离性"等概念，都表达了与自己相同的旨趣，即"更好地说明物质与话语间不稳定的阐释范式"以及"审美维度是如何创造出来的"。卫曼即认为作品往往以"疏离"或"拨用"的方式运用历史材料，与过去的作品形成关联。首先，他界定文学作品为历史沟通活动中的错综互动，这种互动能将虚构的事件在历史的某些片刻借着读者的领受，施展出它的话语实践，使虚幻的想象在历史上找到定位并得以实现。作者的革新性功能即在于让虚构变成历史，令历史化为虚构，也就是"拨用"过去的文类、风格、素材，赋予新意义。一方面让它显得怪诞离谱，另一方面则让它呈现另一种新叙述和新意义，故事遂变得多重化，教读者看出历史与现代情境极不协调，对"历史"与"故事"有新的觉醒。对卫曼来说，"作品不断拨用过去，作者将别人的意义据为己有、加以转变，读者也将之据为己有、加以客观化，因而是

---

① ［美］格林布拉特：《通向一种文化诗学》，张京媛主编：《新历史主义与文学批评》，北京大学出版社 1993 年版，第 15 页。

现在与过去,作家与读者之间的不断'拨用'对方。"①

　　在我看来,上述这些理论,都与"批判解释学",特别是利科尔的解释学相关联。利科尔的批判解释学,即认为"疏离性与据为己有之间的辩证法是说明与解释之间的辩证法必须考虑的最后一个问题。"②这种解释学试图将传统历史主义的历史性与文本主义的逻辑性(客观的文本性)结合起来,将理解活动与作者(非心理学意义上的)、读者(非纳西索斯意义上自恋式的)以及文本(非自足意义上的)重新连接起来。有关读者,他认为,"放弃自我是据为己有的最根本的一瞬,这使它同任何其他形式的'占有'区别开来。据为己有同时也是、且在根本上是一种'放行'。阅读既是一种据为己有,又是一种剥夺……是通过把据为己有同被我们描述这本文所指域的本文的揭示力量联系起来。""据为己有与揭示之间的连接在我看来是解释学的基础,因为解释学既寻求克服历史主义的失败又试图遵奉施莱尔马赫的解释学的原初意图。比作者自己更好地理解作者就是去展示他作品中暗示的揭示力量,超出他本人存在环境的有限视野。"③

　　这段话似可视为新历史主义读者观念的理论基础之一。但是,应该指出的是,新历史主义更加强调了作品接受过程中社会的矛盾性、作家的畸变性、文本的破碎性,强调了审丑、审政治、审文化的特殊体验,主张走出文学与社会、文学与历史之间封闭话语系统,去发现了历史中的权力运作形式与当代现实中的意识形态结构的惊人的相似性。

　　总之,新历史主义的读者是双眼齐睁的读者:他一眼盯着过去的文学文本,一眼则盯着自己当下的文化处境;一眼看着文学文本表演的前台,一眼则

---

　　①　廖炳惠:《形式与意识形态》,联经出版事业公司 1990 年版,第 224 页。

　　②　[法]保罗·利科:《据为己有》,载胡经之、张首映主编:《西方二十世纪文论选》(第三卷),中国社会科学出版社 1989 年版,第 306 页。

　　③　[法]保罗·利科:《据为己有》,载胡经之、张首映主编:《西方二十世纪文论选》(第三卷),中国社会科学出版社 1989 年版,第 314 页。

看着处在后台的导演排练；一眼注视着文化非同质性的惊叹，一眼则注视着文化文本之间相通性的共鸣；一眼瞄准自己所获得的审美回报，一眼则追逐着阅读对象的文化流通。新历史主义的阅读接受理论的独特价值在此，其失误也主要在此：读者赋予"两只眼睛"的力量并未达到均衡，"后一只眼"往往有代替"前一只眼"的危险。这种不平衡造成的负面效应即在于：它通常以自己的文化处境硬套过去的文化文本；以对后台导演排练（权力运演）的揭示代替对文本的具体分析；以对文化文本间的"共鸣"的描述代替对这种文化非同质性的"惊叹"的探讨；以对文化流通的追逐代替对于审美回报的品位。

新历史主义对文化的历史性及读者接受活动的历史性的揭示是深入的。但是，联系其文学意识形态功能观来看，它往往将"惊叹"消融在"共鸣"之中，将文化的历史具体性和异质性消融在表述系统的流通之中，从而将读者接受中的"颠覆"力量悲观地理解成由文化系统所"包容"的因素，而最终走向对现存文化体系的"认可"而不是"抵抗"。

第五节　历史性与批评：批评观念与方法

历史诗学的基本问题之一是"历史与批评"的关系问题。我们希冀中的历史诗学将批评自身看成"历史性的"。新历史主义自称是一种对批评具有"自我意识"的历史诗学，自然要对批评自身进行深入反思；而且，在批评理论中进行自我反思，从理论上探讨自己的假定和论据，表明自己的话语立场，是新历史主义者"作为批评团体的一种姿态"①。在威瑟教授总结的"五个假设"中，有两个是直接关于批评自身的："我们揭露、批判和树立对立面时所使用的方法往往都是采用对方的手段，因此有可能沦陷为自己所揭露的实践的牺牲品"；"我们批判和分析文化时所使用的方法和语言分享和参与该文化机

---

① 　张京媛主编：《新历史主义与文学批评》，北京大学出版社1993年版，第7页。

制的运转。"①这种反省意识突出了批评自身的历史性。

在批评自身的历史性问题上,新历史主义的特点主要从两个基本方面体现出来:在观念层面,它认为批评是一种社会文化"工程"或"批评工程";在批评方法层面,它将逸闻逸事发展为一种具有根本方法论意义的"逸闻主义"。在这两个层面上,它都强调了批评自身的历史性。

一、观念层面:"批评工程"

自古以来,文学批评都被视为文学事业从属的、次要的和补充性的部分。但 20 世纪后半叶以来文学事业的发展基本打消了人们的这种认识。有人感喟,在当代,读者及其批评已成为文学活动的真正主角:阅读统驭了创作,"批评理论"代替了作品分析。"批评理论"(critical theory)关注"批评的形成过程和运作方式,批评本身的特征和价值。由于批评可以涉及到多种学科和多种文本,所以批评理论不限于文学,而是一个新的跨学科的领域。"②可以说,批评理论是一种面对文本的、冲破传统学科界线的"文化批评"。批评理论的基本特点是"反身自问":批评的历史性依据是什么?批评在何种立场上言说?批评与它自处其中的文化机制是什么关系?

批评理论是后工业社会知识分子将对社会文化的批判审视态度扩展到"批评"自身而出现的现象;同时也是人们意识到批评自身的"历史性"并对之进行诘问的结果。它关注的焦点不再是作品的一般审美特点和形式构成,而是批评如何参与社会历史进程的问题。新历史主义历史诗学的批评观,无疑也应放在批评理论的大背景上去审视。它与一般自由人文主义批评观大异其趣。

说到底,批评理论的兴起缘于批评者对"批评的语境"合法性的怀疑。传

---

① Aram Veeser(ed.),*The New Historicism*,London:Routledge,1989,p.10.

② 王逢振"知识分子图书馆'总序'",载[美]费什:《读者反应批评:理论与实践》,文楚安译,中国社会科学出版社 1998 年版,第3—5 页。

统历史诗学在与各种形式主义对抗时，总是强调"语境"对文本的制约，其语境则主要是指"写作的语境"和"接受的语境"。前者强调作者的意图、传记、社会文化、政治境遇和它们的意识形态与话语；后者重视文本被不同社会组织、社会机构、读者大众所阅读、利用或滥用的过程。人们通过对"语境"的强调而突出了作品与读者的"历史性"。但文学批评自身的"历史性"并未得到重视。对"批评语境"历史具体性的批判性考察，引起了理论批评重心的转移，从而使"批评语境"的研究成为焦点。

其实，批评语境自身并非"理所当然的"。批评者带着特定的期待视野去阅读批判，这并不是一桩不受质询的和自然而然的事情，而是一个涉及到批评者如何选择其批评立场，如何对待其阅读在当代批评场景中所处的位置，以及如何对待社会文化加于自身之上的历史性等问题。对批评语境自身的批判会导致人们对"写作的语境""接受的语境""批评的语境"及其间关系的重新省察。写作的语境和阅读的语境并不是由客观中立的档案材料堆集起来的，而是各种力量选择和涂抹之后"建构"起来的。它们本身与批评的语境息息相关。因此，一般性地强调语境本身也还存在着问题。任何语境都不是现成既定的、单一同质的和自然而然的，而是复杂交叠、多重互掺和"多声部的"，因而是充满矛盾和疑问的。人们是依据什么价值观念和思维背景决定某一语境优先于其他语境的呢？这个价值观念和思维背景本身是否也是一个应该究诘的对象呢？这些问题使批评语境的重要性突出了。新历史主义正是在意识到批评语境重要性的基础上，力图"结合历史背景、理论方法、政治参与、作品分析，去解释作品与社会相互推动的过程。"①

新历史主义对批评丧失自我意识保持着极高的警惕。研究者指出，"像许多处于后现代的知识分子一样，新历史主义者高度敏感，时时质疑和检验自己在批评运作中所起的作用与扮演的角色。"②需要补充的是，其敏感绝非无

---

① 廖炳惠：《形式与意识形态》，联经出版事业公司 1990 年版，第 211 页。
② 张京媛主编：《新历史主义与文学批评》，北京大学出版社 1993 年版，第 7 页。

缘无故,而源于他们对批评自身历史性的意识;也不能归因于批评者的个人气质,而应该从思想方法的高度去理解。

自由人文主义者宣称,文学经典和批评经典体现了人类经验和表达方式的全部本质性的领域。女权主义向这种观念发起了挑战,其学术研究探讨了妇女声音如何在文学作品及批评中被压抑、利用和边缘化的过程。它将批评实践与学术政策和社会政治"公开"联系起来,揭露了自由人文主义理论的虚妄性:学术研究绝非凌驾于利害关系、偏见及物质斗争之上,而是与知识、职业和社会的利害关系纠缠在一起。这种洞见及其细致入微的批评方法都可与新历史主义彼此发明。它们共同揭示出,每常以"客观"知识面目出现的文学批评在社会历史进程中绝不是一个中性角色;它以某种特殊方式参与了历史进程;批评及批评者的"主体位置"值得究诘和质询。

新历史主义有关批评在社会历史进程中的功能的观点,集中体现在蒙特洛斯的"批评工程"(critical project)概念上。"工程"一词使人联想到社会建设中的铺路搭桥、修屋筑居,或是战场上的堡垒、战壕及掩体等攻防设施。这个概念与文化唯物主义的"文本工程"是相通的。它显示出,批评不只是个人兴趣爱好的一般表达,而是实际的综合而复杂的社会文化工程。批评既是主流意识形态"巩固"自身权威的事业,也是被统治阶层和受压抑群体"颠覆"这种权威的事业;换言之,它是这些阶级之间"包容"与"反包容"的意识形态战场。①从"巩固"角度看,批评是支配性意识形态的"表征",它虽然被竭力掩饰或"自然化"和"中性化",但仍然可以从它所删除或突出的东西上披露出来。

这样,批评就不只是对文学文本单纯的形式分析,而是一项复杂浩大的社会文化工程。文学批评总是处在与过去和当下的社会历史文化的互动关联中。"任何一种集体的批评工程都应该牢记,社会实践也参与到了批评工程试图分析的兴趣与观点的相互作用之中。所有的学术文本都有选择地建构其

---

① 王一川:《后结构历史主义诗学》,《外国文学评论》1993 年第 3 期。

文学/历史知识的对象，而且通常是在未经检验和反复无常的基础之上这样做的。任何真正新历史主义的工程不可或缺的是，必须意识到并且承认，我们的分析必然是由我们自己的历史地、社会性地和体制性地形成的一些优先考虑的问题所推动的，而且同时，我们所建构的过去是批评家的文本建构，而这些批评家也是历史性的主体。"①我们对过去的文本的理解和表述，既是疏离的过程，也是占为己有的过程。过去的话语与我们有关过去的话语是互为条件的。因此，我们有必要即将过去历史化，也将现在历史化，同时将过去与现在相互建构的辩证关系历史化。蒙特洛斯认为，这种批评实践构成了文化诗学与文化政治学之间的对话。适如国人所言，"相今宜鉴古，无古不成今"。

在公允客观的假面背后，作为学术研究的批评实际上是一个充满竞争的战场，是意识形态主导因素进行再生产的场所。人们在阅读、讲授和修订文学经典的过程中，有一些重要的因素在起作用。人们一旦发现自己是被一些文化和体制因素"授权"做着批评工作，那么，他们就被迫选择在何时以及以何种方式使用这种"权力"。这使人们认识到，文化诗学的研究和教学都深陷在更大的"学术政治学"（academic politics）之中，没有无关利害的学术团体，没有客观中正的学术立场。面对这种局面，新历史主义力图使人们"充分"意识到，我们阅读什么和如何阅读，都不是与政治无染的；应该清醒地认识到我们自己的历史性，意识到我们处在抚育我们又限制我们的权力知识之中。因此，要保持清醒的意识，"我们批判和分析文化时所使用的方法和语言分享和参与该文化机制的运作，"批评常常"沦陷为自己所揭露的实践的牺牲品"。

具体说来，批评作为一项浩大的社会文化工程，其功能如何发挥呢？在新历史主义看来，批评工程主要以两种相互锁联的方式发挥功能：一是划界和重新划界；二是构造并体验不同版本的"历史"。

关于划界和重新划界，新历史主义有一个批评假设，威瑟将其概括为：

---

① Louis Montrose,"New Historicism", in *Redrawing the Boundaries*, Greenblatt, S. & Gunn, G. (eds.), New York: The Modern Language Association of America, 1992, p.415.

"文学与非文学'文本'之间没有界线,彼此不间断地流通往来。"①这个概括似乎并未穷尽新历史主义对界线的理解。按照格林布拉特的理解,文学批评的划界是发生于深层的,它涉及"从国家的、语言的、历史的、代际的、地理的界线到种族的、人种的、社会的、性别的、政治的、道德的和宗教的界线。而且,文学研究还有许多并不明显但具有同样决定性的分界线,它将阅读与写作、印刷文化与口述文化、经典性的传统与异端传统、精英文化与通俗文化、高雅艺术与大众艺术区分开来。"②这些界线是文学研究在特定历史情境下划定的,并不是理所当然的。因此它们可以被跨越、混合、合并或瓦解,也可以被重新修订、构想、设计和置换。界线划定以及对既有界线的侵越是一项批评工程,它是文学批评始终为之的事业,并非新历史主义批评的专利,但新历史主义的批评使人们认识到了这一学术事实:文学批评总是通过排斥打击一部分和包容吸收另一部分而对既定界线进行修订和重划。

　　值得注意,新历史主义认为对界线的破坏是在最深层的"转义"层面,即先于批评的、潜在的语言结构层面发生的(海登·怀特的转义理论充分说明了这一点)。但人们却设定,界线是在"学科层面"被跨越的,因而一般性地走向跨学科(interdisciplinary)研究领域。但这种假设混淆了从同一界线的不同侧面来观照的愿望与重新构想不同界线之间关系的欲望。新历史主义是要重新构想不同界线之间的关系,而不只是从同一界线的不同侧面来观照。在它看来,界线是历史性地划定的,也应该在历史性中被重划;界线是非自然的,其合法性应该受到质询。而一般性地强调"跨学科研究"则并不怀疑学科界线的自然性或合法性。因此,当我们以"跨学科研究性"③来泛论新历史主义的特点时,应该避免对新历史主义划界观念的肤浅理解。

---

　　①　Aram Veeser(ed.),*The New Historicism*,London:Routledge,1989,p.10.

　　②　Greenblatt,S.& Gunn,G.(eds.),*Redrawing the Boundaries*,New York:The Modern Language Association of America,1992,p.4.

　　③　王岳川:《后殖民主义与新历史主义文论》,山东教育出版社 1999 年版,第 170 页。

　　界线问题的提出让人意识到,文学并不是某种一劳永逸地给出的东西,而是建构和重建出来的东西。不仅文学经典是在界线的徘徊不定和对界线的超越中塑造出来的,而且文学观念本身也处在不间断的"商讨"过程中。文学研究必然或隐或显地质询想象中的界线。旧历史主义(思辨历史诗学和大部分批判历史诗学),在描述文学语境时,大多采用"时代精神""历史背景"以及"世界图景"等概念,把丰富复杂的文学现象化简为一个同质的、连贯的、稳定的文化"背景"或"图景",认为非一致性、矛盾性等因素都无力撼动这个统一基础。威廉斯则认为,"主导的""残余的"和"新生的"三种文化因素之间的界线是动态的,基于不同因素的批评之间的界线也是不稳定的,由这种批评划出的界线也不是一成不变的。辛费尔德进而认为,一切界线都是"faultlines",它们通过抹杀矛盾冲突的方法而将文化中的复杂关系表述成"和谐一致的"和"统一连贯的"。这种工作是一项"意识形态的工程"。① 因此,批评在文化中所划的界线是各种批评基于自身的历史性而划出的历史性界线,这些界线在历史过程中必然得到重划。

　　这样,界线重划就参与到社会文化工程之中。蒙特洛斯说,"通过将'文学'重建在不稳定的和论战性的词语和社会实践领域——通过重划文学研究的界线而后又超越这些界线,我们可以将人文学科表达为一种在知识性和社会性上于历史性的当下有意义的工作的场所。"②也就是说,如果想让人文学科于我们当下的历史性存在有意义,就必须不断重新划分文学研究的界线。这种重新划界本身就是一种批评工程。

　　关于构造并体验不同版本的历史,新历史主义认为,每一次重新划界都并不仅仅是对既定界线的修订或侵犯,它在根本上是在同时建构或解构某种版本的"历史",让某种"历史"浮出地表而与其他"历史"进行对话和竞争。蒙

---

① 　Alan Sinfield, *Faultlines*, Berkeley: University of California Press, 1992, p.9.

② 　Louis Montrose, "*New Historicism*", in *Redrawing the Boundaries*, Greenblatt, S. & Gunn, G. (eds.), New York: The Modern Language Association of America, 1992, p.416.

特洛斯强调,"在文学研究中,新历史文化批评的工程,就是分析具体文化话语实践,包括那些文化经典得以构成和重构的话语实践。通过这种话语手段,不同版本的真实和历史得到体验、扩展和再生产,而且通过这种话语手段,不同版本的真实和历史也可以得到征用、竞争和转换。"①这就是说,新历史主义的批评工程,并不是以某种客观中正的面目去呈现某个"唯一的"真实或历史,而是要揭示不同版本的历史或"真实"形成并被利用的过程,而这种揭示活动本身也参与到文化话语的流通之中。

总之,新历史主义在观念层面将批评理解为一种工程,并认为它具有两个相互联系的功能。这种批评观念与其文学观念是相互联系的。同时,这种批评功能的发挥必须与其批评方法结合起来。为此,新历史主义在批评方法上采用"逸闻主义"来实现其批评工程和文本工程观念。新历史主义在重新划界过程中并未将"真实"问题抛诸脑后,也并不放弃对建构历史的可能性的思考,这些问题主要通过其"逸闻主义"而得到回答。

二、批评方法:"逸闻主义"

新历史主义的批评文章中随处可见一些与学术不大相干的逸闻趣事、野史传说、档案碎片以及批评者个人的点滴经历。初读疑为繁琐逗哏不足称者;详味则觉小事微言,有大义深义在焉。新历史主义将一般作为文学批评点缀的逸闻逸事发展为一种具有根本方法论意义的"逸闻主义",强调其"触摸真实"和"反历史"的重要诗学价值。这对启蒙运动以来形成并僵化了的审美与政治、文学与非文学、经典与非经典、文本与历史以及各个学科之间的界线和壁垒具有强大的爆破力,也有助于文学批评打破形式主义的文本封锁和旧历史主义堂皇叙事的话语垄断,使文学与人类生活的真实经验发生关联。这种将逸闻逸事与文学文本并置的做法显示了批评家的创造性和想象力,同时也

---

① Louis Montrose,"New Historicism", in *Redrawing the Boundaries*, Greenblatt, S. & Gunn, G. (eds.), New York:The Modern Language Association of America,1992,p.415.

存在着随意化和程式化的种种弊端。

理论批评若能以高度概念化普遍化的观点高屋建瓴、自上而下地析事明理自然是好；将重大的政治经济文化事件悬为"真实历史"，用文学文本印证历史发展既成定论的逻辑必然性也未尝不可。这是所谓传统历史主义的普通做法。但问题是，这种对自身缺乏反思批判的思辨方法，对文学文本与文学背景、文学与非文学、经典与非经典、文学与历史以及各个学科之间的界线做了一厢情愿的假定（或无批判的盲从），而这些界线是如何形成的呢？它们真是那么理所当然吗？文学的复杂幽微和丰富多样能够被这种"大而化之"的方法一网打尽吗？当然，也可以有另一条途径，就是从传统意义上的文学经典中撷取片断文字近观迫察细读深研，在自己确定的批评罗盘上穷尽"整个"文学表述系统。这是一般形式主义的做法。但这种方法同样首先设定了文学与非文学之间的界线，将"文学性"当作静止不变的品质而加以推崇。这种方法与其说穷尽了经典作家和经典作品，还不如说是耗尽了其批评方法和文学观念本身。自 20 世纪后半叶以来，随着后结构主义的兴起，人们对如上两种方法体系进行了重新检视和盘诘，既向传统历史主义的"宏大叙事"发起了解构运动，也向形式主义的静止文学观念发起了冲击。这个运动使一切小事微言、野史逸闻浮出历史地表，获得了前所未有的重要性。

一般而言，结构主义若能将文本分割成一些二元对立组并揭示它们的活动逻辑，就心满意足地止步了。后结构主义和解构批评则试图证明，这类对立组为了维持自身，有时竟会导致自身的颠覆和崩溃，不然它们就必须把一些琐屑的细节放逐到文本的边缘地带。因此，解构主义者德里达的典型阅读习惯即是，"抓住作品中某些显然处于边缘的碎片——脚注，反复再现的小词或意象，偶然使用的典故——然后将其坚持不懈地推向威胁要粉碎那些支配文本整体的对立组的地步。"①福柯更是漠视传统思想史的主题，即连续性、传统、

---

① ［英］特雷·伊格尔顿：《二十世纪西方文学理论》，伍晓明译，陕西师范大学出版社 1987 年版，第 147 页。

影响、原因类比、类型学等,而"只对意识历史中的'裂隙'、'非连续性'和'断裂性'感兴趣,对意识历史中的多种时代之间的差异,而不是类同感兴趣。"①这些理论家都强调了语言的非确指性、文本的多义性、意义的无限延宕性、结构的非连续性和差异性。在这种文化氛围中,新历史主义开始实施其富有特色的"逸闻主义"(anecdotalism),它在大量采用后结构主义观念方法的同时也向它发动了攻击。

海登·怀特指出,新历史主义者尤其表现出对历史记载中的零散插曲、轶闻轶事、偶然事件、异乎寻常的外来事物、卑微甚或是不可思议的情形等许多方面的特别的兴趣。从诗学语言与语法规则之间的二项对立关系看,逸事逸闻犹如诗学语言,不仅自身包含意义,而且还总是隐而不露地对占统治地位的语言表达的典范规则提出挑战。他认为"历史的这些内容在创造性的意义上可以被视为'诗学的',因为它们对在自己出现时占统治地位的社会组织形式、政治支配和服从结构,以及文化符码等的规则、规律和原则表现出逃避、抵触、破坏和对立。"②在这种认识基础上,新历史主义者通常遵循一个批评操作程式:先从尘封的典籍中找出某一被人忽略的逸闻逸事(表面上与所评析的文学作品相隔遥远又罕为人知的事、诗、画、雕塑或建筑的设计等),然后挖掘其深层文化意义并出人意料地在它们与所分析作品之间找到联结点,最终显示出文学作品在成文之时与当时的世风、文化氛围和意识形态之间的复杂纠葛。他们将这种方法概括为"逸闻主义",并在其多种诗学价值中特别强调其"触摸真实"(the touch of the real)和"反历史"(counterhistories)的效用。

（一）捕捉真实的踪迹

真实性问题是文学理论批评的重要课题,也是长期以来聚讼纷纭的争论焦点。在传统上,人们认为真实性是可以臻达的,语言即是通向真实性的"中性媒介"和"透明工具"。因此,真实性一直是文学的确证场和避难所。结构

---

① 张京媛主编:《新历史主义与文学批评》,北京大学出版社 1993 年版,第 113 页。

② 张京媛主编:《新历史主义与文学批评》,北京大学出版社 1993 年版,第 106 页。

主义和后结构主义的兴起打破了语言"确指性"的神话，突出了语言自身的非透明性、能产性和建构性。在其观念中，文学沦为语言的囚徒而与人类生活的真实历史场景日益隔膜。真实性成了语言本身的一种效果和功能；由于语言符号链条的无始无终，真实性也变成了一个无法兑现的理论承诺，甚至文学理论也不再能作出这种承诺。

然而，文学毕竟不能只在封闭的语言形式中打转而变成追逐自己尾巴独自嬉戏的怪兽，它必然与人类生活之间有某种关联。但是，处在后现代知识氛围之中的文学理论批评家，如果不想背弃后现代思想的积极成果，就必须从后现代驻足的地方起步，而无法倒退到它之前。新历史主义就是在这种背景下进行"历史转向""回归历史"而"触摸真实"的。当然，它要回归的"历史"与"旧"历史主义的"历史"已大不相同。其"历史"是我们前文所指出的复数小写的"histories"，是作为"开放过程"的"历史"，是对话基础上的重构的"历史语境"和"文化氛围"而非"事实本身"，是与文本性结合在一起而带有"美学成分"的历史。这种历史观念打破了文学前景与"历史"背景之间的界线、各种学科界线以及文学与非文学、经典与非经典、文字与口述、精英与大众、高雅与通俗之间的界线，从而使文学研究突破了文学艺术领域而将其触角伸向人类全部"表述"领域。格林布拉特认为，文学文本为我们创造了表述技巧而拥有强大的力量，但"在传统的文学疆界之外还有其他技巧和其他文本，它们拥有堪与媲美的强大力量。"①

虽然新历史主义强调了历史理解中表述的不可避免和文本性的无所不在，但它决意与后结构主义者德里达的"文外无物"的观点保持距离，而认为任何文本都与真实、物质、实践、痛苦、身体快感、沉默或死亡有牵连或有距离（距离也是一种关联方式）。然而，什么东西可以帮助新历史主义者冲破后结构主义设下的文本性牢笼而触摸那些真实呢？正是那些可以归之为"逸闻逸

---

① Gallagher,C.& Greenblatt,S.*Practicing New Historicism*,Chicago：The University of Chicago Press,2000,p.31.

事"的东西。按照一般英语辞典的解释，"anecdote"即"关于真人真事的短小的，通常是有趣的故事"。这个英文词本身强调了故事之"真"，新历史主义视逸闻为真实生活遗留下来的"踪迹"并用它来表达其对真实的追求（尽管略有一些同语反复的意味）。

逸闻逸事的特出之处还在于，以前的各个学科界线和学术研究是在将它们排除在外的情况下进行的，故它们也未被那些学科范畴所分割而具有学科归属上的模棱性，这种模棱性使其与既往真实生活具有更多的切近性。职是之故，逸闻便拥有了逃脱文本性框范的某种能动性。格氏认为，那些已逝的生命，曾经一度原生而精妙、粗犷而复杂，但渐渐被老于世故的文学批评蒸馏掉了。而它们在被蒸馏之前却以逸闻逸事的形式存在。在今天，"文学批评能够大胆进入陌生的文化文本，反过来，这些文本——通常是边缘的、怪诞的、零碎的、出乎意料的、粗糙的——也能够以兴味盎然的方式开始与人们十分熟悉的文学经典作品相互作用。"①逸闻的重要性就在于它能够与文学文本之间产生互动，使传统的学科界线轰然坍塌，使无所不在的文本性突然破裂而透射出一抹真实生活的余晖，使文学重新与人类的真实历史经验关联起来。

新历史主义者多能将这种观念方法付诸批评实践，格林布拉特的《莎士比亚式的商讨》一书堪为表率。该书收录了作者的 5 篇重要论文，书名暗示作者要讨论莎士比亚。但与读者的期待相反的是，该著的每一个章节都无一例外地以一个历史逸闻开头（首章为作者的理论说明，亦采用了批评家言说自我的方式："我带着与死者说话的愿望开始研究"），然后娓娓道来，不时提醒读者故事并非出于虚构，而是一桩真实历史事件的记录。逸闻听来荒诞不经，但其中也不乏当时生活的蛛丝马迹，甚至是当时世风的一个侧面。作者接着会证明，这些今人以为荒诞的故事在它发生的时代是司空见惯的。他从诸如法庭记录、医学文献、教会宣示、科学报告、外交文件、传教日记、探险笔记、

---

① Gallagher，C.& Greenblatt，S. *Practicing New Historicism*，Chicago：The University of Chicago Press，2000，p.28.

旅行游记等非文学文本中广征博引、纵横穿梭，让这些非文学文本映衬开篇所述的逸闻，也使之与文学文本间彼此对勘折射，共同烘托出当时社会生活的历史文化氛围。

将逸闻、文学文本和非文学文本并置，可以产生一种微妙的诗学效果。文本因折射了历史文化氛围而成为社会能量的载体，社会能量即通过不同的文本进行"流通"。社会能量显示在生产、形成和组织集体之物质和精神经验的能力之中，这种能力是由特定的词语的、气氛的、视觉的踪迹构成的。它与引起烦恼、痛苦、恐惧、心跳、怜悯、欢笑、紧张、慰藉和惊叹的能力相联系。在其审美模式中，社会能量"足以伸展到单个创造者或消费者之外而达到某个社会集体，不管受到何种限制。"①社会能量冲破文学系统的限制而与广阔的社会生活发生关联。莎剧表述了文艺复兴时期各种势力、利益和观念之间的复杂关系。社会能量流通的观念强调了非文学文本在文学解释中的重要性，从而使逸闻逸事作为文本踪迹和"一抹真实"在文学研究中的地位得到了强化。"逸闻主义"正是通过逸闻逸事来显示社会能量在原生态的日常生活和非文学文本与经过纯化的文学文本之间的流通交换过程，说明文学与非文学之间的界线是如何人为划定的，缘此对文学的本质做出独特的解说。

逸闻提供一种接近日常生活的门径，它通往事情如是发生之所，通往以粗陋的表达方式表述真理的实践领域，而那些方式在最富修辞性的文学文本中却遭到了否弃。格氏认为，"逸闻之路通向一个'交涉区'（contact zone），通向魔化了的空间，在那里真正的文学能够被魔法般变成存在。"②文学通过逸闻而触摸到了人类真实的历史生活。

在格氏笔下，莎士比亚的《亨利四世》《亨利五世》《理查三世》等历史剧

---

① Stephen Greeblatt, *Shakespearean Negotiations*, Berkeley: University of California Press, 1988, p.6.

② Gallagher, C.& Greenblatt, S. *Practicing New Historicism*, Chicago: The University of Chicago Press, 2000, p.48.

中的君臣暗斗、宫廷倾轧居然与警察局关于马洛的一份秘密调查报告的结论遥相呼应。《奥塞罗》中伊阿古的工于心计、步步为营、巧设圈套，竟然与白种人面对广义上的"摩尔人"时的歹毒阴险深层关联。他能够在逸闻、非文学文本与文学文本之间自由驰骋，而文学文本所掩盖着的历史生活本相也便随之浮出历史地表，跃然纸上。

　　平心而论，以逸闻入史并非全新的东西。希罗多德的《历史》中就充满着精美的逸事趣闻。司马迁著《史记》时，也曾力图"网罗天下放失旧闻"。但在一般史著中，逸闻不具有方法论上的重要性。新历史主义的逸闻而能成为一种"主义"，正在于其根本的方法论意义。对以前的主流史家来说，逸闻只有在作为修辞学意义上的点缀和辅助说明或分析综合过程中的一种小憩才进入历史。一般史学家书写个体生活和微小事件，通常强调的是其普遍的历史意义和概括化的典型性，而新历史主义则将逸闻视为触及历史真实的必要途径。当然，逸闻主义显然受到格尔兹文化人类学"厚描"和奥尔巴赫的文学史研究方法的影响。格尔兹的文化人类学善于"从一整套微观民族志材料——各种各样的评论和轶事——走向宏大的民族文化景观、时代、大陆和文明"，并认为这种"微观性质显示出来的方法论问题既是重要的，也是严重的。"①它确立了以小见大缘微知著、通过个案进行反复描述的"厚描"方法。奥尔巴赫的《模仿论》也重视逸事的价值，注重"从每个时代引用一些文本作为检验我思想的个案。"②不过，新历史主义者比格尔兹更强调激进政治，比奥尔巴赫更倚重非文学文本。它对逸闻的运用更具方法论上的自觉性，也更具触摸历史真实的目的性。

　　逸闻主义力图触及的真实，是氛围的真实，是语境的真实；是一抹真实的遗晖，是一张真实的存照；这不是将历史"再现"出来，而是将它的形成过程

①　[美]格尔兹：《文化的解释》，纳日碧力戈等译，上海人民出版社1999年版，第27页。

②　[英]拉曼·塞尔登等：《文学批评理论——从柏拉图到现在》，刘象愚、陈永国等译，北京大学出版社2000年版，第56页。

"重构"出来;这不是"实体性的"真实,这是"虚灵的"真实。这种真实是新历史主义的辐辏之处,而逸闻则充当了那些辐条。

（二）实施"反历史"策略

新历史主义的"逸事",除了如上实践效用外,还有重要的理论诉求,即通过建构复数化的小写历史而刺穿传统历史"宏大叙事"的堂皇假面,实现其"反历史"表述。

"反历史"的汉语译法多少有些牵强,因为 Counter-作为前缀在英文中有"方向相反""回应反击""对应补充"等多重意思,在汉语中没有完全对等的词。当然,counter-histories 存在的前提应该是有一个可供 counter 的 history 在。那么,这是何种"历史"呢？是那种目的论的、因果论的、决定论的和整体论的思辨历史以及在此基础上形成的政治国家史。

新历史主义的"反历史"与 20 世纪 60 年代以来兴起于欧美的"新史学"相关联。后者突破政治国家史的限制而转向社会文化史,从而将注意力从重大战争场面、国家政体的承续以及广受尊崇的英雄领袖转向婚姻宗教、仪式风俗等的小写历史,重构传统史学所漠视的群体的日常生活和边缘化了的东西。但新历史主义并不满足于此。研究者指出,"新史学主要是在讲述那些湮没的故事,而新历史主义和文化唯物主义则首先试图理解这些故事是如何被湮没的,在当前情况下隐藏和揭示它们的又是什么力量。"①

在这方面,新历史主义受到后现代思想的启发。福柯关于历史叙述的话语/权力理论以及利奥塔关于表述危机的学说,都既对思辨历史哲学进行了批判和解构,也对"历史"本身的可能性提出了质疑。福柯认为,基于连续性的历史被它所为之服务的主体所损害,应该让那些差异为自己言说,而它们所"说"者,既令历史主义鼓舞,也使其尴尬。② 前者是指差异和裂隙是一个可供

---

① John Brannigan, *New Historicism and Cultural Materialism*, London: Macmillan Press Ltd., 1998, p.35.

② Paul Hamilton, *Historicism*, London: Routledge, 1996, p.135.

历史主义者书写的大片领域;后者则指差异和裂隙撼动了"历史"本身的根基:人们无法写出可靠的"历史"。从后一种意义上说,福柯是一个"反历史主义者"(anti-historicist,anti-与 counter-有所不同,前者主要强调反对,而后者还有补充的意义。Anti-history 是一种"后历史",即历史的消解)。① 与此同时,利奥塔尔尖锐指出,"用一个包含历史哲学的元叙事来使知识合法化,这将使我们对支配社会关系的体制是否具备有效性产生疑问:这些体制也需要使自身合法化。"②他发现,作为宏大叙事的启蒙叙事及作为其基础的启蒙历史哲学面临合法化危机,人们无法在此基础上做出关于事物的表述,因此,出现了普遍的表述危机。福柯和利奥塔尔都反对思辨历史哲学的历史叙述,主要强调对传统历史主义的解构;新历史主义则不满足于这种解构嬉戏及其所导致的历史风格学,而试图有所建构,试图使这种新建的历史与"真实"有所关联,这种历史就是其"反历史"。

伽勒赫认为,"人们通过逸事而追求的小写历史,可以称为 counterhistories,即使其目的地尚不确定而其轨迹又与最佳路线相左,但这种历史毕竟是可以欣然展开的。"③她采用这个术语来指称向承继自上世纪的宏大叙事发动的一系列攻击,这些攻击本身即成为历史。"反历史"不仅与主导叙事相对立,而且与流行的历史思考模式和研究方法相颉颃;因此,一旦它获得成功,它就不再"反"。事实上,宏大叙事本身就是作为"反历史"而开始的,历史学科的根须即在于反抗神甫和统治阶层的官方史。因此,"反历史"与历史是一个相互依存的连续的矛盾运动过程,而不是用独立的品格进行物质性的对抗。但是,"反历史"必须得有所依附,其所依附者即是逸事逸闻。

逸事作为微小叙事让人们看到宏大历史是如何形成和运作的。逸事作为

---

① 　Paul Hamilton,*Historicism*,London:Routledge,1996,p.133.

② 　[法]利奥塔尔:《后现代状态:关于知识的报告》,车槿山译,生活·读书·新知三联书店 1997 年版,第 2 页。

③ 　Gallagher,C.& Greenblatt,S.*Practicing New Historicism*,Chicago:The University of Chicago Press,2000,p.52.

基于自身的小故事，向解释叙述的语境打开了一个小孔，实现了历史解释的语境化。逸事可能阻断大历史的"连续性"之流，让人们在逸事的边际遭遇叙事文本中的差异，让差异和异端自我述说；这让人们意识到历史叙事之外的某种东西——那个语境化了的"真实"。"新历史主义将逸事与惯常历史的爆破而非其实践联系起来：尚未进行学科分类的逸事向我们这些想要打断'大故事'（Big Stories）的人们发出召唤。"①逸事的个体性可以让人在历史的门槛前稍事驻足甚至逡巡不入。只有某些逸事才有此功效：那些因聚集了异质性因素而保存了极端陌生性的异国风情者和不合常规者——似乎是一些朝生暮死的细节、不受重视的反常物和被压抑的不合时宜者，这些因素组成了一种合唱，在其中背景与前景、历史与文本之间持续不断地相互转变。因此，新历史主义者所渴望的逸事不像旧历史主义的那种集中体现时代真理的事件，而是能够将这些真理"掏空"的东西。这种逸事会打开历史之门，或者使历史歪斜欲坠，以便让文学文本能够找到新的插入点。在这时，文本拥有历史的和文学的双重身份，历史可以被想象成偶然性的一部分。通过古怪离奇的逸事，历史将不再能成为将文本稳定下来的途径。

逸事撕破和逗弄前此通常无法达到的"真实"。逸事有意识地撬起寻常的序列而让其脱离其所指物，指向处于历史学科的当代界线之外但依然不外于具体认知可能性的现象。新历史主义运用逸事对准人们熟悉的历史大厦开火而让那些灰泥下面的裂缝显露出来。"然而，因为他们也希望学到一些有关过去的知识，裂缝本身被看成恢复了的东西。"②这段话集中体现了新历史主义"反历史"的精神：这种历史的宗旨不在于验证传统宏大历史叙事的既成定论的必然性序列，而是让它们露出破绽，这就与传统历史主义拉开了距离；

---

① Gallagher，C.& Greenblatt，S.*Practicing New Historicism*，Chicago：The University of Chicago Press，2000，p.51.

② Gallagher，C.& Greenblatt，S.*Practicing New Historicism*，Chicago：The University of Chicago Press，2000，p.52.

这种历史也不是将传统历史拆解并完全放逐到不可知的领域,而是让已经显示出来的裂缝自身成为一种历史重建,这就与一般后结构主义保持了距离。新历史主义的特殊理论品格就包含在这种双重的"间距"之中。

新历史主义的"反历史"十分特殊。它并不满足于像新史学那样仅仅从另一个层面变成大历史的印证和"补充",便从更加极端的理论家福柯等人的历史理论汲取滋养,更多地强调对传统历史叙述之"反对"和对其基础的拆除。"反对"与"补充"相结合,就正是新历史主义的"反历史":它既不是传统意义上的宏大历史或在其范式内对之进行修补的"新史学",也不是后现代意义上的"后历史"(post-history)。批评家指出,在福柯那里,一切都是历史的和历史化了的,因此一切都既是历史客体的产物又是其生产者。其作品是后历史的,因为他承认历史的解体。但新历史主义的"反历史"则不完全是,因为新历史主义"以另一种权力的宏大叙事代替了历史进步的宏大叙事"。① 新历史主义的"反历史"之所以既不是传统历史,也不是后历史,是因为它希望"重建"它种历史。

作为文学史家,应该双眼齐睁,一眼看过去,一眼看现在。文学批评应该具有历时性和共时性的双重维度。但新历史主义的"历史"则几乎完全是共时的,主要与现在的处境和文化文本间性相连。这使得新历史主义的历史诗学中历时性维度显得虚弱无力。

总之,新历史主义将逸闻逸事上升到方法论的层面而进行反思性运用,某种意义上的确实现了其触摸真实、打破学科壁垒、重划文化界线以及"反历史"的功效。但是,它在将逸闻逸事与文学文本和非文学文本并置和拼贴时,其创造性与随意性、新颖性和程式化同时并存。其不足之处已经招致了批评,批评家柯亨就指责新历史主义者是将文本与语境进行"人为的联结"或"任意

---

① John Brannigan, *New Historicism and Cultural Materialism*, London: Macmillan Press Ltd., 1998, p.217.

联系"①,而这种方法一旦形成程式,就会变得僵化而丧失新颖性。在此基础上建构起来的历史又通常是偶然无定、充满谜团的。在背离了大历史的垄断之后,小历史又难免其繁琐和零碎。况且,这种无限制的"小事大作"中始终缺乏一个价值维度,这造成了文学作品与非文学作品的"和光同尘",可能导致文学作品丧失了引导人们向美向善的功能。②

新历史主义将"历史性"推展到文学活动的各个要素、层面和环节,使后者都变成历史具体的。这引起了文学观念的深刻变化,显示出了它对历史诗学问题的"深化"和"问题化",也体现出了它对文学理论本身的意义。在文学本质问题上,新历史主义打破了"历史背景"与"文学前景"之间的传统的静态对立,而代之以其间"互为背景"、相互塑造、彼此渗透的动态关系。它认为,文学并不是一种"超历史"的存在,而是以"社会能量流通交换"的具体的历史方式存在;文学并不是与意识形态无涉的超然的活动,而是时刻发挥着其"颠覆"与"包容"的意识形态功能,即使表面上看不出任何政治功利性的文学形式和戏剧表演形式,也在隐蔽地发挥着其意识形态功能。

作家主体并不是自由人文主义所假定的"非历史"的人,人本质的任何方面都是话语实践和社会条件的产物;主体并不是一个"纯然的"能动体,而是能动体与屈从体之间的一种动态交互"过程",文学研究不但要"顺向"考察作家主体在文学活动中"表现"和"模仿"的过程,更要考察作家在文学活动中被这种活动所建构和塑造的"逆向"过程;作家应该从群体方面去把握,商讨与交换是模仿与表现的基础,因此,与其说作家是"创造者",还不如说作家首先是"商讨者"。

文学研究应该重新构想自己的对象并将焦点集中在"文本"而非"作品"之上,文本作为"网状结构过程"对新历史主义具有重要的方法论意义。文本

---

① 转引自盛宁:《新历史主义》,台湾扬智文化事业公司1996年版,第44页。
② 张进:《论新历史主义的逸闻主义》,《兰州大学学报》2002年第2期。

因与社会历史相关联而使自身变成一种"话语事件",其意义并不在于其自身,而在于它与其他社会历史文本之间的"关联";文学文本并不是拥有自己特殊的"内在本质"并独立于其他社会历史文本的静态存在,而是"振摆式"穿行回响于人类实践活动的各个领域。

读者接受活动是一种历史性的活动。历史与读者之间是一种权力领悟关系,阅读活动是一种颠覆与再度解释过程,因此,阅读应该是"爆破式的""解神秘化"的"症候阅读"。没有所谓的"超读者"或"理想读者",任何读者都是历史的、具体的人。读者在阅读活动中不仅要发现特定文化系统中各种表述形式和不同话语实践之间的"共鸣",感悟到特定文化表述系统遭遇它异文化时产生的"惊叹"中所透露出的这种文化表述系统本身的历史可变性和历史具体性,而且要善于把握"共鸣"与"惊叹"之间的交互转化。阅读接受是一个迂回曲折、循环往复的过程,是一个"文本间离性""自我剥夺"与"据为己有"等复杂活动之间的"能动的振荡",是一种经由复杂的社会、历史和文化中介过程而达到的愉悦,是读者在这种愉悦之中的文化反思和自我审视。

文学批评活动是一种"批评工程",它并不是个人兴趣爱好的一般表达,而一项复杂而浩大的文化工程。它是主流意识形态巩固自己权威的事业,也是被统治阶层和受压抑群体颠覆这种权威的事业。批评的语境并不是自然的、单一的、同质的和现成的,任何批评语境都是在复杂交叠的、多重互渗的和多声部的语境之中进行选择和排斥之后而"建构"起来的。文学批评事实上在从事着划界和重新划界活动,在这一过程中,它让人们构造并体验"不同版本的历史"。在批评方法上,新历史主义将一般作为文学批评点缀的逸闻逸事发展为一种具有根本方法论意义的"逸闻主义",强调其"触摸真实"和"反历史"的重要诗学价值。这种批评对启蒙运动以来形成并僵化了的各种界限和学科壁垒具有强大的爆破力,也有助于文学批评冲破形式主义的文本封锁和传统历史主义的话语垄断,使文学与人类生活的真实经验发生关联。

　　当然,新历史主义的这种文学观念对文学的"特殊性"强调不足,对作家的"创造性"重视不够,对文学文本形式本身的具体性缺乏敏感性;它既有抹杀读者的审美愉悦的倾向,也存在着将文学批评完全政治意识形态化的危险。

第五章　中国的新历史主义文艺思潮

新历史主义历史诗学在欧美主要是作为一个批评流派和一种理论批评方法存在并发生影响的。那么,它渗透到文艺创作实践领域会有什么特点呢?以类似的观念方法去从事文艺创作又会有什么突破和困惑呢? 关于这些问题,我们主要结合中国新时期的"新历史主义文艺思潮"而做进一步说明。我们认为,国内新时期的新历史主义文艺思潮与国外的新历史主义批评理论之间彼此推动和策应,因而具有相互对勘发明的功效。既然不存在"一种"新历史主义而是有"多种"新历史主义,既然新历史主义无法用"大写"形式来特指而只能用"小写"形式来泛称,①既然在社会能量流通中"不存在单一方法的、统贯一切的、详尽无遗的和可限定的文化诗学"②,那么,中国新时期有新历史主义倾向的文艺实践(尽管与国外新历史主义之间存在着差异),就可以成为国外新历史主义的"厚描"意义上的语境和参照系。

新历史主义文艺思潮是新时期中国文坛引人注目的文艺现象,它的产生和发展有其内在的历史动因和深刻的现实语境,应该将其放在历史主义的时

① Jeffrey N.Cox & Larry J.Reynolds(eds.), *New Historical Literary Study*, Princeton:Princeton University Press,1993,p.1.

② Stephen Greenblatt, *Shakespearean Negotiations*, Berkeley:University of California Press, 1988,p.19.

间流程和世界文学的空间背景上进行考察。我们发现，它是在国内外多种批评理论和创作实践所构成的复杂语境中形成并发展起来的。从理论方面说，它既是对20世纪文学理论的"语言论转向"放逐历史的形式主义的反拨和矫正，又是对其中的某些理论成果的同化和吸收；既有对"旧"历史主义观念的反思和批判，也有对其思想成分的继承和汲取。从实践方面看，它既是对长期以来文艺创作历史题材和历史方法上的陈规禁忌的突破，也是对前此文学实践的"负模仿"，即以二元对立的思维方式对前此的规约和风气进行抗拒、背弃和线性反动，但受这个规约和风气"负面的支配"。从话语权力角度看，它反映出各社会阶层对话语权力的重新分配。从社会心理方面看，它表现出人们对层出不穷的形式主义理论的厌倦和对文艺研究历史文化大视野的期待。同时，其兴起也缘自身处社会转型时期的知识分子对启蒙现代性历程的深刻反思。在中国，从80年代后期开始，反思启蒙现代性已经成为知识分子的一项不可推卸的使命。新历史主义文艺思潮的兴起正是这种反思的一个组成部分，不论是批评领域对文学史的"重写"还是创作领域对家族村落史的"重构"，其题材和对象都主要集中在中国现当代史的范围之内，这显示出反思中国现代性历程的强烈冲动。

国外新历史主义批评理论、后现代主义文化氛围、新中国30年历史文学实践、新时期思想解放运动和文学实验活动共同构成其发生发展的历史现实语境，触发、推动和催生出这一文艺思潮。同时，它也在一定程度上策应和推动了新历史主义在世界范围内的发展，而且，它在某些具体方面使新历史主义思想观念的成败得失充分显示出来，甚至将之"放大"和"具体化"了。这使得对新时期新历史主义文艺思潮的考察成为新历史主义研究的一项必要的组成部分。

在新时期，近百年来国外历时发展起来的各种文学理论批评观念和方法体系密集共时地涌入中国。"方法论热"之后，国人对这些理论方法已不再陌生。在寻求和探索一种更具整合力度的文学批评方法和创作途径方面，中外已处于大致相似的境遇。也就是说,国外新历史主义在产生和发展中所需要的一般条件在国内也已经形成了。我们发现,80年代后期由先锋派、寻根文学和新写实文学等汇聚而成的"新历史小说"的创作活动以及"重写文学史"的文学批评运动,都与新历史主义保持着某种精神祈向上同气相求的亲缘性和方法策略上彼此彰显的通约性,即通过书写"家族史""村落史""心史情史""秘史野史""外史异史"和"民间历史"来"重构历史""调侃历史""戏说历史"甚至"颠覆历史"和"解构历史",进而实现对中国的启蒙现代性历程的批判性审视。

中国版的新历史主义有其本土特性:从起源上说,它既是"外生继起"的,又是"内生原发"的;既有国外理论批评的诱发,又有国内各种艺术力量的推动;既是文艺自身发展的内在逻辑必然,又有历史和现实因素的促发;从构成上说,它既有批评理论方面的思想内涵,又有创作实践方面的具体表现;既涉及小说诗歌等"纯文学"样式,又涵盖电视电影等综合性文艺样式。新历史主义的这种复杂性和多层次性,要求我们从文艺思潮高度对其进行研究和评析。

我们主要从"思想内涵和基本特征"以及"价值取向和社会效应"两个方面考察新历史主义在中国的特点和命运,并在"厚描"的意义上深化对"新历史主义"的研究。

第一节 思想内涵和基本特征

作为一种文艺思潮,新历史主义的思想内涵和基本特点主要体现在如下几个方面:文本的历史性和历史的文本性;单线历史的复线化和大写历史的小写化;客观历史的主体化和必然历史的偶然化;历史和文学的边缘意识形态化。它对这些方面的强调既有一定成效,又不无失当之处。①

---

① 张进:《新历史主义文艺思潮的思想内涵和基本特征》,《文史哲》2001年第5期。

一、历史性与文本性之间的制衡与倾斜

"新历史主义"批评实践打破了"文学前景与政治背景""艺术生产与其他社会生产"之间的传统界线，打通了学科壁垒，将文学放到其他文化形式和实践领域中去考察。这一意向充分体现在其"文本的历史性和历史的文本性"定义中。"文本的历史性"与"历史的文本性"作为同一命题的两个方面，是互为条件的。"历史是一个延伸的文本，文本是一段压缩的历史。历史和文本构成生活世界的一个隐喻。文本是历史的文本，也是历时与共时统一的文本"。① 这个命题使历史与文学、人与历史之间的轴线得到调整：在同一话语基础之上，历史与文学变成彼此内在关联的存在；历史的广袤空间与人的当下生存境域之间相互敞开，形成了一个历史阐释者与"讲述话语的年代"和"话语讲述的年代"之间双向辩证对话的动力场。

文学与历史文本在话语建构性基础上彼此开放的观念，与繁荣的历史文学创作及其表达出来的历史观可以相互印证、彼此阐发。它解除了文学话语对历史话语的膜拜，使作家可以自由驰骋于历史原野，甚至通过叙事话语操纵和戏弄历史。从 80 年代后期开始，相当多的作家，特别是先锋派、新写实和寻根派作家，不约而同地涌入历史，开始了各具特色的历史书写活动，形成了一个持续至今的历史文学创作热潮，涌现出大批历史文学作品。这些作品所显示的历史观念、叙事方法以及价值取向方面的重大变化，概言之，即对"文本的历史性和历史的文本性"的强调。评论界多称之为"新历史小说"或"新历史主义小说"。它们是新历史主义文艺思潮最重要的组成部分和推动力量。

刘震云的小说《故乡相处流传》集中体现了新历史主义的原则。小说中，当代的话语大面积地侵入在传统观念中属于过去的历史，消解了今天与昨天的时间间距，使古今话语处于一个共同的话语空间之中，从而使往日漫长而广

① 朱立元主编：《当代西方文艺理论》，华东师范大学出版社 1997 年版，第 396 页。

远的历史统统缩进了今日的文本。作者通过文本设计而重构了一段共时的历史，使历史的文本性特征鲜明地展示出来。同时，作品又通过一系列时间坐标的设置而使文本不断指向历史，显示出文本的历史性。小说弱化了传统小说中起决定作用的时间因素，而突出了空间的"共时性"特征，将其触角伸向历史无意识的隐秘领域，即作者所说的属于"夜晚"的广阔空间。

"历史的文本性与文本的历史性"观念使文学与历史在文本基础上交融互渗，彼此构成。格非的小说《青黄》即是例证。作者对"青黄"的词源学考证形成的文本逐渐转化为一部关于"青黄"失踪的历史，后者实际上构成了一部"青黄"的"历史"，即关于九姓渔户的残缺不全的历史。历史从作家对文学文本的书写中生发出来，而《青黄》则同时拥有了历史文本和文学文本的双重身份。刘震云的小说《温故一九四二》亦然。小说回顾了当年发生在河南的大灾荒，并通过大量征引当时的报刊档案等史料，叙述了大灾荒与当时权力结构之间的奇异联系：灾民饿殍遍野嗷嗷待哺的悲惨景象与最高统治者的饱食终日满不在乎两相对照；来自美国和英国的两个记者成了灾民的救星；一批杀人如麻的日本侵略军却放粮赈灾，"救了我不少乡亲的命"。作品向正史的合法性提出了挑战。作者对历史档案不厌其烦的征引和缝合生成了一个独特的文学文本，而这个文本最终变成了关于那次灾荒的另一部"历史"。小说形象地演示了文本与历史之间相互转化的具体过程。

在新历史主义那里，"历史的文本性"和"文本的历史性"之间的相互制衡是其理论理想，也是它能一举命中传统历史主义和形式主义的双重迷误的理论法宝。但这个平衡状态在实践中难以实现，必然出现这样那样的倾斜。关于新历史主义文艺思潮，可以有诸如"启蒙的""审美的"和"游戏的"等阶段的划分。[①] 然而，笔者发现，对"文本的历史性"和"历史的文本性"的不同侧重也堪为一条划分依据：这个思潮前期重前者，后期重后者；来自先锋派阵营

---

① 张清华：《十年新历史主义文学思潮回顾》，《钟山》1998 年第 4 期。

的作家更重后者,而来自"寻根派"和"新写实"的作家则更重前者。这两个方面始终未能达到理想的张力平衡状态。

二、单线历史的复线化和大写历史的小写化

人们惯于视历史为"曾经发生的种种",但往往忽略了一点:历史必须进入文本话语才可能为人们所接近。而历史一旦成为文本,就每每以一元化的、整体连续的面目出现。然而,这种一元化的正史文本不可能将历史过程的丰富多样性一网打尽。于是,新历史主义向那些游离于正史之外的历史裂隙聚光,试图摄照历史的废墟和边界上蕴藏着的异样的历史景观。这引起了复线小写历史的大量增殖。

新历史主义发现,任何一部历史文本都无法客观而全面地覆盖历史真理,文本不可避免地受话语虚构性和权力性的编码。历史的真理性播散于各种文本之中,因而需要通过多元化的文本来共同体现;历史文本只不过是对已发生之种种的"解释",而不是客观"知识"。面对这种情况,新历史主义者从夹缝中寻找出路:悬搁"非叙述、非再现"的真实历史;同时,疏离由强势话语撰写的单线大写的正史;进而通过对小写历史和复数历史的书写来拆解和颠覆大写历史。格林布拉特就是这样的能手。他总是将目光投向那些普通史家或不屑关注、或难以发现、或识而不察的历史细部,进行纵深开掘和独特阐释,进而构筑出各种复线的小写历史。小写历史的丰富具体性让微弱沉寂的历史事件发出了声音,让大历史丰碑遮蔽之下的人和事浮出了历史地表。

他们将历史话语的权力性和虚构性从无意识领域拖进历史意识,进而发现撰史绝不意味着对所有已知史料的一视同仁,而是对部分材料的推扬和对其他材料的排抑,因而历史书写不可能是绝对客观公正的。新时期"重写文学史"(包括"重分文学史")运动与这种历史观念声气相通。

"重写"者认识到,文学史重写是不可避免的,但重写不是"覆写","而是要改变这门学科的原有的性质,使之从从属整个革命史传统教育的状态下摆

脱出来,成为一门独立的、审美的文学史学科"。①　重写意味着对既成历史的颠覆和拆解。基于这种认识,他们重新选择立场("民间立场");重新确定现当代文学史学科的性质;重新估价和定位现当代作家作品;重新划分现当代文学史阶段(如"20 世纪文学""百年中国文学整体观")等。其根本目的是反思中国的现代性历程,这与西方新历史主义通过重写文学史来反思其自身现代性的精神诉求是一致的。其基本策略是将先前单数大写的、政治化的文学史,改写为复数的、小写的、多元的、民间化的文学史。重写的要求本身具有合理性。但是,重写也难免抑扬任意和崇己抑人之弊,从而造成新的倾斜。这个运动的始作俑者也觉得重写"吹肿了文学史"。这是新历史主义的一个方法悖论:历史的需要重写与重写的不可能完美之间的二律悖反。

在创作领域,从寻根文学开始,作家就选择了家族史和村落史这种特殊的历史书写方式和历史切割单位。他们或以村落的兴衰作为小说框架,或讲述家族荣枯的历史秘密;而随着新历史小说的崛起,作家对历史之根产生了深刻怀疑,历史在他们笔下遂变成了由逸闻野史等历史瓦砾拼接起来的一幅幅颓败图景。这些作品从传统历史小说宏大的战争场面、江山的改朝换代和英雄人物的叱咤纵横,始而转向家族村落的兴衰荣枯以及平民百姓的小小悲欢,进而转向阴暗的历史废墟和小人物晦暗纷乱的非理性世界。宏大历史叙事的不断微型化,实现了"从民族寓言到家族寓言,从宏观到微观,从显性政治学到潜在存在论"②的转变。

刘震云的《故乡天下黄花》对一个村庄血腥历史的叙述逸出了通行的作为教科书的"讲坛历史"和作为学术研究的"论坛历史"的解释框架,而变成了一部"民间历史"。作品讲述了小村庄从民国初年至 60 年代末的这段史有定论的历史,但作品演示的历史事实却向历史定论提出质疑。作者对史料的选择和解释,都超出了人们所熟知的大写历史的框架:一批人执掌政权后渔肉百

---

① 　陈思和:《笔走龙蛇》,山东友谊出版社 1997 年版,第 109 页。
② 　王岳川:《重分文学史与新历史精神》,《当代作家评论》1996 年第 6 期。

姓;另一批人揭竿而起救民于水火并开始新一轮变本加厉的权力游戏。权力的争夺循环往复,大批平民百姓却在这个过程中蝼蚁般丧生。小说所呈现的史料大多是客观存在的。但是,正面表现人民斗争胜利的大历史以及与之简单对应的传统历史小说,既不选取这些史料,也不缘此得出与大历史不协调的历史结论。因此,史料选择本身就是一种意识形态立场的选择,而正是从这里开始,小历史从大历史的根部旁逸斜出,并不断向大历史之真投去疑团。

大历史的参天大树植根于权力关系和叙述法则的土壤里,小历史的森林也不例外。这里有一个必须作答的问题:历史事件在变成史料时就受到了权力关系和话语虚构性的建构,那么,有没有真实的史料呢? 巴尔特的回答也许最有代表性:"历史事实这一概念在各个时代中似乎都是可疑的了"。① 新历史主义者虽不明确否认那个真实的历史,但总是表现出对它的怀疑和漠视。李晓的《叔叔阿姨大舅和我》叙写了一个离奇的故事:以前同"我"妈和大舅一起在新四军里出生入死的叶阿姨,新中国成立后竟被认出是个特务,她迫于压力杀死丈夫后畏罪自尽,其真实身份无人知晓。小说牵涉"皖南事变"等重大的历史事件,但作者并未提供任何"客观真实"的历史,历史只不过是留在一个小孩"我"的记忆中的一些碎片和未经证实的传闻。"我"最后前往叶阿姨"投奔革命或受命潜伏"的地方,但未获得丝毫真实史料,只是让"我"对真实史料的态度变得更加漠然。《青黄》甚至以对历史文本形成过程的虚构性的演示,证明真实历史的"起源性"的缺席和不可企及。

史料也难免其虚构性,因而无法赢得充分信赖。真正的历史过程已淡化为远方的一道地平线,一个可望而不可即的阐释背景。新历史主义的小历史最终必然放逐历史的真实性。这向大历史设置了疑团,但历史大厦的轰然坍塌也使小历史陷入困惑之中。

---

① ［法］罗兰·巴尔特:《符号学原理:结构主义文学理论文选》,李幼蒸译,生活·读书·新知三联书店1988年版,第60页。

三、客观历史的主体化和必然历史的偶然化

新历史主义者对批评丧失自我意识和被主流意识形态同化保持着极高警惕。这在文学活动中转化为一种具有高度主体意识的批判取向。

传统历史观把历史看成独立于认识评价的客观存在,新历史主义改变了这种观念。怀特认为,历史话语通过"情节编排""论证解释"和"意识形态含义"等策略进行自我解释。人们撰写历史,必然在诸多相互冲突的阐释策略中做出选择,其凭据与其说是认识论的,毋宁说是审美的或道德的。历史话语首先要遵循的不是历史过程的逻辑,而是话语自身的逻辑。这似乎使话语有了特权,但这种特权使作家暗中活跃起来。巴尔特指出,历史话语经常采用过去时态,但"在简单过去时的背后,隐匿着一个造世主,这就是上帝或叙述人"。① 叙述人常常在"话语自行书写"的伪装下活跃于叙述之中。

新历史主义认为,人首先是历史的阐释者,一个人在这种阐释工作中是不可能遗忘自己所处的历史环境的。人们针对自己的材料提出的问题,甚至这些材料的性质,统统都受到他们向自己提问的支配。阐释者在与"讲述话语的年代"和"话语讲述的年代"展开双向辩证对话时总会显露出自己的声音和价值观。不参与的、不作判断的、不将过去与现在联系起来的写作是不可能的,也是没有价值的。历史阐释的主体,对历史不是无穷地迫近和事实认同,而是消解这种客观性神话以建立历史的主体性。新历史主义者在评论历史文本时会突然谈到自己,插入一些与学术不大相干的回忆或逸闻趣事,过去与现在被言说者以谈论自己的方式联系起来了。他们以这种方式时时检视自己在批评运作中所扮演的角色和所起的作用。

传统历史小说中的叙述主体总是隐于幕后而让历史自行上演。但在新历史主义小说中,叙述者作为一个积极对话者,堂而皇之地穿行于历史档案之

① ［法］罗兰·巴特:《符号学美学》,董学文、王葵译,辽宁人民出版社1987年版,第154页。

中，与之展开交流对话。"作家毫不在乎地暴露'我'的存在和'我'的主观见解的渗入，甚至常用'我想'、'我猜测'、'我以为'等轻佻的口吻陈述历史。填充各种空白之处，裁断模糊的疑点"。① 而作为一种相应的后果，阅读活动也不断召唤读者的主体性介入。

新历史主义作家意识到，人类借助文学为逝去的时代留下了心灵化石。阐释者应该以主体心灵去激活它，而不该迷失于史料之中。作家不是历史的旁观者，而是积极介入者；不是为正史笺注，而是与历史交融。张承志的《心灵史》或许不能算典型的新历史主义小说，但它在这一方面却是有代表性的。作者以主体意识去重构了伊斯兰教哲合忍耶沙沟派"为着一份心灵的纯净，居然敢在二百年时光里牺牲至少五十万人的动人故事"。这种历史重构，绝不仅是发掘那些尘封的历史档案，而是力图让"我的感情，你们（读者）的感情，死去烈士们的感情——彼此冲撞"，以期发生跨越时空的情感共鸣。作者可能受到了法国年鉴派的影响，极力突现作品主人公的心灵和心态，而作者经常作为作品人物出现在作品中，展开与历史和现实的"多重对话"。

主体情感的密集渗入使历史的偶然性凸显出来。格非的《迷舟》讲述了一个有代表性的故事：北伐战争中，孙传芳所部旅长萧深入小河村侦察敌情，七天后突然下落不明，莫名其妙地失踪了。在失踪前的几天里，他的命运完全被一系列不期而至的偶然的人和事摆布和拨弄。偶然性充当了小说情节的结构和推动力量。这种受制于偶然性的人生命运似乎是小说所描述的那个历史时代的缩影和印证，也似是人类生存境域的隐喻和寓言。多数新历史主义作品都表现出对偶然性的强烈兴趣，并通过对历史偶然因素的渲染，加进自己对历史进程的参与欲望和主观态度。但这种对偶然性的执着，常使文学中的历史弥散为一种迷雾般偶然无定、随风飘浮的历史尘埃。这种历史书写，尽管可以洞察历史中某些久受压抑的心理情感和深层人性内容，但旋即被一种非历

---

① 南帆：《文学的维度》，上海三联书店1998年版，第244页。

史、非理性的洪流和时时流露出的嬉戏态度裹挟而去。

作家的历史主体性和阐释地位无限膨胀之后,作家与"话语讲述的时代"和"讲述话语的时代"的辩证对话链条就随之断裂,那种"指向当代的历史对话"①也就流产了。伊格尔顿指出,"极端历史主义把作品禁锢在作品的历史语境里,新历史主义把作品禁闭在我们自己的历史语境里,从某种意义上说,这两家永远只会提一些伪问题"。② 这种指责虽未必公允,但历史客观性与主体性、必然性与偶然性之间的平衡问题,的确是新历史主义的理论和实践难题。

四、历史和文学的边缘意识形态化

新历史主义文学批评将文学置于历史现实与意识形态两种作用力发生交汇的场所,认为文学不是"反映"作为背景和对象的历史现实,而是在"文本间性"基础上,通过"商讨""交换"和"流通"等富于平等对话色彩的手段,与历史现实的各种力量相互塑造。

文学与意识形态之间的关系问题是一个聚讼纷纭的问题。在此问题上,历来存在两种尖锐对立的极端立场。一种观点认为,文学是特定形式中的意识形态,仅仅是对所属时代意识形态的表达。另一种观点则基于文学作品挑战其所面对的意识形态这一事实,认为真正的文艺通常超越时代和历史的局限,使人们能够洞察到被意识形态所掩盖的事实。这两种观点都失之简单化。阿尔都塞试图调和二者,提出文艺与意识形态之间是一种复杂关系:意识形态是人们经验现实世界的各种想象方式,文艺持存于意识形态,又设法与之拉开距离,以便使人们能够"感受"和"直觉"到文学所寄身的意识形态。受其影响的批评家伊格尔顿认为,文学批评任务就是"找出那个使文学作品联结于意

---

① 王彪:《新历史小说选·导论》,浙江文艺出版社 1993 年版,第 12 页。
② [英]特里·伊格尔顿:《历史中的政治、哲学、爱欲》,马海良译,中国社会科学出版社 1999 年版,第 111 页。

识形态又使其疏离于意识形态的规则"。①

沿着这一思路,新历史主义文学批评多集中于对文本与社会秩序及主导意识形态之间的两种根本关系——巩固关系与破坏关系——的揭示上:或侧重于主导意识形态对社会和文学中异己因素的同化、缓解和利用以及后者对于前者的无意识配合作用;或侧重于文化产品对意识形态统治的瓦解作用。格林布拉特觉察到,统治权力话语对文学和社会中的异己因素往往采取同化与打击、利用和惩罚并用的手段,以化解这些不安定因素;而文化产品及其创作者则往往采取反控制、反权威的手段对意识形态统治加以颠覆和破坏,于是在反抗破坏与权力控制之间形成了一个张力场。文学对主流意识形态的挑战性以及由于这种挑战性被化解而造成的妥协性同时存在于这个相互作用的张力关系之中。

新历史主义文学批评通过强化政治批判性来体现自身的意识形态性,认为阐释者对历史的批判必然包含着对当代的批判。这种批判虽不能立刻颠覆现存的社会制度,但可以对这种制度所依存的原则进行质疑。因此,其批评总是努力寻求意识形态表象之下被压抑和化解的破坏性因素,并通过对被压抑过程和方式的揭示来呈现这些因素与社会统治权威之间错综复杂的关系。应该肯定,新历史主义的这种理论与实践对自处其中的资本主义国家的种种内在原则具有一定的批判和"颠覆"功能。

在操作方面,它首先重视分析文本中的思想、主题和意义的存在条件,揭示它们背后被压制的异己因素,探究它们与主导意识形态之间的那些游移不定的关系,通过对这些关系的复杂性的揭示来体现文学的意识形态性,进而向统治制度和主导意识形态的内在原则提出挑战。其通用策略是边缘化:关注边缘人物,撷取边缘史料,采用边缘立场,得出边缘结论。"边缘化"本身所具有的"非中心"潜能,常常使处于中心的各种话语露出破绽,使主流意识形态

---

① Terry Eagleton, *Marxism and Literary Criticism*, London: Methuen & Co Ltd., 1976, p.9.

的深层基础显出裂隙。

在文学创作中,其意识形态性通常以两种不同方式体现出来:要么直接表达其意识形态内容和目的;要么以"二元对立"的思维方式通过对主流意识形态的线性"疏离"来曲折表达。《温故一九四二》属于前者,作品直接向"只漫步在堂皇大厅"的正史提出了控诉和挑战。格非的小说《边缘》则属于后者。小说以处于生命边缘的老者"我"在弥留之际的灵魂坦白为线索,讲述"我"从"少年麦村阶段"经"军旅生涯"向"晚年麦村阶段"回归的人生旅程。作品涉及抗日战争、解放战争和"文化大革命"等重大历史事件,但它始终围绕着众多小人物在生与死、善与恶、罪与罚、忠诚与背叛之间的边缘精神状态展开叙述,描绘了"大写的人"悲剧性地变成"小写的人"的边缘化过程。这是人类在历史和战争中真实处境和灾难命运的隐喻和寓言。边缘化的不幸处境提供了一种参悟人生的良机。作品基于某种"人性"立场,通过疏离意识形态的方式对主人公生活时代的政治生活进行了无声的控诉,曲折地向主流意识形态投去了疑团,引起人们对历史现实合理性的反思和质疑。

边缘与中心处在"二元对立"之中,一味坚守边缘则易造成僵化,而且会使边缘成为新的中心和主流,从而使抵抗变成投降,颠覆转为顺从,并导致文学新颖性和独创性的丧失。伊格尔顿指出,如果对狭隘的、总体性的意识形态的批判变得程式化,就会"成为意识形态的颠倒的镜像,用理论上和谐的散光来代替近视"。① 新历史主义的批评和创作时时面临着这种危险。

总之,新历史主义文艺思潮对文本的历史性与历史的文本性、大历史与小历史、客观历史与主体历史、中心话语与边缘话语、官方立场与民间立场等对立项之间的复杂关系作出了宝贵的探索,并以对后一项的特殊强调而显出自己的倾向和特点;然而,它也面临陷入这种二元对立的思维误区而使自己沦为自己颠覆对象的牺牲品的危险。

———————————

① ［英］特里·伊格尔顿:《美学意识形态》,王杰等译,广西师范大学出版社1997年版,第334页。

第二节　价值取向与社会效应

新历史主义文艺思潮作为各种形式主义和传统历史主义的挑战者崛起于新时期文坛，显示出文学批评和创作实践向历史文化深层拓展的强劲势头。然而，从理论与实践结合的层面全面审视，它尚未摆脱文学回归历史与沉沦历史、颠覆大写历史与陷入小历史相对主义、强调历史的心理情感性与走向历史不可知论、迷恋边缘意识形态与迷失于意识形态边缘之间的悖论性处境，这些困境的克服当是它在理论和实践上的当务之急。① 我们试图通过揭示其悖论性处境对新历史主义文艺思潮的价值取向和社会效应作出整体评估。

一、文学回归历史与沉沦历史

新历史主义基于其新史观，将文学文本放回文化历史语境进行考察，通过其"文本间性"理论和实践拆除了文学文本与历史修撰之间的传统藩篱，从而走向史文相济和文史互证，呈现出文学向文化全面伸展和历史向文学充分开放的文学景观。

从其正面价值看，新历史主义一举命中了形式主义与传统历史主义的双重迷误，既对形式主义施行了学术纠偏，又对传统历史主义进行了改造更新，从而完成了对文史之间多重关联的揭示和确认。在它看来，历史与文学之间不再是"反映对象"与"反映者"之间的单一关系，而是一种多重指涉、复杂交织和相互构成的交互关系。传统所认为的历史与文学之间"真实"与"虚构"的界线已经在其共有的"虚构性"基础上被模糊和消除。传统历史主义的那种文学在历史"真实性"面前卑躬屈膝的仆从关系也被平等的互动关系所替代。这种新型关系不仅可以使文学创作进入更大的自由时空，从历史中汲取

---

①　张进：《新历史主义文艺思潮的悖论性处境》，《兰州大学学报》2001 年第 4 期。

滋养、题材和方法而创造出富有历史感和历史魅力的文学佳作,也可以使文学研究者在历史文本和文学文本之间自由出入,驰骋其批评才情。这种批评背后还有一个动态的、开放的、不断生成着的文学观念,这种观念也是当代人的共同诉求。

从其负面效应言,新历史主义的这种做法,既未真正抵达那个"非再现性的"真实历史事件和历史过程,又因沉溺于"历史"而使文学的审美本质问题一直处于悬而未决状态,而将"文学性"问题悬搁起来或消泯于批评操作过程的"文学"研究毕竟是令人生疑的。这事实上使文学研究沉沦和弥散于历史资料、档案记录、传说故事、稗官野史等历史碎片之中。这使新历史主义文学活动陷入回归历史与沉沦历史的悖论之中。

20世纪后半叶,当各种形式主义沿着自己的批评逻辑,推衍到后结构主义阶段时,封闭的文学结构和形式系统向"历史"自行开放了,形式主义最终撞到了历史的铁壁上。这可以说是文学研究中历史主义的"伟大胜利"。可是前来庆功志贺的已不是传统的那种客观的、非再现的历史,而是具有文本性的"历史",是一种经过结构主义和后结构主义锻造的新历史主义。这种"历史",只是对历史的一种(再)阐释。当新历史主义者亲近后结构主义者德里达的"文外无物"的观念而"面目一新"时,他们实际上已被封闭在能指符号的转换链上,在"叙述的、再现的历史"层面穿梭。这无异于承认了他们已经不可能,也无意于再去企及那最终的所指——那本源的历史史料,那个"非叙述的、非再现的历史事实"①,而是通过对"文本的历史性和历史的文本性"的强调,将"解释与历史修撰、历史与历史书写"视为"同一回事"了。② 因此,纵然新历史主义可以沉浸于历史阐释的欢愉之中,但它似乎只是在文本之中与历史文化相互赠答,终有一种"隔水问樵夫"的不实之感。

---

① [美]弗雷德里克·詹姆逊:《政治无意识:作为社会象征行为的叙事》,王逢振、陈永国译,中国社会科学出版社1999年版,第70页。

② Paul Hamilton, *Historicism*, London: Routledge, 1996, p.21.

这种情况在中国新时期的新历史主义文学创作中，表现为作家以集体进入"历史"的方式解构和颠覆了一切可能的历史，沉迷于历史瓦砾之中做碎片拼接游戏，从而将历史的精神性和神圣性消解殆尽，而作家每常通过这个逻辑怪圈又一次最终置身于历史之外。一些因追求文艺精神性而走向历史的作家却沉沦于历史废墟，忘却了文学的审美性。

刘震云的小说《温故一九四二》中不厌其烦的资料征引和档案堆砌也在某种程度上损坏了作品的艺术完整性，使作者在小说中也不得不承认"这不是写小说"，而读者也难以从中感受到作品的审美震撼力。作者在这种历史档案的翻检和书写中与"文学性"失之交臂，使作品失去了审美依托。在批评领域，批评家往往注重从政府文告、法律文本、野史传闻等档案资料中汲取材料而说明社会能量的"流通"和文学文本与它们之间的"交换"，常常表现出将文学混同于其中的趋势，丧失了对各种文本进行判别的价值维度。

看来，当文学与历史文化相互开放之后，如何在历史文化大视野下寻求一条切中肯綮的"文学"创作和研究方法仍然是新历史主义文艺思潮的当务之急，而如何从历时态与共时态的结合部切实地出入历史文化正是文学创作需要认真解决的理论和实践课题。

二、文学颠覆大历史与小历史的相对主义

新历史主义者由于对大写官修历史的深刻质疑而普遍转向对"小写历史"的推崇和对大写历史的有意识颠覆。从其正面价值看，这打破了传统"正史"的叙述话语专制，确认了一般大众的历史话语权力，为历史修撰的多样性进行了合法性辩护。无论是按照恩格斯的"历史合力论"还是新历史主义者的"撰史是一种阐释"的理论，历史修撰的多样性是应该肯定的。新历史主义者充分意识到自己在历史阐释方面的使命，而其对历史话语权力的积极介入态度也是值得肯定的。

然而，新历史主义所面临的悖论性困境也是不容回避的。他们实现了阐

割大历史和重构小历史的双重快感。但是,大写历史的解构并不能阻止新历史主义的文学创作和批评滑向小历史相对主义。的确,长期以来,"大历史"作为正史,经常只是"漫步在富丽堂皇的大厅",只是一些关注江山的改朝换代和政权归属的"宏大叙事",小人物的悲惨命运是超出这种历史书写的视野之外的。新历史主义文学所精心构筑的心史情史、秘史野史和家族村落史将历史的聚光点对准那些向来被大历史的强光照射得黯然失色历史场景,得出逸出大历史已成定论的历史结论,这种做法本身是对大历史的颠覆和拆解。周梅森的小说《国殇》借小说人物之口道出了这一事实:"历史的进程是在密室中被大人物们决定的,芸芸众生们无法改变它,他们只担当实践它、推进它、或埋葬它的责任,过去是这样,现在是这样,未来也许还是这样"。① 这种感喟同时也就是对大历史合法性的盘诘。但是,小说对小历史真实进程的漫长追踪和书写最后也被轻轻抹去了:为保全所部袍泽弟兄性命而发出附逆投敌令又不愿蒙羞而自杀的军长,生死关头尚在争权夺利的副军长和率军突出日军重围的师长同时被戴上了"壮烈殉国"的花环,"历史只记住了这个结局"。这个结论使大历史的大厦摇摇欲坠,但这也动摇了小历史自身的可信性,因为小历史是在与大历史的二项对立中获得其价值的。就像《温故一九四二》一样,作品选取的"资料"虽与广为人知的其他历史资料有所不同,但毕竟也是以文本形式存在的历史资料,似乎也是"大而化之"的。在此基础上形成的"历史",只是向正史的神圣性投去了疑团,却无法使自身成为"真实的"历史。这时,作者在这种历史书写中与"真实历史过程"擦肩而过。

从理论上说,新历史主义者并不公开否认那个"非叙述的历史",但是,他们恰恰在这个重要的理论和实践问题上持怀疑态度。新历史主义小说从迷恋历史碎片到任意杜撰史料,正是以实际行动对"非叙述的历史"的回避。如果说在"重写革命史"运动中作家还对微小史料感兴趣并能表示一定的尊重的

---

① 周梅森:《军歌》,长江文艺出版社 1994 年版,第 83 页。

话,那么,在如《我的帝王生涯》《风》等带有新历史主义特征的小说中,通过杜撰史料颠覆大历史已经成为一种通用策略。在各种小历史中,恰如福柯将"差异"和"断裂"楔入历史所造成的效果一样,历史已丧失了其真正的起源性和连续性。格非的小说《青黄》以对"历史"构成过程的揭示证明了历史"起源性"的缺席和历史连续性的不可信赖,从而也就取消了小历史自身存在的合法性。在此基础上,文学的历史文化"转向"就不啻是对历史文化的"拒绝"。

进而言之,除了对大历史的颠覆作用外,各种小历史之间也是相互取消和彼此解构的。1991 年 10 月号《上海文学》上的小说《撰史》暗示了这一点。几个老革命对往事的记忆与党史资料的记载彼此错位,文字的历史与人心的历史在相互矛盾中彼此消解,最终无法构筑起一段真正的历史,历史在各种小写历史的描述下变成了一团"迷雾"。这种对历史迷雾的专注消解了历史的价值。这意味着仅仅从小历史出发来撰写历史的悖谬性。这里,新历史主义"以一种无定性的整体观照来看待历史"①的理论承诺与批评和创作实践中建构"整体历史"的不可能之间产生了悖反。

各种小写历史往往只是与既往大写历史进行的所谓"文本间性"创作,它们有意识使历史结论逸出大写历史,这势必使自身的价值变得相对而有限。事实上,"重写革命史"的小说创作似乎并未达到被重写者当年所达到的历史和艺术水准。对巴金、杜鹏程、周立波等人的作品的戏拟式"文本间性创作",往往只是以"二元对立"为基础对模仿对象的线性反动,是严重受制于模仿对象的"负模仿",并未实现对这些作品所达到境界的"超越"。"重写文学史"运动也有同样的弊端。小历史是由于与大历史之间的"差异性"而获得价值,也会因大历史的坍塌而丧失价值,这又恰好落入了非历史的结构主义共时语言学的方法论陷阱。

新历史主义面临的真正问题是,如何达到对大历史的超越,而不仅仅是

---

① 盛宁:《新历史主义》,台湾扬智文化事业公司 1996 年版,第 132 页。

"取代"大历史或沦为大历史的"笺注"。这种二元对立的思维方式,使新历史主义陷入自己所意识到的悖论:"沦陷为自己所揭露的实践的牺牲品"①。专意书写小历史的做法,不但使自身陷入价值相对主义,而且最终陷入历史相对主义。相对主义是一把双刃剑,在刺向大历史的同时,也使小历史受了致命伤。

三、历史的心理情感化与历史不可知论

新历史主义竭力排除对历史的对象式单向涉入,而力图进入与过去和现在的"双向辩证对话"中,着意发掘人性重塑的心灵史。这种取向必然引导人们追求与过去和现在的双重心理情感共鸣,从而使心理情感成为人与历史和现实沟通的重要渠道。

这种多少与法国年鉴学派和新解释学相关的方法,对文学的效用是双重的:一方面,从心灵和人性方面深化了对文学情感性的认识和把握;同时,对心理内蕴和一些经过心灵浸染的历史偶然因素的重视和运用,突出了文学的情感性特点和文学中意识的自由流动,拓展了文学的思维空间。多数新历史主义小说都避开对重大历史事件的全面书写,更无意于通过重大历史事件的逻辑排列来印证历史发展的某些已成定论的必然性,而是通过一种"人同此心,心同此理"的人性标准选择材料,通过对历史偶然事件的选择和渲染,来叙说自己对历史发展的内心感受——偶然无定。如在黎汝清的小说《皖南事变》中,偶然性因素对设置情节、烘托议论和作家笔触的自由跳跃的作用被发挥得淋漓尽致。这印证了作者自己"考察历史要从社会现象进入人的心态"的结论②。总之,从其正面价值看,历史可能因为作家笔触真正伸入人的"心态"而变得活泼、丰盈和生动。

另一方面,我们发现,当知识分子密集涌入历史的时候,他们再也不相信

---

① 张京媛主编:《新历史主义与文学批评》,北京大学出版社1993年版,第8页。
② 黎汝清:《皖南事变》,解放军文艺出版社1987年版,第144页。

历史是文学文本语义生成的客观基础。阐释者也无法进入或重建过去复杂的历史场景，甚至也不可能摆脱自己的历史性，因为，历史认识的主体和客体属于相同的历史活动，"理解存在的活动本身被证明是一种历史的活动，是历史性的基本状态。"①这种对历史客观主义的摒弃有可能使历史成为复杂多义的相对性的集积。面对这种困境，新历史主义者采取了积极的态度。格林布拉特说："我不会在这种混杂多义性面前后退，它们是全新研究方法的代价，甚至是其优点所在。我已经试图修正意义不定和缺乏完整之病，其方法是不断返回个人经验和特殊情境中去，回到当时的男女每天都要面对的物质必需和社会压力上去，并落实到一部分享有共鸣性的文本上。"②虽然如此，人们却无法真正"回到"过去。格林布拉特坦然承认，当他与死者对话的时候，"我竭尽全力所能倾听到的，只有我自己的声音。"③我们看到，新历史主义积极进入历史的方式表现为"返回"个人情境。进入历史与躲进心灵竟然是同一条道路！这样，新历史主义恰好陷入了又一个悖论：通过心灵去穿透历史的确对文学具有重大意义，但心灵在尚未到达历史之前便已返回自我，并陷入具有强烈非理性色彩的心造幻影之中。

以这样一种特殊处境与历史对话，势必使一些偶然性的因素得到凸显，使历史不可知论和历史怀疑论的迷雾弥漫开来。新历史主义小说中所表现的"历史"多是一种偶然无定的漂浮物，斗转蓬飞，具有令人不安但又无法破悉的神秘力量。因为，面对苍茫的历史，他们无心收集史料，也无意寻找历史背后的必然性，而是首先扪心自问："我这个没有经历过战争的人是否也能在稿纸上铺开战争的图画，……我是否有能力完成一场既属于历史，又属于我个人

---

① ［德］伽达默尔：《伽达默尔集》，严平编选，邓安庆等译，上海远东出版社 1997 年版，第409 页。

② Stephen Greenblatt, *Renaissance Self-Fashioning*, Chicago：University of Chicago Press, 1980, p.5.

③ Stephen Greenblatt, *Shakespearean Negotiations*, Berkeley：University of California Press, 1988, p.1.

的战争?"①这种心造的历史充满着偶然性和扑朔迷离的不确定性。这对于只相信历史的客观必然性而无视任何偶然因素的人来说,或许不无纠偏作用。但是,我们发现,这同时是以对历史必然性和历史可知论的排除为代价的。《皖南事变》中浮出文本的最终感叹是:"世界是不可知的",原因是历史即"心史",人心对历史具有非同一般的意义;人心不可测度,历史也因而变幻莫测,阐释者自己的意义因而也弥散开去无从确定。阐释历史是人们占有自己当下生存意义的本体行为,新历史主义者对历史偶然性的迷恋显示出他们深刻的历史焦虑和历史认同危机,折射出的是他们在现实面前的软弱无力。

因此,新历史主义进入历史的意义是可疑的。无论怎样说,进入历史不应当是为了印证历史的不可知性,对历史进步论和历史决定论的反叛不应当是为了向历史不可知论、历史怀疑论和历史偶然论妥协和认同。由于对大历史的怀疑而陷入历史的不可知论,使新历史主义理论的内部能量损耗殆尽。看来,新历史主义还必须从理论和实践两个方面对这种困境进行克服。

四、文学坚守意识形态边缘的魅力与迷失

从理论到实践,从批评方法到创作姿态,新历史主义都坚守自己的边缘地位——偏僻的村落、颓败的家族、散乱的历史瓦砾、被压抑的心理情感、鲜为人知的逸闻趣事等边缘的史料;被排挤的小人物、游离于正史之外的乡野村夫、匪帮流寇等边缘的主人公;逸出正史和历史常识的、有违于"论坛历史"和"讲坛历史"的"民间历史"等的边缘历史结论;逍遥于任何一个理论流派之外的边缘的理论立场和观察视角。怀特认为"历史的这些内容在'创造性'的意义上(我不打算说是'幻想的'或'想象的'意义上)可以被视为'诗学的',因为它们对在自己出现时占统治地位的社会组织形式、政治支配和服从结构,以及

① 周梅森:《题外话》,《中篇小说选刊》1988 年第 3 期。

文化符码等的规则、规律和原则表现出逃避、超脱、抵触、破坏和对立。"①

　　新历史主义确信自身的边缘化策略是对主流意识形态的挑战与反叛，因此追求边缘并安于边缘乐而忘返。这种做法刻意把文学置于意识形态的边缘地带，并通过对这种边缘状态的书写，突破了各种形式主义的文本界线，在社会文化和历史现实的广阔背景上演示文学的本质和功能，对文学与意识形态之间的复杂关系做出了相当深入的探索和说明。可以说，新历史主义文学批评理论最突出的特点正是对文学意识形态性的重视和强调。值得注意，它对文学意识形态性的强调采用两种形式：有时是通过对权力关系的直接叙述而从正面进行的；有时，特别是在创作中，是在二项对立关系语境中通过对主流意识形态的"疏离"而以否定方式进行的。

　　从正面价值而言，这种做法突破了各种形式主义的束缚而确认了文学的意识形态性，重视了文学与社会风尚、心理特征、国家机构、宗教形式、家庭组织、权力结构、传统惯例等文化现象之间的广泛关联，把文学重新植根于人类历史的沃野，这不啻是对近一个世纪以来各种形式主义理论的当头棒喝；同时，它也对文学与意识形态之间关系的复杂性做了相当充分的说明，是对传统文学理论在这个问题上的简单化的理论与实践的有力矫正。

　　从负面效应来说，新历史主义既未能对文学作为审美意识形态的特殊性进行充分说明，也由于过分强调社会权力结构等政治因素对文学的影响而造成对文学审美娱乐作用的某种忽视；同时，它通过对文学意识形态性的强调而突出了文学的政治价值，但忽视甚至不承认文学的科学性或认知性。这种复杂的境况使新历史主义陷入悖论处境中。

　　文学作为一种特殊的审美意识形态，其认知功能、审美功能和教育功能等是辩证统一的，任何一个方面都不能孤立地发挥作用。新历史主义回归历史的同时又沉沦于历史，兼之对文学的审美性的认识和强调不足，致使其理论的

---

① 　张京媛主编：《新历史主义与文学批评》，北京大学出版社 1993 年版，第 106 页。

批判功能的发挥缺乏审美依托。

从认知论与价值论的关系来说,新历史主义文学的迷失表现为,不承认文学作为一种特殊意识形态是对社会生活的能动反映,忽视通过求知求真的目的体现文学的认知性和科学性,甚至抹煞作家和批评家通过选择、理解、分析和评判表达一定的价值取向和价值理想。不论是文艺创作还是文艺批评,都必然是科学性与价值性的统一。新历史主义者只是一味强调文学对于意识形态的巩固或破坏的价值功能,而不重视文学的认知关系。这颠倒了文学的认知属性与价值属性之间的关系,从而使文学价值的实现失去了认知性根基。

文学作为一种审美意识形态,无法只从意识形态内部得到说明。新历史主义往往将文学禁锢在文本化的意识形态的狭小圈子里,只通过文学对意识形态的巩固、反叛或颠覆作用来确立文学的存在依据,致使文学失去了与社会生活的血肉关联。它吸取了后结构主义二元对立、非此即彼的"逆向思维"方法,如颠覆与反颠覆、权力与反权力、历史与反历史、语言与反语言,甚至以二元对立的方式去看待文学文本文与社会文本、历史意识与非历史意识。这使其不可能重视历史本身的丰富内涵,从而出现"意义短路"的险情。这也使文艺批评和文艺创作丧失自身的独特性和新颖性,这与文学的本质特征是相悖反的。这样做可能使自己成为被主流意识形态排抑出来以作为同化和顺化的对象而沦为主流意识形态的牺牲品,甚至与主流意识形态同流合污。这种为反抗而反抗的批评是没有力量的,通过对历史的批判来实现对当今意识形态批判的目的,往往在批评操作中被稀释甚至化为乌有。这种情况在小说创作中尤为明显,一些热衷于颠覆"正史"的人因为历史大厦的轰然坍塌而无所适从,通过寻求文学精神性而进入历史的写作变成了对日常生活平庸性和琐碎性的认同。这暴露出作家在现实生活面前的无力状态和逃避态度。新历史主义在指责其他形态的文艺批评和文艺创作为"虚假意识"的囚徒的同时,也无法摆脱自己同样的命运。

从另一方面看,新历史主义发展到今天,它与主流意识形态的对抗已经变得"媚俗、平庸、无意义"，而正是这些东西似乎成了我们这个时代的"主流文化"。作为"重写文学史运动"的主要代表，陈思和先生反思道："当有些年轻作家自认为反对了原先宏大叙事里的崇高理想，就能还原人的自由本相时，却没有意识到你所放纵的轻薄、凡俗、卑琐的自由本相里，也同样认同了一种并不完全属于你的世俗'主流文化'，你仍然是一个代言人或传声筒"。① 看来，新历史主义文艺思潮在这个问题上的自我反省已刻不容缓。

通过如上分析可见，中国的新历史主义文艺思潮的确与格林布拉特等人的新历史主义之间存在着广阔的相通性，但也存在着不小差异。从"相通性"方面说，中国的新历史主义文艺思潮使"新历史主义"的某些基本观点和方法得到了具体化和"可视化"，从而将其利弊得失"形象地"显示出来；关于其间的"差异性"，笔者认为，我们可以在"新历史主义"理论批评本身的"开放性"上去看待，将中国的新历史主义文艺思潮视为"新历史主义"本身的某些向度的延伸和拓展，尽管这种"拓展"一定程度上已经超出了（或未达到？）格林布拉特等人的原初构想。但是，如果拒绝以"新历史主义"为理论批评参照来研究中国的"新历史小说"，反对从"思潮"和"主义"的高度去考察它②，则显然既低估了"新历史主义"的"开放性"和"包容性"，也低估了"新历史小说"的"多层面性"（也涉及文学观念和批评方法层面）和"参与者的群体性"。

当然，其间的一些重要差异也是不容漠视的。首先，中国的新历史主义文艺思潮由于未经过"语言论转向"，特别是结构主义和后结构主义的"充分洗礼"，未能将这些理论方法融会贯通在创作和批评实践中，因而在有关"人"（包括作者及作品人物）的观念上都强调某种超历史、超结构的共通"人性"和"主体性"，而这种不受质询的"人"正是格林布拉特等人坚决反对的。

其次，就对"历史性"的理解而言，我们知道，格林布拉特等人的新历史主义是力图将"历史性"贯彻到文学活动的各个要素和各个层面上的，对作家和

---

① 李复威主编：《世纪之交的文论》，北京师范大学出版社 1999 年版，第 153—154 页。
② 石恢：《新历史小说与新历史主义小说》，《小说评论》2000 年第 2 期。

批评家自身的"历史性"强调尤力,因而它总是将作家批评家看成文学活动中的动态要素,看成是一个不断建构和解构的过程。但中国的新历史主义文艺思潮则既缺乏对这些方面的清晰意识,也未能从理论上对它进行反省。

再次,在对文学与"历史"的关系的理解上,中国的新历史主义思潮还在一定程度上保留着"前景"与"背景"之间的"静态区分",并未强调其间关系的动态性和交互性,因此时常诉诸某种孤立的"审美性"以对文学进行解释,而未能在彻底打破文化界线的基础上对"审美性"本身进行反思。而这些方面正是格林布拉特等人的新历史主义所着力强调和致力为之的。由于中国的新历史主义文艺思潮主要表现在文艺创作实践领域,对这种实践背后的理论体系和观念方法问题未做深入反思,所以,许多相关的理论问题并未得到系统说明。

总之,新历史主义文艺思潮以自身的方式重新提出了,而不是解决了,美学方法和史学方法相结合、共时性与历时性相统一的问题。在当代文化语境中,提出和探索如上问题本身就是富有意义的。新历史主义文艺思潮面临的难题很大程度上也是"新历史主义"自身的难题。进而言之,诚如批评家考莱布鲁克指出的,"新历史主义面临的难题也是文学理论自身的难题。"[1]新历史主义探索文学难题的努力是可贵的。从这个意义上说,近年来不断高涨的"新历史主义之后"的呼声,不能只理解为对新历史主义的否定和批评,而应该理解为人们对克服新历史主义思维盲区而使其健康发展的善意期待。这种期待也可同样用于中国的新历史主义文艺思潮。

---

[1]　Claire Colebrook, *New Literary Histories*, Manchester：Manchester University Press, 1997, p.234.

结　语

　　给一个"尚在路上"的批评运动写"结束语",就等于在强调"不做总结"的重要性;这不是做"终审",而是在做一种评价、期许和预测;或者说,这只是对自己研究的一个"小结"。前文已经在相关的层面和要素上对新历史主义作出了力所能及的评说,这里我们拟对其作出总体评估,重在指出其问题所在。

　　文学通常引导人们相信它是在叙述或表述过去。文学要"告诉"我们关于历史、个人或事件的"故事",就需要我们的这种"信念"。但是,随着近数十年文学理论和批评对"作家意图"和"指称对象"在文本阐释中的稳定地位的消解,真理的观念也变得不稳定了;对于一些文学批评家和历史学家来说,文学与历史之间的区别和界线越来越模糊了。新历史主义批评家则进一步消弭了"文学书写"与"历史撰述"之间的界线。从理论批评普遍的"历史转向"中,我们不难看出它在这方面所取得的成功。应该说,新历史主义已经并且还要给"历史转向"带来"挑衅性和挑战性的阅读方式:在历史中解读文学和在文学中解读历史。"①这里,我们主要讨论这种阅读方式对"历史诗学"问题的"推进"和"问题化",进而探讨它在一般文学问题上的"超越"与"局限"。

---

　　① John Brannigan, *New Historicism and Cultural Materialism*, London:Macmillan Press Ltd., 1998,p.218.

一、"历史诗学"与"文化诗学"

新历史主义通过其批评实践将"历史诗学"问题"问题化"了。我们知道,与"新历史主义"联袂而行的,是一个跨学科、超国界、多流派的松散的学术群体。它先后拥有"文化诗学""新历史主义"以及"历史诗学"等几面底色相近的标签。这三个术语之间具有复杂的关系,而人们在对这几个标签的使用上相当混乱。这种局面不仅显示出这一学术群体至今存在着"命名归类危机",而且存在着"方法论上的严重困惑"。我们发现,处于其命名危机深层的是方法论层面上共时性与历时性之间的高度紧张。实际上,"文化诗学"和"历史诗学"是历史主义的两个彼此渗透、相互补充的方面。

（一）多名之缘起:举"旗"不定

1980 年,格林布拉特在其《文艺复兴自我塑造》中明确提出了"文化诗学",解释了它的主要内涵,并将它看成自己批评实践的目标,宣称其批评实践的"正规目标,不管多么难以实现,都应当称之为一种'文化诗学'"①。他正式提出了"文化诗学",但这一自贴的标签并未流行开来。1982 年,格氏在为《文类》学刊撰写的"集体宣言"中,又将自己及志同道合者的文学批评活动概括为"新历史主义",并指出这个术语"涉及权力的诸种形式";在同一篇文章中,他继续采用"文化诗学",并认为"对文类的研究是文化诗学的探索所在"②。此后,"新历史主义"这一术语首先在批评家中流行开来。1986 年,格氏做了题为《通向一种文化诗学》的著名讲演,集中讨论了"文化诗学"的理论批评方法问题。1987 年,由格氏担任主编在加利福尼亚大学出版社开始出版一套名为"新历史主义:文化诗学研究"的丛书。他在这里将两个术语直接并

---

① Stephen Greenblatt, *Renaissance Self-fashioning*, Chicago: The University of Chicago Press, 1980, pp.4−5.

② Stephen Greenblatt, "Introduction: The Forms of Power", *Genre* 7, (1982), pp.3−6.

置起来，似乎二者之间没有什么区别。从此以后，"文化诗学"也流传开来。但奇怪的是，从80年代后期开始，格氏本人明显倾向于用"文化诗学"来描述自己及同道者所从事的批评工作，而其得力干将也大都"默许"或"认可"这一标签。这一流派的评论者则大多使用"新历史主义"这一称谓。1989年，评论家威瑟将这一流派的重要论文及对它的批评文章收集成书，定名为《新历史主义》，有趣的是，收入其中的格林布拉特的文章却名为"通向一种文化诗学"。1994年，威瑟又编了一本这一流派的论文集，名为《新历史主义读本》，收入其中的论文没有一篇以"新历史主义"为题的。尽管如此，威瑟在两部论文集中都花了不小篇幅总结"新历史主义"的主要特点，并提出和论述了新历史主义的"五个批评假设"。国内介绍这一流派的论文集《新历史主义与文学批评》于1993年问世，主要以威瑟的《新历史主义》为蓝本，其中也从别处收录了部分相关文章。主编张京媛注意到，格氏打出"新历史主义"旗号后，"也陆陆续续地使用了一些别的界定术语，但是只有'新历史主义'一词流行开来，人们通常用'新历史主义'来形容当前文学运动的方向。实际上格林布拉特使用的另一个词'文化诗学'则更适合形容这一派的所作所为。'文化诗学'指向人类学，是新历史主义的许多论断的依附之处。"①这段话对现象的描述是正确的。但是，既然"文化诗学""更适合"，人们为什么通常要采用"新历史主义"呢？"新历史主义者"又是如何对待这个称号的呢？

　　事实上，部分贴有"新历史主义"标签的人对它亦深怀戒心。"人们"在"新历史主义"和"文化诗学"这两个标签中更爱前者而导致了前者的广泛流行。格氏本人表示，这一现象令他"惊讶"。蒙特洛斯甚至担心，在各种"新""主义"朝生暮死的当今社会，他自己"有历史取向的批评"被冠以"新"历史"主义"，可能是由于这个标签投合了美国人对于"新"的商品崇拜；而且，"新

---

① 　张京媛主编：《新历史主义与文学批评》，北京大学出版社1993年版，第1页。

历史主义"迅速成为新的学术正统,可能是后现代时期人们一时的智力偏好,有可能被主流意识形态所"包容"。① 但他又似乎不得不采用这一术语,只是通常打上引号,以表明自己对它的保留态度。

作为该流派的主要代表,格林布拉特最先提出了"文化诗学"称号,后又打出"新历史主义"旗号。从 80 年代后期开始,他又坚持用"文化诗学"标签覆盖"新历史主义"。近来他又将自己的理论著作名为《实践新历史主义》(2000)。与此同时,从 80 年代开始,历史学家海登·怀特又用自己长期致力倡导的"历史诗学"概括这一流派的观点,指出"新历史主义实际上提出了一种'文化诗学'的观点,并进而提出一种'历史诗学'的观点,以之作为对历史序列的许多方面进行鉴别的手段。"②这样,同一个批评流派,就主要拥有了三个不同的标签。而格林布拉特在对待这些标签时的二三其德,成了问题的关键。是因为"文化诗学"更能代表他的批评实践呢? 还是因为这一术语更容易掩盖其批评实践的脆弱之处? 抑或是为了摆脱自己的方法论困境? 无论原因何在,这种现象至少可以说明,"新历史主义"是一个有争议的标签,这个流派至今面临着某种命名归类上的危机;而归类危机的深层,则是流派自身所面临的方法论困惑。

(二) 称谓之内涵:殊名异义

格氏对"文化诗学"的定义相当详细而具体。在《文艺复兴自我塑造》中,他认为"文化诗学"的"中心考虑是防止自己永远在封闭的话语之间往来,或者防止自己断然阻绝艺术作品、作家与读者生活之间的联系。毫无疑问,我仍然关心着作为一种人类特殊活动的艺术再现问题的复杂性"。作为文学批评家,其阐释的任务是,"对文学文本世界中的社会存在以及社会存在之于文学

---

① John Brannigan, *New Historicism and Cultural Materialism*, London: Macmillan Press Ltd., 1998, pp.85-86.

② 张京媛主编:《新历史主义与文学批评》,北京大学出版社 1993 年版,第 106 页。

的影响实行双向调查"①。在《莎士比亚式的商讨》一书中，他将"文化诗学"界定为"对集体生产的不同文化实践之研究和对各种文化实践之间关系之探究。"②这要求"文化诗学"实践者能够辨别不同的文化实践；能够检视不同文化实践的形成；这也意味着文化实践的形成是一种"集体"努力的结果而不仅仅是"个人"的工作；这也要求他们探索一种文化实践与它种文化实践之间的复杂关系。看来，"文化诗学"首先认为文化实践是"集体生产"的；其次又要求对各种文化实践之间的关系展开调查。值得注意的是，格氏的"文化诗学"将"文化"与"诗"的含义都"扩大"了。研究者指出，"如果新历史主义也被称为文化诗学，那是因为文化和诗这两个术语的含义被扩大了。文化不限于艺术领域或传统所理解的文化。文化的'诗学'不仅包括其文学文本，而是通过实践、仪式、事件和结构的意义创造。在这种新的理解方式下，文本不是以作品联系于历史背景的方式联系于文化。文本生产文化。……文化不是用来将文本联系于世界的，因为文化已然是文本、人物、实践和仪式。"③这就是说，"文化诗学"使"文化"可以涵盖一切历史和文本，而文本又是文化中的"生产性"要素。

按照格氏的理解，"文化诗学"关注的是文化的共时性方面，很少甚至不关注历时性方面。蒙特洛斯针对格氏对"文化诗学"的上述界定指出，"文化诗学倾向于强调结构关系，而以牺牲连续性进程为代价；实际上，它以共时的文本间性轴线为取向，将文本视为文化系统的文本；而不是以历时性为取向，将文本视为自足的文学史的文本。"④看得出来，通过对"文化诗学"的提倡，

---

① 中国社会科学院外国文学研究所《世界文论》编辑委员会编：《文艺学和新历史主义》，社会科学文献出版社 1993 年版，第 80 页。

② Stephen Greenblatt, *Shakespearean Negotiations*, Berkeley：University of California Press, 1988, p.5.

③ Claire Colebrook, *New Literary Histories*, Manchester：Manchester University Press, 1997, pp.67-68.

④ Greenblatt, S.& Gunn, G.（eds.），*Redrawing the Boundarie*s, New York：The Modern Language Association of America, 1992, p.401.

格氏的兴趣主要在于将文学放在一个"共时的"文化系统中进行研究。至于这个共时文化系统是如何历时发展变化的,这一问题似乎并不是"文化诗学"的关注焦点。批评家菲尔皮林指出,"文化诗学"与结构主义诗学及人类学诗学之间的"类比性"要比其倡导者所希望的"更深刻"。它把文艺复兴时期从历史的长河中"剪取"下来,将其变成了历史的一片或一个交叉部分,然后将其置于显微镜下加以研究。它呈现的是文化特有的"共时系统"方面,这些方面与任何"连续的历史过程"相隔绝。"文化诗学"的方法不再是"历史主义"的,而是"结构主义"的。他说,"在把伊丽莎白时代的文化作为仿佛从其自己的文化系统内分离出来的流动能量的自治系统加以研究的过程中,格林布拉特的文化诗学放弃了可能对现在发生政治影响的一种历史理解的潜势。……一种真正的政治历史主义刻写的既有过去又有现在;它不仅仅是历时的,但至少应是对话的,如果实际上不是辩证的对话。"①也就是说,文化诗学在将文化作为一个共时系统来理解的时候,过去与现在之间的"对话链条"就可能断裂,从而使其研究对当代政治失去潜在的影响力。

　　格氏打出了"新历史主义"旗号,但对其界定相当笼统。他在1982年将"新历史主义"的批评实践定位为"向那种在文学前景和政治背景之间做截然划分的假设挑战,或者说得宽泛点,向在艺术生产和其他社会生产之间做截然划分的假设挑战。"②这个定义的确太"宽泛",但也可以显示出了其主旨:"新历史主义"这一术语显示出修正和更新"旧历史主义"的意愿,换言之,就是要向传统的历史修撰进行挑战。其目的主要是打通"历史背景"与"文学前景""艺术生产与其他社会生产"之间的传统界线。我们看到,这确实是新历史主义作为一个流派所致力为之的。但这个界定显示不出新历史主义的特色。且不说,某些所谓"旧"历史主义也将"文学前景"消融在"历史背景"之中并将"艺术生产"混同于其他社会生产;更重要的是,这个定义几乎无法将它与后

---

① 　王逢振主编:《2000 年度新译西方文论选》,漓江出版社 2001 年版,第 211 页。

② 　Stephen Greenblatt, "Introduction: The Forms of Power", *Genre* 7, (1982), pp.3-6.

结构主义区别开来，因为后者也抹平了各种"界线"。相比之下，蒙特洛斯的定义——"文本的历史性和历史的文本性"——似更具体。那么，这个界定在理论上的新意何在呢？就"文本的历史性"而言，"旧"历史主义对它的强调尤力；就"历史的文本性"而言，结构主义与后结构主义走得更远，甚至认为"文外无物"。其实，这个命题的理论新意正在于两个方面的张力制衡，惟其如此，才能达到对旧历史主义与后结构主义的双重扬弃。这种理论立场注定要受到旧历史主义和后结构主义的两面夹击。有理论家指出，新历史主义恰恰吸收了历史主义和后结构主义各自视为糟粕的东西，这种说法虽有失公允，却也不无道理。

事实上，"新历史主义"作为对历史的阅读和考察，在对它的各种批评面前显得非常脆弱。"新历史主义"的历史哲学主要应属于"叙述主义历史哲学"，但他们又都不愿意加入这个或那个居主导地位的批评营垒。它不加入已有批评营垒，又要冠以新"历史主义"；擅"历史主义"之名而又不能行历史主义之实，这势必遭到传统历史主义的批评。怀特指出，"新历史主义之所以转向历史，不是为了寻找他们所研究的那种文学的材料，而是为了获得文学研究中的历史方法所提供的那种知识。不管怎么说，到现在为止，新历史主义已经发现的是，根本就不存在历史研究中的特定方法。"[1]它不求历史"材料"，专求"方法"又不可得。那么，新历史主义者"既冒犯专业的历史学家和研究者"，又冒犯"在自己专业内进行研究的研究者"，是否值得呢？

各种形式主义在 20 世纪已经以否定的方式证明，文学研究活动无法绕开历史的"铁门限"。然而，一旦以"新历史主义"之名进入历史，就应该遵循"历史主义"的题中之意，即把研究对象放到其历史语境和历时发展序列中进行研究，先历时性和历史化研究而后共时性研究。由于它与后结构主义的暧昧关系，格氏本人自始至终将共时性放在更优先的地位上。格氏对"新历史主

---

[1]　张京媛主编：《新历史主义与文学批评》，北京大学出版社 1993 年版，第 107 页。

义"的解释,其要害只在破除文学前景与政治背景、艺术生产与其他社会生产之间的传统藩篱,这一工作主要需要在共时文化系统内完成,而不必太多倚重历时性方法。勒翰正是在这一点上对其进行尖锐批评,指出新历史主义由于过多受到解构主义、后现代主义的影响,热衷于对历史的消解和对共时态的挪用,使其丧失了历史序列的自然延伸,面临着将时间"空间化"的危险:在阅读和考察历史时,把历史变成非历史的空间化存在,将历史的言说变成以一种言说取代另一种言说的话语,"这使历史的事物秩序仅仅变成人类文字秩序言说的话语。"①

批评者的矛头多指向它对历史的共时处理方法,自然也就涉及"新历史主义"这个标签的名不副实。如何摆脱四面八方的理论围攻呢? 他们选择了从"历史"撤退而进入更加名正言顺、更少争议、也更为学术化的"文化"领域的途径。

(三) 异名之就里:方法困境

从总体上看,以格氏为代表的这些批评家都希望自己能以一种"无定性的整体观照"来看待历史文化,因而标榜其批评"没有任何政治动机",以避免将历史文化"单声道化"。但是,进入历史的结果却是:必须立刻选择某种政治立场,否则,就被历史主义者视为忤逆。于是,从"新历史主义"的旗帜下撤退似乎成了唯一的选择。退向哪里呢? "文化诗学"是一面现成的旗帜。批评家斯垂尔指出,"在文化诗学和新历史主义之间,格林布拉特更喜欢前者,原因之一是前者不仅更机智、更暧昧、更具描述性,而且更少争议"。② 布兰尼甘则指出,"不管是称作新历史主义还是文化诗学,他们的批评实践保持未变,但名称的更换使得他们的批评实践少受非议。"③

---

① 王岳川:《后殖民主义与新历史主义文论》,山东教育出版社 1999 年版,第 213 页。

② Richard Strier, *Resistant Structures*, Berkeley: University of California Press, 1995, p.68.

③ John Brannigan, *New Historicism and Cultural Materialism*, London: Macmillan Press Ltd., 1998, p.91.

　　名称的改变是否涉及批评实践的变化呢？这个问题上理论家存在分歧。上述二位理论家持"不变论"，批评家雷安等人反之。笔者赞同后者。名者实之宾。从"新历史主义"变为"文化诗学"，意味着从强调文本的历史化转向关注文化的文本性，转向一种对于文化的更加形式主义化的研究。"历史"是一个比"文化"更具体的概念，它让人联想到民族的斗争、人口的养育与杀戮或国家的建立与推翻。伊格尔顿说，"历史是我们所做的一切的产物，这就是我所谓的'历史'。"①而"文化"则通常让人联想到一些更为文本化的、甚至更为抽象的观念体系和思维模式。格林布拉特等人事实上既需要"历史"的这种"具体性"，又需要"文化"的这种"文本性"。其方法就是将历史的具体性浸泡到文化的文本性之中，强调"文化文本的具体性"。这时，格尔兹等人的"文化人类学"提供了一个现成的理论体系。格尔兹的"厚描"似乎并非与历时性方法不兼容，但是，当他将自己封闭在符号层面的"社会话语流"时，其方法就不可避免的是"共时性"的。这些方法多为新历史主义所继承。

　　"新历史主义"这个称谓始终遭受着来自三个方面的猛烈批评：传统历史主义认为它不够历史主义，方法上也未将"历时性"放在优先地位；后结构主义则认为它太历史化，与"文外无物"的观点不协调；在美国拥有悠久传统的"新批评"则认为它迷恋历史碎片而根本不是"诗学的"批评。在这三重批评织成的张力网络中，张扬"文化诗学"可以一石三鸟：以对"文化"的关注代替对"历史"的强调，摆脱职业历史学家和传统历史主义者的攻击；以将文化主要限定在"文本、话语和语言"之中而争取后结构主义者的支持；以对"诗学"的提倡而博得"新批评"的同情。批评家雷安指出，"'诗学'这个术语让人想起结构主义者的一番作为：将对象作为一个关系系统共时地、空间化地进行把

---

　　① ［英］特雷·伊格尔顿：《二十世纪西方文学理论》，伍晓明译，陕西师范大学出版社 1987年版，第 73 页。

握,压抑历史变迁过程所牵涉的历时性因素。"①这样,它就在自己的批评中,把新批评对文本的"细读"转向对文化的"细读",从而与新批评的传统接榫。这样一来,它就一改以前四面出击的挑战姿态,而向同时共存的其他理论露出了笑容;进而"名正言顺"地投入共时性方法的怀抱。

　　总之,诚如批评家科恩在《政治批评》中指出的,与马克思主义不同的是,新历史主义"并不把侧面的或水平的方法与垂直的方法一起使用:新历史主义描写历史差异,但不解释历史变化。"②结构主义与历史主义、共时方法与历时方法之间的对立早已由马克思主义批评家识别出来。马克思主义批评家詹姆逊等人就试图将结构与历史、共时方法与历时方法结合起来。新历史主义者蒙特洛斯也承认结构主义分析的"非历史性",但他似乎仍然认为以福柯为模式的更加微观的历史和文化研究能够逃脱这种结构主义的局限性。因此,新历史主义者总是从福柯的方法中寻求支持,但他们通常并不成功。

　　(四)　称名之实义:范导实践

　　综上所述,格氏始终是倾向于自称"文化诗学",而且这个标签更加名副其实;但人们使用最广的无疑是"新历史主义",这个标签已沿用日久并渐成定例。目前,国际学术界以"新历史主义"冠名并以之为研究对象的专著已有几十部,尚不多见以"文化诗学"为名的专著。从历史上的情况看,有些文学批评流派的称谓是"自出"的;有些则是其论敌"贴上"的。看来,"新历史主义"之称大约已难摘去,而格氏的一番更名努力注定是徒劳的,只是适得其反地暴露出其方法论上的困境:共时性与历时性之间的高度紧张。

　　当然,名称除了定义和描述功能外,还有尤为重要的评价、期许和范导作用。因此,人们关于这个流派的名称之争,不但是在竞争对其既往历史描述上的合法性,也是试图对其未来发展作出预期和范导。虽然对这个流派的名称

---

　　①　Kiernan Ryan(ed.), *New Historicism and Cultural Materialism: a Reader*, London: Arnold, 1996,p.xiv.

　　②　王逢振主编:《2000 年度新译西方文论选》,漓江出版社 2001 年版,第 226 页。

之争至今尚未结束，但批评家已经讨论"新历史主义之后"的问题了。这可以从积极方面理解为：人们对新历史主义加快改造更新并克服其理论批评困境的善意期待；也可以从否定的意义上理解为：名不副实而又困难重重的"新历史主义"已经走到了尽头。

最关键的问题在于，新历史主义弱化了"历史"和"历时方法"。早在 80 年代，怀特就以历史学家身份，以"历史诗学"概括新历史主义，认为新历史主义在提出了"文化诗学"之后又提出了一种"历史诗学"，以之作为对历史序列的许多方面进行鉴别的手段，并且认为历史的许多微小方面在"创造性"的意义上同样是"诗学的"。他希望新历史主义"深入"历史领域、重视"历时方法"并加入悠久的"历史诗学"传统。但是，到 90 年代末，布兰尼甘不无疑虑地揣测，"新历史主义之后"可能是"文化诗学"。他说，"描述批评实践的标签上的变化可能对这种实践的履行无甚意义，但它确实能给实践者和评论者一个机会，来重新检视该批评的特点、功能和内涵。在此意义上，评论家以新的视野来审视新历史主义，不是将它作为一种文学历史化和历史文本化的实践，而是将它作为这样一种实践：将文化阐释为一个自足的符号系统，将任何现实和历史的观念都看成这个符号系统的结果并完全由表述所决定。"①这段话的后一部分是正确的，但前一部分则有待商榷。既然标签的变化可以给其实践者一个重新检视其批评的机会，那么，这个标签就有可能对其批评实践的履行不是"无甚意义"而是有一定影响的。

从理论家对这几个标签的运用上看，"新历史主义"更多地被用来指称那个由众多批评家所组成的松散的学术群体；"文化诗学"和"历史诗学"则是批评家对这个群体的观念方法的不同概括。"新历史主义"究竟要走向"文化诗学"还是"历史诗学"呢？从这个批评流派的主要成员日益远离历时方法的批评实践看，前者名副其实；从其所处的方法困境方面看，"历史诗学"的期许更

① John Brannigan, *New Historicism and Cultural Materialism*, London：Macmillan Press Ltd.，1998，p.93.

切其要。值得强调的是，新历史主义虽然有几位各领风骚的理论代言人，但其实践却决不是铁板一块的。"文化诗学"与"历史诗学"代表了这个批评流派的两个主要的观点取向以及与之相应的方法。其间应该是相互补充的。在这个意义上，我们可以将新历史主义概括为一种"历史文化诗学"，在"历史诗学"传统中，新历史主义正是通过对"文化系统"及"共时方法"的强调和运用而成为一种特殊形态的"历史诗学"。

当然，我们也不能将不同"标签"之间的区别"扩大化"。值得注意的是，在"新历史主义"那里，"历史诗学"之"历史"与"文化诗学"之"文化"之间有大面积的重叠，它基本上将"历史"读解为自己所说的"文化"，而将"文化"读解为自己所说的"历史"，而其"历史"和"文化"都基本上是"共时文本化"的。因此，对新历史主义来说，最根本的问题是如何将"历时维度"融进自己的批评方法的"实践问题"，而不只是一个"理论问题"。

新历史主义在理论资源上的"丰富"与"匮乏"并存。它先后受到诸多理论批评的影响，其批评实践中各个流派的方法和话语同时存在。这使它难以对其批评进行归宗入派，甚至无法"命名归类"。这种情况使得它的批评一出，就处于与其他理论批评的论战关系中，四面出击同时又四面受敌。这说明它对其他理论的吸收整合工作尚未完成，其理论批评的独立品格尚未完全定型，尚没有一套自己的理论话语与其他理论抗衡，这又是其"贫弱"的一面。其次，命名危机事实上是其方法论困境的一部分。它由热情进入"历史"到逐渐从中撤退，显示出其在历时性与共时性方法之间进行抉择时的两难处境。其实，这两种方法之间的斗争是长期存在的。自从索绪尔的共时语言学一出，共时性方法逐渐取得了压倒优势。但这两种方法长期以来一直未能达到融合。"新历史主义"批评流派虽进行了"历史转向"，但这种转向仍然将共时性置于优先地位。格氏向"文化诗学"的位移，是这个流派进一步摆向共时性的表征。其"文化诗学"主要是将文化视为一个静态的共时结构系统而从中抽绎出的"诗学"，这种诗学是值得商榷的。这事实上是"泛文化主义"的诗学，有重新退回结构主义的危险。再次，我们相信，结构与历史、共时性与历时性并不是天然不相容的。有人指出，"马克思在《资本论》中结构分析的方法与历史发生的方法同时并用。"①（新）马克思主义主义者詹姆逊等人的批评也在一直追求着这种统一。

值得注意，"历史"并不等同于"历时的"，"结构"也并不必然是"共时的"。在"历史"研究中可以采用"共时"方法；同样，在"结构"分析中也可以采用"历时"方法。在文学史研究中，历时性与共时性之间应该保持"必要的张力"。同时，应该在过去与现在之间保持一种双向辩证对话关系，既不能像旧历史主义那样完全淹没在过去的语境里，也不能像大多数新历史主义者那样，完全封闭在自己的语境里。一切文化都是历史地形成的。马克思主义主义经典作家指出，"我们仅仅知道一门唯一的科学，即历史科学。"②这种对历史的强调在今天尤为重要。20世纪下半叶以来，人文社会科学的研究中历史思想的作用日益遭到驱逐，不断增长的历史厌倦症成为西方学术界的一个值得注意的倾向。这有可能造成历史意识的委顿甚至丧失，其后果是值得警惕的。

鉴于"文化诗学"在方法和视角上的片面性，我们今天应在结构与历史、共时性与历时性、逻辑方法与历史方法相结合的基础上，努力尝试建立一门"历史文化诗学"，以保证研究视角和批评方法上的完整性、开放性和涵盖性。③

二、超越与局限

新历史主义通过赋予所有文本以"表述"过去的平等身份而在文本之间

---

① ［德］施密特：《历史和结构：论黑格尔马克思主义和结构主义的历史学说》，赵培杰译，重庆出版社1993年版，第3页。

② 《马克思恩格斯全集》第3卷，人民出版社1960年版，第20页。

③ 张进：《在"历史诗学"与"文化诗学"之间》，《甘肃社会科学》2001年第5期。

建构起了一种"生产性"的交换。这是新历史主义著作的显著特点，它已经产生了许多对于过去文化系统的富有成效的分析。但这种方法绝不是没有问题的。新历史主义将"历史诗学"问题，甚至文学自身的问题，更多的是"问题化"了，而不是解决了。

（一）因果关系的消失和文化先进性的消解

新历史主义不在各种表述形式之间设立等级制和因果关系，这使得文学批评能够在各种表述形式之间自由驰骋，而不再惧怕历史学家的专业化"考证"的威胁和哲学家的概念化"知识"的压抑。这也使得传统的学科界线轰然坍塌，使得文学、历史和哲学之间由来已久的"门户之见"随之消失，使得文学的"文化研究"成为一种必需和必然。这无疑是对传统文学理论的某种超越。

然而，我们要进一步追问，是否有的表述比另外的表述"更重要"呢？新历史主义在理论上并不承认这一点，但它在实际批评中依然偏爱那些边缘的、受压抑的、遭排挤的"微小表述"，其批评实践仍旧在各种表述形式之间设立了"等级秩序"。这说明，任何文学批评在各种表述形式的"主次""轻重"和"先后"上都会有意无意地显示其价值判断和价值取向。这样，新历史主义的理论与实践之间就出现了悖反。既然新历史主义追求历史的"具体性"，那么，在某个"具体的"历史时刻，矛盾就有"主要矛盾"与"次要矛盾"之分，也有矛盾的"主要方面"与"次要方面"之别。文学在表述这些矛盾时不可避免地会有所选择、有所侧重，因此，表述形式之间的"平等性"事实上是难以付诸实践的。当然，新历史主义以这种"平等性"假设为依据而对各种"等级关系"和"因果关系"背后复杂纠葛的"权力关系"网络和根深蒂固的意识形态基础进行了揭露和拆除，这种工作仍然是有意义的。

与上一个问题相联系，我们要追问，在文化表述形式之间是否不存在因果关系呢？新历史主义明确反对因果等级关系，这导致了它对文化文本流通过程的循环往复的"厚描"。其正面效果是破除了"唯物主义还原论"，突出了文化文本的动态性和交互性；其负面效应则是导致了"因果关系的消失"和"相对主义"的蔓延滋长。这事实上是文化史研究应该避免的潜在危险之一。有人指出，文化史研究"向唯物主义还原论（用经济社会因素来解释行为）下的挑战书，变成了向因果解释下的挑战书了，一切淹泡在文化之中的时候，因与果也无从区别了。其结果是，文化史研究和相对主义、怀疑主义的哲学议题开始彼此交叉、相得益彰了。"①新历史主义向"还原论"的挑战具有一定合理性，但它导致的"相对主义"更是应该提防的。其实，"因果关系论"如果不被僵硬化和程式化，它对事物还是具有其解释能力的，就连新历史主义本身，也未必与这种观念全不相容。我们发现，新历史主义在破除了"指称性理论""对应理论"和"本原主义"的因果决定论之后，仍然存在着将"表述系统"本身假定为文本意义之"原因"的倾向。这说明，新历史主义必须辩证地对待"因果论"，而不能将之捆绑在唯物主义还原论一起而加以抛弃，进而投入相对主义的怀抱。当然，新历史主义向人们揭示了"还原论"甚至新历史主义自身的"历史相对性"，这一点仍然是值得重视的。

　　与上面两个问题相联系，我们要进一步追问，文化表述有无先进性与落后性之分呢？新历史主义从原则上一视同仁地对待各种文化，这种平等意识有其值得肯定的一面。但是，它在对待文本时却显示不出任何"价值维度"。在它那里，文化文本之间几乎没有"先进"与"落后"之别，也没有好坏优劣之分。我们认为，"文学应该确立体现和代表先进文化的前进方向和价值取向。"②在新历史主义的表述大家庭里，各种表述形式之间"和光同尘"，这导致了价值维度的委顿甚至丧失，这也造成了严重后果。格林布拉特在《通向一种文化诗学》中所分析的几部美国当代的文本在文学史上缺乏新意和创造性，这显示出新历史主义批评对当代文化文本缺乏一种"择优汰劣"的能力。既然新历史主义意识到了批评是一项社会文化"工程"，那它就应该更进一步意识到

---

　　①　［美］乔伊斯·阿普尔比等：《历史的真相》，刘北成、薛绚译，中央编译出版社 1997 年版，第 198—199 页。

　　②　陆贵山：《文学与先进文化》，《文学评论》2001 年第 6 期。

自己的批评活动也不只是"解释性的",而是"建构性的"。自认为在做着新历史主义式研究的布兰尼干认为,根据新历史主义的理论,"描述其未来就是将这种未来带入存在。预测其未来就是规定这种未来。"①那么,对当下的"描述"就更是一种"价值定向"。新历史主义在文学研究中也就应该更多地选取"先进的"文本,以显示和"规定"文学发展的方向,指导人们的文学实践和生活实践。新历史主义的矛盾性即在于,它为了探讨各种知识背后的假设而以话语"分析"代替了意识形态"批判",其代价就是对现实丧失了"直接的"批判能力,在对待当下的文学实践时缺乏一个明确的批判立场,只能以遁入"历史"的方式而对当下现实的合法性进行有限的关切和质疑。

因此,仅仅强调各种文化表述形式之间的"平等性"也还面临着问题,这些问题的解决是历史诗学和文学理论的当务之急。

（二）　历史"知识"地位的颠覆与"审美"地位的凸显

新历史主义基本上"颠覆"了历史的"知识地位",这促使人们必须以新的观念方法来审视"历史文学"。当今,面对"泛滥成灾"的"戏说历史"和"解构历史"的文艺现实,批评家大多仍然运用"历史知识"进行"知识批判",并通过"历史"档案资料的发掘而指出其"硬伤"所在。这种方法当然是必不可少的。但新历史主义使我们意识到,仅仅采用这种方法还不能从根本上击中要害,因为"历史"已丧失了它一度拥有的"知识权威"地位。这在客观上突出了"历史审美"的重要性。怀特将话语转义、情节编排、论证解释和意识形态含义诸层面结合起来的批评方法,格林布拉特对"文本之中的社会存在和社会存在之于文学的影响"展开双向调查的方法,蒙特洛斯对"历史的文本性和文本的历史性"同时进行研究的方法,都对我们是有启发的。这些方法带来了"美学"方法与"史学"方法在"文本性"层面相互结合的新的可能性。但是,诚如我们前文所指出的,在新历史主义的批评实践中,"历史性"与"文本性"之间的张

---

①　John Brannigan, *New Historicism and Cultural Materialism*, London: Macmillan Press Ltd., 1998, p.220.

力制衡关系通常是"倾斜的"，批评家与"讲述话语的时代"和"话语讲述的时代"之间的双向辩证对话的链条经常是"断裂的"，因此，它实际上仍然未能将"史学"方法与"美学"方法结合起来而付诸批评实践。可以说，新历史主义者依然未能成为"辩证的历史主义者"，后者的文学研究必须调查处身于历史之中的自我与过去的艺术之间的"交互作用"，必须"充分"估计到，"当我们解读过去的文学和文学中的过去时，我们也被文学所解读。当我们试图找到具有历史身份的作品的隐在细节时，作品也寻找、发现甚至某种程度上生产我们自己的历史身份。这种交互作用并不消除审美价值：它是审美价值的必要前提。"①因此，新历史主义对历史知识地位的颠覆，并未使它提出一种批判和指导历史文学实践的理论方法。看来，如何中在自己的批评中将美学方法与史学方法结合起来的问题，仍然是新历史主义面临的理论批评难题。这实际上也是文学理论自身的难题。

（三）文学"生产"与"流通"之间的相互限定关系

新历史主义主要将文学看成一种"流通交换"的产物而非一种"生产"出来的产品。从一定意义上说，这是一种深刻的洞见。因为，既往的文学理论否认文学"流通交换"也是文学本质定义的一部分，也就是说，它们虽不否认文学流通的重要性，但并不认为文学的本质在一定程度上是由"流通交换"所决定的。新历史主义认识到了这一点，认识到了流通也是文学本质的基础性的部分，这是值得肯定的。从某种意义上说，文学作品的确是一种"通货"，就像流通中的一般纸币一样，它本身的形式设计及纸质的优劣与它的"本质"并无"直接"关联，它的价值来自它所"带出"的使用者的社会历史存在。这种认识是深刻的。但是，我们要进一步追问，文学的"流通"与"生产"之间究竟有无主次之别？假如没有"生产"，"流通"又从何谈起呢？我们知道，单凭流通并不能决定一件"物品"是否属于文学。"流通"仍然应在"生产"的基础上进

---

① Jeremy Hawthorn, *Cunning Passages*, London: Arnold, 1996, p.84.

行。因此,新历史主义在这个问题的深刻性是与其片面性无法区别的,它基本上颠倒了"生产"与"流通"之间的辩证关系。在当今社会,"流通"在很大程度上制约着"文学"及"文学生产",这是有目共睹的。确如鲍德里亚所指出的,后现代的"幻象"(simulacrum)是一些"没有本源、没有所指、没有根基"的"象",①"幻象"的生产与流通之间已经划不出明确界线。在这种情况下,新历史主义强调流通对文学本质的制约,这深化了人们对文学本质的认识。但是,"幻象"的"无根增殖"也在一定程度上也造成了文学的"粗制滥造",这种现象恰恰是应该批判的。新历史主义在这个问题上的批判态度却并不明确。进而言之,以流通为文学活动的"基础",以"商讨"为作家的本质,这对作家的创造性强调不够,这也可能导致作家批判立场在"流通"中的"流失",从而造成对现状的"无批判的追随"。这些负面效应是应该警惕的。在今天,我们仍然应该调动作家的积极性和"创造性",鼓励他们在"协商交换"中"生产"出更多的文学佳作,而不应认可他们在"流通"对自己"生产者"职责和身份的"遗忘"。我们认为,文学的"流通"与"生产"之间应该是一种相互限定关系,缺失其中的任何一方都无法达到对文学的充分说明。

（四）　彻底的历史化与必要的逻辑化

新历史主义将"历史性"灌注到文学活动内部的各个要素(世界、作家、作品和读者)和各个层面(取材、创作、阅读和批评),也灌注到文学活动与非文学活动、文学文本与非文学文本之间"流通交换"的各个环节。它在这一方面的成效是显著的,文学活动的各个层面和各个方面都应该"历史地"去理解。它在这样做的时候试图贯彻一种"彻底的历史主义",这种取向也有其值得肯定的一面。但是,这里有一个悖论:如果以一种"彻底的历史主义"眼光去审视,任何一种"彻底的"历史化,都是"不够彻底"的。伊格尔顿在批判后现代主义时指出,后现代主义"将自己反对普遍性的论点普遍化"。"在过分历史

---

①　盛宁:《人文困惑与反思:西方后现代主义思潮批判》,生活·读书·新知三联书店 1997年版,第 267 页。

化的时候,后现代主义也会历史化得不足,以它自己多元原则臭名昭著的侵犯性抹平了历史的多样性和复杂性。"①这种批评也可用于新历史主义。新历史主义在其实践中贯穿着一种对小事微言的强烈兴趣,但是,任何"小"事在逻辑上也还是不够"小"的(尽管它对微小叙事的强调已经造成了文学文本的琐碎和破裂)。一味"微小化"就必然将"微小化"本身"普遍化"。这也正像詹姆逊"永远历史化!"②的口号所包含的悖论一样。这个命题本身就是"非历史的"。因为,既然是"历史化",就不是"永远的";既然是"永远",就不是"历史化"的。在这个问题上,新历史主义的"历史原则"或"历史方法"未能与"逻辑方法"结合起来。新历史主义拒绝对自己的实践做"体系化的理论概括"其原因也在这里。恩格斯曾经阐述过马克思主义的理论方法——逻辑的方法与历史的方法相一致的方法。其"历史"指的是事物的本质规律,而"历史方法"则是指人的思维必须符合客观现实的规律,并不是机械地去向历史学科征借解决问题的现成途径。因此,历史方法与逻辑方法并不是不相容的,而是可以相互结合的。从历史与逻辑相结合的高度来看,新历史主义的迷失是明显的。它试图以"彻底的历史主义"来排斥逻辑方法,这事实上是做不到的。完全排除逻辑方法的"历史主义"是不存在的,或者至少是肤浅的。再小的"逸闻逸事"也已经不可避免地包含着逻辑的成分,"真实"无法用"非逻辑的微小叙事"充分地带出,它所带出的东西也拼不成一幅真实的历史图景或真实的生存景观。我们也注意到,新历史主义在排斥所有的"逻辑划分"的同时,仍然不得不沿用诸如"资本主义"等逻辑概念来对社会历史进程做出理论区分。

（五）"历史的表述"与"表述的历史"

"历史诗学"发展到"叙事历史诗学"阶段,人们普遍倾向于将历史中的复

---

① ［英］特里·伊格尔顿:《后现代主义的幻象》,华明译,商务印书馆2000年版,第60页。

② ［美］弗雷德里克·詹姆逊:《政治无意识:作为社会象征行为的叙事》,王逢振、陈永国译,中国社会科学出版社1999年版,第3页。

杂因素"压缩"到"叙述""表述""话语"层面进行讨论。新历史主义者就试图用"诸表述"(representations)来"代表"(represent)"历史"的物质具体性。我们看到,它通过这种"压缩"而取得了研究方法上的主动性,一定程度上破除了"主客二分"和"实体主义"的思维方式,克服了传统"历史诗学"的一些弊端。但是,当它试图将历史的全部丰富性都压缩在表述层面的时候,历史的物质性因素就有"流失"的危险,有被"淹没"和"置换"的危险。这种危险由于新历史主义以"解释世界"的"知识破坏"代替"改造世界"的"现实实践"而加剧。我们认为,文学的"文化研究"不仅是为了"解释世界",其根本目的仍然在于"改造世界"。恰恰在这个根本问题上,新历史主义令人费解地持一种清静无为态度。因此,这种研究的目标仍然是狭隘的。对资本主义的"知识破坏"应该与对它的"物质改造"联系起来,而新历史主义恰恰在这一点上表现得软弱无力。

新历史主义基于表述的研究方法,有助于人们将"历史性"与"文本性"结合起来而灌注到人类历史活动和文学活动的各个层面和各种要素之中。但是,我们的疑问是,历史的各种因素能否"压缩"到"表述"之中? 历时性与共时性之间如何统一? 新历史主义所谓的"历史"通常是一种"共时的"历史,这种历史将时间"空间化",从而将自己完全封闭在自己的语境之中,抹杀了历史的"丰富性"和"复杂性"。这样就正好走到了新历史主义的对立面。在新历史主义那里,"表述"构成了一个循环封闭的圆圈,人们的生存困境和痛苦挣扎的"历史"仍然可能外于这种"表述"。欧洲人当年对非洲人的"表述"就主要是欧洲人的表述系统的自我循环,似乎并未真正关注非洲人的苦难与生存困境。研究者发现,在新历史主义看来,"在欧洲人的表述系统之外别无一物。"①

新历史主义"以权力的宏大叙代替进步论的宏大叙事"的做法遭到批判

---

① John Brannigan, *New Historicism and Cultural Materialism*, London: Macmillan Press Ltd., 1998, p.143.

以后,它曾调整其批评方法,更多地采用"社会能量流通"的观念以代替那个"极权主义的"权力概念。但后者仍然无法让它摆脱"共时性"压过"历时性"的困境。新历史主义对于 20 世纪以来的历史遗忘症作出了一定的回击,但它的这种历史研究背后仍然包含着某种"历史的漠视"或"历史精神的淡漠"。批评家杰诺韦塞尖锐指出,"除了某些突出的例子之外,它(新历史主义)其实并不太注重历史(not very historical)。"①

其实,一种共时的历史不仅仅包含着对"历史进步发展论"的否定,也在一定程度上排斥了"历史变化"的观念,抹杀了历史变化的线性序列,进而"以当前的共时转义学置换了过去的历时地图"②。我们相信,与过去的交往就是相信当前会变得更好,尽管可能并不是"连续性的"和"进步论的",但至少会有所不同。因此,新历史主义还应该继续深化其"历史意识",以避免在破除了"历史进步论"和"历史连续性"之后,完全将自己封闭在自己当下的语境之中。

新历史主义相当成功地将"历史精神"注入到"人文精神"之中,并且在历史性基础上,刷新了人对人文精神和审美精神的认识,破除了超越"历史性"而讨论"人文精神"以及"审美精神"的自由人文主义幻想。而且,它在一定程度上将"历史精神""人文精神"和"审美精神"统一于"表述"之中,这给历史精神与人文精神的新的融合创造了可能性,也深化了人们对文学本质和作家主体的认识。这是新历史主义的理论创造性的重要方面。但是,它似乎未能辩证地看待"人文精神",未能对人文精神中的某些合理成分进行积极汲取。人文主义的某些精神,如对"平等"的追求,尽管属于一种历史性建构,但它在今天仍然应该具有意义,不该完全放弃;新历史主义对表述的"平等性"的假定就包含着人文主义的某些思想。

总之,新历史主义在对"历史诗学"和文学理论问题的考察中仍然显示出

① Aram Veeser(ed.), *The New Historicism*, London: Routledge, 1989, p.214.

② Paul Hamilton, *Historicism*, London: Routledge, 1996, p.28.

它对物质实践的某种不信任。当它在强调"表述"在殖民活动中的重要性的时候,它显示出深刻的洞察力。但是,当它过分抬高"表述"的重要性并以之置换物质实践时,它显示出了对物质性实践的极大漠视,在这种漠视背后的,便是它在改造现实问题上的软弱无力。

新历史主义的未来并不在于其自身理论的再生产,也不在于将其方法论和策略直接运用于文本分析,而在于文本反过来有能力"反"历史潮流、或者证实某些历史潮流。尽管我们在这里对它做着分析批判,但新历史主义的未来仍然掌握在那些在文学与历史的结合部工作的学者和批评家手中。新历史主义的一部分已经走向了"后殖民主义批评"和"女权主义批评",这不仅显示了新历史主义观念方法的渗透力,也显示出新历史主义自身也在进行着内部调整和观念更新。

在新历史主义将"历史诗学"的问题"问题化"之后,未来的"历史诗学"要有能力将历史的"三个层面"和"三个向度"同时纳入自己的视野。而未来的文学理论也应该将"历史诗学"的洞见整合到自己的理论体系之中。

三、"后设"与前瞻

当代中国"历史文学"实践的繁荣和世界范围内理论批评的"历史转向"以及"新历史主义"的崛起,将"历史诗学"问题推到了理论批评的前台。

"历史诗学"主要研究"文学"与"历史"之间的相互"关涉、表述"问题。在"历史—文学"的关联语境中,通过揭示历史的本质特征及其深层诗性结构以及文学的本质特征及其内在历史性含蕴来阐释文史之间的动态"建构性"关联,进而形成一种关于文学或历史本质的理论界说,这种学说即"历史诗学"。"历史"可表示"诗学"的研究对象,在此意义上,"历史诗学"探讨历史的"诗性",即历史及历史修撰的转义性、文本性、创造性、虚构性、审美性和意识形态性。"历史"亦可表示研究文学的学科参照、原则或"视域",在此意义上,"历史诗学"涉及文学的"历史性"以及史学及其原则方法对文学的制约。

与之相应，"历史诗学"具有"史学的"和"文学的"两个相互关联的理论取向。两种取向都不同程度地关注研究对象的"诗性"和"历史性"，因而在客观效应上趋于同一，这种趋同性为"历史转向"以来的理论实践所强化。"历史文学""历史转向"和"新历史主义"都关乎"历史诗学"问题，因而应在"历史诗学"视野下审视。

"历史诗学"涉及文学理论的基本问题。历史、人、审美和文本是文学活动"球体"的四个内在关联的维面；历史精神、人文精神、审美精神和文本精神是文学活动"同根异株"的精神价值取向；史学、人学、美学和文本学是全方位整体文学研究的必要向度，四个向度上分途拓展与内在整合之间的融通互进是深化文学研究的必由之路。"历史"是文学不可或缺的根本参照轴线，"历史性"是文学活动的"地平线"和"绝对视域"。这可从文学理论的整体格局和文艺学的学科构成中得到说明，也可在文学理论批评史上得到确证。

20世纪以来的文学研究在四个向度上分途拓展有余但内在整合不够，对立有过而对话不足，人学、美学和文本学向度的发展迅猛而史学向度的深化迟缓。这造成文学研究的整体倾斜和历史诗学的相对滞后，这种局面至今尚未得到扭转。本书试图以"历史诗学"为基本线索，以"历史转向"为当代理论批评背景，对"新历史主义"展开研究，重点考察它对"历史诗学"问题的"深化"和"问题化"，进而为"历史文学"的批评和实践提出一个理论参照。

"历史诗学""历史转向"和"新历史主义"之间存在着内在关联。在"历史诗学"的理论坐标中，"历史性"作为文学活动中各个要素和环节相互关联的"绝对中介"处于"中心"地位。"历史"包括三个相关层面，即"历史过程""历史认识"和"历史叙述"。"历史诗学"应将三个层面全部纳入视野，但已有的"历史诗学"总不免在其中有所选择和侧重，并主要基于某个层面而形成其历史诗学的形态和话语范式。"历史转向"发生在"语言论转向""之上"和"之后"，这种转向具有双重"不彻底性"。新历史主义是"历史转向"的一个分支，在其中"历史转向"与"语言论转向"并非两极对立而是双向凑泊的。新历史主义强调历史与文学之间的动态双向建构,旨在寻求一条考察文本意义的途径,缘此而避免将历史设定为传统历史主义的既定事实,又防止退回文本主义的老路上去。

依据历史诗学对历史"三个层面"的不同侧重,可将其划分为三种主要形态,从中也可显示一般历史主义的复杂性:"思辨历史诗学"重在"历史过程",参照系是"机械论",对应的是"启蒙主义"的历史主义,相关的现代性形态是启蒙现代性;"批判历史诗学"重在"历史认识",参照系是"有机论",对应的是浪漫主义的历史主义,相关的现代性形态是"批判现代性";"叙事历史诗学"重在"历史叙事",参照系是"语言论",对应的是"新"历史主义,与之相关的主要是后现代性。"思辨历史诗学"是历史决定论、目的论和整体论的,其缺陷在于对历史认识活动和认识者自身的历史性缺乏反思。"批判历史诗学"是对"思辨历史诗学"的反动,但在认识论和方法论上未能突破"本质主义"的思维局限,忽略了"历史话语"本身的"历史性",也未能对历史活动本身的历史性做出深入反思。"叙事历史诗学"以历史的叙事、文本、表述和话语为立足点,批判性地考察它们"表述历史"时的非透明性、生产性、建构性和意识形态性。它遵循共时语言学的认识模式和解构史学的思维路径,斩断了历史意义与"指称对象"和"主体意图"之间的"直接"关联,破除了"实体主义"的"指称性设定"和"对应理论"。新历史主义也属于这个总体诗学趋势,但其独特的研究取向和建构精神,仍然意味着从一般解构主义历史诗学的"转离"。它试图基于"历史叙述"而将历史的其他层面包括进来,但受制于其立足点上的片面性而无法实现这一理论目标。

新历史主义处在当代多种理论共同交织而成的复杂的话语网络之中,后者充当了新历史主义的思想前驱和对话语境。这个语境主要由(新)马克思主义、解构史学、文化人类学和新解释学等理论构成。从一定意义上说,这些理论都在进行着广义的历史转向,强调历史的具体性、多样性、异质性和非连续性,并对启蒙运动以来的"历史整体性"设定进行了程度不同的反拨,强调意义生成过程所牵涉到的意识形态、表述系统、话语规约、文本叙事、社会体制、文化网络、语言现实等复杂的历史性要素，认为文本的意义生成与这个系统的生成联袂而行。新历史主义与这些理论之间具有广泛的通约性，但它在立论基础、学说体系和具体指向方面也与它们存在一定差异。它既有博采众长的宽阔视野，又有"碎片拼接"的痕迹。与如上各种理论对勘发明，可以从特定侧面显示新历史主义的特殊理论品格。

在历史诗学视野下审视，新历史主义批评实践中不但蕴含着一个关于文学本质功能的观念设定，而且有对文学活动各个要素的具体定位。它将"历史性"推展到文学活动的各个层面和环节，使后者都成为处于历史之中并通过历史而发生的"事件"。在文学本质问题上，它打破了"历史背景"与"文学前景"之间的传统对立，代之以互为背景和相互塑造的动态关联，从而在文史之间开拓出一片对话性的"交涉带"，在这里文史相通，文学变成塑造历史的能动力量。文学以社会能量流通交换的具体形式存在；文学对主流意识形态的"颠覆"和这种"颠覆"的旋即被"包容"同时并存于文学活动之中；"颠覆"与"包容"之间的辩证关系正是文学研究调查的对象。主体本质的任何方面都是话语实践和社会条件的产物；作家主体在文学活动中不但"顺向地"表现和模仿，而且在此过程中也被"逆向地"建构和塑造，作家自身通常也是集体交换的产物。文学研究对象应从"作品"转向"文本"；"文本"因与社会历史相关联而使自己变成"话语事件"，其意义在于它与其他社会历史文本之间的关联。读者接受活动是一种历史性活动；读者要善于把握"共鸣"与"惊叹"之间的交互转化。阅读接受是一种经由复杂的社会、历史和文化中介而达到的迂回的审美愉悦，是读者在这种愉悦中的文化反思和自我审视。文学批评活动并非个人兴趣的一般表达，而是参与到复杂浩大的社会文化工程之中的"批评工程"。批评的语境并非自然、同质和现成的，而是在交叠互渗的多声部语境之中进行选择和排斥之后得到"建构"的。文学批评从事着"划界"和"重新划界"活动，它让人们构造并体验"不同版本的历史"。新历史主义的这种文学观念系统对文学的"特殊性"强调不足；对文学功能的态度过分悲观；对作家的"创造性"重视不够；对文学文本形式本身的"具体性"和"复杂性"缺乏敏感性。它既有抹杀读者的审美愉悦的倾向，也存在着将文学批评完全政治意识形态化的危险。这种文学观念将历史诗学问题的进一步"深化"和"问题化"了，也向文学理论本身提出了新问题和新挑战。

中国的新历史主义文艺思潮作为国外"新历史主义"的"厚描"，将后者的观念方法"放大"并"具体化"了。其思想内涵和基本特征主要体现在：历史性与文本性之间的制衡与倾斜；单线历史的复线化和大写历史的小写化；客观历史的主体化和必然历史的偶然化；历史和文学的边缘意识形态化。在价值取向与社会效应方面，它尚未摆脱文学回归历史与沉沦历史、颠覆大写历史与陷入小历史相对主义、强调历史的心理情感性与走向历史不可知论、迷恋边缘意识形态与迷失于意识形态边缘之间的悖论性处境。这些困境的克服当是它在理论与实践上的当务之急。

新历史主义作为一个"在路上"的学术群体，至今存在着"命名危机"，也面临着方法论上共时性与历史性之间的高度紧张。"文化诗学"和"历史诗学"代表了这个流派的两个相互补充的理论取向。在历史诗学视野下审视，新历史主义正是通过对"文化系统"及与之相应的"共时方法"的强调而使自己成为一种特殊形态的"历史诗学"。

新历史主义的"超越"与"局限"并存，它将"历史诗学"的问题"问题化"而不是"解决"了。它破除了各种表述之间的等级制，但造成了因果关系的消失和文化先进性的消解；它颠覆了历史的"知识地位"而突出其"审美地位"，但仍未能解决史学与美学相统一的问题；它强调了"流通"过程对于文学本质的制约，但未能处理好"流通"与"生产"之间的相互限定关系；它追求"彻底的历史化"，但忽视了"必要的逻辑化"；它将历史的复杂因素压缩到"表述"之中，并试图通过后者而说明历史的物质性，但又常常强调"表述系统"的独立自主性而忽视了物质实践的最终决定力量。这使其以"解释世界"的"知识破坏"置换了"改造世界"的"物质实践"，造成了它在现实面前的软弱无力。其负面效应值得警惕。总之，未来的"历史诗学"应将历史的"三个层面"同时纳入视野；未来的文学理论也应将新历史主义历史诗学的洞见整合进自己的理论体系。

历史诗学作为一个富有学术生长性的问题域，推动和深化了人们对文学的历史性和历史的文学性的研究探讨，但它本身并非铁板一块，其中的多种形态范式之间充满着龃龉和论争。每一种历史诗学范式只是基于"历史"的某个层面而立论，难免偏至偏废。近年来，事件哲学所阐发的"事件"观念，展现出"统摄"历史之诸多层面和文史交涉区域的理论潜力，或可为历史诗学的创新发展提出参照。总之，人们所希冀的历史诗学，应该能将历史的不同层面和文学的不同要素环节同时纳入理论视野，并通过吸收空间诗学、生态美学、文艺人类学和物质文化研究的相关成果来对这些层面环节之间的复杂关联作出令人信服的说明。

参 考 文 献

一、主要中文文献

1. 阿莫西等:《俗套与套语》,丁小会译,天津人民出版社 2003 年版。

2. 阿普尔比等:《历史的真相》,薛绚、刘北成译,中央编译出版社 1997 年版。

3. 艾伯拉姆斯:《欧美文学术语辞典》,朱金鹏、朱荔译,北京大学出版社 1990 年版。

4. 艾布拉姆斯:《镜与灯》,郦稚牛译,北京大学出版社 1989 年版。

5. 爱德华·苏贾:《后现代地理学》,王文斌译,商务印书馆 2004 年版。

6. 安克施密特:《历史与转义:隐喻的兴衰》,韩震译,文津出版社 2005 年版。

7. 安克斯密特:《当代西方史学思想的困惑》,《史学理论丛书》编辑部译,中国社会科学出版社 1991 年版。

8. 巴尔特:《符号学原理》,李幼蒸译,生活·读书·新知三联书店 1988 年版。

9. 巴赫金:《巴赫金文论选》,佟景韩译,中国社会科学出版社 1996 年版。

10. 巴赫金:《陀思妥耶夫斯基诗学问题》,白春仁、顾亚玲译,生活·读书·新知三联书店 1988 年版。

11. 巴赫金:《文本对话与人文》,白春仁、晓河译,河北教育出版社 1998 年版。

12. 巴赫金:《小说理论》,白春仁、晓河译,河北教育出版社 1998 年版。

13. 巴什拉:《空间的诗学》,张逸婧译,上海译文出版社 2009 年版。

14. 白茜:《文化文本的意义研究:洛特曼语义观剖析》,中国社会科学出版社 2007 年版。

15. 邦尼卡斯尔:《寻找权威——文学理论概论》,王晓群、王丽莉译,吉林大学出版社 2003 年版。

16. 包雅明主编:《后现代性与地理学的政治》,上海教育出版社 2001 年版。

17. 保罗·利科:《法国史学对史学理论的贡献》,王健华译,上海科学院出版社 1992 年版。

18. 本雅明:《本雅明文选》,陈柱国、马海良译,中国社会科学出版社 1999 年版。

19. 比尔纳其等著:《超越文化转向》,方杰译,南京大学出版社 2008 年版。

20. 彼得·伯克:《什么是文化史》,蔡玉辉译,北京大学出版社 2009 年版。

21. 彼得·伯克:《图像证史》,杨豫译,北京大学出版社 2008 年版。

22. 波普尔:《开放社会及其敌人》(二卷),陆衡等译,中国社会科学出版社 1999 年版。

23. 伯恩斯:《历史哲学:从启蒙到后现代》,张羽佳译,北京师范大学出版社 2008 年版。

24. 布尔迪厄:《实践与反思——反思社会学引论》,李猛、李康译,中央编译出版社 1998 年版。

25. 布尔迪厄:《文化资本与社会炼金术》,包雅明译,上海人民出版社

1997 年版。

26. 布克哈特:《意大利文艺复兴时期的文化》,何新译,商务印书馆 1979 年版。

27. 陈平原、陈国球主编:《文学史》(第三辑),北京大学出版社 1996 年版。

28. 陈平原:《触摸真实与进入五四》,北京大学出版社 2005 年版。

29. 陈思和:《笔走龙蛇》,山东友谊出版社 1997 年版。

30. 陈晓明:《无边的挑战》,广西师范大学出版社 2004 年版。

31. 陈新主编:《当代西方历史哲学读本:1967—2002》,复旦大学出版社 2004 年版。

32. 程千帆:《史通笺记》,中华书局 1980 年版。

33. 戴维·赫尔曼主编:《新叙事学》,马海良译,北京大学出版社 2002 年版。

34. 蒂费纳·萨莫瓦约:《互文性研究》,天津人民出版社 2003 年版。

35. 丁帆、许志英主编:《中国新时期小说主潮》,人民文学出版社 2002 年版。

36. 董希文:《文学文本理论研究》,社会科学文献出版社 2006 年版。

37. 杜维明:《对话与创新》,广西师范大学出版社 2005 年版。

38. 佛克马、伯顿斯主编:《走向后现代主义》,王宁等译,北京大学出版社 1991 年版。

39. 佛克马、易布思著:《二十世纪文学理论》,林书武译,生活·读书·新知三联书店 1988 年版。

40. 弗莱:《批评的解剖》,陈慧译,百花文艺出版社 1998 年版。

41. 福柯:《知识考古学》,谢强、马月译,生活·读书·新知三联书店 1998 年版。

42. 伽达默尔:《伽达默尔集》,严平编选,邓安庆译,上海远东出版社 1997

年版。

43. 伽达默尔:《美的现实性》,张志扬译,生活·读书·新知三联书店1991年版。

44. 格尔兹:《文化的解释》,纳日碧力戈等译,上海人民出版社1999年版。

45. 格里芬主编:《后现代精神》,王成兵译,中央编译出版社1998年版。

46. 格林布拉特:《俗世威尔——莎士比亚新传》,辜正坤译,北京:北京大学出版社2007年版。

47. 耿占春:《唯一的门——时间与人生》,东方出版社1996年版。

48. 古列维奇:《中世纪文化范畴》,庞玉洁、李学智译,杭州:浙江人民出版社1992年版。

49. 郭宝亮:《洞透人生与历史的迷雾》,华夏出版社2000年版。

50. 海登·怀特:《后现代历史叙事学》,陈永国等译,中国社会科学出版社2003年版。

51. 海登·怀特:《形式的内容:叙事话语与历史再现》,董立河译,文津出版社2005年版。

52. 海登·怀特:《元史学:十九世纪欧洲的历史想像》,陈新译,译林出版社2004年版。

53. 韩震、孟鸣岐:《历史哲学:关于历史性概念的哲学阐释》,云南人民出版社2002年版。

54. 赫拉普钦科:《赫拉普钦科论文集》,张捷、刘逢祺译,人民文学出版社1997年版。

55. 黑格尔:《美学》,朱光潜译,商务印书馆1981年版。

56. 胡可先:《杜甫诗学引论》,安徽大学出版社2003年版。

57. 黄枚:《韵律与意义——20世纪俄罗斯诗学理论研究》,人民出版社2005年版。

58. 黄鸣奋:《超文本诗学》,厦门大学出版社 2002 年版。

59. 霍克斯:《结构主义与符号学》,瞿铁鹏译,上海译文出版社 1987 年版。

60. 卡尔·波普尔:《历史主义贫困论》,何林等译,中国社会科学出版社 1998 年版。

61. 卡瓦拉罗:《文化理论关键词》,张卫东、张生、赵顺宏译,江苏人民出版社 2005 年版。

62. 卡西尔:《人论》,甘阳译,上海译文出版社 2004 年版。

63. 卡西勒著:《启蒙哲学》,顾伟铭、杨光仲,郑楚宣译,山东人民出版社 1996 年版。

64. 康德著:《历史理性批判文集》,何兆武译,商务印书馆 1990 年版。

65. 柯林武德:《历史的观念》,张文杰、何兆武译,中国社会科学出版社 1986 年版。

66. 克拉克、霍奎斯特:《米哈伊尔·巴赫金》,语冰译,中国人民大学出版社 1992 年版。

67. 克罗齐著:《历史学的理论和实际》,傅任敢译,商务印书馆 1997 年版。

68. 库恩:《科学革命的结构》,金吾伦、胡新和译,北京大学出版社 2003 年版。

69. 拉尔夫·科恩主编:《文学理论的未来》,程锡麟等译,中国社会科学出版社 1993 年版。

70. 拉曼·塞尔登:《文学批评理论——从柏拉图到现在》,刘象愚、陈永国等译,北京大学出版社 2000 年版。

71. 李超杰:《理解生命——狄尔泰哲学引论》,中央编译出版社 1994 年版。

72. 李达三、罗钢主编:《中外比较文学的里程碑》,人民文学出版社 1997

年版。

73. 李福清著：《〈三国演义〉与民间文学传统》，尹锡康、田大畏译，上海古籍出版社1997年版。

74. 李纪祥：《时间·历史·叙事》，兰州大学出版社2004年版。

75. 李建盛：《理解事件与文本意义——文学诠释学》，上海译文出版社2002年版。

76. 李世英、陈水支：《清代诗学》，湖南人民出版社2000年版。

77. 李泽厚：《历史本体论》，生活·读书·新知三联书店2002年版。

78. 李宗侗：《中国史学史》，中国友谊出版公司1984年版。

79. 里蒙·凯南：《叙事虚构作品》，姚锦清、黄虹伟、傅浩、于振邦译，生活·读书·新知三联书店1983年版。

80. 利奥塔尔：《后现代状态：关于知识的报告》，车槿山译，生活·读书·新知三联书店1997年版。

81. 利科尔：《解释学与人文科学》，陶远华等译，河北人民出版社1987年版。

82. 刘若愚：《中国的文学理论》，中州古籍出版社1986年版。

83. 刘勰著：《〈文心雕龙〉译注》，周振甫译注，江苏教育出版社2006年版。

84. 流心：《自我的他性——当代中国的自我系谱》，上海人民出版社2005年版。

85. 陆贵山：《宏观文艺学论纲》，辽宁大学出版社2000年版。

86. 罗宗强：《隋唐五代文学思想史》，中华书局2003年版。

87. 马克·费罗：《电影和历史》，彭姝祎译，北京大学出版社2008年版。

88. 马克思、恩格斯：《马克思恩格斯选集》（四卷），人民出版社1995年版。

89. 马克思：《1844年经济学—哲学手稿》，中共中央马克思恩格斯列宁斯大林著作编译局译,人民出版社 1983 年版。

90.迈克·克朗:《文化地理学》,杨淑华等译,南京大学出版社 2003 年版。

91.茅盾:《关于历史和历史剧》,作家出版社 1962 年版。

92.南帆:《文本生产与意识形态》,暨南大学出版社 2002 年版。

93.南帆:《文学的维度》,上海三联书店 1998 年版。

94.尼采:《历史的用途与滥用》,陈涛译,上海人民出版社 2000 年版。

95.诺埃尔·卡罗尔:《超越美学》,李媛媛译,商务印书馆 2006 年版。

96.彭亚非:《中国正统文学观念》,社会科学文献出版社 2007 年版。

97.钱念孙:《文学横向发展论》,上海文艺出版社 1989 年版。

98.钱钟书:《管锥编》,中华书局 1986 年版。

99.钱钟书:《谈艺录》,中华书局 1984 年版。

100.乔纳森·卡勒:《当代学术入门:文学理论》,李平译,辽宁教育出版社 1998 年版。

101.乔纳森·卡勒:《结构主义诗学》,盛宁译,中国社会科学出版社 1991 年版。

102.饶芃子:《比较诗学》,陕西师范大学出版社 2000 年版。

103.赛义德:《赛义德自选集》,谢少波译,中国社会科学出版社 1999 年版。

104.什克洛夫斯基等著:《俄国形式主义文论选》,方珊等译,生活·读书·新知三联书店 1989 年版。

105.盛宁:《新历史主义》,台湾扬智文化事业公司 1996 年版。

106.施密特:《历史和结构》,赵培杰译,重庆出版社 1993 年版。

107.石坚、王欣:《似是故人来——新历史主义视角下 20 世纪英美文学》,重庆大学出版社 2008 年版。

108.斯图亚特·西姆:《德里达与历史的终结》,王昆译,北京大学出版社

2005 年版。

109. 孙微：《清代杜诗学史》，齐鲁书社 2004 年版。

110. 索亚：《第三空间：去往洛杉矶和其他想象地方的旅程》，陆扬译，上海教育出版社 2005 年版。

111. 汤因比等著：《历史的话语》，张文杰译，中国人民大学出版社 2012 年版。

112. 田汝康、金重远选编：《现代西方史学流派文选》，上海人民出版社 1982 年版。

113. 托多罗夫：《巴赫金、对话理论及其他》，蒋子华、张萍译，百花文艺出版社 2001 年版。

114. 托多洛夫：《批评的批评》，王东亮译，生活·读书·新知三联书店 1988 年版。

115. 汪民安：《身体、空间与后现代性》，江苏人民出版社 2005 年版。

116. 汪荣祖：《史学九章》，生活·读书·新知三联书店 2006 年版。

117. 王斑：《全球化阴影下的历史与记忆》，南京大学出版社 2006 年版。

118. 王彪：《新历史小说选》，浙江文艺出版社 1993 年版。

119. 王立业主编：《洛特曼学术思想研究》，黑龙江人民出版社 2006 年版。

120. 王一川：《语言乌托邦——20 世纪西方语言论美学探究》，云南人民出版社 1994 年版。

121. 王岳川：《后殖民主义与新历史主义》，山东教育出版社 1999 年版。

122. 维柯：《新科学》，朱光潜译，商务印书馆 1989 年版。

123. 维谢诺夫斯基：《历史诗学》，刘宁译，百花文艺出版社 2005 年版。

124. 沃尔什：《历史哲学导论》，何兆武，张文杰译，广西师范大学出版社 2001 年版。

125. 吴秀明：《历史的诗学》，浙江人民出版社 1994 年版。

126. 吴玉杰：《新历史主义与历史剧的艺术建构》，中国社会科学出版社 2005 年版。

127. 伍德、福斯特主编：《保卫历史：马克思主义与后现代主义》，郝名玮译，社会科学文献出版社 2009 年版。

128. 夏忠宪：《巴赫金狂欢化诗学研究》，北京师范大学出版社 2000 年版。

129. 徐贲：《走向后现代与后殖民》，中国社会科学出版社 1996 年版。

130. 许子东：《为了忘却的集体记忆：解读 50 篇文革小说》，生活·读书·新知三联书店 2000 年版。

131. 许总：《杜诗学发微》，南京出版社 1989 年版。

132. 雅各布·坦纳：《历史人类学导论》，白锡堃译，北京大学出版社 2008 年版。

133. 亚里士多德、贺拉斯著：《诗学·诗艺》，罗念生、杨周翰译，人民文学出版社 1982 年版。

134. 严建强、王渊明：《西方历史哲学》，浙江人民出版社 1997 年版。

135. 阎嘉主编：《文学理论精粹读本》，中国人民大学出版社 2006 年版。

136. 杨义：《李杜诗学》，北京出版社 2001 年版。

137. 杨周翰：《镜子与七巧板》，中国社会科学出版社 1990 年版。

138. 叶维廉：《寻求跨中西文化的共同文学规律》，北京大学出版社 1986 年版。

139. 叶维廉：《中国诗学》，生活·读书·新知三联书店 1992 年版。

140. 伊格尔顿：《后现代主义的幻象》，华明译，商务印书馆 2000 年版。

141. 伊格尔顿：《历史中的政治、哲学、爱欲》，马海良译，中国社会科学出版社 1999 年版。

142. 伊格尔顿：《美学意识形态》，王杰等译，广西师范大学出版社 1997 年版。

143. 詹姆逊：《〈语言的牢笼〉、〈马克思主义与形式〉》，钱佼汝、李自修译，百花洲文艺出版社 1995 年版。

144. 詹姆逊：《后现代主义与文化理论》，唐小兵译，北京大学出版社 2005 年版。

145. 詹姆逊：《文化转向》，胡亚敏等译，中国社会科学出版社 2000 年版。

146. 詹姆逊：《政治无意识》，王逢振，陈永国译，中国社会科学出版社 1999 年版。

147. 张冰：《陌生化诗学：俄国形式主义研究》，北京师范大学出版社 2000 年版。

148. 张法：《走向全球化时代的文艺理论》，安徽教育出版社 2005 年版。

149. 张杰、康澄：《结构文艺符号学》，外语教学与研究出版社 2004 年版。

150. 张进：《新历史主义文艺思潮通论》，暨南大学出版社 2013 年版。

151. 张京媛主编：《新历史主义与文学批评》，北京大学出版社 1993 年版。

152. 张清华：《境外谈文——中国当代文学中的历史叙事》，花山文艺出版社 2004 年版。

153. 张世英：《哲学导论》，北京大学出版社 2002 年版。

154. 赵白生：《传记文学理论》，北京大学出版社 2003 年版。

155.《文艺学和新历史主义》，中国社会科学文献出版社 1993 年版。

156. 周宪：《超越文学》，上海三联书店 1997 年版。

157. 周宪：《中国当代审美文化研究》，北京大学出版社 1997 年版。

158. 朱立元主编：《当代西方文艺理论》，华东师范大学出版社 2005 年版。

二、主要英文文献

1. Alan Sinfield, *Faultlines: Cultural Materialism and the Politics of Dissident*

Reading, Berkeley: University of California Press, 1992.

2. Alun Munslow, *Deconstructing History*, London: Routledge, 1997.

3. Andrew Hemingway (ed.), *Marxism and the History of Art*, London: Pluto Press, 2006.

4. Aram Veeser(ed.), *New Historicism*, London: Routledge, 1989.

5. Brook Thomas, *The New historicism And Other Old-fashioned Topics*, Princeton: Princeton University Press, 1991.

6. Claire Colebrook, *New Literary Histories*, Manchester: Manchester University Press, 1997.

7. Cox.N.J & Reynolds.L.J. (eds.), *New Historical Literary Study*, Princeton: Princeton University Press, 1993.

8. Elizabeth A.Clark, *History*, *Theory*, *Text*: *Historians and the Linguistic Turn*, Cambridge: Harvard University Press, 2004.

9. Even-Zohar, Itamar, *Papers in Historical Poetics*, Tel Aviv: Porter Institute, 1978.

10. Gallagher, C.& Greenblatt, S.(eds.), *Practicing New Historicism*, Chicago: The University of Chicago Press, 2000.

11. Greenblatt, S.& Gunn, G. (eds.), *Redrawing the Boundaries*, New York: The Modern Language Association of America, 1992.

12. Guy Cook, *Discourse and Literature*, 上海:上海外语教育出版社, 1999。

13. Hayden White, *Figural Realism*, Baltimore: The John Hopkins University Press, 1999.

14. Hayden White, *Metahistory*, Baltimore: Johns Hopkins University Press, 1973.

15. Hayden White, *Tropics of Discourse*, Baltimore: The Johns Hopkins University Press, 1987.

16. J.Hillis Miller, *On Literature*, London: Routledge, 2002.

17. Jane Gallop, *Anecdotal Theory*, Durham: Duke University Press, 2003.

18. Jeremy Hawthorn, *A Glossary of Contemporary Literary Theory*, London: Arnold, 2000.

19. Jermy Hawthorn, *Cunning Passages*, London: Arnold, 1996.

20. Jerome de Groot, *Consuming History: Historians and heritage in contemporary popular culture*, London: Routledge, 2009.

21. John Brannigan, *New Historicism and Cultural Materialism*, London: Macmillan Press Ltd., 1998.

22. John Frow, *Marxism and Literary History*, Oxford: Basil Blackwell Ltd., 1986.

23. John N. Duvall (ed.) , *Productive Postmodernism: Consuming Histories and Cultural Studies*, New York: State University of New York Press, 2002.

24. Jonathan Culler, *The Literary in Theory*, Stanford: Stanford University Press, 2007.

25. Jurgen Pieters (ed.) , *Critical Self-fashioning: Stephen Greenblatt and the New Historicism*, Frankfurt am Main: *Peter Lang*, 1999.

26. Kate McGowan, *Key Issues in Critical and Cultural Theory*, Walton Hall: Open University Press, 2007.

27. Kiernan Ryan(ed.) , *New Historicism and Cultural Materialism: a Reader*, London: Arnold, 1996.

28. Mark Robson, *Greenblatt*, London: Routledge, 2008.

29. Murry Krieger, *The Ideological Imperative*, 台北："中央研究院"欧美研究所, 1993。

30. Paul Hamilton, *Historicism*, London: Routledge, 1996.

31. Peter C. Herman(ed.) , *Historicizing Theory*, New York: State University of New York, 2004.

32. Raymond Williams, *Marxism and Literature*, Oxford: Oxford University Press, 1977.

33. Richard Strier, *Resistant Structures*, Berkeley: University of California Press, 1995.

34. Stephen Greenblatt, *Shakespearean Negotiations*, Berkeley: University of California Press, 1988.

35. Stephen Greenblatt, *The Greenblatt Reader*, Oxford: Blackwell Publishing Ltd, 2005.

36. Terry Eagleton and Drew Milne(eds.), *Marxist Literary Theory: A Reader*, Oxford: Blackwell Publishing Ltd, 1996.

37. Terry Eagleton, *Literary Theory: An Introduction*, Minnesota: University of Minnesota Press, 2008.

38. Terry Eagleton, *Marxism and Literary Criticism*, London: Methuen & Co Ltd., 1976.

39. Terry Eagleton, *Why Marx Was Right*, New Haven: Yale University Press, 2011.

40. Victoria Bonnell and Lynn Hunt, ed., *Beyond the Cultural Turn: New Directions in the Study of Society and Culture*, Berkeley: The Rgents of the University of California Press, 1999.

41. William J.Palmer, *Dickens and New Historicism*, London: Macmillan Press Ltd., 1997.

42. Wilson, R.& Dutton, R.(eds.), *New Historicism and Renaissance Drama*, London: Longman Group UK Limited, 1992.

责任编辑：夏　青

图书在版编目(CIP)数据

新历史主义与历史诗学(修订版)/张进 著. —北京:人民出版社,2021.12
ISBN 978－7－01－023822－7

Ⅰ.①新…　Ⅱ.①张…　Ⅲ.①诗学-研究　Ⅳ.①I052

中国版本图书馆 CIP 数据核字(2021)第 200499 号

新历史主义与历史诗学

XIN LISHI ZHUYI YU LISHI SHIXUE

（修订版）

张　进　著

人民出版社 出版发行

（100706　北京市东城区隆福寺街 99 号）

中煤(北京)印务有限公司印刷　新华书店经销

2021 年 12 月第 1 版　2021 年 12 月北京第 1 次印刷
开本:710 毫米×1000 毫米 1/16　印张:20
字数:280 千字

ISBN 978－7－01－023822－7　定价:66.00 元

邮购地址 100706　北京市东城区隆福寺街 99 号
人民东方图书销售中心　电话 (010)65250042　65289539